OLGA A. KROUK

# Die Schattenflüsterin

ZWISCHEN HERZ UND DÄMON

Drachenmond Verlag GmbH
Auf der Weide 6
50354 Hürth
http: www.drachenmond.de
E-Mail: info@drachenmond.de

Lektorat: Nina Bellem
Korrektorat: Michaela Retetzki
Satz & Layout: Astrid Behrendt

Umschlagdesign: Marie Graßhoff
Bildmaterial: Shutterstock

Druck: Booksfactory

ISBN 978-3-95991-485-7


Mehr über die Autorin unter
www.olgakrouk.de

## Wenn du einschläfst, gehörst du mir

Es gab kein Entkommen. Unbeirrt folgte er der Fährte, fühlte den Rausch der Jagd mit jeder Faser seines verwandelten Körpers. Ein zufriedenes Knurren stieg seine Kehle empor, als er durch das Dickicht die schlanke Gestalt erblickte, die vor ihm zu fliehen versuchte. *Lauf! Lauf so weit du kannst. Bis sich dein Geist in der Traumwelt verliert, bis du nie mehr aus diesem Albtraum aufwachst*, pochte es in ihm, als ein fremdes Summen, das nur entfernt an ein Lied erinnerte, seine Gedanken durchbrach.

Er hielt inne.

*Se Theg nie Ib-Ab-Nnameztub*, erklang es wie aus weiter Ferne und hüllte seinen Verstand ein. Nein, das gehörte nicht hierher. Nicht in den Albtraum, den er gewoben hatte!

Er schüttelte den Kopf, visierte erneut sein Opfer an. Nur darauf kam es an: Den Befehl auszuführen, dem sich zu widersetzen er nicht imstande war. Doch statt vor ihm wegzulaufen, bis die Kräfte sie endgültig verließen, blieb die junge Frau stehen und drehte sich zu ihm.

Irgendetwas stimmte nicht. Er konzentrierte sich auf die Schatten, die immer tiefer wurden, befahl den Nebelschwaden, sich heranzuschleichen, ließ die Äste wachsen und sich in ihren bronzefarbenen Korkenzieherlocken verheddern. Langsam, aber unaufhörlich versanken ihre nackten Füße im Morast. Doch sie lief nicht weg, sondern wandte ihr Gesicht zum Gestrüpp, in dem er lauerte. Ihre helle Haut schien in der Dunkelheit zu leuchten, die blassen Lippen standen leicht offen. Und keine Spur von Angst in ihren großen Augen, in diesem Blick voller Entschlossenheit, der nach ihm suchte. *Komm raus*, erreichte ihn der Hauch ihrer Gedanken, *wer auch immer du bist.*

Das merkwürdige Summen vibrierte schon längst nicht mehr um ihn herum, sondern drang tief in sein Innerstes. Wie ein dumpfes Beben in seiner Brust, wo früher sein Herz geschlagen haben musste. Was ging hier vor?

*Sie ist es. Sie ist dein Ausweg.* Der Gedanke, der nicht ihm gehörte, ließ ihn zusammenzucken. Am Rande seines Blickfeldes glaubte er, eine fremde Erscheinung wahrzunehmen. Er fuhr herum. Niemand da. Wurde es langsam zu seinem Albtraum? Konnte diese junge Frau die Traumwelt tatsächlich so sehr beeinflussen? Dann war sie stärker, als er geglaubt hatte.

*Ich weiß, dass du da bist.* Jetzt schien sie ihn direkt anzuschauen, ihm tief in die Augen zu blicken. Er duckte sich. Dabei gab es keinen Grund, sich zu verstecken. Was war nur mit ihm los? Schluss jetzt. Er musste tun, wofür er geschickt worden war.

Noch im Heranschleichen richtete er sich auf und wandelte seinen Körper. Das struppige Fell zog sich in seine Haut zurück, die Klauen formten sich zu Händen. Noch ein paar Schritte und er stand bei ihr, berührte ihre Stirn und die Nase, fuhr mit den Fingern über ihre Sommersprossen und strich ihre Wange entlang. Er konnte nicht fühlen, wie warm ihre Haut war, er konnte es sich bloß vorstellen. Genauso wie den Duft nach Vanille, der ihn mit einem Mal umgab – und etwas längst Vergessenes hervorzurufen schien.

*Hör auf.* Unbeirrt nahm sie seine Hand weg. Einen Augenblick lang hielt sie seine Finger fest mit den ihren umschlossen, dann ließ sie ihn los. *Ich habe morgen einen wichtigen Tag,* nahm er ihre Gedanken wahr. *Vielleicht den wichtigsten überhaupt. Solche Träume kann ich nicht gebrauchen.*

Er musterte ihr Gesicht: die kleine, beinahe elfenartige Nase, die schwungvollen Lippen und die grünen Augen, die förmlich leuchteten. Grün wie die Hoffnung. Seine Hoffnung? Von irgendwoher ertönte wieder das Summen, das seinen Verstand wie mit einem Schleier umhüllte. Der Wald wich zurück; statt mitten im Dickicht, fand er sich auf einer Lichtung wieder. Als der Mond aus den Wolken tauchte und seinen Schein über sie beide ergoss, wusste er, dass ihm die Kontrolle über den Traum entglitten war. Denn etwas derart Schönes zu erschaffen, war er nicht imstande.

*Ich glaube, ich sollte jetzt aufwachen,* meinte sie, und ihre unausgesprochenen Worte füllten ihn mit Wehmut, die seine Brust zuschnürte.

Geh nicht, wollte er rufen, doch die Schatten um ihn herum wurden dunkler und der Mond versteckte sich erneut hinter einem dichten Wolkenschleier.

*Er kommt!*, entfuhr es ihm.

Wer? Alarmiert blickte sie zum Wald, der sie beide wieder umschloss. Wie knorrige Finger streckten sich die Äste aus dem Nebel. Sein Herr nahte.

*Sie ist deine letzte Hoffnung. Das spürst du doch auch, oder?* Dumpf pochte es in seinem Inneren. Es konnte unmöglich sein Herz sein, denn er hatte keins. Doch ihr etwas anzutun, das konnte er nicht mehr.

Er packte ihre Schultern. *Heute darfst du nicht mehr einschlafen. Hast du mich verstanden? Du darfst nicht mehr einschlafen!*

Sie keuchte und blickte zu ihm auf. *Was geht hier vor?*

Ich habe keine Zeit, es dir zu erklären. Geh! Er stieß sie von sich, sah, wie sie fiel – ins Nirgendwo, außerhalb seiner Reichweite, zurück ins Leben.

*Was hast du getan?* Ein brennender Schmerz fuhr durch sein Inneres. Eine dunkle Gestalt richtete sich aus einem der Schatten auf, griff nach ihm, versenkte die schattenhafte Hand in seiner Brust.

Er wusste, dass er dieser Macht nichts entgegensetzen konnte.

Zumindest nicht lange.

Aber er konnte es wenigstens versuchen.

# Kapitel 1

»Liza! Liza, warte!«

Ich zuckte zusammen, drehte mich um und sah, wie meine Mutter durch die Menschenmenge zu mir lief. Ihre hohen Absätze trommelten ein beeindruckendes Stakkato auf dem polierten Steinboden der Abflughalle. Sie trug ihren taubengrauen Business-Rock und eine Bluse, die seltsam verrutscht wirkte. Den Blazer hatte sie gänzlich vergessen und die langen Haare anscheinend nur hastig zu einem Zopf zusammengebunden. Was mich aber endgültig schockierte: Sie wirkte übernächtigt, war aber vollkommen ungeschminkt. Und das mitten in der Öffentlichkeit! Sie, Barbara Evers, die Personifizierung von Perfektion.

»Mama? Was ist los?« Ich stellte meinen Rollkoffer aufrecht und wurde sogleich gedrückt, bis mir die Luft wegblieb.

»Geh nicht«, flüsterte sie mir ins Ohr. »Bitte geh nicht!«

Behutsam befreite ich mich aus der Umklammerung und lächelte ihr zu. »Das haben wir doch schon alles oft genug besprochen.«

Eher: darüber gestritten. Sie wollte nicht, dass ich mein Auslandsjahr in Russland verbringe. Meinte, die USA würden meiner künftigen Glanzkarriere als was auch immer mehr Aufwind geben und hatte die Infoblätter dazu strategisch günstig in meinem Zimmer platziert. Dass ich vor Kurzem neunzehn Jahre alt geworden war und über meine *künftige Glanzkarriere* selbst entschied, hatte sie immer noch nicht auf dem Zettel. Also füllte ich die Formulare aus, plünderte meine Sparkonten und stand nun hier, mitten im Gewusel des Hamburger Flughafens, anderthalb Stunden von dem Abflug nach Sankt Petersburg entfernt.

»Alles wird gut«, versicherte ich und strich ihr eine der Kringelsträhnen aus dem Gesicht, die sich aus dem Zopf gelöst hatten. Die langen bronzefarbenen Korkenzieherlocken, die sich kaum bändigen ließen, und die vielen Sommersprossen, die nicht einmal im Winter verblassten, hatte ich eindeutig von ihr, und so zerzaust wie wir jetzt nebeneinanderstanden, müssten wir beinahe wie Schwestern aussehen.

»Wie wär's damit.« Unsicher knetete sie ihre Clutch in den Händen. »Wir gehen nach Hause und ich erzähle dir alles. Die ganze Wahrheit. Keine Geheimnisse mehr.«

Ich runzelte die Stirn. »Welche Wahrheit?«

»Du musst nicht nach Russland, um alles zu erfahren.«

Langsam wurde mir flau im Magen. Was wusste sie? Ahnte sie vielleicht ... Nein, unmöglich. Ich hatte es bisher niemandem erzählt. Keiner Menschenseele. Vermutlich plagten mich deshalb auch diese immer wiederkehrenden Albträume, in denen mein Unterbewusstsein verzweifelt versuchte, das Unaussprechliche zu verarbeiten. Aber damit würde mein Unterbewusstsein schon fertig werden. Musste es. Mangels Alternativen.

»... Lizzie!!!!«

Mein Name. Mit vier Ausrufezeichen, mindestens. Erleichtert atmete ich auf, als ich Tante Inga sah, die durch die Menschenmenge pflügte. Sie hatte den Schwung einer losgelassenen Bowlingkugel, und ihre vollschlanke Statur und die ausladenden Hüften zeigten zu deutlich, wie gut ihr unsere nordischen Franzbrötchen schmeckten.

»Auch das noch«, seufzte meine Mutter und hielt ihre Clutch wie einen Schild vor sich. »Lass uns gehen, Liza. Irgendwohin, wo wir ungestört miteinander reden können.«

Doch Tante Inga war schon bei uns, um mich an ihren voluminösen Busen zu drücken. Mindestens zehn Mal kräftiger als Mama vorhin.

»So, bin ordentlich durchgeknetet, jawohl!«, keuchte ich in die schwere orientalische Parfümwolke, die meinen Kopf bis in den letzten Winkel ausfüllte.

»Meine Güte, *Inga!* Lass sie schon los.« Meine Mama verdrehte die Augen. Sie war der einzige Mensch auf der Welt, der mit zusammengekniffenen Lippen sprechen konnte.

»Ja, was ist denn, *Barbara?*« Wobei Tante Inga kurz davor stand, ihr den Rang abzulaufen. Bis heute war ich nicht ganz dahintergekommen, was diesen kalten Krieg zwischen meiner Mama und meiner Tante verursacht hatte. Aber spielte das eine Rolle? Jetzt, wo die zwei hierhergekommen waren, um mich zu verabschieden?

Ich hakte mich bei ihnen beiden unter und lächelte sie beinahe gleichzeitig an. »Super, dass ihr da seid! Wollen wir uns kurz da drüben im Café hinsetzen?«

»Eine ausgezeichnete Idee, meine Süße!«, flötete Tante Inga mir entgegen und knuffte mich gegen den Arm. »Ich habe auch Meta mitgebracht. Wo steckt sie schon wieder? Ach. Da ist sie ja!«

Alles in mir gefror zu einem eisigen Klumpen. Ich ließ die beiden los und drehte mich um. Da stand sie, meine Cousine. Meine beste Freundin. Nein. Sie war meine beste Freundin *gewesen*. Und gleich würde ich heulen.

»Liz.«

»Meta!« Ich merkte selbst, wie verräterisch meine Stimme zitterte. »Wie schön, dich zu sehen … dass wir einander noch Tschüss sagen können …«

»Tschüss«, servierte Meta mich ab und betrachtete demonstrativ ihre Nike-Schuhe mit den verschiedenfarbigen Schnürsenkeln. Neongrün und neonorange. Die viel zu große Kapuze verdeckte vollständig ihr Gesicht, die Hände hatte sie tief in den Hosentaschen ihrer Jeans vergraben.

Aber so leicht gab ich nicht auf.

Konnte ich nicht aufgeben.

Wie lange hatten wir uns nicht gesehen?

Ich wusste es genau. Viel zu genau. Seit sie im Krankenzimmer die Augen aufgeschlagen, mich gesehen und *Verschwinde!* gezischt hatte.

»Danke, dass du gekommen bist«, flüsterte ich. »Das bedeutet mir wirklich viel.«

»Inga hat mich mitgeschleppt.« Meta zuckte die Schultern. Sie hasste ihren Namen, und als Rache weigerte sie sich, ihre Mutter anders als beim Vornamen zu nennen. Früher in der Schule wurde sie von allen ›laufender Meter‹ gerufen, und ihre geringe Körpergröße steuerte nicht gerade dagegen an. Es war bestimmt nicht leicht, als mittleres Geschwisterkind von Minna, Meta, Malte aufzuwachsen und eine Katze zu haben, die Merkel hieß.

»Wollen wir uns hinsetzen?«, schlug ich vor.

»Eigentlich bin ich nur deshalb hier, um mich zu vergewissern, dass du tatsächlich abhaust. Zweitausend Kilometer ist doch eine gute Distanz zwischen uns.«

Tante Inga stöhnte theatralisch. »Jetzt sei nicht so! Liza hat so viel für dich getan.«

»Frag sie lieber, was sie *nicht* getan hat.«

»Papperlapapp!« Schon bugsierte Tante Inga uns alle zu den Tischen und entschwand zur Theke. Meine Mutter folgte, um die Bezahlung zu übernehmen, und der Streit darüber, wer wem etwas schuldete oder nicht, würde eine Weile andauern.

»Wollen wir uns hinsetzen?«, fragte ich.

Wortlos ließ sich Meta auf einen Stuhl fallen, die Beine in den schmalen Gang ausgestreckt und die Kapuze des Anoraks noch tiefer ins Gesicht gezogen. Ich setzte mich ihr gegenüber, kaute an der Lippe und zupfte unsicher an meinen Locken. Irgendetwas musste ich sagen, das spürte ich. Doch sie kam mir zuvor: »Blass siehst du aus.«

Ich senkte den Blick. »Ja. Hab schlecht geschlafen. Ich hatte einen ganz merkwürdigen Traum, der sich so verdammt echt angefühlt hat.« So echt, dass ich mit blauen Flecken an den Schultern aufgewacht war, als ob mich jemand tatsächlich gepackt und festgehalten hätte.

»Ach ja?«

Sollte ich es versuchen? Früher hatten wir alles miteinander geteilt. Unsere Träume, unsere Ängste, unsere Hoffnungen. »Etwas jagte mich. Zuerst dachte ich, es wäre ein Tier. Das träume ich oft in der letzten Zeit, weißt du? Ich wollte nur noch weg. Und als ich nicht mehr konnte, ist alles endgültig absurd geworden. Ich hörte meine Mutter *Es geht ein Bi-Ba-Butzemann* summen. Und dann … habe ich diesen merkwürdigen Kerl gesehen. Er sagte …«

»Du hast recht, es ist völlig absurd und interessiert mich nicht die Bohne.« Breitbeinig lümmelte Meta auf ihrem Stuhl und kaute an ihrem Kaugummi, den sie schließlich herausholte und unter die Tischplatte klebte.

Anderthalb Stunden bis zum Abflug. Mit einem Mal erschien mir Russland wie der Beginn eines vollkommen neuen Lebens. Ich würde alles, was ich kannte, hinter mir lassen. Wäre es nicht wichtig, mich vorher mit Meta auszusprechen? Ich durfte diesen Moment nicht einfach so verstreichen lassen. Tief holte ich Luft. Na los. Du schaffst es. »Ich bin wirklich froh, dass du hier bist. Wir sollten reden.«

»Ach, auf einmal?« Mit einem Ruck zog sie sich die Kapuze vom Kopf und wandte ihr entstelltes Gesicht mir zu. »Darüber?«

Ein Pärchen am Nachbartisch keuchte erschrocken auf und guckte weg; kurz darauf verließen die zwei das Café, ohne ihren Cappuccino auszutrinken. Meta verabschiedete die beiden mit einem höhnischen Feixen. »Was, ihr geht? Bleibt doch, wir wollten gerade darüber reden!«, rief sie und wandte sich schließlich wieder mir zu. »Weißt du, Cousinchen, ich habe genug Zeit gehabt, über diesen verdammten Abend nachzudenken«, zischte sie mir entgegen. Ihre mit Lipgloss überzogenen Lippen standen in einem entsetzlichen Kontrast zu den Brandnarben an Kinn und Wange, ihre früher so niedliche Stupsnase sah wie ein kupierter Hundeschwanz aus. »Willst du hören, was ich glaube? Du wusstest, was passieren wird! Keine Ahnung woher, aber du wusstest es! Deshalb bist du nicht ins Auto gestiegen! Deshalb hast du vorgespielt, dir sei schlecht!« Ihr Atem rasselte, als sie sich zurück in den Stuhl warf und sich die Kapuze wieder über den Kopf zog.

»Meta, es ist kompliziert! Es war eine Art …«

Vorahnung. Ja. Das klang gar nicht übel. Zumindest nicht so durchgeknallt wie die Wahrheit. Doch Meta ließ mich nicht ausreden: »Du hättest was sagen müssen. Oder mit uns einsteigen. Jetzt kannst du dir deine Erklärungen sonst wohin stecken, Cousinchen.«

Ich zupfte unruhig an den Haarspitzen. In meinen Ohren hallte Metas hohes, ein bisschen aufgedrehtes Lachen von damals wider. Ich sah, wie sie sich zu viert in dieses Auto quetschten – ihre Schwester Minna, die sich an diesem Abend andauernd mit Malte stritt, Meta und der blonde Junge, den sie sich in der Disco angelacht hatte. Sie wollten zu einer anderen Party, Hochstimmung pur, irgendjemand brüllte *Bad Romance* und die Performance war ziemlich … gaga. Ich stand da und konnte mich nicht rühren, vor allem aber nicht begreifen, was ich in den flackernden Schatten sah. Dann kam der Schüttelfrost. Ich musste mich übergeben. An alles Weitere erinnerte ich mich nur in Bruchstücken. Irgendwie hatte ich es bis nach Hause geschafft, und am nächsten Morgen kam Mama in mein Zimmer gestürzt. Das

Auto wäre von der Straße abgekommen, sagte sie, und nur Meta hätte knapp überlebt.

Tante Inga kam zurück. Meine Mutter brachte die Getränke. Einen Cappuccino, einen Soja-Latte, für Meta und mich gab es eine Cola, obwohl ich einen doppelten Espresso dringender gebraucht hätte. Meta trank ihren Softdrink auf ex und verkündete, sie würde bummeln gehen. Schon bald verlor sich ihre Gestalt zwischen den eilenden Flughafengästen, während all das Nicht-Gesagte in meinem Hals klumpte, sodass ich kaum einen Schluck von meiner Cola nehmen konnte.

»Sie hat sich sehr verändert«, wisperte Tante Inga. Ich hatte ja keine Ahnung, dass sie in der Lage war, so leise zu sprechen. »Vor ein paar Monaten hat sie ihre Ausbildung abgebrochen und ist abgehauen. Ich weiß weder, wo sie wohnt, noch was sie macht. Ihr könnt euch vorstellen, wie baff ich war, als sie heute vor meiner Tür stand, um mit mir zum Flughafen zu fahren.«

»Vorhin klang es fast so, als hättest du sie gezwungen, hierherzukommen«, murmelte ich.

»Bei der Fahrt zum Flughafen hat sie mir das Gefühl gegeben, ja. Ich verstehe sie schon lange nicht mehr. Diese Stimmungsschwankungen hat sie nach dem Unfall immer häufiger gehabt.«

»Das Mädchen ist labil«, entgegnete meine Mama kühl und ich schwieg, schaffte es kaum, den Blick zu heben und Tante Inga in die Augen zu sehen. War es mein Schicksal gewesen, in den Wagen zu steigen? Die Albträume fingen in der nächsten Nacht an. Seitdem lag ich oft in meinem Bett, starrte in die Dunkelheit und hatte Angst einzuschlafen. Oder fuhr zusammen, wenn ich glaubte, dass die Schatten um mich herum gleich zu flackern beginnen würden.

Mutters Infoblätter hin oder her – bei dieser Reise ging es nicht um mögliche Vorteile für meine Zukunft. Es ging darum, mein Leben in den Griff zu bekommen. Mit dieser Reise begab ich mich auf die Suche nach meinen Wurzeln und nach der Ursache für die schrecklichen Visionen, die mir die Schatten zuflüsterten.

# Kapitel 2

Durch die Bäume sehe ich den schwarzen Himmel. Ich stehe auf einer Lichtung. Mein Blick wandert umher und bleibt an einer Holzstatue hängen, die wie ein Mahnmal über einem Altar aufragt. Das grob geschnitzte Gesicht eines Greises blickt auf mich herab, aus den bodenlangen Haaren und dem nicht minder langen Bart sprießen merkwürdige Ranken, die zu Tiergestalten werden: einem Bären, einer Schlange und einem Stier. Die Hand der Statue scheint über mir zu schweben, als wollten die knorrigen Holzfinger mich packen. Nein, nicht mich. Den gefesselten jungen Mann auf dem Altar. *Wach auf!*, scheint er mir mit seinem schmerzverzerrten Gesicht zuzurufen. *Verschwinde von hier!*

Sein Schrei hallt in mir nach.

Ich fühle mich wie im freien Fall. Was zum Teufel …

Ich schreckte hoch und riss die Augen auf. Um mich herum tanzten schwarze Pünktchen, und ich brauchte einen Moment, um zu begreifen, dass ich immer noch im Flugzeug saß und nicht auf einer Waldlichtung mitten in einem barbarischen Ritual war. Oder was auch immer die Statue des Greises und der Gefesselte auf dem Altar zu bedeuten hatten.

»Alles gut mit Ihnen?« Der bebrillte Herr zu meiner Linken starrte mich besorgt an, denn mein Atem ging immer noch viel zu schnell. Die Dame einen Sitz weiter warf mir nervöse Blicke zu und würde sicherlich die Flucht ergreifen, wenn die Anzeige ›Gurte anschnallen‹ nicht genau in diesem Moment aufgeleuchtet wäre.

»Alles okay«, japste ich. »Flugangst.« Für Ausreden brachte mein Gehirn stets Topleistungen zustande.

Einige Zeit später befand sich das Flugzeug im Sinkflug. Der Kapitän nuschelte in verschiedenen Sprachen etwas davon, dass wir bald den Airport *Pulkovo II* erreichen würden und Sankt Petersburg uns mit 12 Grad plus und starkem Wind begrüßte. Ich beobachtete, wie die Maschine in den Wolkenschleier eintauchte, wie die Erde, anfangs bloß eine grüne Patchworkdecke, langsam näher kam, bis ich nach und nach Gebäude und schon bald Autos erkennen konnte. Noch wirkte all das wie eine liebevoll gestaltete Kulisse eines Miniaturwunderlands, dann befand ich mich mittendrin, die Umgebung raste immer schneller an mir vorbei und das Fahrgestell setzte auf der Landebahn auf. Ich blieb noch ein Weilchen sitzen, ungerührt vom Trubel, in dem die Passagiere ihr Handgepäck aus den Fächern zerrten und sich in den Gang nach draußen quetschten. Als das Flugzeug sich langsam geleert hatte, stemmte ich mich aus meinem Sitz, warf mir meinen Rucksack über eine Schulter und steuerte den Ausgang an. Ein Shuttlebus kutschierte mich zum Flughafengebäude. An der Passkontrolle hatte ich meine erste Begegnung mit dem Frohsinn der russischen Natur. Die Frau in der Uniform betrachtete mich mit einem wie aus Stein gemeißelten Gesicht. Ich stammelte ›Dobry denj‹, etwas, was hoffentlich deutlich genug nach ›Guten Tag‹ klang, doch meine Sprachfertigkeiten beeindruckten sie wenig. Schweigend schob sie mir meinen Pass zurück und ich durfte gehen. Schließlich bekam ich meinen Koffer und steuerte auf die Empfangshalle zu. Kein Zurück mehr, ich war in Russland. 150 Millionen Menschen, und das Gefühl, als müsste ich im Augenblick jedem von ihnen ausweichen. Wie sollte ich hier bloß meine Gastfamilie finden? Dem verwackelten Foto, das ich bekommen hatte, traute ich wenig. Es zeigte die Köpfe meiner Gastmutter Larissa und meiner Gastschwester Sophia auf einem mit einer karierten Decke überzogenen Sofa, dafür war das Plakat eines Rocksängers über ihnen perfekt in Szene gesetzt. Den hätte ich in dieser Menge um einiges schneller erkannt.

»Liesah?«, hörte ich, drehte mich um und wurde von einer kleinen Frau umarmt. Sie trug ausgeleierte Schuhe mit Pfennigabsätzen und ein Damenkostüm, das zwar elegant wirkte, aber bestimmt schon bessere Tage gesehen hatte. Neben ihr strahlte mich ein Mädchen an, das sogleich zu gestikulieren und dabei schnell, verdammt schnell zu reden begann. Ich hörte ›Sophia‹ heraus, aber dabei blieb es nicht. Wie Perlen von einer gerissenen Schnur prasselte es auf mich ein: Sonja, Sontschik, Sofotschka … auf keinen Fall Sontschik-Pontschik … irgendwas mit Nonja … und erst einen Moment später begriff ich, dass all die Namen zu ihr gehörten. In meiner Kindheit hatte mein Vater russisch mit mir gesprochen, aber er war gegangen, bevor ich die Sprache perfektionieren konnte. Ich versuchte, eine beschwichtigende Geste zu machen – und im nächsten Augenblick hielt ich einen Blumenstrauß in den Händen: ein Ungetüm aus weißen Lilien in einer knisternd raschelnden Folie.

»Cherrzlikch Willkommen in Rrrussland!«, verkündete meine Gastschwester und grinste mich über beide Ohren an. Im Gegensatz zu ihrer Mutter hatte sie offensichtlich ein Faible für teure Marken oder die, die sich als solche ausgaben. Ein Playboy-Shirt, eine Levis-Jeans, Puma-Sneaker. Um ihren Hals baumelte an einem Lederband ein auffälliger Anhänger aus Bronze. Das Schmuckstück erinnerte an ein Rad mit sieben Speichen, die mit Ranken verziert waren und am äußeren Kreis mit einem weißen, bläulich schimmernden Steinchen besetzt waren. Neues aus der Fossil-Kollektion oder ein Fan-Artikel aus dem Game-of-Thrones-Repertoire?

»Nonja? Steht dir gut.« Ich deutete auf ihren Anhänger und überlegte, wie ich es auf Russisch ausdrücken sollte.

Eilig versteckte sie ihn im Ausschnitt ihres Shirts und verzog das Gesicht.

»Nonja, Nonja.« Strahlend erklärte mir Gastmama Larissa, dass Sophia aka Sonja sich selbst so genannt hatte, als sie im Kindergartenalter noch nicht so gut sprechen konnte. Worauf Sophia ihr eine freche Grimasse schnitt. Das war süß. Das alles. Das stockende Englisch, der Kosename Nonja und die Herzlichkeit, mit der diese kleine Frau und ihre Tochter das Russland um mich herum plötzlich in ganz anderen Farben erscheinen ließen. Ich klemmte den Blumenstrauß unter den Arm und öffnete meinen Rucksack, in dem ich zwei Mitbringsel für meine Gastfamilie verstaut hatte. Konzentriert wie bei einer archäologischen Ausgrabung wühlte ich durch das Chaos. Sophia und ihre Mutter beugten sich zu mir, fragten, ob ich etwas bräuchte. Stumm schüttelte ich den Kopf. Vielleicht hatte ich die

Mitbringsel in den Koffer gesteckt? Irgendwie wurde mir schwindelig. Vielleicht vom erdrückenden Geruch der Lilien in meinem Arm. Oder vom Schlafmangel. Oder von den Schatten, die um mich herum zu flackern begannen.

»Liesah … Liesah …«, hörte ich die verstörten Rufe, ein Kauderwelsch aus Russisch, Deutsch und Englisch, während mein Verstand mir zu entgleiten drohte.

*Nein, bleib weg von mir!* Wie durch einen Schleier drang seine Stimme zu mir durch, so gequält und schwach. Ich suchte nach ihm in der verschwommenen Menge, in den Schatten, die immer näher heranrückten.

*Liza,* rief etwas nach mir. *Du willst ihm doch helfen. Dann komm hierher, zu mir.*

Übelkeit stieg in mir hoch. Nicht hinsehen, bloß nicht hinsehen!, pochte der letzte Gedanke in meinem Kopf, als ich fiel.

Über mir sah ich verschwommene Lichter, ich wollte danach greifen, die Realität festhalten – und ertrank immer mehr in den flackernden Schatten um mich herum.

## Rette mich.
## Nicht.

*Du hättest mich nicht hintergehen sollen.* Das Flüstern kroch unter seine Haut, als bestünde jede Silbe aus unzähligen Spinnenbeinen, die seine Wirbelsäule emporwanderten. Er spürte raue Seile, die an seinen Handgelenken und Knöcheln scheuerten, auch wenn er wusste, dass nichts davon real war. Es gab diesen Wald nicht, es gab nicht den Altar, auf dem er lag. All das waren bloß Erinnerungen an ein Leben, das er nicht mehr hatte.

*Manchmal können auch Erinnerungen wehtun.*

Ein Gesicht beugte sich über ihn und die ruhige Stimme seines Bruders wiegte ihn in Sicherheit. *Ich weiß wirklich nicht, was erfreulicher ist. Dass der dunkle Gott durch dich die Welt verändern wird. Oder dass ich dich endlich loswerde, du kleine Ratte.* Die Silhouette über ihm richtete sich auf und streckte die Hände der Statue entgegen, die über dem Altar wachte. *Hol ihn dir, Veles! Dieses Opfer ist zu deinen Ehren!*

Im Bruchteil einer Sekunde bestand alles, was er noch kannte, aus Schmerz. Er schrie, bis die Qualen etwas nachließen, und drehte kraftlos den Kopf. Da! Ein schwaches Schimmern in der Schwärze der Schatten, das nur einer gehören konnte. *Bleib weg von mir*, rief er stumm. *Verschwinde!* Doch sie blieb.

*Liza*, raunte die so vertraute Stimme. *Sie ist also doch noch gekommen. Ich wusste, dass sie dich nicht im Stich lassen wird.*

Nein. Die Schatten würden keine Macht über sie haben. *Bitte … bleib … weg von mir …*

*Ist das nicht süß?* Das Flüstern raubte ihm den Verstand. *Sie ist da, um dich zu retten. Dich! Als gäbe es noch etwas in dir, was gerettet werden kann.*

Er sah, wie Liza unsicher an den Altar trat. Doch die unausgesprochenen Worte ihres Geistes waren alles andere als unsicher: *Lass ihn in Ruhe.* Mit einem Mal wich die Nacht zurück und nahm die Schatten mit sich, über den Bäumen leuchtete der Sonnenaufgang auf.

Doch seinen Herrn konnte niemand so schnell bezwingen. Hier war er allmächtig und allgegenwärtig. Seine Stimme schien aus dem Boden zu steigen, durch den Stein, auf dem er lag, zu kriechen und an jeder Faser seines Körpers zu zerren. *Liza, Kleines. Du hast keine Ahnung, was hier wirklich vor sich geht, nicht wahr?*

*So klein bin ich nicht,* erwiderte sie ungerührt. *Und all das hier erkläre ich jetzt zu meinem Traum. Du hast keine Macht mehr darüber.*

Er hörte wieder das seltsame Summen. Plötzlich gab es keine Stricke mehr, die ihn fesselten, keinen Altar, keine Schmerzen. Seine zitternden Hände strichen durch das sonnenwarme Gras, auf dem er lag. Er hob den Kopf und musste die Augen abschirmen, um aufzusehen, um zu verstehen, dass es gar nicht die Sonne war, die ihn so blendete. Es war ihr Leuchten. Liza beugte sich zu ihm und half ihm hoch, hielt ihn fest in ihren Armen.

Dummes Kind! Die Schatten kehrten zurück, streckten ihre gierigen Schwadenfinger nach ihnen beiden aus. Du kannst mir nicht entfliehen.

Er schloss die Augen. Liza … Wie lange würde sie der Dunkelheit standhalten können? Er wollte sie von sich stoßen, sie vor diesem Albtraum bewahren, doch sie ließ ihn nicht los.

*Se Theg nie Ib-Ab-Nnameztub* … War da noch jemand? Denn Liza summte nicht, sie umarmte ihn noch fester und es kam ihm vor, als würde sie ihm etwas zuflüstern wollen. *Geh, geh weg von hier, solange du kannst,* versuchte er ihr zuzurufen.

Sie wird nirgendwohin gehen. Als er aufblickte, sah er die Gestalt seines Herrn, die sich über ihm aufbäumte. *In der Traumwelt habt ihr keine Chance gegen mich!*

Die Dunkelheit traf sie beide mit einer alles auslöschenden Wucht. Zum letzten Mal spürte er, wie Liza ihn an sich drückte. Zum letzten Mal fühlte er das Glühen ihrer Umarmung.

Dann … gab es ihn nicht mehr.

# Kapitel 3

Mitten im russischen Flughafen umzukippen, konnte natürlich nur ich bringen. Wie es mir ging, was passiert war – so viel hatte ich aus dem Redeschwall meiner Gastmama Larissa und meiner Nonja entziffern können. Auch wenn mein Kopf sich beständig weigerte, gedankentechnisch mitzumachen, während ich gegen die Übelkeit ankämpfte. Verdammt, hoffentlich übergab ich mich zum Gruß nicht auf den russischen Boden.

Ich atmete tief ein.

Und langsam wieder aus.

Besser.

Die Fetzen meines Albtraums geisterten durch meinen Kopf, jetzt nur noch Ahnungen als wirkliche Erinnerungen. Da war sein Schmerz, den ich wie meinen eigenen gespürt hatte, mein Leuchten, das uns retten wollte, meine Mutter – aus irgendeinem Grund hatte ich dabei immer wieder an meine Mutter gedacht –, die Dunkelheit, die uns hinterhergejagt war, und ein einziger Gedanke, der mich ganz ausfüllte: Lass ihn nicht los, lass diesen Jungen bloß nicht los … Eine verräterische Stimme in meinem Kopf fragte mich, ob ich wüsste, was ich in diese Welt gebracht hatte. Aber ich drängte sie beiseite. Es war nur eine kurze Ohnmacht. Um nicht zu sagen: ein Sekundenschlaf. Vergiss es einfach, mahnte ich mich. Egal, wie unglücklich der Start gewesen sein mochte – ich beschloss, mein ›Abenteuer Russland‹ allen Widrigkeiten zum Trotz zu meistern.

»Toilette?«, murmelte ich und machte eine Geste, um zu verdeutlichen, dass ich mich dringend erfrischen musste. Wie war noch einmal das Wort für ›waschen‹, mit dem mein Vater mich immer vorm Zubettgehen ins Bad gescheucht hatte? *Myt?* Hoffentlich verwechselte ich es nicht mit dem Wort für Zähneputzen.

»Ah!« Nonja holte etwas Geld hervor und zog mich durch die Halle, an einer großen Menschentraube vorbei, in der alle durcheinanderredeten und wild gestikulierten – jemand rief sogar nach der Polizei. Hoffentlich nicht wegen des ganzen Theaters um mich.

»Da – was?«, brachte ich stockend hervor und zeigte in die Richtung der Menschenansammlung.

Nonja winkte ab. Die wichtigste Regel, die ich in Russland zu beachten hatte, lautete: Halte dich von Schwierigkeiten fern, meinte sie. Sofern ich sie richtig verstanden hatte.

An den Toiletten angekommen, beugte ich mich über ein Waschbecken. Gespenstisch lag Nonjas Schatten auf dem Boden neben mir, als würde er auf mich lauern. Etwas wölbte sich darin, streckte seine Schattenfinger nach mir aus. Hastig richtete ich mich auf, drehte den Hahn auf und warf mir einen Schwung Wasser ins Gesicht. Jetzt nicht durchdrehen! Das alles war nicht real. Nicht! Real!

Ich spürte Nonjas Hand auf meiner Schulter.

»Du nikcht bereit fürr das!«, flüsterte sie mir ins Ohr. Auf Deutsch. »Du sagen: Zurück!«

»Was?« Langsam wandte ich mich vom Waschbecken ab, mit meinem nassen Gesicht, von dem das Wasser auf mein Shirt tropfte.

»Alles gut mit dir? Gut?«, quiekte sie, als wäre nichts gewesen. Schon schleppte sie mich aus den Toilettenräumen zu meiner Gastmama zurück – und schließlich verließen wir die Halle. Ich hatte es gerade so geschafft, mir das Gesicht abzutrocknen.

An der frischen Luft ging es mir gleich besser. Der Ankunftstrubel lag hinter mir, Larissa und Nonja führten mich am Flughafengebäude vorbei, wir bogen um eine Ecke und hier draußen hätte man fast von einer ländlichen Idylle sprechen können, denn mit dem Wahnsinn vor dem Hamburger Flughafen war der Parkplatz kaum zu vergleichen. Die beiden brachten mich zu einem alten Lada, bei dem ich nur hoffen konnte, dass er in seinem Leben schon einmal so etwas wie eine TÜV-Plakette gesehen hatte. Während meine Habseligkeiten in den kleinen Kofferraum gequetscht wurden, ließ ich meinen Blick über den Parkplatz schweifen.

Erschrocken schnappte ich nach Luft. Keine Ahnung, ob ich dabei aufgeschrien hatte.

Larissa zupfte an meinem Ärmel, fragte, ob es mir gut ginge – die Frage des heutigen Tages, ja –, und ich schaffte es nicht, auch nur einen Ton herauszubringen. Denn es konnte unmöglich sein, dass … der Junge aus meinem Albtraum direkt vor mir stand.

Nun ja, nicht direkt vor mir. Er hatte sich etwas abseits an einen Baum gelehnt. Sein dunkles Haar fiel ihm ins Gesicht nach bester Manier einer Modern-Talking-Nostalgiefrisur. Seine Haut wirkte so blass, dass man glauben könnte, sie hätte noch nie die Sonne gesehen. Er trug ein aufgeknöpftes Hemd, das einen Blick – und bei mir mindestens ein Duzend davon – auf seine muskulöse Brust und den durchtrainierten Bauch gewährte, und eine etwas zu kurze Hose, die unauffällig seine schmalen Hüften betonte. Keine Schuhe. Und das Merkwürdigste an alldem war nicht, dass ich gerade meine Halluzination angaffte, sondern weil sich alles um ihn herum zu verändern schien. An dem Baum, unter dem er stand, leuchteten die Blätter wie gerade gesprossen. Zu seinen Füßen keimte frisches Gras, direkt auf dem Trampelpfad, der schon lange kein Grün gesehen haben musste. Sogar die fröhliche Schar kleiner Vögel, die auf den Ästen hockten oder durch die Lüfte sausten, tschilpte lauthals von Frühlingsgefühlen – und das ausgerechnet jetzt im Herbst.

Ich machte einen Schritt auf ihn zu, als Nonja mich packte, meinte, wir müssten los, wenn wir nicht in den Stau kommen wollten, und dass ich auf der Rückbank nach hinten rutschen sollte, weil die Tür auf der anderen Seite klemmte. Schon drängte sie mich ins Auto.

Hatte sie ihn auch gesehen, meinen Mr Nachtmahr? Oder bildete ich mir bloß etwas ein?

Der Lada setzte sich in Bewegung und ich zwang mich, nach vorne zu sehen.

Schon bald musste ich feststellen: Meine Gastmama fuhr wie … nun ja, ich mochte keine Tiervergleiche. Aber wenn eine gesengte Sau in dieselbe Richtung fahren würde, wäre ich mit Freuden umgestiegen. Wenigstens konnte ich viel von der Stadt sehen. Die Zugbrücken, die Spitzen der Kirchen und Kathedralen, die imposanten Stalin-Bauten irgendeines Prospekts mit einem schier unaussprechlichen Namen, moderne Gebäude, die direkt aus den USA hätten stammen können, sowie die trostlosen Plattenbauten, sobald man sich vom Zentrum des allgemeinen Touristeninteresses entfernte.

Eine von Schlaglöchern übersäte Nebenstraße, die der Lada wie ein waschechter Land Rover meisterte, brachte uns zu einem neunstöckigen Haus. Wir stiegen aus, holten unsere Sachen aus dem Kofferraum und ich wurde zum Eingang dirigiert. Das Treppenhaus war mit einer Metalltür gesichert, die Nonja mit einem runden Schlüssel, der an einen Knopf erinnerte, aufsperrte. Ansonsten wählte man über die metallischen Ziffern des Eingabefeldes die Nummer der Wohnung, erklärte Nonja, um dort über den ›Domofon‹ anzurufen.

Im Treppenhaus stank es nach Abfällen und gebratenen Zwiebeln. An den Wänden prangten Schmierereien, hier und da blätterte die Farbe ab. Die Aufzugstüren schepperten beim Öffnen, und die bemalten, mit Kaugummis beklebten Wände weckten bei mir nicht gerade Vertrauen. Am liebsten hätte ich die Treppe genommen, wenn Nonja und Gastmama Larissa mich nicht so energisch in den Aufzug manövriert hätten. Die Kabine fuhr hoch, und ich hätte wetten können, dass jemand sie per Hand hochzog. Hau ruck, hau ruck.

In der achten Etage stiegen wir aus. Und wenn ich glaubte, nach der heil überstandenen Fahrt im Aufzug würde mich nichts mehr überraschen, war ich doch ziemlich baff, als Larissa nicht eine, sondern gleich zwei Eingangstüren aufsperrte. Die erste war gusseisern mit einem Schlitz für den Schlüssel und dem Spion in der Mitte ausgestattet, die zweite dahinter – gepolstert wie ein altes Ledersofa.

Im kleinen Flur konnten wir drei uns kaum bewegen. Vielleicht zog Nonja mich deshalb gleich durch die Wohnung, um mir mein Zimmer zu zeigen. Kaum fünf Quadratmeter groß, war es vollgestopft mit Möbeln, angefangen mit einer Glasvitrine, in der Kristallgläser und ein Porzellan-Set für zwölf Personen einstaubten, bis hin zu einer wackeligen Spiegelkommode, die den Charme der Sechziger versprühte. Neben dem Fenster führte eine Tür zum Balkon, auf dem sich Eimer stapelten und eine morsche, zusammengeklappte Feldliege an das Geländer angelehnt stand. Das mit einer bunten Patchworkdecke bezogene Bett quietschte, als ich mich darauf fallen ließ. Wie erschöpft ich war, merkte ich erst jetzt.

»Du etwas essen?«, erkundigte sich Nonja.

Ich nickte. »Aber ich brauche ein paar Minuten, okay?«

Nonja verstand und ließ mich allein.

Ich fühlte mich meiner Heimat unendlich fern, je länger ich dem so lebendigen Mutter-Tochter-Geschnatter hinter der Wand lauschte, und fragte mich, ob ich meiner Mama und Tante Inga vor der Abreise noch einmal hätte sagen sollen, wie lieb ich sie hatte. Ich befreite mein Handy aus dem Flugmodus und entdeckte unzählige verpasste Anrufe von Tante Inga. Ich wählte ihre Nummer, wartete, versuchte es noch einmal – doch sie ging nicht ran. Merkwürdig.

Im Koffer fand ich meine Gastgeschenke: ein Körbchen mit unterschiedlichen Teesorten und Kandis für Larissa und eine hübsche Verwöhn-Box mit Duschgel und Shampoo für Nonja, was zugegebenermaßen eine Notlösung war, weil ich nicht viel über die beiden wusste.

Larissa werkelte in der Küche. Freudig nahm sie meine Präsente entgegen, als hätte sie ihr Leben lang auf den Tee und den Kandis gewartet, drückte Nonja eine Schüssel in die Hände und dirigierte uns zum Wohnzimmer. Auf der weißen Tischdecke waren unzählige Schalen mit Salaten aufgestellt, dazu Aufschnittplatten mit Wurst und Käse, geräuchertem Fisch – mir drehte sich der Kopf. Fiel *das* hierzulande unter ›etwas zu essen‹? Nonja fragte mich über Deutschland aus, nach meiner Familie und meinem Entschluss, ein Auslandssemester in Russland zu verbringen. Auf Letzteres antwortete ich ausweichend. Wie sonst hätte ich ihr erklären sollen, dass ich seit Metas Unfall immer wieder aufflackernde Schatten sah, die Unheil zu versprechen schienen. Und dass ich hier war, weil ich mich plötzlich zu eindringlich an die Worte meines Vaters erinnerte. Wie er mich zu sich auf den Schoß genommen, mir zärtlich über den Kopf gestrichen und zugeflüstert hatte: »Was siehst du in den Schatten, Kleines? Siehst du darin die Zukunft?« Mein Vater stammte aus Russland, genau genommen aus Sankt Petersburg. Nun war ich hier. Zugegeben, ohne einen konkreten Plan, denn wie hoch standen die Chancen, ihm in einer Millionenstadt einfach über den Weg zu laufen? Und viel mehr wusste ich nicht über ihn, weil Mama nie von ihm sprach. Ich konnte nicht einmal mit Sicherheit sagen, ob all das, woran ich mich zu erinnern glaubte, nicht einfach nur eine Einbildung war.

Mit dem Essen vollgestopft, unternahm ich einen neuen Versuch, Tante Inga zu erreichen, doch sie nahm nicht ab. Wusste meine

Mama womöglich etwas über den Grund dieser Anrufe? Ich hätte mich sowieso längst bei ihr melden und ihr versichern sollen, dass ich bis jetzt von keinem frei laufenden Bären aufgefressen worden war. Doch auch bei ihr wartete ich vergeblich auf ein Lebenszeichen. Zwischendurch lugte Nonja ins Zimmer und fragte, ob ich Lust hätte, mit ihr die nahe Umgebung zu erkunden. Eine gute Idee. Ich steckte das Handy ein, schlüpfte in meine Jacke und Schuhe und folgte ihr. Energisch gestikulierend versuchte Nonja, mich zu einer weiteren Fahrt im Aufzug zu überreden, doch so abenteuerlustig war ich bei Weitem nicht. Also rief ich, ich wäre bestimmt schneller unten, sie zuckte herausfordernd mit den Augenbrauen, die Aufzugstüren rumpelten beim Zugehen und ich lief die Treppe herunter. Natürlich nahm ich den Wettkampf ernst. Vielleicht zu ernst. Denn eine Etage tiefer rutschte mein Fuß auf einer Stufe aus. Ich stolperte, versuchte mich am Geländer festzuhalten und fiel – in jemanden hinein.

Ein kräftiger Arm schlang sich um mich, ich taumelte und stemmte mich mit beiden Händen gegen eine muskulöse Männerbrust. Hastig schob ich mir das Haar aus dem Gesicht und schaute in intensiv graue Augen, die mich belustigt musterten. Mal ehrlich. Wenn der Kerl am Flughafen meinen Albträumen entsprungen zu sein schien, war dieser Vertreter der männlichen Zunft genau das, was ich nach einer Überdosis *Vampire Diaries* heimlich angeschmachtet hätte. Peinlich, peinlich – aber das Plakat mit Ian Sommerhalder hing immer noch an der Wand meines Zimmers.

Der Typ schmunzelte, als hätte er meine Gedanken erraten, und beugte sich zu mir. Noch einen Augenblick länger, und man könnte glauben, wir sprächen für ein Vom-Winde-verweht-Remake vor. Energisch schlüpfte ich aus seiner Umarmung und stieg vorsichtshalber eine Stufe höher, bevor ich ihn genauer in Augenschein nahm. Eine abgewetzte Lederjacke über den breiten Schultern, klar definierte Gesichtszüge Marke »Bad Boy«, ein freches Grinsen auf den Lippen – höchste Zeit aufzuhören, ihn anzugaffen Liza!, mahnte ich mich zur Ordnung.

»Ähm. Danke«, stammelte ich und spürte, dass ich rot wurde. Und wenn ich rot wurde, begannen meine Sommersprossen noch mehr zu leuchten, was mir sogleich noch mehr Hitze ins Gesicht brachte.

Russisch, Liz, denk russisch! Aber mein Verstand hatte offensichtlich beschlossen, in seiner Gegenwart alle Funktionen einzustellen. Was dem Kerl natürlich nicht entging.

Er hob eine Augenbraue. Mann, warum konnten ausgerechnet solche Kerle es so gut? Und ich zupfte an meinen Locken wie ein kleines Mädchen. Also ließ ich mein Haar los und bemühte mich um mehr Selbstbewusstsein. »Hi!«

Etwas Kaltes und Nasses stupste mich von unten an. Ich quiekte auf und sprang noch eine Stufe höher. Wollte ich nicht gerade eben noch mit dem Kleinmädchengehabe aufhören? Schwierig, wenn einen ein riesiger Schäferhund mit einem schräg gelegten Kopf musterte.

»Nikcht Angst chaben.« Der Typ kniete sich hin und knuddelte den Hund durch. »Sie kcheißt Käpt'n. Sie seehr lieb.«

»Ähm. Du sprichst deutsch?«

Schon wieder fummelte ich an meinen Haaren.

Statt einer Antwort richtete er sich auf und hob erneut eine Augenbraue. Ja, Mann, hab's schon kapiert. Das kannst du wirklich toll! Ich seufzte. Dieses Grinsen. Die verwuschelten Haare. Eine kleine, blasse Narbe rechts nahe dem Wangenknochen. Okay, okay, er hatte definitiv etwas Verwegenes an sich. Und wenn ich nur daran dachte, wie sein starker Arm mich an sich gedrückt und ich mit jeder Faser meines Wesens die Wärme seines Körpers gespürt … Stopp! Genügte all das etwa, um ihn wie sein Hund anzuhecheln?

Definitiv nicht!

Außerdem hatte sein dunkelbraunes Haar einen grauenhaften Schnitt, beschloss ich, um mein etwas zu euphorisch hüpfendes Herz zur Ordnung zu rufen.

Ich straffte die Schultern und räusperte mich. »Es ist mir ein Vergnügen, Euch kennenzulernen, Käpt'n«, sagte ich zum Hund mit einer Verbeugung und beobachtete vergnügt das grüblerische Gesicht des Herrchens. Bestimmt hatte er nur ein paar Worte mitbekommen, ich hatte mir keine Mühe gemacht, langsam zu sprechen. Aber das Grübeln stand ihm, musste ich zugeben.

Der Hund wedelte begeistert mit der Rute. Nur aus dem Augenwinkel bemerkte ich die flackernden Schatten. Innerlich erstarrt beobachtete ich, wie die Umrisse begannen, sich zu verflüssigen, als würde sich eine Lache zu meinen Füßen bilden und die Stufen zu mir hochkriechen. Wie schwarzes Blut, dachte ich. Das langsam über eine Oberfläche mit merkwürdigen Symbolen floss und sie nach und nach ausfüllte. Dann flackerte der Schatten erneut auf und ich sah Flügel. Mächtige Schwingen eines riesigen Vogels.

»Liza, nein!«, hallte es durchdringend bis zu mir. Ich zuckte zusammen.

Auf dem Absatz unter uns stand Nonja, blass, mit weit aufgerissenen Augen. Konnte sie es auch sehen? Wusste sie, was mit mir los war? Was das alles bedeutete?

Sie beachtete mich nicht weiter und meinte bloß zu dem Typen, er solle mich in Ruhe lassen und gehen.

Nein, wollte ich protestieren, aber er zuckte nur mit den Schultern. »Okej, Okej. Wir uns sehen, doitsche Mädkchen«, flüsterte er mir zu, winkte seinen Hund herbei und ging weiter.

Mein Herz trommelte SOS. Wie ferngesteuert stolperte ich auf Nonja zu. »Hast du seinen Schatten gesehen? Du hast ihn gesehen, nicht wahr?«

Verständnislos runzelte sie die Stirn.

Nein, das hatte ich mir definitiv nicht eingebildet. Sie wusste etwas! Oder spielte mein Verstand endgültig verrückt?

»Komm«, meinte sie nur. »Ich mich gefragt chabe: wo du?« Schon lief sie die Treppe hinunter, ich ihr hinterher.

»Was weißt du über diesen Jungen?«

»Edik?« Sie gab einen merkwürdig grunzenden Laut von sich und riet mir, mich von Kerlen wie ihm fernzuhalten. Überhaupt, meinte sie, sollte ich bei Fremden nicht sofort raushängen lassen, dass ich Deutsche war. Hätte ich den Vortrag darüber, wie gefährlich es hier für mich als Ausländerin werden könnte, vor meiner Abreise gehört, hätte ich meinen Flug storniert und die Judo-Probestunden aus meiner Kindheit wieder aufgenommen. Und bei all dem Redeschwall fiel kein einziges Wort über zuckende Schatten.

»Jetzt mal langsam«, unterbrach ich sie, als wir draußen waren. »Was genau ist da passiert?«

Nonja rümpfte die Nase. Sie kenne Edja – wohl ein weiterer Name für ›Edik‹, kombinierte ich – seit Kindertagen. Damals war er ›voll okay‹ gewesen. Der beste Sandkastenfreund, den man sich vorstellen konnte. Zwischen Streitereien um Förmchen und verfügbare Schaufeln habe sich Nonja in ihn sogar verliebt. Doch er hatte sich zum Schlechten entwickelt, wie ihre Mutter es wohl häufiger auszudrücken pflegte. Seit einigen Jahren arbeitete er in einem ›Casino‹ – die Gänsefüßchen malte Nonja besonders hingebungsvoll in die Luft. Er spielte mit Besuchern Billard, um ihnen für seinen Mafiaboss das Geld aus der Tasche zu ziehen. Von dem, was er in der Nacht gewann, bekam er Prozente. Die ihm sein Alkoholiker-Vater wieder abnahm, um Schnaps zu finanzieren. Ganz sicher trinke auch Edik, bekräftigte Nonja, und wenn man keinen Ärger haben wollte, so hielte man sich von den Schauros fern. Schauro musste wohl sein Nachname sein – meine Kombinationsgabe machte gerade Überstunden. »Komme jetzt«, sagte sie schließlich, bevor ich sie weiter über die Schatten ausfragen konnte, und machte deutlich, dass das Gespräch über Edik beendet war: »Viiiel sehen wir wollen.«

Ich seufzte. Womöglich interpretierte ich da einfach zu viel rein, und sie wollte mich bloß vor ihrem Gangster-Nachbarn warnen.

Doch etwas in meiner Brust flatterte, fast wie die Schatten vorhin. Vielleicht eine böse Vorahnung. Oder einfach nur mein verrücktes Herz.

Viel gab es in der Gegend nicht zu sehen – nur Häuser, die einander zum Verwechseln ähnlich sahen, und Wege, die sich erfolglos gegen die Schlaglöcher behaupteten. Kaum Passanten, bis auf ein, zwei Menschen, die, in ihrem Trott versunken, durch die Straßen eilten. Eine Zeit lang schienen uns zwei Männer zu folgen, was mich nach einer Weile etwas nervös gemacht hatte. Beide mit strohigem Haar, das ihnen buchstäblich aus dem Gesicht und der Kopfhaut wucherte. Dazu eine elegante Kleidung: eine perfekt sitzende Jeans, bei dem einen vollendete ein Rollkragenpulli und eine schicke Lederjacke das ›Outfit of the Day‹. Bei dem anderen war es ein langer, dunkler Wollmantel. Im Gegensatz zu mir wirkte Nonja ganz entspannt, also beruhigte ich mich auch – und irgendwann verschwand zuerst der eine, dann der andere Mann hinter einem der Häuser. Der Vortrag über die inländische Sicherheit hatte mich wohl etwas zu paranoid gemacht.

Nonja zeigte mir den nahen Supermarkt, die Schule, in die sie früher gegangen war und die mich mit ihrem U-förmigen grauen Bau an einen Bunker erinnerte, und die nächste Bushaltestelle, falls ich mal zur Metro und dann in die Innenstadt fahren wollte. Besonders stolz war sie auf den nagelneuen, beleuchteten Spielplatz in der Nähe, der mit knallbunten Farben und Gestalten aus russischen Märchen und Sagen lockte: eine Rutsche in Form eines Feuervogels, eine Hangelleiter auf dem Rücken des Grauwolfes, eine Schaukel zu Ehren des Teigklopses Kolobok.

Bald traten wir den Weg zurück an und nach einem kleinen Marsch durch das Labyrinth aus Plattenbauten erkannte ich unser Haus. Von den Bänken in der Nähe tönte das Grölen und Pöbeln einiger Halbstarker oder Gerade-mal-so-Erwachsenen; Flaschen klirrten, die bestimmt keinen Apfelsaft beinhalteten, Zigarettenstummel wurden direkt am Holz der Sitze ausgedrückt. Nonja rümpfte die Nase. Ediks Kumpels, erklärte sie und mahnte mich erneut, ich solle mich von ihm fernhalten.

Da entdeckte ich in der Nähe unseres Treppeneingangs einen der Wuschelmänner wieder. Er schien auf etwas zu warten. Oder auf jemanden. Mir entging nicht, wie er den einen oder anderen wachsamen Blick zu uns herüberwarf, um gleich darauf rasch beiseitezuschauen. Okay, vielleicht wohnte er hier, beruhigte ich mich und stellte beim Näherkommen fest, dass es keiner unserer zwei Vielleicht-Verfolger, sondern ein dritter Kerl war. Das Bart- und Kopfhaar genauso wild wuchernd, trug dieser einen Anzug unter seinem aufgeknöpften schwarzen Trenchcoat. Anscheinend gab es irgendwo ein Treffen anonymer Friseurphobiker. Ganz einfach. Doch meine Alarmglöckchen schrillten weiter. Zusammen mit ihnen meldete sich auch mein Handy mit einem anonymen Anruf. Zögernd nahm ich ab.

»Hallo, Cousinchen.«

Mein Magen zog sich zu einem festen Knoten zusammen. Natürlich erkannte ich die Stimme sofort. Und dennoch musste ich mich einen Moment sammeln. »Meta?«

»Ich hoffe, ich störe nicht.«

Ich schluckte. Man brauchte keine zuckenden Schatten, um zu ahnen, dass etwas nicht stimmte. »Ist alles okay bei dir?«

»Bei mir? Alles prima.«

Wir schwiegen beide, während der Wuschelmann mich mit einem merkwürdigen Blick taxierte, der mir durch Mark und Bein ging. Ich drehte mich weg. Was sollte ich sagen? Sollte ich überhaupt etwas sagen? Oder brauchte Meta gerade jemanden, der ihr zuhörte?

»Deine Mutter liegt im Koma«, drang ihre leise Stimme zu mir durch.

Mein Herz schlug so heftig, dass ich glaubte, kein einziges Wort mehr herausbringen zu können.

»Tut mir leid«, sagte sie schließlich. Sie holte tief Luft, doch statt etwas zu sagen, brach die Verbindung ab.

Verstört starrte ich auf mein Handy. Was sollte das? Ein dummer Scherz? Eine merkwürdige Racheaktion? So war sie doch gar nicht! Anderseits – was wusste ich schon darüber, wie Meta inzwischen war.

Nonja tippte mich an der Schulter an und hob fragend die Augenbrauen.

»Alles gut«, murmelte ich und rief meine Mama an. Keine Antwort.

Mein Herz raste. Ich versuchte, Tante Inga zu erreichen, immer wieder, während ich die Stufen des Treppenhauses hochjagte. Würde ich erneut mit Edik zusammenprallen, würde ich ihn samt Käpt'n einfach umnieten.

Larissa öffnete auf mein Sturmklingeln, fragte nichts, als ich mit dem Telefon am Ohr an ihr vorbei in mein Zimmer hastete. Ich machte die Tür hinter mir zu, ließ mich aufs Bett fallen und starrte den an die Wand genagelten Teppich an. Nimm ab, nimm ab, flehte ich stumm.

»Liza? Süße? Bist du es?«

»Endlich!« Ich richtete mich auf, als hätte mich etwas in meinen Allerwertesten gestochen. »Was ist bei euch los? Ich kann Mama nicht erreichen!«

Tante Inga zögerte, und dieser Bruchteil einer Sekunde reichte aus, dass ich begriff – irgendetwas stimmte da tatsächlich nicht. »Bist du gut angekommen?«, fragte sie. Ihre Stimme bebte, und ich glaubte, dass sie um Fassung rang. »Wie ist deine Gastfamilie? Genauso nett, wie wir dachten?«

»Tante Inga!«, schrie ich sie an. Tief durchatmen. Sie konnte doch nichts dafür. Also senkte ich die Stimme, flüsterte beinahe: »Was ist mit Mama?«

Die Stille am anderen Ende war wie ein schwarzes Loch, das mich einzusaugen drohte. Bis ich ihr Seufzen hörte. »Sie ist im Krankenhaus. Wir wissen nicht, was passiert ist. Sie wollte anscheinend ein Mittagsschläfchen machen und ist nicht mehr aufgewacht.«

»Was sagen die Ärzte?« Ich war selbst überrascht, wie gefasst ich klang.

»Dass wir die Untersuchungsergebnisse abwarten müssen.«

»Ich nehme den nächsten Flug zurück.«

»Schätzchen, hör zu. Wir können überhaupt nichts tun. Ich bleibe bei ihr und melde mich, wenn sich etwas ändert. Sie ist stabil, die Ärzte sind optimistisch. Du kennst deine Mutter, sie ist eine echte Kämpferin.«

»Ich komme mit dem nächsten Flug. Keine Diskussion.« Ich legte auf, um sogleich nach den Flugverbindungen zu suchen, und hätte mein Handy am liebsten gegen eine Wand geschleudert. Die nächste Maschine ging erst in drei Tagen. In drei Tagen! Da wäre ich zu Fuß schneller …

Nein, wäre ich nicht, versicherte mir der Routenplaner bei Google Maps.

Drecksentfernung.

›Halte mich auf dem Laufenden!!!‹, schrieb ich an Tante Inga, dachte kurz nach und setzte noch ein paar Ausrufezeichen dazu.

›Aber klar‹, kam prompt zurück.

Danach – Funkstille.

Bis spät in die Nacht linste ich immer wieder zum Handy, in der Hoffnung, Neues zu hören. Meine Augen brannten, die Lider fühlten sich schwer an, aber ich jagte den Schlaf davon. Es war, als hätte etwas all meine Träume ausgelöscht. Sogar die, die mich seit Metas Unfall verfolgten. Und je länger ich in diesem winzigen Zimmer verharrte und an die Decke starrte, desto mehr überkam mich das Gefühl zu ersticken. Ich schlüpfte aus dem Bett und tastete mich zum Fenster. Nach einem heftigen Rütteln am Griff gab die Balkontür nach und ich trat an die frische Luft.

Wie schwarze Blöcke lagen die Nachbarshäuser vor mir, ein paar Bäume streckten dem Himmel ihre knorrigen Äste entgegen, weiter vorne – eine einsame Straßenlaterne. War da etwa jemand? Ich hätte schwören können, einen der Wuschelmänner gesehen zu haben – aber nein. Niemand da. Tief atmete ich die nächtliche Luft ein. Es war so leise, dass ich kaum glauben konnte, in einer Millionenstadt zu sein. Sankt Petersburg hatte wahrhaftig sehr viele Gesichter, so gerne hätte ich sie alle kennengelernt – aber ich musste zu meiner Mama, sie brauchte mich.

Ich lehnte mich an die Brüstung, die Arme eng um die Schultern geschlungen. Mich auf einen der Eimer zu setzen, traute ich mich nicht. Gut so, denn in einem entdeckte ich Sauerkraut.

Kalt.

Gab es hierzulande schon Bodenfrost? Mir hatte längst vor dem russischen Winter gegraust, zumal mein mit Kunstpelz gefütterter Parka nicht in den Koffer gepasst hatte.

Es raschelte. Allein war ich nicht mehr. Dann hörte ich ganz in der Nähe ein zufriedenes Hecheln. »Käpt'n?«, hauchte ich und spähte in die Dunkelheit.

Schräg links unten mir entdeckte ich das rote Glimmen einer Zigarette. »Kannst nikcht schlafen, doitsche Mädkchen?«

Seine raue Stimme war vermutlich den nächtlichen Rauchausflügen auf den Balkon geschuldet. In der Dunkelheit und der Stille um uns herum klang sie durchaus angenehm. Ruhig, bodenständig und so, als würde er wieder sein freches Grinsen aufsetzen, das ich bereits im Treppenhaus kennengelernt hatte.

»Ähm …« Ich biss mir auf die Lippe. Bei so vielen Ähms, die mir in seiner Gegenwart herausrutschten, müsste er inzwischen denken, dass ihm im Deutschunterricht ein Hilfsverb entgangen war. Oder dass mein IQ unter einer unangezündeten Zigarette lag. So oder so, auf eine nächtliche Unterhaltung mit Edik – überhaupt mit irgendjemandem – konnte ich verzichten.

Ich wandte mich ab und stolperte zurück zur Balkontür, als der Hund unruhig aufwinselte. Nein, nicht unruhig, eher freudig erregt.

»*Ticho, Käpt'n! Mesto!*« Für einen Moment wurde es still, dann ertönte erneut das fröhliche Winseln und kurz darauf – Gerangel. Offensichtlich lag auch auf Ediks Balkon so einiges Zeug herum, das der Hund fröhlich umschmiss, als er spontan beschlossen hatte, wild herumzutoben. Beunruhigt spähte ich über die Brüstung, konnte jedoch nur das im Dunkeln tanzende rote Glimmen sehen, bis die Zigarette erlosch. Entweder hatte Edik sie ausgedrückt oder sie war ihm heruntergefallen. Etwas schepperte, der Hund winselte in seiner unbändigen Freude und ich hörte Edik fluchen – die Art von Fluch, die wohl nicht für mein damenhaftes Ohr bestimmt war. Aber nichts half, um das Tier davon abzuhalten, über den Balkon stoben zu wollen. Es bellte, lauter und lauter, als hätte es irgendwo einen Kumpel gewittert, den es mit einem begeisterten Kläffen begrüßte. In den benachbarten Fenstern gingen Lichter an, es dauerte nicht lange, bis ich eine Frau brüllen hörte, man solle mit dem Lärm aufhören. Auch in Ediks Wohnung ging das Licht an, sodass ich endlich sehen konnte, was auf dem Balkon los war. Edik hielt den Hund am Halsband, den pelzigen Leib zwischen die Beine gepresst, und redete auf das Tier ein. Es schien zu zittern, die Schnauze zum Himmel gestreckt, als versuchte es etwas zu wittern. Die Balkontür wurde aufgerissen und aus der Wohnung ertönte das Lallen eines Betrunkenen. Wohl sein Vater. Der Mann hämmerte wild gegen den Türrahmen, der Hund kläffte wie wild, während Edik versuchte, gleichzeitig das Tier, die schimpfende Frau und seinen Vater zu beruhigen. Endlich bekam er den Hund in die Wohnung, die Balkontür schlug wieder zu und ich hörte nur noch, wie Käpt'n immer wieder gegen das Glas sprang.

Plötzlich flutete das Licht mein Zimmer. In ihre Morgenmäntel gehüllt, stürzten Nonja und Larissa herein, um mich vom Balkon zu zerren. Wie es bei Edik weiterging, konnte ich nicht mehr sehen.

Dafür sah ich etwas anderes.

Eine groteske, riesige Silhouette schoss von einem der gegenüberliegenden Gebäude zum Dach unseres Hauses. Eine Mischung aus einem Bären und einem Wolf vielleicht, mit einem Hauch …

… von einem Menschen.

# Auf der Suche nach dir

Zu grell. Zu laut. Zu … viel. Seine Lunge schien sich mit Blei zu füllen, während die ganze Welt auf seinen Kopf einhämmerte. Er krümmte sich auf dem Boden und wusste nicht mehr wohin mit all dem Chaos, bis er sich zu einem Atemzug zwang. Obwohl die Versuchung groß war, dagegen anzukämpfen, weil jedes Schlückchen dieser stinkenden Luft seine Kehle mit einer beißenden Schicht belegte.

Nur langsam lösten sich die verkrampften Glieder. Unter seiner Wange spürte er einen kalten Steinboden. Geräusche, Gerüche von unzähligen Menschen, Maschinen, Dingen … zerrten an seinen Sinnen. »Ey, Junge! Geht es dir nicht gut?«

»Wir sollten einen Arzt rufen.«

»Besser gleich die Polizei.«

»Er ist ja vollkommen nackt.«

»Hallo? Hörst du mich?«

»Vielleicht ist er auf Drogen.«

»Polizei!«

Jeder Laut ließ ihn zusammenzucken. Am liebsten würde er die Gaffer niederreißen, sie zerfetzen und fliehen. Weg von diesem Lärm, weg von diesem Gestank.

Jemand beugte sich über ihn, rüttelte an seiner Schulter. »Hey! Hörst du mich?«

Instinktiv bleckte er die Zähne und knurrte.

»Der ist ja vollkommen irre! Wo bleibt die Polizei?«

Er sammelte seine Kräfte und schnellte hoch. Die Menschen schrien, stoben auseinander. Niemand wagte es, sich ihm in den Weg zu stellen. Sein Grollen hielt jeden von ihnen auf Abstand.

Schließlich wandte er sich ab und rannte durch die Halle. Die Schatten, wo waren die Schatten? Sie würden ihn vor den Blicken schützen, ihm Geborgenheit schenken. Die Dunkelheit war schon immer seine Verbündete gewesen.

Nur Menschen, überall. Sie riefen etwas, zeigten mit dem Finger auf ihn. Er schob sich hinter eine Säule, lehnte sich mit dem nackten Rücken gegen den kalten, seelenlosen Stein. Gleich würden sie kommen und ihn holen.

Doch der Tumult in der Halle legte sich.

Kaum eine Armlänge von ihm entfernt saß ein älterer Mann und blätterte in der Zeitung; ab und zu glitt sein Blick umher und schien nichts Interessantes zu bemerken. Die Menschen beachteten ihn nicht mehr! Der Schatten der Säule verbarg ihn vor ihnen, machte ihn vollkommen unbedeutend für die oberflächlichen Sinne dieser einfältigen Geschöpfe.

Doch er konnte nicht ewig hinter der Säule ausharren. Neben sich entdeckte er einen Koffer, die beiden Schieber des Reißverschlusses waren mit einem kleinen Schloss gesichert. Vorsichtig streckte er einen Arm aus, befühlte den kalten Metallbügel, der so zerbrechlich in seinen Fingern wirkte. Es kostete ihn kaum eine Anstrengung, das Schloss auseinanderzubrechen.

Gut so. Er zog aus dem Koffer ein Hemd und eine Leinenhose, die nach dem Muff eines fremden Körpers stanken. Wie widerlich der Geruch auch war – angezogen könnte er auch ohne die Schatten unnötige Aufmerksamkeit vermeiden. Also schlüpfte er in die Sachen und machte ein paar vorsichtige Schritte mitten ins Chaos. Unvorstellbare Menschenmengen strömten durch die Halle aus allen Richtungen und in alle Richtungen zugleich. Eine Frau mit einem überdimensionierten Koffer stieß ihn an. »Pass doch auf, Junge!« Sie war längst wieder verschwunden, während er noch immer Speck in ihrem Gepäck witterte.

Was war geschehen? Wo war er?

Diese Welt konnte unmöglich ein Traumgespinst sein.

Unter der Deckung der Schatten suchte er den Weg nach draußen, weg von Asphalt und Beton. Die Bäume hinter einer Ecke versprachen Trost, lockten ihn mit ihrem vertrauten Stillschweigen. Also ließ er seinen Instinkten freien Lauf und schnellte über den Platz, auf dem sich unzählige Metallkarossen aneinanderreihten.

Erleichtert drückte er seine Stirn gegen den Baumstamm. Der Geruch der Rinde tröstete ihn und spendete ihm Kraft. Die trockene, festgestampfte Erde kühlte seine nackten Füße. Er saugte den Duft des Baums tief in sich hinein, lauschte dem Rascheln der Blätter, um das Tosen der anderen Geräusche zu verdrängen, als ein Aufschrei ihn aus der Geborgenheit riss.

Für einen Moment glaubte er, doch noch in der Traumwelt verloren zu sein. Liza. Dumpf schlug sein Herz in seiner Brust, das Herz, das so lange tot gewesen war.

Er sah in ihre Augen. In ihre so schönen Augen. Grün wie die Hoffnung, die sie ihm gab.

Unwillkürlich streckte er eine Hand nach ihr aus, als eine fremde junge Frau – Vorsicht! Gefahr!, schrien seine Sinne – sie in eine dieser Metallkarossen zog. Schon setzte sich das Ungetüm in Bewegung.

Nein, er durfte sie nicht verlieren! Das Einzige, was in dieser fremden Welt so vertraut für ihn war.

Also rannte er. Die Schnellstraße entlang, ohne auf das wütende Hupen zu achten, immer weiter durch den Wirrwarr der Straßen, die gesichtslosen Menschenmassen und die stickige Abgasluft. Schon bald schmerzten seine Fußsohlen, wurden von Glasscherben aufgeschlitzt und von Steinchen aufgescheuert, die sich unbarmherzig tief in seine Haut bohrten. Erst als die Kraft ihn zu verlassen begann, zügelte er sich.

Der Tag neigte sich dem Ende zu. Er spürte, wie das Licht langsam müde wurde, wie sich die Dämmerung über die Stadt legte und eine seltsame Trägheit nach und nach seinen Körper füllte.

Die Zeit … drängte.

Mit jeder Minute wurden seine Bewegungen schwerfälliger, als zögen ihn mehrere Gewichte gen Boden. Der Atem ging keuchend, er hustete, und eine Weile konnte er nicht mehr damit aufhören, während seine Lunge schwächer und schwächer wurde. Er musste die Lider zukneifen, um etwas zu erkennen, schlurfte weiter, bis er nicht mehr konnte.

»Die müden Knochen wollen nicht mehr so wie früher, was?«, krächzte es neben ihm.

Auf einer Bank saß eine alte Frau, den Gehstock zwischen die Knie geklemmt. Ihr grauer Mantel roch so sehr nach Naphthalin, dass auch er das Bedürfnis hatte, mottenähnlich das Weite zu suchen.

»Ach, was waren wir in den jungen Jahren noch wild. Jeden Freitagabend lief ich mit meinem Jefrem zum Tanzen, da haben uns auch die langen Schichten in der Fabrik nichts ausgemacht. Und heutzutage sind schon ein paar Schritte zu viel, nicht wahr?«

Oh ja. Dünn und knochig waren seine Finger, schwer biegsam die Gelenke. Wenn er sich über das Gesicht fuhr, fühlte er die spröde Haut.

Er alterte.

Wie der Tag, der langsam über der Stadt erstarb.

Die Frau redete und redete, doch er hörte nicht weiter zu, drehte sich um und schleppte sich davon, vom Drang übermannt, sich irgendwo zu verkriechen. Ein Keller dürfte reichen. Er trat eines der Fenster ein, die Scherben rissen seine Fußsohlen noch mehr auf, aber was machte das schon noch? Drinnen roch es moderig, auf dem Boden lag Schutt, doch die Stille und die Dunkelheit versprachen die ersehnte Ruhe. Er zog seine Sachen aus und rollte sich in einer Ecke zusammen.

Dann kamen die Schmerzen.

Seine Muskeln krampften. Seine Knochen brachen und etwas zerrte an seinen Gelenken, verdrehte seinen ganzen Körper, bis kaum noch etwas Menschliches an ihm übrig blieb. Seine Pranken schlugen gegen die Wände, die wachsenden Krallen gruben sich in den Boden und zogen tiefe Furchen in den Schutt, rissen einen Balken über ihm auf, als wäre dieser bloß aus Pappe. Ein letztes Mal bäumte er sich auf, als seine Wirbelsäule sich verschob und ihn zwang, ein Heulen hinauszustoßen, dann ließ er sich zurück in seine Ecke fallen.

Die Nacht war angebrochen.

Sein ganzer Körper zitterte vor Kälte. Also blieb er liegen und lauschte dem verstohlenen Fiepen aus der Dunkelheit. Ratten. Er witterte jeden einzelnen Leib, beobachtete, wie die Tiere sich aufrichteten und neugierig zu ihm aufblickten. Ein paar von ihnen trauten sich näher heran. Die Nager krochen seine Arme und Beine empor, wuselten auf ihm, kuschelten sich an ihn. Endlich strömte Wärme in seine Glieder. Das Knuspern und Knirschen der Ratten, ihre pelzigen, zutraulichen Leiber beruhigten ihn und spendeten ihm Kraft. Die

Nacht, ein einziger, riesiger Schatten, der diese Welt umhüllte, flüsterte ihm ihre Geheimnisse zu. Plötzlich kannte er den Weg, wusste, wo er nach Liza suchen musste. Alles in ihm sehnte sich danach, in ihrer Nähe zu sein.

Langsam kam er auf alle viere, reckte und streckte sich, schüttelte die Ratten ab. Das Fenster, sein Weg in die Freiheit, schien zu klein für ihn zu sein, doch er wusste, dass sein Leib imstande war, sich auch durch die winzigste Öffnung zu drängen. Er zwängte sich hindurch und schnellte mit einem Satz auf das Dach eines Mehrfamilienhauses. Die Lichter der nie ruhenden Stadt erhellten den Himmel, doch in der Dunkelheit würde er verborgen bleiben. Die Nacht war seine Komplizin, er vertraute ihr. Mit weiten Sprüngen von einem Dach zum anderen begann er seinen Weg. Pure Kraft strömte durch seine Blutbahnen, pumpte Energie in seine Muskeln und machte ihn beschwingt von der eigenen Macht.

Bald war er da. Er hörte aufgeregte Stimmen, das Bellen eines Hundes, der ihn freudig begrüßte, irgendein Weib verlangte nach Ruhe. Die Aufregung brodelte wie in einem Kessel. Mit einem geschmeidigen Satz gelangte er vom fünfstöckigen Bau auf das Dach ihres Hauses. Bald kehrte Ruhe ein, nur ab und zu hörte er die Straßenhunde heulen, und einige von ihnen zog es unaufhaltsam zum Haus, auf dem er wachte. Seine Nase zuckte, vergeblich darum bemüht, Lizas Vanilleduft auszumachen, stattdessen witterte er etwas anderes. An einer Hauswand neben einer Straßenlaterne lauerte eine Gestalt. Er wusste selbst nicht, was ihn an ihr so alarmierte. Instinktiv zuckten seine Ohren Richtung Geräuschquelle, mühelos machte er eine flüsternde Männerstimme aus: »Sie hatten recht, er ist zu ihr gekommen. Ich und die anderen Wolchwy sind auf den Posten. Wie lauten die Anweisungen?«

Flieh!, schrie sein Verstand. Flieh, solange du kannst!

Doch er blieb, weil er über seine Hoffnung wachen musste, sie auf keinen Fall allein lassen durfte.

»Verstanden«, ertönte es nach einer Pause. »Wir erledigen das.«

# Kapitel 4

*Se Theg nie Ib-Ab-Nnameztub*

*Ni meresnu Sierk mureh*

Die Stimme meiner Mutter wiegt mich in den Schlaf, wie in den Kindertagen, als sie Lieder rückwärts sang, sobald die Schatten länger wurden. Sie ist da, um auf mich aufzupassen. Ich summe mit ihr mit und tanze den *Schwanensee* auf einer sonnendurchfluteten Wiese. Ich habe nichts zu befürchten, solange Mama bei mir ist und über meine Träume wacht.

*Das werde ich nicht länger tun können, Liebes*, erklingt ihre Stimme in meinen Gedanken. Ich strecke mich, drehe eine Pirouette und sehe ihre schwach schimmernde Gestalt am Wiesenrand. Ein figurbetontes Kostüm, glänzende Pumps mit hohen Absätzen, eine aufwendige Hochsteckfrisur. *Ich habe so sehr gehofft, der Kelch wäre an dir vorbeigegangen. Aber nun hast du die Gabe – und du musst dich ihr stellen. Geh nicht nach Deutschland zurück. Dort wirst du mir nicht helfen können.*

Ihre Worte sind so eindringlich, dass ich mitten in meiner Ballettfigur verharre, unfähig, weiterzutanzen. *Was meinst du?*, will ich wissen. Forsche nach einer Antwort in ihrem blassen, müden Gesicht.

*Ich bin nachlässig geworden. Verzeih mir. Ich hätte dir viel früher alles erzählen sollen.*

*Dann tu es jetzt!* Ich laufe zu ihr, um nach ihr zu greifen und ihre Umarmung zu spüren. Doch egal, wie schnell ich renne – ich kann sie nicht erreichen. Erschöpft sinke ich nieder. *Mama!*

*Ich kann nicht. Ich bin hier gefangen. Seine Macht ist zu groß und ich habe fast all meine Kraft für dich gegeben. Aber du kannst mir helfen, hörst du? Wenn du es schaffst, deine Fähigkeiten zu entfalten.*

Der Klang ihrer Worte schwindet wie die Brise, die mit meinen Haaren spielt, wie die Wärme der Sonne auf meiner Haut. Meine Glieder werden schwer. Ich kann kaum noch den Kopf heben, um sie anzuschauen. Aus dem Augenwinkel bemerke ich eine Silhouette neben mir. Es ist einer der Wuschelmänner. Langer, gepflegter Bart, dunkle Locken, die ihm weit bis über die Schulterblätter reichen. Mit so einem Haar könnte er Werbung für Pflegeprodukte machen. Aber anscheinend ist er nicht gewillt, mir ein neues Shampoo zu empfehlen.

*Wir haben auf dich gewartet.*

*Wir?*, frage ich.

Er streckt sein Gesicht der Sonne entgegen, und ein gewaltiger Schatten verhüllt alles um uns herum. *Du kannst dich nicht länger verstecken. Die Schatten spüren dich.* Er spricht nicht wirklich, aber ich kann seine Worte wahrnehmen, als erklängen sie direkt in mir. Meine Mutter ist fort.

Der Mann legt eine Hand an meine Wange und dreht mein Gesicht zu sich.

Denk an etwas Schönes, befehle ich mir. Du bist die Herrin über deine Träume!

*Glaubst du?* Seine Züge sind unklar definiert, schemenhaft, verwaschen. Er macht mir Angst. Vielleicht nicht unbedingt er, sondern das, was um uns herum lauert.

Aber ich bin immer noch die Herrin über meine Träume! Wenn ich an nichts Schönes denken kann, soll es wenigstens etwas Lustiges sein! Und es ist, als würde meine Mama in mir zustimmend lächeln. Ich kann sie noch spüren – irgendwo, verloren in dieser merkwürdigen Traumwelt.

Der Mann hält mein Kinn in seinem eisernen Griff fest. *Vor uns brauchst du keine Angst zu haben. Wir sind hier, um dir zu helfen.*

Es reicht!

Ich sammle meine Kräfte und probiere es mit Yoga – meine Mama hat schon immer behauptet, das entspanne ungemein.

*Mach dich locker*, schlage ich dem Wuschelmann vor. Er wird unruhig, reckt und streckt seinen gut trainierten Körper.

*Was hast du vor?*, schnaubt er und ahmt die Bewegungen nach, die ich mir für ihn ausdenke. *Hör auf damit!*

Sein Anzug stört nur unwesentlich.

Ich kichere, während ich seine Bemühungen beobachte, sich mir zu entziehen. Sein Gesicht ist schon ganz rot geworden.

*Du glaubst, du hast die Macht?*, keucht er. *Aber hast du auch die Kontrolle über sie?*

In der Stellung ›Aufrecht sitzende Schildkröte‹, mit den im Nacken gekreuzten Beinen, klingen seine Worte nur halb so beunruhigend wie vorhin.

*Du musst lernen, die Schatten zu beherrschen. Oder sie beherrschen dich. Jetzt lass diesen Kindergarten, hast du verstanden?* Seine Stimme zittert. Vor Anstrengung und Wut, nichts gegen mich unternehmen zu können.

Ich verpasse ihm stylische *Lapti* zu seinem Anzug, jene russischen Flechtschuhe, die in meiner Ausführung wie Erdbeerkörbchen aussehen. Mit einem Nike-Logo an der Seite.

*Wirklich süß, deine kleine Vorstellung, Liza. Ich habe mich nicht in dir getäuscht.*

Und da begreife ich, dass die Worte, die ich in mir spüre, schon lange nicht mehr dem schnaufenden Wuschelmann gehören. Da ist eine unheimliche Präsenz, die alles um mich herum in die Dunkelheit hüllt. Sie befreit den Wuschelmann aus der ›Sitzenden Schildkröte‹, der meine Schultern packt und mich zu Boden drückt.

*Hast du auch nur die leiseste Ahnung, was du in deine Welt gebracht hast, Kleines? Es wird sie zerstören. Bis es nichts mehr gibt als die Dunkelheit, der dieses Ding dient. Es wird jeden, der dir nahesteht, in Stücke reißen. Bis du ganz allein bleibst und nur ihm gehörst. Willst du das? Nur ich habe die Macht, die Vernichtung deiner Welt aufzuhalten.*

Sein Atem keucht in meinen Ohren. Ich rieche den schweren Lilienduft wie vom Blumenstrauß, mit dem meine Gastfamilie mich am Flughafen begrüßt hat.

*›Es‹ hat einen Namen!*, stoße ich ihm entgegen. Mir fehlt die Luft. Ich ersticke unter seinem Gewicht.

*Es hat schon lange keinen Namen mehr*, zischt die Stimme in mir. *Es ist der fleischgewordene Untergang deiner Welt.*

Ich kämpfe um jeden Atemzug. Ich verliere! Die Panik steigt in mir hoch, ich drehe den Kopf und sehe, wie in der Ferne die Silhouette meiner Mama erglüht. Ihr Schein ist schwach, beinahe erloschen. *Wach auf!*, hallt ihr eindringlicher Ruf zu mir rüber.

Die fremde Präsenz vibriert in mir, presst die letzte Luft aus meiner Lunge. Die verdunkelte Sonne über mir wird zu einem Rad mit sieben Speichen, die jeweils in einem funkelnden Stern enden. Ein Rankenmuster schlängelt sich um den Kreis, wie von einer Geisterhand werden in die Speichen Grashalme eingeritzt. Das Rad steht über dem Kopf des Wuschelmannes wie ein Heiligenschein. Es ist Nonjas Anhänger, der sich zu drehen beginnt.

*Wach auf!*, ruft meine Mama, bevor sie von der Dunkelheit ausgelöscht wird.

Wach auf! Es ist nicht mehr ihre Stimme, die ich höre.

»Liesah, wach auf!«

Ich wurde durchgeschüttelt. Um Atem ringend, schlug ich die Augen auf. Dunkel. Der Liliengeruch. Über mir – Nonja.

»Liesah, bist du da? Bitte, sag mir, dass du wieder da bist!« Erneut wurde ich durchgerüttelt. In meinem Kopf drehte sich alles wie in der Trommel einer Waschmaschine.

»Kein … Schleudergang … mehr«, stammelte ich, blinzelte, darum bemüht, meine Gedanken zu sortieren.

»Gott sei Dank!« Nonja ließ mich los und ich fiel mit der Eleganz eines Kartoffelsackes zurück in die Kissen. Jetzt fragte sie mich natürlich, ob alles gut sei.

»Ja. Danke. War nur ein bescheuerter Albtraum«, nuschelte ich in einem Deutsch-Russisch-Mischmasch und rieb mir über das Gesicht. Ganz so sicher war ich mir nicht, dass es nur ein Albtraum war. So wie die zuckenden Schatten unmöglich bloß eine Halluzination sein konnten. Und der junge Mann am Flughafen, dieses fleischgewordene *es,* das ich in meine Welt gebracht hatte – wenn ich länger darüber nachdachte, fügte sich alles irgendwie zusammen. Auf eine ganz verrückte und verquere Art und Weise.

»Soll ich ein Weilchen bei dir bleiben?«

Ich war versucht, ›Ja!‹ zu rufen. Aber der Blick aus dem Fenster beteuerte mir, dass die Nacht fast überstanden war.

»Schon okay«, murmelte ich. Der Liliengeruch machte meinen Kopf ganz schwer und die Gedanken – träge.

Sie drückte meine Hand. »Ruf mich, wenn etwas ist. Wir sind im Zimmer nebenan.«

»Können Träume real werden?«, fragte ich plötzlich.

»Ja«, antwortete sie und ging, während ich grübelte, ob sie meine Frage überhaupt verstanden hatte. Der Lilienduft – unerträglich. Ich stand auf, nahm den Blumenstrauß und schmiss ihn vom Balkon. Unwillkürlich schaute ich hoch, als erwartete ich, dieses Ding wieder auf das Hausdach springen zu sehen. Irgendetwas war mir aus meinem Albtraum in diese Welt gefolgt. Wie Mamas Worte, die noch immer in mir nachhallten: *Nun hast du die Gabe – und du musst dich ihr stellen,* übertönt von den Drohungen des Wuschelmannes und der seltsamen Präsenz, die ihn übernommen hatte: *Hast du auch nur die leiseste Ahnung, was du in deine Welt gebracht hast, Kleines?* Ich kehrte in mein Zimmer zurück und blieb vor der Spiegelkommode stehen.

»Okay«, sagte ich zu meiner geisterhaften Erscheinung darin. »Ich höre auf die Worte meiner Mutter und gehe meiner Gabe auf den Grund, um sie aus der Traumwelt zu befreien. Schon gut, schon gut. Sollte das zu nichts führen, suche ich mir nach meinem Russland-Ausflug einen Psychiater. Einen sehr guten Psychiater.«

Am nächsten Tag erklärten Nonja und Larissa das geplante Sonntagsprogramm – Bummeln durch das Stadtzentrum und den Besuch von mindestens fünf Museen, falls ich mich nicht verzählt hatte – für gestrichen und meinten unisono, ich bräuchte Ruhe. Den Vorschlag nahm ich dankbar entgegen. Ich musste nachdenken. Was ein schweres Unterfangen war, da Larissa mir pausenlos Entspannungstee kochte, den ich langsam in allen Variationen kannte: mit Honig, Zitrone, selbst gemachter Himbeermarmelade … Tante Inga schrieb, es gäbe nichts Neues. Eigentlich ginge es meiner Mama gut, und man könnte denken, sie würde bloß schlafen.

Aber sie schlief nicht. Sie war gefangen. Und es lag also an mir, sie zu befreien.

Ich stornierte den bereits gebuchten Rückflug und durchstöberte das Internet auf der Suche nach Informationen über Träume, Traumwelten, Nachtmahre, Wuschelmänner – bis mir der Kopf rauchte. Insgeheim freute ich mich schon auf den Montag, an dem für mich der Unterricht am College beginnen sollte. Ein bisschen Normalität konnte gerade nicht schaden.

Abends ging ich früh ins Bett mit dem festen Entschluss, meine Mama in der Traumwelt zu suchen und sie auszufragen. Obwohl ich mich fürchtete, die Augen zuzumachen und Yoga praktizierende Wuschelmänner zu sehen. Aber wer kennt nicht diese schlaflosen Nächte, in denen man todmüde ins Bett fällt und das Gehirn so ›Heeey! Karnevaaaal!‹ ruft? Da half auch kein Entspannungstee. Also machte ich einen Ausflug auf den Balkon, lehnte mich an die Brüstung und spähte nach links, eine Etage tiefer. Das rote Glimmen war da. Na, kannst du auch nicht schlafen, russischer Junge?

Eine ganze Weile starrte ich in die Nacht, und irgendwie hatte ich das Gefühl, er spürte, dass ich auf dem Balkon stand. Vielleicht, weil seine Zigarette längst ausgegangen war und er dennoch nicht wegging. Als wollte er mir noch ein bisschen Gesellschaft leisten. Ich hörte etwas rascheln, als ob er auf dem Balkon etwas beiseiteschieben würde, oder wie das alte Geländer knackte, wenn er sich daran lehnte. Sollte ich etwas sagen? Nein, lieber nicht. Womöglich fantasierte ich mir da einfach nur etwas zusammen und er war längst in der Wohnung verschwunden, ohne dass ich es bemerkt hätte? Immerhin war es schon so spät. Völlig durchgefroren stakste ich Richtung Balkontür.

»Gute Nakcht«, erklang seine leise, raue Stimme.

Kurz hielt ich inne. »Spokojnoj notschi«, wünschte ich ihm.

In dieser Nacht träumte ich von Edik. Und es war einer der schönsten Träume, die ich je hatte.

# Kapitel 5

Als der Wecker klingelte, prüfte ich als Erstes mein Handy. Keine Nachrichten von Tante Inga. ›Gibt's was Neues?‹, tippte ich. ›Wie geht es Mama?‹ Ich wartete eine Weile, doch nichts kam zurück.

Zum Frühstück gab es mit Quark gefüllte Pfannkuchen, auch wenn ich mit Inbrunst beteuerte, dass Brot völlig ausreiche. Sowohl vor als auch nach dem Frühstück okkupierte meine Gastschwester das Bad, was für mich bedeutete: die Haare zusammenbinden, ein paar Haarspangen rein, die Sommersprossen blindlings mit einem Concealer übermalen – und los, wir waren spät dran. Nonja hatte beschlossen, nicht auf den Bus zu warten, sondern zu laufen, und das wöchentliche Joggen mit Mama war Dreck dagegen. Langsam dämmerte es mir, wie bei Nonja die Pfannkuchenkalorien verschwanden. Sie spornte mich an wie der beste Personal Trainer, doch ich hielt nicht nur wegen der Seitenstiche ab und zu an, um vornübergebeugt durchzuschnaufen. Ich fühlte mich beobachtet. Als würde hinter jedem Busch oder an jedem Hauseingang einer der Wuschelmänner auf mich warten. Aber da war niemand. Oder besser gesagt niemand, der mir Angst machen würde. Denn natürlich waren wir nicht die Einzigen, die sich frühmorgens beeilen mussten. Von allen Seiten pilgerten rucksackbepackte Kids und Jugendliche zu einer nahe gelegenen Schule. Dazwischen eilten Erwachsene, die zur Arbeit wollten und sich an den Bushaltestellen zu riesigen Pulks versammelten. Nonja meinte, wir lägen gut in der Zeit, und erlaubte mir, das Tempo zu drosseln. Im leichten Trab überquerten wir ein paar Straßen und visierten das imposante Gebäude des Colleges an. Der Bau stammte aus den Dreißigern und präsentierte voller Stolz den sowjetischen Geist der damaligen Zeit. Er ragte an einem riesigen, viel frequentierten Platz auf, umgeben von ähnlich wuchtigen Gebäuden: große Fenster mit Schmuckbögen, die Mauern mit Granitplatten verkleidet. In der Eingangshalle erwartete uns die Garderobe, über zwei breite Treppen verteilten sich die Studenten auf die Stockwerke, was zu dieser Uhrzeit einer Völkerwanderung glich. Wir hätten als Erstes Literatur, erklärte mir Nonja, genau genommen: ›Einführung in die Literaturwissenschaft‹, und zog mich in das zweite Stockwerk. Etwas weiter den Korridor entlang fanden wir die richtige Tür, vor der auf dem Boden eine beachtliche Ansammlung an Taschen lag, in denen die hiesigen Studenten ihre Habseligkeiten transportierten. Hier und da lümmelten meine künftigen Kommilitonen und warfen uns neugierige Blicke zu, versuchten allerdings gleichzeitig, uns nicht zu sehr anzustarren. Nonja lehnte sich abseits an eine Wand und erklärte, wir sollten warten – Marjana Nikolajewna öffnete niemals vor dem Unterrichtsbeginn.

»So wie du den Namen der Dozentin betonst, scheint das mehr Warnung zu sein als eine Ansprache.« Ich lachte.

»Lehrerin«, korrigierte mich Nonja. »Es ist ja keine Uni. Aber du hast recht. Nimm dich besser vor ihr in Acht.«

Eine kurze Zeit später kam Aufruhr in die Studentenreihen und ich entdeckte die gute Frau, die den Flur entlangstolziert kam, den Raum aufsperrte und alle hereinließ. Nonja wechselte ein paar Worte mit ihr, bevor sie Platz nahm und ich vorne stehen bleiben musste. Okay. Die obligatorische Vorstellung einer Neuen, genauso toll wie die Windpocken, die ich mir einst bei Meta eingefangen hatte. Mit dem Unterschied, dass man Pocken nur ein Mal im Leben bekam. Ich spürte schon das lästige Jucken, das auftauchen würde, sobald unzählige Augenpaare mich anstarrten, und fühlte mich sofort in meine Schulzeit versetzt. Wir waren oft umgezogen, bis Mama sich vor ein paar Jahren bei unserer Familie niederließ.

Die Lehrerin baute sich vor ihrem Tisch auf und legte die Hände zusammen, als wollte sie zu meinen Ehren ein Ständchen hervorbringen. Mit ihrem langen Zopf und einem blassen Teint wäre die Frau glatt als eine Mischung aus der russischen Märchenprinzessin Warwara der Schönen und der Eiskönigin durchgegangen. Ihre Lippen hatte sie knallrot geschminkt, vielleicht als Ablenkung von ihren Silberblick-Augen, die leicht hervorstanden wie bei einem Chamäleon. Womöglich inklusive der Fähigkeit, die Augäpfel unabhängig voneinander zu bewegen. Ansonsten strahlte ihre Erscheinung eine kühle, überlegene Schönheit aus, zu der wir Normalsterbliche nur neidvoll aufblicken konnten.

»Für die nächste Zeit haben wir in unserem Kurs eine neue Studentin«, eröffnete sie ihre Rede und visierte mich mit einem ihrer Augen an. »Das ist Lisa Evers aus Hamburg, und sie besucht unser College im Rahmen eines Austauschprogramms.«

Das nervöse Jucken war kaum noch auszuhalten. Wenn sie mich jetzt bat, etwas über mich zu erzählen, würde ich vermutlich noch weniger herausbringen können als bei meinen Begegnungen mit Edik.

»Erzählen Sie uns, Lisa, warum haben Sie sich für unser College und diesen Studiengang entschieden?«

Ganz ehrlich? Keine Ahnung. Ich wollte nach Russland, nach Sankt Petersburg, um genau zu sein, und das hier war die einzige Möglichkeit ...

Bevor ich meine Gedanken sammeln konnte, öffnete sich die Tür und mir blieb der Mund offen stehen. Nein, unmöglich, dieser Zufall! Meine Beine nahmen sogleich die Konsistenz von süßem Quark an, mit dem die Pfannkuchen heute morgen gefüllt gewesen waren, das lästige Jucken ging in ein verräterisches Kribbeln über: Im Türrahmen erschien Edik.

Ich konnte nur hoffen, dass ich meine Gesichtszüge bei seinem Erscheinen einigermaßen unter Kontrolle bekommen und nicht diesen völlig entrückten Kuhblick aufgesetzt hatte wie das Mädchen am ersten Tisch, das mit seinem rundlichen Gesicht und roten Wangen glatt als die große Schwester von Rotbäckchen durchgehen könnte. Zum Glück beachtete Edik keinen, am wenigsten mich oder das Rotbäckchen, sein ganzer Charme galt allein der Literatur-Königin, die ihn eisig musterte.

»Entschuldigen Sie die Verspätung«, gab er mit einem einstudierten Grinsen von sich, das dennoch zwei niedliche Grübchen auf seinen Wangen erschienen ließ – was das Rotbäckchen schier an den Schmelzpunkt brachte. »Darf ich rein, Marjana Nikolajewna?«

Marjana Nikolajewna drehte majestätisch den Kopf und richtete gleich beide Augen auf ihn. »Sie sind sieben Minuten zu spät, Eduard«, konstatierte sie.

»Musste mir noch das Haar legen«, meinte er und zwinkerte dem Rotbäckchen zu.

Wohl eher durch einen Tornado laufen, dachte ich und gab mir die größte Mühe, dabei völlig gelassen auszusehen. Wenigstens kaschierte das Durcheinander auf seinem Kopf den grauenhaften Schnitt. Aber irgendwie sah er damit süß aus, was neben mir und dem Rotbäckchen offensichtlich die Hälfte der weiblichen Vertretung dieses Kurses fand.

»Wir werden uns über Ihre Verspätungen unterhalten müssen«, beschloss die Lehrerin.

Er deutete eine Verbeugung an. »Unsere Konversationen sind mir stets ein Vergnügen, Marjana Nikolajewna.« Seine Erwiderung wurde von einem verhaltenen Glucksen quittiert, was in der Gegenwart von Marjana Nikolajewna einer Mutprobe zu gleichen schien. Ich konnte schwören, dass sie es spätestens jetzt geschafft hatte, ein Auge auf Edik und eins auf die anderen im Raum zu richten und das Glucksen damit im Keim zu ersticken.

»Nehmen Sie endlich Platz, wir haben genug Zeit vertrödelt.« Sie winkte ihn von sich.

Er schob den Riemen seiner Schultasche höher und ging mit festem Schritt an mir vorbei, ohne mich eines Blickes zu würdigen. Wobei: falsch. Einen Blick hatte er mir durchaus zugeworfen, und nun rätselte ich, was er bedeuten könnte, dieser kurze Anflug von Wärme, die darin verborgen lag. Egal. Das Rotbäckchen & Co beachtete er gerade noch weniger, tröstete ich mich, und eigentlich war es mir wurst, wen er beachtete und wen nicht. Denn eins war klar: Wenn ich jedes Mal einen Stich ins Herz bekäme, sobald er zu mir schaute, würde ich schon bald an Herzversagen sterben. Und das war definitiv kein Kerl dieser Welt wert. Auch nicht mit so leuchtend grauen Augen, in denen ich mehr zu lesen glaubte, als es vermutlich darin zu lesen gab.

Nachdem er sich endlich hingesetzt hatte, bekam ich wieder die volle Aufmerksamkeit meiner Kommilitonen und die von Marjana Nikolajewna. Dem Jucken nach zu urteilen, konnte ich mich nicht entscheiden, was schlimmer war.

Erneut legte sie die Hände zusammen, aber nun wusste ich, dass kein Ständchen folgen würde. »Wie ich bereits sagte: Lisa wird ab jetzt diesen Kurs besuchen. Herzlich willkommen. Lisa ist ein russischer Name und kommt von Jelisaweta. In der Literatur ist er weit verbreitet, zum Beispiel in *Arme Lisa*, eine Novelle von Karamzin, die wir gerade durchnehmen, wissen Sie.«

Das war anscheinend eine Frage. An mich gerichtet, wenn ich den Blick ihres linken Auges richtig deutete. Das rechte erwartete eine Antwort von Shakespeare, der als Portrait an der Wand hing.

»Ähm.« Verflucht! Grinsend schaute Edik zu mir auf und dieses Grinsen schien wie ein Lauffeuer um sich zu greifen. Am eindrucksvollsten eiferten ihm das Rotbäckchen & Co nach, und ihre stumme Botschaft war unmissverständlich: Guckt mal, die Neue macht sich zum Deppen. Ich räusperte mich und klaubte all meine Russischkenntnisse zusammen.

»Liza. Keine Ahnung, ob mein Vater ein Fan von Karamzin war, aber meine Mutter liebt Liza Minelli.« Immerhin war meine Ansage nicht im heillosen Gestottere geendet, auch wenn ich nicht aufhören konnte, mir eine Haarsträhne um den Finger auf- und abzuwickeln.

»Nun.« Bei dem Blick, den mir Marjana Nikolajewna zuwarf, hätte die Eiskönigin wieder in die Ausbildung gehen können. »Suchen Sie sich einen Platz, wir wollen mit dem Unterricht beginnen.«

Erleichtert stellte ich fest, dass der neben Nonja noch frei war. Fluchtartig stob ich den Gang entlang, und erst als ich meinen Rucksack neben ihr auf den Tisch hievte, fiel mir auf, dass Edik zumindest in ›Einführung in die Literaturwissenschaft‹ direkt hinter mir sitzen würde. Aber um länger darüber nachzudenken, blieb mir keine Zeit. Voller Leidenschaft legte Marjana Nikolajewna los. Noch ein bisschen, und sie würde von ihren eigenen Ausführungen gleich einen Höhepunkt erreichen, wie Erast und die arme Lisa, die es während eines Maigewitters miteinander trieben.

Ich warf verstohlene Blicke durch den Raum, und meine Kommilitonen warfen verstohlene Blicke auf mich, während sie versuchten, jedes Wort der Lehrerin in ihren Heften festzuhalten. Eigentlich hätten wir viel besser in einen Biologieunterricht gepasst, damit an uns das Rudelverhalten studiert werden konnte. Das machte mich allerdings nur halb so nervös wie die Tatsache, dass ich Edik hinter mir spürte. Und nein, er pikte mich nicht mit Bleistiften wie Marcel in der fünften. Er war einfach nur da und machte es mir unmöglich, mich auf die Gefühlsirrungen der armen Lisa zu konzentrieren – ich war zu sehr mit meinen eigenen beschäftigt. Dabei kannte ich ihn erst seit zwei Tagen!

»Makche ikch dikch nerrvös, doitsche Mädkchen?«, flüsterte er mir in den Nacken, so nah, dass er dabei unmöglich noch lässig zurückgelehnt dasitzen konnte.

Ich biss mir auf die Lippe, damit ich nicht schon wieder etwas Dämliches wie ein weiteres ›Ähm‹ losließ. Keep cool, Liz. Mit diesem Typen wirst du schon fertig.

»›Doitsche Mädkchen‹? Hast du meinen Namen nicht mitbekommen?«, antwortete ich in meiner Muttersprache.

»Leisa. Wie Minelli. Rikchtik?«

»Du kannst mich Liz nennen, wenn es für dich leichter zu merken ist.«

Ich spürte buchstäblich, wie er schmunzelte, als würde jede Zelle meines Körpers sein Lächeln erwidern.

»Lieberr nikcht«, meinte er leise. »Wirr chaben schon Lisa, die will nennen Lis sich.«

Ich lehnte mich zurück, drehte etwas den Kopf und stellte fest, dass seine Lippen gleich meine Wange berühren würden. Himmel! Machte er das absichtlich?

»Wie schade«, hauchte ich. »Dann musst du dir doch noch den vollen Namen merken.« Und während das Kribbeln in meinem Nacken langsam in die Magengegend rutschte, merkte ich, dass die Stimmung im Raum unter den Gefrierpunkt gesunken war. Was nicht allein am verkniffenen Gesichtsausdruck von Rotbäckchen & Co lag. Marjana Nikolajewna war vorgetreten und sah mit verschränkten Armen zu mir herüber.

»Eduard! Lisa! Ich fürchte, Ihre Konversation werden wir zu dritt fortsetzen müssen. Ich bin schon sehr gespannt, was es während meines Unterrichts so zu tuscheln gibt. Wir sehen uns um fünfzehn Uhr wieder hier. Ich bitte um Pünktlichkeit.«

Oha. Wie es aussah, hatte ich gerade einen Fan gewonnen. Das Rotbäckchen feixte mich mit theatralischem Mitleid an. *Arme Lisa*, formten ihre Lippen, bevor sie sich zufrieden abwandte, um ihrer Tischnachbarin etwas zuzuflüstern.

Ich seufzte und beschloss, mich ab nun allein auf Marjana Nikolajewna und Karamzin zu konzentrieren.

Als Nächstes stand ›Wirtschaft‹ auf dem Plan, danach ›Einführung in die Kommunikationstheorie‹, und während der ›Grundlagen des Unternehmertums‹ hatte ich endlich erfahren, dass ich in der geisteswissenschaftlichen Ausrichtung des Colleges steckte, wobei mir nach wie vor unklar war, welchen Beruf Nonja und die anderen nach dem Abschluss denn haben würden. Das Ganze hier unterschied sich nur unwesentlich von einem Schulalltag, nur die Fächer hatten klangvollere Namen.

Noch während der Stunde brummte mein Handy: Tante Inga. Ein Glück, dass es nicht während der Literatur passiert war, sonst hätte Marjana Nikolajewna mich sicherlich geköpft, gevierteilt und erdolcht für diese Blasphemie an der heiligen Literatur. Ich drückte das Gespräch weg, bat den Lehrer, hinausgehen zu dürfen, und rief zurück.

»Lizzie!!!«, schallte es zu mir herüber, sobald abgenommen wurde. »Ach, Liebes, wie schön, dass wir endlich in Ruhe sprechen können! Deiner Mutter geht es gut. Sie ist noch nicht aufgewacht, aber sie ist stabil und die Ärzte sind zuversichtlich. Die MRT war ohne Befund, es ist wohl kein Schlaganfall. Auch andere Untersuchungen zeigen nichts Auffälliges. Das sind doch tolle Neuigkeiten, oder?«

»Das bedeutet nur, dass die Ärzte weiterhin ratlos sind.«

»So würde ich das nicht sehen, Süße.«

Wie sonst? Am liebsten wäre ich sogleich ins Flugzeug gestiegen, um bei Mama zu sein. Meine Idee, mich an ihre Worte aus dem Traum zu halten, kam mir mit einem Mal absolut töricht vor. Während ein anderer Teil in mir wusste: Es war nicht bloß ein Traum. Ich musste mehr über meine Gabe erfahren, um Mama zu helfen, wieder aufzuwachen. Aber wie? Ich dachte an meine Kindertage. Da waren Dinge … kleine Bemerkungen … Blicke … winzige Ereignisse, die damals nichts zu bedeuten schienen … Immer wieder tauchte dabei das Gesicht meines Vaters vor meinem inneren Auge auf, der mich im Gegensatz zu meiner Mutter warnen oder vielleicht auf etwas vorbereiten wollte, so schien es mir. Ich wusste nichts über ihn. Außer dass er aus Sankt Petersburg stammte. Und Tante Inga war gerade die Einzige, die ich über ihn ausfragen konnte, diese Gelegenheit wollte ich nicht ungenutzt verstreichen lassen.

»Du warst damals dagegen, dass Mum mit meinem Vater zusammen war, oder?«, fing ich unsicher an. Immerhin hatte sie ihn oft genug Arschloch genannt.

»Das ist doch nichts, was man am Telefon bespricht, Süße«, kam es deutlich unterkühlt zurück.

»Du kannst dir kaum vorstellen, wie gern ich jetzt bei euch wäre!«

Eine Weile schwiegen wir beide. »Er war nichts für sie, Liza. Dieser russische Möchtegernhippie. Schrecklich! Eine Katastrophe mit Ansage.«

»Als er uns verlassen hat …«

Tante Inga schnaubte. »*Sie* hat ihn verlassen! Zum Glück. Ist doch noch zur Vernunft gekommen und zusammen mit dir nach Deutschland zurückgekehrt.«

»Zurück nach Deutschland? Wo hat sie denn vorher gelebt?«

»Barbara ist ihm nach Russland gefolgt. Das sagt doch wohl alles!«

Die Gedanken in meinem Kopf wirbelten umher. »Wir haben in Russland gelebt?« Davon hatte ich nichts gewusst. Oder doch? Etwas Diffuses stieg in meinen Erinnerungen auf, um sogleich wieder zu verschwinden. »Hat sie dir je von ihrem Leben dort erzählt?«

»Süße, ich glaube, das ist jetzt wirklich kein guter Zeitpunkt, um olle Kamellen auszugraben.«

»Bitte!«

Ich konnte spüren, wie sie zögerte.

»Tante Inga, bitte! Ich muss es wissen.«

Endlich gab sie nach. »Barbara war siebzehn, als sie ihn kennengelernt hat. Niemand wusste, woher er kam und was sie an ihm fand, er war so viel älter als sie! Ich habe ihr gleich gesagt: Er will dich nur ausnutzen. Unsere Mutter, deine Oma, war gerade gestorben, und Barbara … Sie ist eine starke Frau. Aber im Inneren so unglaublich zerbrechlich!« Ihre Stimme klang immer leiser. Noch ein bisschen und sie würde gänzlich verschwinden, dachte ich, und umklammerte mein Handy umso fester, als könnte ich sie damit bei mir festhalten. »Damals standen wir einander sehr nahe. Ich war diejenige, der sie sich anvertraut hatte, als sie mit dir schwanger geworden ist. Und ich habe es unserem Vater erzählt. Was gab es da für einen Aufruhr! Unser Vater hat getobt, so hatte ich ihn noch nie gesehen, er drängte sie zur Abtreibung.«

Ich schluckte. Meinen Opa hatte ich nie kennengelernt. Er war kurz nach meiner Geburt verstorben, hieß es. Für ihn war ich wohl bloß ein Balg von einem Hippie-Russen.

»Liza, glaub mir, keiner von uns würde dich heute missen wollen. Du bist so ein einzigartiges, so …«

»Schon gut«, unterbrach ich sie. Es ging nicht darum, was für ein großartiges Mädchen ich war. »Erzähl weiter.«

»Klar, dass Barbara den Druck nicht länger aushalten konnte. Eines Tages war sie weg. Wie vom Erdboden verschluckt. Mit diesem Verrückten durchgebrannt, wie dein Opa es damals nannte.« Tante Inga seufzte. »Später haben wir versucht, Kontakt zu ihr aufzunehmen. Dein Opa … es hat ihn hart getroffen, glaub mir. Er hat alles gegeben, um deine Mutter zu finden und sich mit ihr zu versöhnen, aber dein Vater hat gewusst, wie er jeden Annäherungsversuch unterbinden konnte. Keine Ahnung, warum sie letztendlich zurückgekehrt war. Barbara hat es nie ausgesprochen, aber ich glaube, dass sie ihre Zeit in Russland in einer Sekte verbracht hatte. Irgendwie ging es dabei um dich, und sie hätte alles getan, um dich zu beschützen. Jahrelang musste sie ihren Wohnsitz wechseln, damit sie nicht gefunden wird. Bis sie endlich bei uns sesshaft geworden ist.« Tante Inga schnaubte. »Und dann setzt du dir in den Kopf, dein Auslandsjahr ausgerechnet in Russland verbringen zu wollen.«

Verständlich, warum sie alle so dagegenhielten. Offensichtlich wusste ich über meine Vergangenheit noch weniger, als ich vermutet hatte. »Was war das für eine Sekte?«

»Keine Ahnung, Süße. Die kleinste Erwähnung in diese Richtung hat Barbara abgeblockt. Aber ein Mal …« Tante Inga stockte. Plötzlich lachte sie auf, und ich zuckte zusammen. Es war so merkwürdig, jetzt ihr unbeschwertes, mädchenhaftes Kichern zu hören. Aber es steckte an, sodass auch ich schmunzeln musste.

»Was denn?«

»Ich glaube, Zeugen Jehovas machen seit jeher einen großen Bogen um unser Haus. Oh, Süße, sie konnte Sachen, da schlackerst du mit den Ohren! Ich hab's nur zufällig gesehen. Sie hat den beiden ihre Schatten abgetrennt und diese an der Wand tanzen lassen. Das werde ich nie vergessen. Die beiden armen Zeugen vermutlich auch nicht.«

»Sie konnte die Schatten …« Alles in mir stockte. Ich suchte nach einem passenden Wort, und mir kam nur eines in den Sinn, eines, das der Wuschelmann in meinem Traum verwendet hatte: »Sie konnte die Schatten *beherrschen?*«

»Liebes, das war nur ein Trick, eine Sinnestäuschung. So wie bei diesen Magiern aus dem Fernsehen.« Mit einem Schlag wurde sie wieder ernst. »Mehr weiß ich wirklich nicht, tut mir leid. Sie hat sich mir nie wieder anvertraut.«

Und nun? Ich hätte schon längst im nächsten Unterricht sitzen müssen, stattdessen hockte ich auf den Stufen der riesigen Treppe, die aus dem Foyer führte, und starrte vor mich hin. Ich wusste gar nicht, wie still so ein riesiges College während der Unterrichtsstunden sein konnte. Nur ein paar Kommilitonen kamen an mir vorbei und die Garderobenfrau schaute immer wieder zu mir hoch.

»Ich muss jetzt los, Lizzie. Melde dich, wenn du etwas brauchst. Wir sind für dich da.«

»Ja, Tante Inga. Ich weiß.«

»Hab dich lieb.« Sie schickte mir ein Küsschen durch die Leitung und legte auf.

Langsam kam ich auf die Beine und bemerkte erst da Nonja. Sie reichte mir meinen Rucksack, den ich vergessen haben musste, als ich losgerannt war, um Tante Inga zurückzurufen. »Ich dachte, ich nehme den lieber mit. Alles gut bei dir?«

»Ja.« Es war nicht einmal eine Lüge. Meiner Mutter ging es gut. Dennoch schob ich schnell hinterher: »Glaube schon.«

Sie lächelte mir zu. »Dann komm, wir haben Deutsch. Dort wirst du bestimmt glänzen wollen, nicht?«

Beschwingt lief sie davon, und mir blieb nichts anderes übrig, als hinter ihr herzutrotten.

# Kapitel 6

Um fünfzehn Uhr stand ich vor dem Literaturraum, in dem ich die Standpauke von Marjana Nikolajewna bekommen sollte, den ich sogar im Alleingang und ohne Google Maps gefunden hatte. Natürlich war er verschlossen, also wartete ich brav davor – nicht ohne auffällig unauffällig Ausschau nach Edik zu halten, was mir selbst unsäglich peinlich war. Irgendwann kam die Lehrerin, sperrte die Tür auf und bedeutete mir einzutreten. Betont aufrecht machte sie ein paar Schritte vor der Tafel, und bei ihrer Haltung wäre jedes dahergelaufenes Next-Top-Model grün vor Neid angelaufen.

»Ich weiß nicht, wie es in Deutschland mit dem Stören im Unterricht aussieht«, eröffnete sie ihre Rede und machte eine bedeutungsschwangere Pause. »In diesem College wird Getuschel während der Lehrstunde nicht geduldet. Habe ich mich deutlich genug ausgedrückt?«

»Definitiv.« Kein auch noch so findiger KGB-Spitzel würde in der Literatur aus mir auch nur einen Ton herausbekommen, wollte ich beteuern, doch sie unterbrach mich mit einer ungeduldigen Geste.

»Fürs Erste bleibt es bei einer Verwarnung. Beim nächsten Mal kommen Sie damit nicht so leicht durch, schreiben Sie sich das besser hinter die Ohren, meine Liebe.« Königlich winkte sie mich davon und wandte sich ab. »Sie können gehen.«

Jesses Maria … äh … Marjana. Ich sah zu, dass ich so schnell wie möglich verschwand.

Eigentlich dachte ich, Nonja würde im Foyer oder vor dem Haupteingang auf mich warten, um mit mir nach Hause zu gehen, aber ich hatte mich wohl geirrt. Sie war nicht da. Eine Weile schlenderte ich hin und her, während unzählige Autos an mir vorbeirasten.

Offensichtlich hatten alle dieselbe Fahrschule wie meine Gastmama besucht oder den Führerschein auf einer Kirmes gewonnen. Anders konnte ich mir den waghalsigen Fahrstil kaum erklären. Je länger ich wartete, desto unangenehmer wurde das Gefühl, zurückgelassen worden zu sein. Zum Teufel! Ich steuerte den Hinterhof des Colleges an. Vielleicht wartete Nonja dort auf mich – immerhin waren wir heute Morgen aus der Richtung hierhergehastet.

Ein paar Krähen stritten sich um Plastikverpackungen, sonst war niemand zu sehen. Frustriert kickte ich ein Steinchen von mir weg, eine Krähe hüpfte ein Stück zurück, breitete die Flügel aus und krächzte mich empört an. In dieser Stadt sind sogar die Vögel grau, war mein letzter Gedanke, als eine Hand von hinten meinen Mund verschloss. Jemand drückte mich an sich. Ich quiekte protestierend auf, kämpfte gegen den Griff an und spürte, wie mein Angreifer vorsichtig an meinem Hals … schnupperte. Meine Panik schlug in Verwirrung um. Ich sammelte mich, um ein paar Kampftechniken auszuführen, die mir von der Judo-Probestunde noch im Kopf geblieben waren. Yoko-Sutemi-Waza! Nimm das! Und jetzt: Tai-Otoshi! Na, wie gefällt es dir? Mit anderen Worten:

Ich strampelte.

Völlig ergebnislos, dafür aber umso kämpferischer.

Mit einem Mal löste sich der Griff. Ich fuhr herum, stolperte und plumpste auf meinen Hintern, während mein Herz wie verrückt gegen meinen Brustkorb trommelte und pures Adrenalin durch meine Adern pumpte.

Da stand er.

Mein Mr Nachtmahr.

»Bist du denn völlig bescheuert?«, brüllte ich ihn an, während er mich ansah, als wüsste er nicht, was mit mir noch anzufangen wäre. Die Krähen hüpften näher heran und beobachteten uns mit ihren neugierigen Knopfaugen. Einige von ihnen reservierten sich die Logenplätze auf den nahen Bäumen.

Reiß dich zusammen, befahl ich mir. Du hast die Kontrolle. Über deine Träume. Über deine Realität. Einfach über alles. Zeig es ihm!

»Okay.« Ich stand auf und klopfte den Dreck von meiner Jeans ab. »Jetzt mal im Ernst: Was sollte das?«

Ich sprach deutsch mit ihm, fiel mir auf, und das eindeutig zu selbstverständlich. Zur Hölle, er war die Ausgeburt meiner Fantasie, klar, dass er Deutsch verstand. Irgendwie so hatte ich es mir jedenfalls erklärt und mahnte mich erneut: Kontrolle, Liza, Kontrolle!

*Ich musste wissen, ob du nach Vanille riechst.*

Ein kalter Schauer kroch meinen Rücken hinauf. Was hätte ich darauf gegeben, wenn es bloß eine Floskel gewesen wäre. Der Gedanke, der meinen Verstand gestreift hatte, kam definitiv aus meinem Kopf und war dennoch … nicht meiner.

»Bist du das?«, stammelte ich.

*Ja.*

»Dann lass es.« Vermutlich sollte ich mich wieder hinsetzen. Irgendwie war mir schlecht. Abgesehen davon … wollte er gerade echt wissen, ob ich nach Vanille roch?

*Tust du nicht.*

Ich schluckte. Langsam wurde mir nicht nur schlecht, sondern richtig übel. Hoffentlich kotzte ich ihm nicht vor die nackten Füße. Das Erlebnis, jemanden in meinem Verstand zu haben, der sich anfühlte, als wäre er ich und gleichzeitig ein Fremdkörper, war eindeutig zu viel. Sogar für mich. Die sonst in den Schatten anderer Leute seltsame Dinge zu sehen glaubte.

Die Schatten, ja … Ich starrte immer noch auf seine nackten Füße. Die Septembersonne ergoss sich über uns mit all ihrer herbststerbenden Kraft, und doch besaß mein Nachtjunge keinen Schatten

Was ging hier bloß vor?

Die Krähen hüpften um uns herum und reckten neugierig die Hälse. Inzwischen waren es über zwei Dutzend Vögel, mindestens. Zählte eine Krähe nicht als Vorbote des Totenreichs? Plötzlich musste ich an den Wuschelmann aus meinem Traum denken: Du hast keine Ahnung, was du in deine Welt gebracht hast, Kleines.

Nein, wusste ich tatsächlich nicht.

*Sie beobachten dich.* Der kaum wahrnehmbare Duft seines Körpers stieg in meine Nase. Es war Moos. Nein, nicht *Irish Moos*, sondern eben Wald-Moos, frisch, herb, mit einer sanften holzigen Note.

»Was willst du von mir?« Vorsichtshalber machte ich ein paar Schritte zurück.

*Ich erinnere mich an ein Mädchen, das nach Vanille roch und mir vielleicht sagen kann, wer ich bin.*

Mit der Dringlichkeit seiner Gedanken stieg die Übelkeit in mir an. Ich schluckte hart und machte ein paar tiefe Atemzüge.

»Dieses Mädchen bin offensichtlich nicht ich. Ich kann dir nicht helfen.« Aber du womöglich mir, dachte ich. Wer sonst könnte mir alles über die Traumwelt erzählen als nicht das *Ding*, das ihr entsprungen ist.

*Ich bin kein Ding.*

Alles klar. Er konnte tatsächlich meine Gedanken lesen. Sei bloß vorsichtig, Liza. Sehr vorsichtig.

»Tut mir leid. Versuchen wir es von vorne: Wer bist du?«

*Das weiß ich nicht. Deshalb muss ich dieses Vanillemädchen so dringend finden, verstehst du? Es kann mir sagen, wer ich bin.*

Großartig. Und nun?

*Warum beobachten sie dich?*

Was? Wer?

*Die Wolchwy.*

WTF? Ne, das war was anderes.

*Die Männer vor deinem Haus. Lange Haare und Bart. Ich habe ihre Energie gespürt. Solche wie sie hielten mich in den Traumgespinsten gefangen. Und sie haben etwas mit dir vor.*

»Okay. Langsam.« Nachzudenken war nicht gerade meine Königsdisziplin, während ich meine ganze Beherrschung dafür aufbringen musste, mich nicht zu übergeben. »Die Wuschelmänner sind die W-l-kch-v.«

*Wolchw ist nur einer von ihnen. Mehrere sind Wolchwy.*

Schon wieder. Es wäre nett, wenn er nicht ständig in meinen Verstand niesen würde. Auf einen zweiten Versuch, den Begriff auszusprechen, ließ ich es lieber nicht ankommen. »Verstehe. Die dunkle Präsenz gehörte einem … der Wuschelmänner? Welchem von ihnen?«

*Ich weiß nicht, wer derjenige ist, dessen Macht groß genug ist, um mir zu befehlen.*

Ah ja. Das müsste also der kleine Bruder von Voldemort sein. Der, dessen Name nicht genannt bla, bla, bla und so weiter.

*Er weiß seine Gestalt zu verbergen.*

»Offensichtlich.« Langsam verstand ich überhaupt nichts mehr. Es war zum Kotzen. Im wahrsten Sinne des Wortes, denn so schlecht war mir höchstens vor der letzten, sehr heftigen Magen-Darm-Erkrankung gewesen.

*Ich weiß nicht weiter, Liza. Hilf mir! Wer bin ich? Was mache ich hier?*

Verzweifelt breitete er seine Arme aus. Eine Krähe flatterte herbei und ließ sich auf seiner Hand nieder. Der Vogel fächerte die Schwanzfedern auf, offensichtlich balzte das Tier um seine Aufmerksamkeit. Eine weitere Krähe flog heran, doch die erste hackte nach dem Eindringling und jagte diesen davon, allerdings nicht weit – das Tier ließ sich auf seiner Schulter nieder.

Es war völlig grotesk. Wie er da mit ausgebreiteten Armen stand, auf denen mehr und mehr Vögel Platz fanden. Wenn er gleich ein fröhliches Liedchen anstimmen würde …

»Also gut. Schneewittchen.« Ich räusperte mich. »Wie soll ich dir denn bitte schön helfen? Ich brauche selbst Hilfe.«

Du hast mich hierhergebracht.

»Aha?«

*Du bist die …*

Ein fröhliches Kläffen ließ mich zusammenzucken. Käpt'n schoss um die Ecke und scheuchte die Krähen davon, die mit klagenden Rufen in den Himmel stoben. ›Grab! Grab!‹ hörte ich in ihrem Gekrächze, während mein Blick den unzähligen schwarzen Körpern folgte, die nach und nach in der Ferne verschwanden. Kein gutes Gefühl. Ach, komm schon, versuchte ich es mit meinem üblichen Galgenhumor. Du hast dich verhört. Und die Krähen haben eh genuschelt. Es hieß bestimmt: Ich halt dich auf Trab. Oder gar: Ich lad dich auf 'nen Kebab ein. Was sogar ein Date in Aussicht stellen würde, nicht wahr? Ich sah zurück zu meinem Mr Nachtmahr, doch er war fort. Als hätte er sich im Krähen-Tumult aufgelöst und wäre zusammen mit ihnen davongeflogen.

Völlig verstört stand ich da.

Bis eine kalte Nase fröhlich schnaufend meine Hand anstupste. Um die Ecke kam Edik gelaufen und rief mir zu, ich solle den Hund festhalten. Ich griff nach dem Halsband und wartete, bis die Leine befestigt wurde, auch wenn das freudige Herumhüpfen des Tieres meinen rebellierenden Magen umzudrehen drohte.

»Danke. Ikch nicht weiß, warum sie nikcht chört.« Er sah mich an und runzelte die Stirn. »Du aussiehst nikcht gut, doitsche Mädkchen.«

Ich nickte schwach, während ich versuchte, die Übelkeit niederzuringen. Du wirst dich nicht übergeben … du wirst dich nicht übergeben …

Dann erbrach ich mich.

Edik warf die Leine beiseite und stützte mich, hielt mir fürsorglich die Haare aus dem Gesicht, während ich keuchte und würgte. Bis es in mir nichts mehr gab. Bis ich mich wie ausgewrungen fühlte. Na klasse. Am liebsten wäre ich im Boden versunken, aber den Gefallen tat mir die Erde unter meinen Füßen nicht.

Edik wartete geduldig, bis mein Atem sich beruhigt hatte. Ganz und gar Gentleman, als würde er ständig kotzende Damen in seinen Armen halten. Wobei – wer wusste schon, welche Fertigkeiten er in seinem Mafia-Casino erwerben konnte.

»Besserr?« Sein Akzent klang rau, ungeschliffen in meinen Ohren. Und gab mir seltsamerweise Halt. Ich hielt mich kaum noch aufrecht, spürte, wie er mich behutsam zur Treppe des Hintereinganges führte und auf die Stufen setzte.

»Chier. Nimm.« Er reichte mir eine kleine Flasche mit Limonade. Das Zeug schmeckte kaum noch zitronig, eigentlich Zucker pur, warm und ohne Kohlensäure. Ich war dennoch dankbar, den Mund ausspülen zu können.

»Sophia?«, fragte er, noch immer über mich gebeugt. »Nikcht chier? Wo sie ist?«

»Keine Ahnung. Sie wollte was für Geschichte erledigen oder so.« Ich versuchte mich aufzurichten und schwankte. Er fing mich auf.

»Ikch dich nakch Chause bringe, gut? Wirr gehen langsam«, versprach er. Ich nickte und lehnte mich dankbar an ihn, hörte seinen beruhigenden Herzschlag, der mir dumpf entgegenpochte.

Wir gingen tatsächlich sehr langsam. Er hielt mich fest und bei ihm fühlte ich mich sicher. Egal, wie eindringlich mich andere vor ihm warnen mochten.

Käpt'n hatte sich beruhigt und trabte brav neben uns her, die Leine schleifte herrenlos auf dem Boden.

»Hast du deinen Hund etwa zum College mitgebracht?«, fragte ich in seiner Muttersprache, sobald ich mich auf meine Stimme wieder verlassen konnte.

»Quatsch, wir gehen hier oft Gassi.« Sein Russisch klang wie die Weite der Steppen, oder ebendas, was ich mir darunter vorstellte. Tragend, unbezähmbar berauschend, und ich glaubte mich darin zu verlieren. »Es gibt genug Platz zum Toben und auf dem Sportplatz kann sie sogar so etwas wie Hunde-Agility laufen. Manchmal hole ich sie in den Pausen oder wenn ein Fach ausfällt.« Deshalb hatte ich ihn kaum zwischen den Unterrichtsstunden gesehen! Und ich dachte, er knutschte irgendwo mit dem Rotbäckchen. Energisch schüttelte ich den Kopf, um das Bild aus meinem Verstand zu verbannen.

»Warum heißt dein Hund Käpt'n, wenn es ein Weibchen ist?«, fragte ich etwas möglichst Unverfängliches.

»Ich habe sie von der Arbeit mitgebracht.« Edik drückte mich etwas fester an sich und umschiffte elegant ein Schlagloch mit Schlammwasser, in dem ich hätte versinken können.

»Arbeitest du wirklich in einem Casino?« Den Zusatz ›Mafia‹ schluckte ich vorsichtshalber herunter.

Er verzog das Gesicht und ließ mich los. Das Thema schien ihm unangenehm zu sein. Oder er hatte bemerkt, dass ich mich inzwischen ganz gut auch allein auf den Beinen hielt. Das Gefühl, beobachtet zu werden, packte mich; ich schaute herum, konnte aber keine unheimlichen Verfolger entdecken. Alles gut, versuchte ich mich zu beruhigen. Vergebens.

»Sie wollten eigentlich einen Rüden haben«, sagte er, ohne meine Frage zu beantworten. »Der Irrtum fiel keinem auf. Ihr Charakter dafür umso mehr, bei dem ziemlich schnell jedem klar wurde, dass er nicht gerade zum Motto des Unternehmens passte.«

»Verstehe. Aufpassen!« Dieses Mal war ich es, die ihn spielerisch zur Seite schubste, damit wir ein weiteres Schlagloch umgehen konnten. Er stolperte, lachte, und mein Inneres antwortete mit aufwallender Wärme. Es tat gut, ihn zum Lachen zu bringen, vor allem, weil es wirklich gelöst und ehrlich klang. »Du sprichst gut russisch. Wie kommt's?«

»Mein Vater stammt von hier. Sogar direkt aus Sankt Petersburg. Ich war vollkommen aus dem Häuschen, als ich erfahren habe, dass ich ausgerechnet in diese Stadt darf, und habe meine Russischkenntnisse aus der Kindheit noch einmal aufgefrischt. Auch wenn mir klar ist, dass mein Vater mir nach all den Jahren vermutlich nicht einfach so über den Weg laufen würde. Irgendwie hoffe ich trotzdem, mehr über ihn, über mich und über meine Familie zu erfahren.«

»Was ist passiert?«, frage er leise. »Hat dein Vater euch verlassen?«

»Verschwunden, entführt worden – meine Version der Geschichte.« Zumindest bis vor meinem Gespräch mit Tante Inga. Jetzt wusste ich nicht mehr, was ich denken oder glauben sollte.

»Willkommen im Club.« Er lächelte mir zu, aber es gab nichts Fröhliches mehr in diesem Lächeln. Je länger ich ihn beobachtete, desto mehr kam mir in den Sinn, dass er all seine Gefühle in Lächeln, Grinsen und Feixen ausdrückte. Fifty Shades of Ediks Smile. Ob das schon mal jemand bemerkt hatte?

»Bei mir war es meine Mutter. Wobei ich eine Entführung ausschließen kann.«

Ich blieb stehen. »Was ist passiert?«

»Meine Eltern haben sich getrennt, als ich noch klein war.« Das Lächeln wurde fest und unerschütterlich, als wäre es auf seinen Lippen einbetoniert worden. »Vater sagt, dass sie einen Tick hatte, was Haare angeht, meine Haare, wohlgemerkt. Eines Tages hat er einen über den Durst getrunken, mich am Schopf gepackt und alles abgeschnitten. Als meine Mutter nach Hause gekommen war und die Katastrophe gesehen hat, drehte sie sich auf der Stelle um und ging, hat nicht einmal ihre Sachen gepackt.«

»Sie hat euch wegen der abgeschnittenen Haare verlassen?«

»Keine Ahnung. Seitdem schneidet mir mein Vater alle Vierteljahr die Haare, meistens während ich schlafe. Er ist manchmal etwas komisch.«

Ich schluckte den Kloß in meinem Hals herunter. »Das erklärt zumindest deinen interessanten Schnitt.«

Er zuckte die Schultern. »Ich finde, mit den Jahren ist er um einiges besser geworden.«

»Wieso ziehst du nicht aus?«

Er lachte, als hätte ich ihm vorgeschlagen, jetzt gleich den Mount Everest zu besteigen. »Wohin denn? In einen Karton unter die Brücke? Solange ich nicht bereit bin, jemandem die Knochen zu brechen, verdiene ich nicht viel in diesem … *Casino*.« Er wandte sich ab. »Außerdem: Er ist mein Vater. Jemand muss auf ihn aufpassen. So, wie er früher auf mich aufgepasst hat.«

Wir gingen weiter, nebeneinander und doch jeder für sich. Nur wenige Worte, aber es schien, als würden uns ganze Welten trennen.

»Das toppt meine Geschichte um einiges.«

»Nicht wahr?« Da war er wieder, der unbeugsame Edik, den nichts brechen konnte, und ich hatte gar nicht bemerkt, dass wir fast angekommen waren. Von den Bänken her tönten laute Stimmen und Flaschenklirren. Edik zog mich näher heran und legte mir lässig einen Arm um die Schultern, während wir auf das Grüppchen zuschlenderten. »Na, doitsche Mädkchen?«, sagte er, als hätte er die Coolness wie eine Maske aufgesetzt. »Chabe ich gemakcht gut, dikch nakch Chause bringen?«

»Ja, das war ganz passabel.« Ich feixte ihn an, das konnte ich schließlich auch, mein lieber Möchtegernmacho, und wand mich unter seinem Arm hervor. »Du warst nicht bei Marjana Nikolajewna.«

Kurz sah er mich verdutzt an. Dann grinste er mit mir um die Wette. Aber er konnte dabei seine Augenbraue hochheben, da war er mir in Coolness natürlich haushoch überlegen. »Ikch weiß.«

»Du wirst Ärger bekommen.«

»Ikch weiß«, wiederholte er, ein bisschen so, als würde er den Akzent absichtlich verstärken. Dann fuhr er auf Russisch fort: »Ärger ist mein zweiter Vorname.«

»Ej, Editsch!«, grölte es von den Bänken, und ich fragte mich langsam, auf wie viele Arten man seinen Namen noch verunstalten konnte. »Was geht ab?«

Edik hob eine Hand zum Gruß, und erst dann bemerkte ich den Mittelfinger, den er dem Redner entgegenstreckte.

»Arschloch«, tönte es wieder, allerdings seltsam freundlich. Wenn nicht zu sagen respektvoll.

Edik beugte sich zu mir. »Und meistens«, wisperte er mir zu, »hält der Ärger andere von mir fern. Nimm dich also in Acht … *doitsche Mädkchen.*«

»Ich glaube nicht, dass dein zweiter Vorname mich so sehr beeindruckt«, erwiderte ich mit einem vorsichtigen Schielen zu seinen Kumpanen. Ja, genau. Und im früheren Leben war ich mit Sicherheit eine Motte, die auf jedes Licht zugeflogen und irgendwann im offenen Feuer verbrannt war.

Ich blickte noch einmal in Richtung Bänke und entdeckte erst dann Nonja, die sich hinter den Büschen mit einem Wuschelmann neben einem schicken Volvo mit getönten Scheiben unterhielt. Deshalb hatte sie mich versetzt? Die beiden diskutierten über etwas, wild gestikulierend. Ich ließ Edik stehen und schlich näher heran.

»Sie ist noch nicht bereit dafür!«, rief Nonja mit eindringlicher Stimme.

»Er wird immer stärker. Wir haben nicht mehr viel Zeit«, hielt der Wuschelmann dagegen – und bemerkte mich. Er legte eine Hand auf Nonjas Schulter, warf mir einen bedeutungsschweren Blick zu, als wäre ich an allen Weltnöten schuld, stieg in sein Auto und brauste mit aufheulendem Motor davon.

»Wer war das?«, fiel ich über Nonja her, als der Wagen in der nächsten Straße verschwunden war.

»Was? Ach, der da? Niemand Wichtiges. Er hat sich nur verfahren und nach dem Weg gefragt.«

»Willst du mich für dumm verkaufen? Ich habe genau gehört, worüber ihr geredet habt!« Was natürlich geschwindelt war, da ich so gut wie nichts gehört hatte.

Ihre Miene verfinsterte sich. »Keine Ahnung, was du da mitbekommen zu haben glaubst. Anscheinend ist dein Russisch eingerosteter, als du denkst. Er hat nur nach dem Weg gefragt, klar?«

Schon lief sie zum Hauseingang und ich blieb allein zurück mit grölenden Betrunkenen, einem ratlos dreinblickenden Edik und Käpt'n, die mich mit ihrer sabbernden Begeisterung aufzumuntern versuchte.

## In deiner Nähe

Sie war also nicht das Mädchen, das er finden wollte, finden musste. Sie war bloß … Eigentlich wusste er gar nicht, wer sie war. Eine Hoffnung? Eine Bedrohung? Sollte er sich von ihr fernhalten oder ihre Nähe suchen?

Ihr Haus lockte ihn mit einer angenehmen Vertrautheit. Doch das Gefühl zerbarst, als er unweit einen der Wolchwy witterte. Der Mann redete mit dem Mädchen, bei dem Liza wohnte. Irgendetwas ging da vor. Sein Gehör war besser als das der meisten Menschen, und dennoch konnte er in seiner Taggestalt nur Gesprächsfetzen wahrnehmen:

… der Dämon … sie für sich zu bekommen … du weißt, was das bedeutet …

In der Nähe grölten Jugendliche, die in ihm eine kaum zu bändigende Lust auslösten, sie für immer verstummen zu lassen. Von der nicht weit gelegenen Hauptstraße tönte der Autolärm und trieb ihn in den Wahnsinn, besonders jetzt, wo er seine Sinne bis zum Äußersten beanspruchen musste.

… sie ist bestimmt für … die Welt ist im Wanken … es ist Zeit …

Mit einem Mal spürte er andere Wolchwy nahen. Sein Instinkt drängte ihn zur Flucht, und auf seine Instinkte war Verlass. Also beeilte er sich, auf das Dach zu verschwinden, und schlich an die Brüstung. Der Herbstwind fuhr ihm durch das Haar und wirbelte seine Strähnen durcheinander, brachte den Gestank der Millionenstadt mit sich. Von hier aus konnte er nichts mehr hören. Der eine Wolchw war bereits verschwunden, aber die anderen spürte er umso intensiver. Sie hatten etwas vor, und die Anspannung zerrte an seinen Sinnen.

Als der Tag sich dem Ende zu neigen begann, zog er seine Sachen aus und streckte sich. Unbemerkt war die Dämmerung an ihn herangeschlichen, um ihn zu schwächen. Er verfluchte das Ziehen in den Gelenken, die Trägheit der Muskeln. Noch stand er auf der Brüstung, das Gesicht trotzig dem ausglühenden Tageslicht entgegengestreckt, und wartete auf das Unvermeidliche. Bei all seiner Stärke und Überlegenheit war es das Einzige, was er nicht im Griff hatte. In der Traumwelt musste er demjenigen dienen, der die Macht über ihn besaß, doch wenigstens war ihm vergönnt, die Kontrolle über seinen eigenen Körper zu behalten. Er konnte sich wandeln, wann es ihm beliebte. Und nicht, sobald die Dämmerung ihn dazu zwang.

»Hier finden wir dich also. Kläglich siehst du aus, alter Mann.« Ein raues Lachen erklang hinter ihm. »Hast du wirklich geglaubt, du könntest entkommen?«

Er fuhr herum und strauchelte. Vielleicht war es ein Windstoß gewesen, vielleicht sein müder Körper oder die schwächelnden Sinne. Wie konnte die Gefahr sich unbemerkt an ihn herangeschlichen haben? Ein Grollen erbebte in seiner Brust, doch seine Gegner blieben unbeeindruckt: ein Mann in einer Lederjacke, der sein langes Haar glatt gekämmt und zu einem Pferdeschwanz gebunden hatte; den anderen, in einem eleganten Wollmantel und mit einer wirren Kräuselmähne, hatte er vorhin mit dem Mädchen reden sehen. Zwei weitere waren ihm unbekannt. Und hinter ihnen stand eine Frau. Die Wolchwy schienen sie mit ihren Körpern abzuschirmen, als wäre sie das Kostbarste, worüber sie verfügten.

*Glaubt ihr wirklich, ihr könnt mich aufhalten?* Es war leicht, seinen Geist so zu erweitern, dass er alle fünf erreichen und sie gleichzeitig abtasten konnte. Die Frau. Es war definitiv die Frau, vor deren Fähigkeiten er sich in Acht nehmen sollte!

Der Kerl in der Jacke trat ein paar Schritte vor. »Du bist eine dämonische Kreatur. Du gehörst nicht in diese Welt.«

*Warte ein wenig. Dann zeige ich dir, welche Kreatur tatsächlich in mir steckt.* Ruckartig richtete er sich auf und musste beinahe stöhnen, als sein in der Dämmerung gealterter Körper sich über die Anstrengung beschwerte.

Der Wolchw lächelte, was seine Züge seltsam schief wirken ließ. »Darauf zu warten, liegt nicht in unserem Sinne.« Er machte ein Zeichen, und die anderen verteilten sich um ihn herum, nahmen ihn in die Zange. »Rimma? Jetzt!«

Die Frau rührte sich nicht. Mit blassem Gesicht starrte sie vor sich hin, die Lippen leicht geöffnet, die Augen – geweitet.

»Rimma, worauf wartest du? Du weißt genau, was der Höchste gesagt hat. Er ist nicht der, den wir zu sehen glauben!«

Sie nickte unsicher. »Ich weiß nicht, ob das klappt. Ich bin nicht diejenige, die ihn hierhergebracht hat«, stammelte sie und ihre Stimme brachte einen Anflug einer Erinnerung mit sich.

Wer war sie?

Warum kam sie ihm so vertraut vor?

»Rimma, verdammt!« Einer der Wolchwy packte die Frau am Oberarm. »Wir haben keine Zeit!«

Ein Grollen stieg seine Kehle hoch, als sie taumelte, zu mehr war sein Körper nicht mehr fähig.

»Ja, natürlich. Ich tu es. Lass mich los.«

»Gut.« Der Mann trat beiseite. »Fang an.«

Mit einem monotonen Singsang kniete sie sich zu Boden und tauchte die Hände in die Schatten ihrer Begleiter. Anfangs zaghaft, dann immer intensiver begannen die schwarzen Silhouetten zu wabern und sich um ihre Arme zu winden.

Während er spürte, wie das Dunkle in ihm mit einem leisen Pochen antwortete …

Sie musste aufhören! Sofort. Sein Körper bereitete sich auf den Sprung vor, um diese Frau aufzuhalten, sie niederzureißen, doch einer der Wolchwy schmetterte ihn mit einem Schlag nieder.

Die Männer waren zu schnell.

Zu stark für seine schwindenden Kräfte.

Die Frau hielt ihr Gesicht gesenkt. Ihre Finger schienen in den Schatten zu tanzen. Als hätte sie eine unsichtbare Spindel, zog sie dunkle Fäden daraus und wob neue Muster. Die Dunkelheit schien ihn zu umfließen, wickelte sich immer enger um seinen schwächelnden Leib. Zum letzten Mal bäumte er sich auf, bevor die Kraft endgültig aus seinen Gliedern wich. Warum dauerte es so lange, bis die

Sonne unterging? Noch nie erschienen ihm die Minuten so zähflüssig und das Tageslicht so hartnäckig. Er musste es schaffen, er musste unbedingt durchhalten!

Dann würde er töten, sie alle.

Die Frau schrie auf. Die Schattenfäden entglitten ihren Fingern. Verstört sah sie auf ihre Hände, dann auf den Wolchw neben ihr. In der anschleichenden Dunkelheit wirkte ihr Gesicht teigig, beinahe unförmig. »Serjosha … Serjoshenka! Bei allen Geistern, zerbrich nicht daran! Zerbrich nicht daran!«, rief sie.

Atmen! Solange die Frau abgelenkt zu sein schien. Scharf saugte er die kalte Abendluft ein, trotz des Stadtgestanks, der ihn würgen ließ. Er brauchte Kraft, pumpte sie mit jedem Atemzug zurück in seinen Körper. Gut so, gut, gleich würde die Wandlung beginnen!

Serjosha packte die Frau an der Schulter. »Reiß dich zusammen, verdammt noch mal! Der Höchste setzt sein Vertrauen in dich.«

»Ja. Natürlich.« Schwer atmend kauerte sie da, summte, summte mit all ihrer Hingabe.

Ein Zucken ging durch seinen Körper. Die Schatten griffen erneut nach ihm, sie saugten ihn auf, benebelten seinen Verstand.

*Du musst nicht vor mir fliehen*, rauschte es vertraut durch sein Inneres. *Ich habe dich erweckt. Dich aus dem Gefängnis der Vergessenheit befreit. Zählt das etwa nicht?*

Nein! Niemand mehr würde Macht über ihn haben. Er durfte nicht nachgeben. Noch war es nicht zu spät: Langsam legte sich die Nacht über die Stadt und verschluckte alles, was einst dem Tag gehört hatte.

Seine Tierkrallen schossen hervor und gruben sich in den Teer des Daches. Das Fell spross aus seiner Haut wie tausend Nadeln. Endlich.

Still lag er da. Halb benebelt, halb wach.

»Hat es geklappt?«, hörte er die Stimme des Mannes in der Lederjacke über ihm. »Hast du ihn gebannt?«

»Ich weiß es nicht«, erwiderte die Frau schwach. »Ich glaube schon.«

Nach und nach klärten sich seine Sinne.

Er fühlte sich mächtig.

Übermächtig.

Mit einem Ruck erhob er sich zur vollen Größe und riss die Pranken in die Luft. Die Frau schrie. Serjosha zückte eine Pistole. Doch er packte seinen Gegner, bevor dieser auch nur einen Schuss abfeuern konnte, und hörte die Wirbelsäule des Mannes knirschen. Wie hatte die Frau es ausgedrückt? Serjoshenka war doch noch daran zerbrochen.

Ein Sprung, schon war er bei der Frau. Die drei anderen Wolchwy stellten sich ihm in den Weg, in einem lächerlichen Versuch, sie zu beschützen. Ein Prankenhieb schmetterte sie beiseite.

Die Frau kreischte.

Ihr Geruch betörte ihn. Etwas Bekanntes, Köstliches schwebte darin. Ein schwacher Vanilleduft. Nein, unmöglich. Er neigte den Kopf und blähte die Nüstern, starrte in ihre Augen, die ihn voller Todesangst anblickten.

Vanille.

War sie das Mädchen, das er suchte? Das … *Mädchen?*

Die Männer griffen ihn wieder an. Mit einem Prankenhieb schmetterte er sie beiseite. Die Frau! Sie hatte den Angriff genutzt, um sich in Sicherheit zu bringen. Er sah noch, wie sie durch die Tür verschwand, die vom Dach wegführte – während ihr Duft bei ihm geblieben war. Genau der Geruch, den er gesucht hatte. Sollte er ihr folgen? Ihre Fährte aufnehmen? Was, wenn sie ihn mit dem Vanilleduft in eine Falle locken wollte? Er sah sich um.

Der eine Wolchw lag halb an die Brüstung gelehnt, seine Kiefer mahlten, um keinen Schmerzenslaut durchzulassen. Der andere musste über den Rand hinweggeschleudert worden sein.

Er pirschte sich an den Mann heran.

Erzähl mir alles über diese Frau, Wolchw.

Doch es gelang ihm nicht, den Geist zu erweitern und den fremden Verstand zu erreichen. Das Wesen einer Bestie war nicht dafür geschaffen, mit Menschen zu kommunizieren. Statt Fragen, die ihn umhertrieben, rollte bloß ein tiefes Knurren seine Kehle empor.

Der Verletzte keuchte. »Warte! Ich weiß, was du willst!«

So? Gedankenlesen war nicht gerade eine Menschenstärke.

»Ich weiß, wer du bist.« Mit bebenden Fingern holte der Wolchw ein Foto hervor. »Es wurde uns gegeben, um dich in deiner Menschengestalt zu finden. Hier, siehst du? Das warst du.«

Ein Junge im karierten Hemd lächelte dem Fotografen entgegen. Sein schwarzes, leicht gewelltes Haar lag über den Schultern ausgebreitet.

Wie ist mein Name?, pochte es in seinen Schläfen, drang aus seiner Brust, doch das Einzige, was er zustande bringen konnte, war ein wehleidiges Winseln.

»Wladislaw«, flüsterte der Mann, als hätte er die Frage in diesem Winseln doch noch auf eine seltsame Weise wahrgenommen. »So heißt du. Bitte! Mehr weiß ich nicht.«

Mehr weißt du nicht?, pochte es in ihm. Was ist mit mir geschehen?

Auch wenn er dem Jungen auf dem Bild wie aus dem Gesicht geschnitten zu sein schien, war er nicht dieser Junge. Irgendetwas hatte er verloren, irgendetwas wurde ihm genommen – damals, auf dem Altar.

»Lass mich gehen, und ich beschaffe dir mehr Informationen. Dieses Mädchen, Liza, ist etwas Besonderes. Du wirst sie brauchen! Der Höchste ist sehr an ihr interessiert.«

Liza.

Er drehte ein paar unruhige Kreise auf dem Dach. Sie war diejenige, die ihn hierhergebracht hatte. Sollte sie sich gegen ihn wenden, bedeutete das Gefahr. Andererseits … Es bedeutete Macht, sollte sie ihm gehören. Sie war so stark. So unwiderstehlich.

Seine Gedanken schienen sich zu verknoten. Der Wind brachte den Geruch des Blutes mit sich. Seine Ohren zuckten, als er vernahm, wie der Wolchw unter Schmerzen fortzukriechen versuchte. Beute, wisperte sein Verstand, mach Liza ein Geschenk. Eins, dem sie nicht widerstehen kann.

Ja, er musste sie für sich gewinnen, seine Beute mit ihr teilen.

# Kapitel 7

Ich träume vom Tanzen.

Im bauschigen Rock aus flatternden Schmetterlingen springe ich über eine Wiese, dehne meine Beine zu einem Spagat und lasse hingebungsvoll meine Arme kreisen. Das Zwitschern der Singvögel formt sanfte Klänge aus Schwanensee. Das Tremolo der Buchfinken und das Vibrato der Rotkehlchen erreicht eine unglaubliche Intensität, spornt mich zu höheren und weiteren Sprüngen an, doch ich komme aus dem Takt. Je heftiger ich Pirouetten drehe, umso schlimmer wird es mit der Koordination meiner Beine und Arme. Ich bin wie eine Puppe, die an Strippen gezogen wird. Nonja sitzt im Schneidersitz auf einem umgekippten Baum, vornübergebeugt und das Kinn mit einer Hand stützend. Sie sieht meinen Bemühungen zu und schüttelt unentwegt den Kopf: *Hab ich doch gesagt. Du bist noch nicht bereit.*

Nein, nein, ich bin bereit! Ich muss ihr beweisen, dass sie sich irrt!

Meine Bewegungen werden immer hektischer. Tränen verschleiern mir die Sicht, während das Fortissimo der Vögel mich wie mit Spießen durchdringt. In einer weiteren Drehung bemerke ich meine Mama. Sie ist ein Schatten ihrer selbst. Sie ist da, und gleichzeitig unerreichbar für mich. *Mama! Ich kann das! Ich werde das hinkriegen!*

Ihr Flüstern ist das Rauschen des Windes im Wald, wie eine Brise streicht es mein Gesicht, fährt mir sanft durch das Haar: *Wir haben keine Zeit für dieses Gehüpfe. Bald wird er mich holen.*

*Wer? Was muss ich tun, um dir zu helfen?*

Sie beachtet meine Fragen nicht. Wie immer, wenn sie der Meinung ist, dass ich mich anstrengen, mich besser konzentrieren muss.

Du bist eine Seherin. Du hast die Gabe, in den Schatten die Zukunft zu sehen, zwischen der Realität und der Traumwelt zu wandern und Magie zu wirken. Du hast viel Macht, aber du bist noch nicht fähig, deine Gabe zu kontrollieren. Wenn du nicht aufpasst, werden die Schatten dich verschlingen …

Mama!

… und dich um den Verstand bringen. Du bist stark. Er weiß es. Er ist überall. Traue keinem!

Hinter mir lacht Nonja. *Sie ist noch nicht bereit.* Das muss ich mir nicht anhören.

Wie soll ich meine Gabe kontrollieren? Was muss ich tun?, will ich rufen, versuche eine Arabesque, strauchele und falle hin. Die Landschaft um mich herum verdunkelt sich. Über mir leuchtet nicht mehr die Sonne, sondern das Rad-Zeichen von Nonjas Anhänger.

*Wenn du zu tief in die Schatten blickst, wirst du dich darin verlieren,* schmettert Nonja mir hinterher, während ich alles tue, um zu meiner Mama zu kriechen. Die Worte kommen mir vor wie eine Drohung. Ist es Nonja, die da spricht, oder hat die fremde Präsenz sie übernommen, wie einst den Wuschelmann? *Lass das lieber sein. Das alles ist eine Nummer zu groß für dich.*

Meine Mama schüttelt den Kopf. *Du musst verstehen, wie du in die Schatten gleitest, und es kontrollieren.* Ihre Silhouette ist fast verschwunden. Sie will mir noch etwas sagen, doch das Fiepen der Vögel und Nonjas Lachen übertönen ihre Worte. Plötzlich ist alles weg. Die Wiese, die Schmetterlinge, Nonja, meine Mutter … nur das Fiepen bleibt und hämmert gegen meinen Kopf.

Es ist mein Wecker.

Ich hatte ihn eine Stunde früher gestellt, um mir das morgendliche Joggen zu ersparen. War ja klar, dass er ausgerechnet dann zu klingeln begann, als ich dabei war, etwas Wichtiges zu erfahren. Mit einem Kissen schlug ich nach dem Wecker, der sich dazu erdreistete, immer eindringlicher zu piepen. Endlich Stille. Ich rieb mir über das Gesicht. Und nun? Was bedeutete das, ich müsse erfahren, wie ich in die Schatten gleite? Kein Plan.

Um aus dem Bett zu kriechen, brauchte ich eine halbe Stunde und all meine Motivation. Nonja sah genauso übernächtigt wie ich aus, schaffte es dennoch, vor mir ins Bad zu schlüpfen. Kein Wunder also, dass es auch heute äußerst hektisch wurde, als wir endlich bereit waren, die Wohnung zu verlassen.

»Iiihhh!«, stieß Nonja hervor, die ein paar Nanosekunden schneller im Treppenhaus war als ich. Fast wäre ich in sie hineingelaufen – um sogleich über die Schwelle zurück in die Wohnung zu stolpern. Auf dem Fußabtreter lag ein großer Knochen undefinierbarer Herkunft, an dem Fleischreste klebten.

Nonjas Gesicht sah ungefähr so aus, wie ich mich gerade fühlte. Ratlos und angewidert. Dann schlug ihre Mimik um und ich las Panik in ihren Zügen, die sie vergeblich zu unterdrücken versuchte.

»Tante Dascha aus der zweiten hat einen Kater, der mit großer Vorliebe herumstreunt und kleine Präsente nach Hause schleppt«, erklärte sie schließlich mit einer brüchigen Stimme. »Nichts Wildes.«

»Und sich dieses Mal in der Haustür geirrt hat, oder was?«

»Vielleicht mag er dich«, nuschelte Nonja, sodass ich sie kaum verstehen konnte, und zuckte die Schultern. »Ediks Käpt'n hat auch einen Narren an dir gefressen. Und ist es nicht auch bei Wölfen so, dass sie ihrer Angebeteten einen Teil ihrer Beute bringen?« Sie schluckte. »Auch Fischadler werben um ein Weibchen mit einer Futtergabe. Habe ich in Biologie gehört.«

»Den Kater kenne ich nicht einmal. Und bei Wölfen ist es doch eher so, dass sie nach strenger Rangordnung fressen«, konterte ich. Biologie mochte ich damals auch. Außerdem: Wölfe im Treppenhaus? Zusammen mit Fischadlern? Gab es einen Zooausbruch im Haus, oder wie?

»Oh, da hat jemand aber nicht aufgepasst in der Biologiestunde!« Nonja hob einen Zeigefinger. »Wenn das meine Lehrerin aus der Schule gehört hätte. Sie würde dir einen langen Vortrag darüber halten, dass es die klassische Rangordnung nur in der Gefangenschaft gibt.«

Ich verzog das Gesicht. Genug von der Biologie. »Wie auch immer. Das Ding muss weg.«

Ich holte einen Plastikbeutel aus der Wohnung und trug den Knochen zum Müllschlucker. Das Teil polterte an den Schachtwänden bis zum Erdgeschoss und verstummte.

Erledigt. Weiter in der Tagesordnung.

Nonja, immer noch sichtlich verstört, als wisse sie mehr als ich, stieg in den Aufzug. Ich nahm lieber die Treppe und eilte die Stufen hinunter. Wir mussten uns wirklich sputen, auch heute hatten wir Marjana Nikolajewna in der ersten Doppelstunde. Zu spät zu kommen war keine Option.

Ein Stockwerk tiefer verlangsamte ich dennoch meine Schritte. Ediks Tür war nur angelehnt. Kurz spielte ich mit dem Gedanken, anzuklopfen und zu fragen, ob er mitkäme, als ich eine heisere, nuschelnde Litanei wahrnahm: »Du gehst da nicht hin! Es ist viel zu gefährlich für dich. Ich habe sie gesehen, sie drücken sich schon wieder hier rum, weißt du?« Die Stimme leierte wie das alte Radio von Tante Inga, das keinen Sender rauschfrei empfangen konnte.

»Jetzt lass mich schon los, Papa.« Ediks besonnener Ton machte alles in mir so seltsam weich. Jede Wette, ich hatte schon wieder diesen völlig entrückten Kuhblick à la Rotbäckchen & Co, zum Glück war niemand im Treppenhaus, um das Ergebnis mit ›arme Lisa‹ zu kommentieren.

»Nein, nein, du gehst nirgendwohin! Hast du nicht mitbekommen, was heute Nacht vor sich ging?«

»Du warst durcheinander. Weißt du was? Schlaf noch ein bisschen. Es ist noch viel zu früh.«

»Du bleibst hier, habe ich gesagt!« Die Stimme wurde aggressiver. »Käpt'n? Käpt'n, fass! Er muss hierbleiben!«

Käpt'n jaulte irritiert.

»Du blöder Köter!«

Ein Gerangel ertönte, die Hündin winselte auf und plötzlich polterte Edik aus der Wohnung, lief in mich hinein und wir wären sicherlich auf dem Boden gelandet, wenn er es nicht doch irgendwie geschafft hätte, das Gleichgewicht zu behalten – und mich mit einem Arm fest an sich zu drücken, damit ich nicht stürzte.

Weiche Knie – Superalarm! Na toll. Wie laut mein Herz pochte, musste er einfach merken, so dicht, wie wir voreinander standen.

»Du?«, hauchte er bestürzt in mein Gesicht. Um uns herum tänzelte Käpt'n, sprang an uns hoch und leckte mir und Edik über die Wangen. Beziehungsweise über Ediks Wange, bei mir erwischte die Hündin hauptsächlich das Ohr.

Auf die Schwelle taumelte eine Gestalt. Ein Feinrippunterhemd, eine speckige Jogginghose mit Adidas-Streifen, ausgetretene Latschen an den nackten Füßen, grauer Dreitagebart im aufgedunsteten Gesicht. Als der Mann mich mit seinen blutunterlaufenen Augen anvisierte, fiel mir nichts Besseres ein, als vornehm »Guten Tag, Herr Schauro« zu murmeln, leider auf Deutsch, was natürlich keinen Sinn machte.

»Hat sie mich gerade *Cher* genannt?«, brüllte der Mann und Edik drückte mich noch fester an sich.

»Wir gehen jetzt, Papa.« Er schob mich zur Treppe.

»Edja!«, rief der Mann uns hinterher. »Komm zurück! Ich hab dich lieb, Edja, bleib bitte hier, hörst du?«

Ich stolperte beinahe über meine eigenen Füße, doch Edik schleifte mich einfach weiter. Oben polterte sein Vater, und irgendjemand brüllte, dass er endlich sein versoffenes Maul halten sollte. Erst draußen gab Edik mich frei, wandte sich ab und stocherte in seinen Jeanstaschen nach einer Zigarette. Seine Finger zitterten merklich, als er den Stängel anzündete.

»Hey«, murmelte ich. »Alles okay bei dir?«

Ich biss mir auf die Lippe. Hatte es gerade nach ›Okay‹ ausgesehen?

Unschlüssig trat ich von einem Fuß auf den anderen, zupfte an meinen Locken, die sich bestimmt in ein wildes Durcheinander verwandelt hatten, als wir die Treppe hinuntergerannt waren. »Was bedeutet Cher auf Russisch? Ich glaube, bei deinem Vater bin ich unten durch.«

»Lass mich«, raunzte er mich über die Schulter an, hob sein Gesicht dem Himmel entgegen und stieß langsam den Rauch zwischen den Lippen hervor.

Sein Schatten erzitterte. Ich blinzelte, um Gewissheit zu bekommen. Ja, die Umrisse schienen sich zu verflüssigen und das Gebilde, das zu meinen Füßen langsam, sehr langsam kroch, ließ mich erneut an eine Blutlache denken. Sieh nicht hin!, bebte alles in mir, während in meinem Kopf das schwache Flüstern meiner Mama aus dem Traum erklang: *Du musst verstehen, wie du in die Schatten gleitest, und es kontrollieren.*

Mein Rucksack rutschte mir von der Schulter. Ich ließ das Ding mitten in Ediks Schatten fallen, beugte mich herunter, als wollte ich es aufheben, und berührte die seltsame Lache mit meinen Fingern. Kälte. Feuchte, modrige Kälte. Ich schloss die Augen. Es fühlte sich an wie ein Sumpf, in den ich da griff, ich spürte den Tod – Ediks Tod, wie ihm die Sinne schwanden und er endlich seinen letzten Atemzug tun konnte, der ihn von Schmerz und Angst befreite. Die modrige Kälte kroch immer höher, schnürte mir die Brust zusammen, verengte meine Kehle …

Mit einem Ruck wurde ich hochgerissen.

»Lass das sein. Das ist eine Nummer zu groß für dich, verstehst du das denn nicht?«

Verwirrt blinzelte ich in Nonjas Gesicht, in ihre zu Schlitzen zusammengekniffenen Augen und den Blick, der mich aufzuspießen schien. Woher tauchte sie mit einem Mal auf? Auch Edik fuhr herum und schaute uns beide irritiert an.

»Habe ich nicht gesagt, du sollst dich von ihm und seiner Sippe fernhalten?« Ihr Zischen ließ mich beinahe zusammenzucken.

»Was hast du bloß?« Ich stieß sie von mir.

Edik schüttelte den Kopf, warf seine Zigarette zu Boden und ging davon. Seiner Richtung nach zu urteilen, würde er heute im College fehlen. Oder zumindest in der ersten Stunde.

»Na super. Gut gemacht, *Sophia*«, giftete ich meine Gastschwester an und blickte ihm hinterher, bis er um die Ecke des Hauses verschwunden war.

»Können wir endlich gehen oder willst du ihm nachlaufen?«

»Lass mich in Ruhe.« Ich schnappte mir meinen Rucksack und stampfte davon.

»Liza!«

»Hau ab.« Ich wusste gar nicht, was mich am meisten wütend machte. Dass sie mich aus dem Schatten gerissen hat. Oder dass sie Edik auf so eine einfühlsame Weise vergrault hatte. Ich wollte nur weg, beschleunigte meine Schritte, um nicht mehr zu hören, wie sie nach mir rief. Das kalte, modrige Gefühl aus dem Schatten hatte sich tief in mir eingenistet. Ich war mir sicher, dass ich Ediks Tod gesehen hatte. Die Angst, die ihn begleitet hatte, bis ihm die Sinne schwanden, galt nicht seinem auslöschenden Leben. Es war die Angst um mich.

Mit einem Schlag wurde mir klar: Was auch immer ihm zustoßen würde – es würde meinetwegen passieren.

# Kapiel 8

»Liza, Liza warte doch!«, rief Nonja mir hinterher.

Ruckartig fuhr ich zu ihr herum. »Was willst du? Endlich mit mir reden oder bloß dubiose Warnungen à la D*as ist eine Nummer zu groß für dich aussprechen?*«, äffte ich sie nach. Waren es nicht genau die Worte gewesen, die sie mir in meinem Traum ebenfalls an den Kopf geworfen hatte? Ich griff nach dem Lederband an ihrem Hals und zog ihren Anhänger hervor. »Was ist das?«

»Ein slawisches Symbol der Veränderung, der Bewegung und des Kreislaufs der Natur. Können wir jetzt weiter?« Sie zupfte das Amulett aus meinen Fingern und versteckte es wieder unter ihrer Jacke. »Ich will dich doch nur beschützen.«

»Vor wem? Vor den netten Typen namens Wlchw … Wylychywy … Wollnys …« Um Gottes willen! Wie hieß noch dieses komische Wort, das Mr Nachtmahr mir in den Verstand geniest hatte? »Wolychw …« Langsam klang es, als hätte ich Tuberkulose im Endstadium.

»Wolchwy«, sagte sie leise. »Aber das sind nur Männer. Die Frauen sind Seherinnen.« Sie seufzte. »Vielleicht bist du tatsächlich bereit dafür.«

Na endlich. Warum nicht gleich so? Ich stemmte die Hände in die Hüften. Irgendwie musste ich ja zeigen, wie bereit ich war. »Dann lass mal hören. Bist du eine von denen?«

Sie sah sich um. »Gehen wir weiter, ja?« Über ihre Miene huschte Bedauern, sie führte dieses Gespräch nicht gerne, das sah ich ihr an. »Ich gehöre einem uralten Kult an, der sich um solche wie uns kümmert, also um magieverbundene Menschen, um Seherinnen, die in den Schatten anderer die Zukunft lesen können und damit Gefahr laufen, daran zu zerbrechen.«

So etwas Ähnliches hatte auch meine Mutter im Traum gesagt. »Du kannst es also auch? Diese Dinger in den Schatten sehen?«

»Ja.«

»Okay.« Auf einmal wusste ich nicht, was ich sagen sollte. Wir beide wirkten ungelenk und verzagt, wie zwei Teenager, die dabei waren, zum ersten Mal einen Joint zu probieren. »Und wie lange bist du schon bei diesem … Kult?« Zu eindringlich flüsterte mir mein Verstand ›Sekte!‹ zu, das Gespräch mit Tante Inga kam mir in den Sinn. War es dieser Kult, vor dem meine Mama geflohen war?

»Wolchwy sind an mich herangetreten, kurz nachdem mein Vater … überfallen wurde. Ohne sie hätte ich meinen Verstand verloren.«

»Was ist passiert?« Ich schluckte. Über den Verbleib ihres Vaters hatte ich mir keine Gedanken gemacht. Zu schnell hatte ich angenommen, sie wäre ein Trennungskind – schließlich hatte ich meine eigenen Probleme. Wie dumm, wie unglaublich unsensibel und egoistisch von mir! Niemand wusste besser als ich, dass hinter jeder Trennung eine Geschichte steckte. »Magst du es mir erzählen?«

Als ich zu ihr aufschaute, musste ich meinen Blick kurz abwenden. Ihr Gesicht wirkte versteinert und grau. Wie die Plattenbauten um uns herum. »Er wurde übel zusammengeschlagen, nur ein paar Blocks von hier entfernt.«

»Ist er …?« Das Ende des Satzes stockte in meiner Kehle.

»Er hat es ins Krankenhaus geschafft und die OP gut überstanden.« Sie lächelte ein seltsames, zittriges Lächeln. »Wir konnten sogar Geld für ein Sanatorium aufbringen.«

»Und dann?«

Sie schüttelte den Kopf und wischte sich die Tränen weg. Ich wollte sie umarmen, doch sie wandte sich ab und ging ein paar Schritte weiter, als brauche sie Abstand zwischen uns, zwischen sich und der ganzen Welt. »Seine Mutter pflegt ihn. Wir dürfen ihn nicht einmal besuchen, ich glaube, er will einfach nicht, dass wir sehen, wie abhängig er von anderen ist.«

»Das tut mir leid.« Ich biss mir auf die Lippe. Leid? Was verstand ich schon von Leid! Ich hatte keine Ahnung, wo mein Vater steckte, aber es zu wissen und nicht zu ihm zu können, war eine Nummer härter.

Sie holte tief Luft. »Der Punkt ist: Ich wusste, nein, ich ahnte, was passieren würde.«

So wie ich bei Meta. Oder eben bei Edik. Zuerst fühlte es sich wie eine böse Vorahnung an, dann wie eine unerklärliche Gewissheit. »Du hast die Zukunft in seinem Schatten gelesen, nicht wahr?«

Sie nickte.

Eine ganze Weile gingen wir stumm nebeneinander.

»Die Wolchwy haben mich gefunden, als ich glaubte, langsam völlig irre zu werden«, fuhr sie irgendwann doch noch fort. »Ich hatte das Gefühl, dass die Schatten mich verfolgen würden, dass sie mir auflauerten, um mir schlimme Dinge zu zeigen. Damit ich bloß nicht vergesse, dass ich nichts, absolut nichts davon verhindern kann. Dir geht es im Moment genauso, oder?« Sie schaute zu mir auf. Ihr Blick wirkte dunkel, fast düster. »Was war es, was du das erste Mal gesehen hast?«

»Der Autounfall meiner Cousine. Drei Menschen sind dabei gestorben, fast hätte auch sie es nicht geschafft. Jetzt ist sie zweiundzwanzig und hat einen Behindertenausweis. Und jetzt Edik«, flüsterte ich. »Hast du es gesehen? Wird er …« Ich konnte es nicht aussprechen. Ich konnte es einfach nicht.

»Sterben?« Nonja zuckte die Schultern. »Denke schon.«

Mit einem Mal fröstelte ich, als würde die Herbstkälte mich völlig vereinnahmen. Ihre Worte klangen so endgültig. Hatte sie sich damit abgefunden? Dass man die Zukunft nicht ändern kann? Ich – nicht. Niemals.

»Wir können das doch nicht einfach geschehen lassen! Wir müssen es verhindern!«

»Es ist unklar, ob du, ich oder irgendjemand die Zukunft verhindern kann. Bis jetzt ist es niemandem gelungen. Aber die Wolchwy können dir zeigen, wie du damit klarkommst, ohne verrückt zu werden. Sie werden dir den Weg weisen, dich unterstützen, dir helfen, deine Gabe zu kontrollieren.«

»Verstehe.« Was unseren Weg angeht, so neigte sich dieser seinem Ende zu. Ich blieb stehen. Unfähig, ins Collegegebäude zu gehen und so zu tun, als wäre ich eine ganz normale Studentin, deren größten Sorgen sich darauf beschränkten, bei dem angekündigten Mathetest nicht durchzufallen.

»Es tut mir furchtbar leid, dass es so unvorbereitet auf dich zukommt. Ich habe den Höheren immer wieder gesagt, dass sie dir mehr Zeit lassen sollen. Aber Zeit ist etwas, das wir leider nicht haben.«

»Super. Und wer sind diese Höheren? Wofür habt ihr keine Zeit? Worum geht es euch überhaupt?«

Offensichtlich nicht darum, Edik zu retten.

Sie verzog das Gesicht, als würde sie mein Misstrauen körperlich spüren. »Im Kult beugt sich alles einer strengen Hierarchie und Ordnung. Die Höheren sind die Mitglieder des Inneren Kreises, zu dem man aufsteigt, wenn man würdig ist. Sie treffen die Entscheidungen zum Wohl des Kultes und zum Wohl jedes einzelnen Mitglieds.«

Aha. Und bei tollen Ausflügen machen sie bestimmt auch mit. Klang das nicht noch mehr nach einer Sekte? Ich warf meinen Rucksack neben die Treppe des Haupteingangs und ließ mich auf die Stufen fallen.

Nonja setzte sich zu mir. Unsere Schultern berührten sich. Zaghaft tätschelte sie mein Knie. »Ich weiß, wie viel Angst du gerade hast. Die hatte ich damals auch. Aber du musst uns vertrauen.«

Musste ich das? Gedankenverloren wickelte ich mir eine meiner Strähnen um den Zeigefinger.

»Hör zu«, redete sie auf mich wie auf ein trotziges Kind ein. »Die Sache ist größer als du oder ich. Sie ist größer als Edik und sein Tod. Du hast etwas getan, was unsere gesamte Realität in Gefahr bringt. Du hast einen Dämon aus der Traumwelt hierhergebracht.«

»Einen Dämon. Natürlich.«

»So nennen wir die Wesen hinter der Schattengrenze. Früher waren sie Menschen, deren Seele dem dunklen Gott geopfert wurde, sagt man, und die ihm seitdem dienen müssen. Wenn du einschläfst und über die Schattengrenze in die Traumwelt wanderst, können sie dich dort aufspüren und töten. Dein schlafender Körper stirbt. Deine Magie geht auf ihren Herrn über, wodurch seine Macht wächst. Und deine gefangene Seele verwandelt sich nach und nach in einen von ihnen.«

Ich zuckte, als hätten ihre Worte mir einen Schlag in die Magengrube versetzt.

»Mama!«, keuchte ich. Würde sie sich auch in einen Dämon verwandeln? Wie viel Zeit blieb ihr noch, wie lange würde sie dagegen ankämpfen können? Ich rieb mir über das Gesicht. »Okay. Wie lange dauert es, bis eine gefangene Seele sich in einen Dämon verwandelt hat?«

»Das kann dir keiner so genau sagen. Der Punkt ist: Einige von uns sind in der Lage, die Grenze zwischen der Traumwelt und der unseren aufzuheben. So wie du. Du hast einen Dämon in unsere Welt gebracht, und er wird alles tun, damit andere und vor allem sein Gebieter ihm folgen können. Dann werden sie uns überrennen, die Magie aus uns aussaugen, um seine Macht zu nähren, und die Menschen unterjochen. Stell es dir nur vor, wie sie aussehen wird, diese unsere Welt, mit einem allmächtigen Herrscher und seiner Dämonenschar.« Sie schnappte nach Luft. Anscheinend selbst völlig überwältigt von der Vorstellung. »Dieser Dämon muss aufgehalten und dorthin geschickt werden, wo er hergekommen ist. Solange das noch möglich ist. Anscheinend bist du die Einzige, die das kann.«

»Nein«, flüsterte ich. Leise, aber bestimmt.

»Nein?«, japste Nonja.

»Ich habe gesehen, wie er gefoltert wurde. Der Dämon. Weil er mir geholfen hat. Er will frei sein und ganz bestimmt nicht seinem Gebieter dienen.«

»Das denkst du, ja?« Nonja schnaubte verächtlich. »Oder wollte er dich das nur glauben lassen, um dein Vertrauen zu gewinnen?«

Zugegeben, das konnte ich nicht mit Sicherheit wissen. Was ist, wenn er mich nur dazu benutzt hatte, um in unsere Welt zu kommen?

»Liza, verdammt!« Sie stand auf, packte meine Schultern und schüttelte mich. »Weißt du, wo ich war, während du deinen Edik angeschmachtet hast?«

»Er ist nicht mein …«

»Das Oberhaupt höchstpersönlich hat mich angerufen! Heute Nacht haben wir drei Wolchwy verloren. Einer konnte schwer verletzt entkommen. Die Seherin, die bei ihnen war und den Dämon zurück in die Traumwelt bannen sollte, ist verschwunden. Vermutlich ist sie ebenfalls nicht mehr am Leben. Findest du immer noch, dass dieser Dämon harmlos ist?« Ihre Stimme bebte. In den Augen standen Tränen. Noch ein bisschen, und sie würde die Fassung endgültig verlieren, sich vielleicht direkt hier auf den Stufen des Colleges zusammenrollen und heulen. Ungeachtet dessen, dass an uns unzählige Studenten vorbeieilten. Ich dachte an den Knochen von heute Morgen. Konnte es ein Menschenknochen gewesen sein? Bitte nicht! Ich starrte auf meine Hände, die ihn zum Müllschlucker getragen hatten, und mir wurde übel. Alles wirkte so surreal. Wie ein einziger Albtraum, der mich nun auch tagsüber verfolgte.

»Warum passiert das alles ausgerechnet mir?«

»Weil du eine mächtige Seherin bist. Als deine Kräfte sich gezeigt haben, muss er das gespürt und seine Dämonen auf dich gehetzt haben, um dich aufzuspüren.«

Er. Der Gebieter der Dämonen. Der kleine Bruder von Voldemort. »Und wer ist dieser er?«

»Das wissen wir nicht genau. Einige meinen, er wäre der dunkle Gott höchstpersönlich. Aber das ist etwas, was dir lieber die Höheren erzählen sollten. Du musst sie treffen und mit ihnen darüber sprechen.«

Schon wieder: du musst, du musst, du musst …

»Im Augenblick muss ich nur eins: Das Ganze irgendwie verdauen.«

»Dafür haben wir keine Zeit, kapierst du das denn nicht?« Sie schnaubte. Dann atmete sie tief durch und trat ein paar Schritte zurück. »Ich verstehe dich ja. Ich dachte auch, dass es besser wäre, dich nach und nach einzuweihen. Aber der Dämon tötet Menschen und anscheinend bist du die Einzige, die ihn über die Schattengrenze zurückschicken kann. Hab keine Angst. Wolchwy werden dich beschützen, dich auf deinem Weg unterstützen. Aber du musst dich deiner Gabe stellen!«

Ein helles Kichern ließ sie verstummen.

Ich schaute an Nonja vorbei und entdeckte das Rotbäckchen, das sich hinter ihr aufgebaut hatte. Das Mädel wischte sich mit einer ausholenden Bewegung eine Strähne aus dem Gesicht, unserer ungeteilten Aufmerksamkeit endlich gewiss, und lächelte mich an. »Liza, richtig? Wie Minelli und so.«

»Und du bist …?« Fragend hob ich die Augenbrauen.

»Ja, stimmt. Wir haben uns noch gar nicht richtig kennengelernt. Ich bin Anna. Oder Anja, wenn du magst.« Sie machte eine beiläufige Geste nach hinten zu einem weiteren Mädchen, in dem ich ihre stete

Sitznachbarin erkannte. »Und das ist meine beste Freundin Jelisaweta, also Lisa. Fast deine Namensvetterin, was?«

Aha. Oder wie Edik es ausgedrückt hatte: *Wirr chaben schon Lisa, die will nennen Lis sich.* Hatte er sie damit gemeint? Ich konnte nicht anders, als diese ›Lis‹ genauer in Augenschein zu nehmen. Gertenschlank, langes, glattes Haar, zierliches Porzellangesicht und melancholisch dreinblickende blaue Augen mit einem verführerischen Wimpernaufschlag. Anders ausgedrückt: Megan Fox samt Schönheits-OPs und ihr makelloser Teint machte mich grauenhaft neidisch auf sie. Sicherlich musste sie sich noch nie mit Sommersprossen herumplagen.

Das Rotbäckchen alias Anja räusperte sich. »Also, Liza. Ich weiß nicht, wie ich es dir schonend beibringen soll, aber irgendjemand muss dich warnen: Pass ein bisschen auf, mit wem du dich abgibst.«

Ich verschränkte die Arme. »Was willst du damit sagen?«

Das Rotbäckchen rollte die Augen.

Keine Ahnung, was sie damit ausdrücken wollte, außer dass sie in der Lage war, wie in *Exorzist* zu gucken. »Es geht mir einfach nicht in den Kopf, dass man die Gastfamilien anscheinend gar nicht überprüft. Da landet man doch noch bei einem Vergewaltiger. Oder einem Serienkiller.«

»Oder bei solchen *Freaks*«, wandte Jelisaweta ein und ich beschloss, auch die letzten Sympathiepunkte für sie zu streichen.

»Nonja ist kein Freak«, stieß ich kampflustig hervor, sah mich nach ihr um – doch sie war verschwunden. Na super. Würde sie mich genau so schnell im Kampf gegen den Dämon und du-weißt-schon-wer-dessen-Name-nicht-genannt-und-so-weiter allein lassen?

»Wie auch immer, ich wollte dich nur warnen, weißt du?«, plapperte das Rotbäckchen weiter. »Sophia ist hinterhältig und manipulativ. Fall nicht auf ihre Spielchen rein. Sie hat schon mal versucht, Lisa in irgendeine komische Sekte reinzuziehen. Pass also auf.«

Was? Jelisaweta war auch eine Seherin?

»Überrascht?« Neckisch legte das Rotbäckchen seinen Kopf zur Seite und schaute mir direkt in die Augen. »Ich könnte dir da so einiges erzählen!«

»Danke. Sehr nett von dir, mich zu warnen. Aber ich muss jetzt gehen.« Entschlossen, mich nicht auf wildes Gerede einzulassen, stand ich auf und schulterte meinen Rucksack. »Schließlich haben wir gleich Li-te-ra-tur«, betonte ich so bedeutungsschwer wie möglich.

»Oh ja, stimmt!«, flötete das Rotbäckchen. »Marjana Nikolajewna lässt einen seitenlange Monologe auswendig lernen, wenn man sich verspätet hat.« Sie hielt inne, und mit einem Mal nahm ihr Gesicht einen völlig entrückten Ausdruck an. So viel Liebe für Monologe? Doch dann wurde mir der Grund für ihre Entzückung offenbart: Edik war im Anmarsch. Ich grüßte ihn, doch er beachtete mich nicht. Genauso wie den Rest seines Fan-Clubs.

»Und manche von uns können bereits die gesamte russische Dichterkunst aufsagen«, seufzte das Rotbäckchen ihm hinterher.

Ich gab ihr noch eine Minute zum Dahinschmelzen, bis ich sie noch einmal an den Literaturunterricht erinnerte und entschlossen zum Eingang marschierte. Natürlich waren wir trotzdem zu spät.

»Na dann – toi, toi, toi.« Das Rotbäckchen hielt inne und klopfte an. Nur gut, dass ich nicht allein vor den Silberblick Marjana Nikolajewnas treten musste. Ich drückte uns die Daumen, dass der Zorn der Eiskönigin uns verschonen würde, was mir Jelisawetas irritierten Blick bescherte. Keine Ahnung, wie Russen ihr Glück festhielten, in Fäusten offensichtlich nicht. Vielleicht konservierten sie es in Eimern auf ihren Balkonen wie Larissa das Sauerkraut.

Also traten wir ein und Marjana Nikolajewnas Antlitz zeigte deutlich, dass wir dieses Mal auch mit einem Eimer Glück nicht davonkommen würden.

»Ich wäre sehr interessiert zu erfahren, was heute eigentlich los ist«, begrüßte sie uns. Edik stand noch vor der Tafel, offensichtlich hatten wir sie während der Strafpredigt gestört.

»'Tschuldigung«, murmelten wir unisono wie kleine Schulmädchen und stellten uns brav zu ihm.

Eine Weile ließ Marjana Nikolajewna uns in ihrem erdrückenden Schweigen schmoren.

»Also gut, Freunde der russischen Dichterkunst«, fuhr sie schließlich fort. »Zum nächsten Unterricht lernt jeder von Ihnen einen der drei Monologe von Tschatzkij aus *Leid vom Verstand.*« Nun huschte sogar ein Anflug eines Lächelns über ihre purpurroten Lippen. Sie faltete die Hände vor der Brust und ein verträumter Schleier verhängte ihren Blick. »Garin, Jurskij und unzählige andere großartige Schauspieler haben diese Monologe bereits zum Besten gegeben. Ich freue mich auf Ihre Darbietung, meine Teuersten.«

Mein Nacken kribbelte, und ich konnte mich nicht entscheiden, ob es davon kam, weil ich wieder meinen Kommilitonen vorgeführt wurde, oder weil ich bemerkte, wie Ediks Blick mich streifte. Ich lächelte ihm zu, worauf er so rasch beiseitesah, als hätte er sich an mir verbrannt.

Das Rotbäckchen hob schüchtern eine Hand.

»Ja, Anna?«, bedeutete Marjana Nikolajewna ihr zu sprechen, allerdings erst nach einer Minute des Ergötzens an dem huldvoll gehobenen Arm.

»Dass Liza zu spät gekommen ist, liegt an mir. Es ist ihre erste Woche in Russland. Könnten Sie nicht eine Ausnahme für sie machen?«

Überrascht sah ich sie an. Dass sie sich für mich einsetzte, hätte ich nie gedacht. Sie sprach so schlecht über Nonja, dass ich instinktiv einen Seitenhieb und keinen Beistand erwartet hatte.

»Ich fürchte, nein«, schmetterte die Eiskönigin ihr entgegen.

»Eduard und ich würden ihr beim Lernen gern behilflich sein«, fuhr das Rotbäckchen enthusiastisch fort. »Vielleicht können wir einen Text zwischen uns aufteilen? Wie ein richtiges Theaterstück!«

»Verstehe.« Ich rätselte, wem Marjana Nikolajewna eins auswischen wollte, als sie nach einer Pause endlich verkündete: »Es reicht vollkommen aus, wenn Eduard ihr zur Seite steht. Er und Lisa Evers dürfen uns zur nächsten Stunde mit dem Dialog zwischen Lenski und Onegin aus Puschkins *Eugen Onegin* erfreuen. Vom Anfang des dritten Buches bis einschließend Vers fünf.« Ediks mit einem Mal verspannte Haltung quittierte die Lehrerin mit einem zufriedenen Nicken. Ich schluckte. War es ihm wirklich so unangenehm, nach der Szene im Treppenhaus Zeit mit mir zu verbringen? »Sie, Anna, können uns gern mit Jelisaweta ein Stück aus *Leid von Verstand* vortragen. Und nun setzen Sie sich«, winkte Marjana Nikolajewna uns davon.

Eins, zwei, drei im Sauseschritt zogen wir zu unseren Plätzen.

Noch nie fiel es mir so schwer, mich auf den Unterricht zu konzentrieren. Der Dämon, der merkwürdige Knochen vor unserer Tür,

Nonjas Bestrebungen, mich in die Geheimnisse eines uralten Kultes einzuweihen, Edik und ich – oder zumindest die russische Literatur, die uns bis zur nächsten Stunde mit Marjana Nikolajewna aneinanderbinden würde.

Ich seufzte.

Was war da eigentlich zwischen uns?

Nichts? Oder vielleicht … alles?

Und was genau sollten wir zum nächsten Unterricht auswendig lernen? Unter dem Tisch holte ich mein Handy hervor und googelte nach Onegin. Buch drei und so weiter. Kurz überflog ich den Text. Es handelte sich um einen Versroman, den Tante Wiki als das ›russische Nationalepos über die komplexe kulturelle Situation in Russland um 1820, dargestellt am Leben und Denken junger Adeliger in den Metropolen Sankt Petersburg und Moskau und auf ihren Landgütern fern der Städe auf dem alten Traditionen behafteten Land‹ anpries. Na, wenn das nicht nach Spaß klang. Ich wagte einen Blick in den Text. Im Abschnitt, den uns Marjana Nikolajewna aufgetragen hatte, ging es um den Titelhelden Eugen Onegin und seinen Kumpel Wladimir Lenski. Die beiden, von der Langeweile geplagt, führten Männergespräche über Frauen – Adelige des 19. Jahrhunderts unterschieden sich offensichtlich herzlich wenig von den Vertretern ihres Geschlechtes meiner Generation.

Ich schaute genauer, stellte mir vor, wie Edik und ich diesen Abschnitt vor unseren Mitschülern vortragen würden. Er – Onegin. Ich – Lenski. Oder umgekehrt. Oder ganz anders. Nur wir beide. Von Puschkin vereint.

*Der Abend kommt, die Freunde scheiden,*
*Und knutschen heim bei Dämmerlicht*

Hach. Sie knutschen. Ähm … was? Ach nein, sie kutschen, las ich richtig, sie fahren also nach Hause. Wenn es um Edik und mich ging, dachte ich anscheinend schon lange nicht mehr mit den dafür bestimmten Gehirnarealen. Vielleicht sollte ich ihm einfach sagen …

Was genau?

Wenn ich das nur wüsste.

Trotzdem drehte ich mich nach hinten.

»Hey«, flüsterte ich ihm zu, und Wärme breitete sich ganz unabsichtlich in mir aus, sobald ich ihn – auch wenn bloß aus Augenwinkeln – ansah. »Kennst du *Eugen Onegin?* Geht es gut zwischen ihm und Lenski aus?«

»Dein Ernst?«, knurrte er.

»Hör zu, was heute im Treppenhaus passiert ist, tut mir sehr leid.«

»Du brauchst mich nicht so mitleidig anzuschauen«, stieß er durch die zusammengepressten Zähne hervor und ließ seine Hand in die Höhe schnellen.

»Oh. Eduard. Möchten Sie uns mit Ihrer eigenen Interpretation der Szene erfreuen?«, erkundigte sich die Lehrerin kühl.

»Ich würde mich gerne nach vorne setzen. Um von *Ihren* Interpretationen weniger abgelenkt zu sein, Marjana Nikolajewna.«

Aber …, rührte es sich stumm in mir, doch die Eiskönigin der Literatur erlaubte den Platztausch und Edik zog in die erste Reihe um.

Das Rotbäckchen wandte sein rundes, fröhliches Gesicht zu mir. *Arme Lisa*, formten ihre Lippen. Ich war bestrebt, ihr die Zunge herauszustrecken, egal, wie kindisch das auch sein mochte.

Auch nach dem Literaturunterricht ging Edik mir so beständig aus dem Weg, dass man glauben könnte, ich hätte seit Tagen mein Deo vergessen. In jeder Pause verschwand er noch schneller als sonst – kein Wunder, er musste nicht einmal seine Tasche packen, er hatte heute gar keine dabeigehabt. Und ich war auf dem besten Weg, mich lächerlich zu machen: Ich lief Edik hinterher. Zumindest versuchte ich es.

In einer größeren Pause, weil *Einführung in die Wirtschaftslehre* ausgefallen war, ging ich nach draußen zu einem Sportplatz, in der Hoffnung, ihn dort zu entdecken. Mein Gefühl hatte mich nicht betrogen. Käpt'n hopste um ihn herum, brachte bereitwillig Stöckchen und zauberte manchmal auf das Gesicht seines Herrchens ein vorsichtiges Lächeln. Obwohl ich sah, dass ihm nicht nach Lächeln zumute war.

»Was du willst, doitsche Mädkchen?«, fuhr er mich an, ohne sich umzudrehen. So viel zu meinen Anschleichversuchen.

Die deutsche Sprache lag wie ein tiefer Graben zwischen uns: er, ein russischer Junge, auf der einen Seite und ich – eine, die dieses Leben hier nie verstehen würde – auf der anderen.

»Können wir reden?« Ich sprach russisch, aber die Worte kamen mir klobig und fremd vor. Ein bisschen wie Klötze, die meine Zunge mühsam hin und her wälzte.

»Rede doch.«

Ich setzte mich zu ihm auf eine Bank, die so ramponiert aussah, dass ich mich fragte, ob sie das Gewicht von uns beiden wirklich halten würde. Schwanzwedelnd stürmte Käpt'n auf mich zu und leckte mir übers Gesicht. Gedankenverloren knuddelte ich die Hündin. Vielleicht sollte ich das Gespräch mit unverfänglichen Themen beginnen. Zum Beispiel Edik fragen, ob er lieber den Part von Lenski oder Onegin übernehmen wolle. Oder ihn einfach umarmen.

Ja, genau. Von allen Mädels, die sich ihm um den Hals warfen, war ich wohl das hartnäckigste.

»Die Tür stand offen«, sagte ich leise. »Heute früh, meine ich. Ich wollte nicht lauschen.«

»Manchmal vergisst mein Vater abzuschließen, wenn er den Müll rausgebracht hat.«

Keine gute Angewohnheit, wenn man davon überzeugt war, verfolgt zu werden. Andererseits: Könnte er wirklich etwas mitbekommen haben? Zum Beispiel, wie ein Dämon Wolchwy und eine Seherin tötete? Oder war da nichts, und Nonja samt ihrem Kult versuchte bloß, mich für irgendwelche Ziele ihres Sektenoberhauptes zu benutzen? Unsicher wickelte ich mir eine meiner Locken um den Finger. »Was hat er denn gesehen?«, fragte ich so vorsichtig wie möglich. »Als er meinte …«

»Er ist alkoholkrank, Liza! Da ist nichts weiter. Der fremde Volvo, den er in der letzten Zeit ein paar Mal vor unserem Haus bemerkt haben will, muss ihn einfach zu sehr aufgewühlt haben. Er glaubt schon länger, man will mich entführen.«

»Ein Volvo?« Natürlich. Der schicke Wagen eines der Wuschelmänner.

»Keine Ahnung, was er sich wieder einmal eingebildet hat. Ich schätze, das Auto ist weggefahren, als mein Vater versucht hat, ihn vom Balkon aus mit Kartoffeln zu bewerfen.« Er seufzte. »Ich muss heute neue kaufen.«

»Was ist, wenn er doch etwas gesehen hat?« Plötzlich war mir, als hätte mich die Unruhe von Ediks Vater gepackt und sich tief in mir eingenistet. »Weiß er womöglich, was heute Nacht passiert ist?«

»Nichts ist passiert! Rein gar nichts.« Meine Alarmglöckchen klingelten. Es klang so, als müsse er nicht mich, sondern vor allem sich selbst von seinen Worten überzeugen. »Mein Vater war durcheinander, Liza. Und sicherlich wieder einmal betrunken.« Edik schnaubte. »Willst du vielleicht auch wissen, was ich gesehen habe, als ich gestern aus dem Casino nach Hause gekommen bin?«

Mein Herz machte einen Aussetzer. Den Tod der Wolchwy?

»Ich habe eine Silhouette um das Haus schleichen sehen. Ich schwöre, sie sah aus wie eine Mischung aus einem Bären und einem Menschen.« Sein Lächeln wirkte schief. »Aber ich war auch etwas angetrunken. Scheint in der Familie zu liegen. Zufrieden?«

Käpt'n kam wieder angelaufen und brachte einen halb zerkauten Stock. Dieses Mal war ich es, die ihr das Ding fortwarf. Ihre Spucke und Fasern von der Rinde blieben an meinen Händen kleben. »Ich habe ihn auch gesehen. Den Bären«, sagte ich kaum hörbar.

»Aha. Und wie viel hast du getrunken?« Er warf mir einen verächtlichen Blick zu, der mein Herz schier in tausend Stücke riss. »Für den Scheiß habe ich keine Zeit. Verarsche jemand anderen.«

Nervös zupfte ich an meinen Haarspitzen. Wie sollte ich es ihm erklären? Es gab Momente, da wollte ich es selbst nicht glauben.

Außerdem waren wir nicht mehr allein. Hinter uns tönten scharrende Schritte.

»Edja?«

Da stand er, sein Vater, in der Jogginghose und dem Feinrippunterhemd von heute früh, trotz niedriger Temperaturen. An den Füßen trug er abgewetzte Hausschlappen mit einem Karomuster.

»Was tust du hier?« Edik sprang auf und legte ihm rasch seine Jacke um die Schultern. »Du holst dir noch eine Lungenentzündung hier.«

Der Mann griff nach Ediks Händen, drückte sie, während er mehrfach versuchte, zu einer Antwort anzusetzen. »Rimma … deine Mutter …«

»Beruhige dich. Alles wird gut. Komm, ich bringe dich nach Hause.«

»Sie … sie ist da! Wurde von einem Hund angefallen, sagt sie, heute Nacht. Braucht Ruhe. Viel Ruhe. Aber du musst ihr sagen, dass sie wieder gehen und uns in Ruhe lassen soll! Sag ihr das, Edja, bitte.«

Edik verharrte. »Mama ist da?«

»Hörst du mir nicht zu? Du sollst ihr sagen, dass sie wieder verschwinden muss. Wir können keinen Ärger gebrauchen. Ich muss dich doch beschützen …«

»Papa«, unterbrach Edik ihn. »Alles wird gut. Das verspreche ich dir.«

Dann verstummten sie beide, einander an den Händen haltend.

# Kapitel 9

Ich ließ die beiden allein. Ediks ohnehin komplizierten Familienverhältnisse schienen mit dem Auftauchen der Mutter noch verworrener zu werden, und da gab es keinen Platz für mich. Ich war froh, als der Tag am College vorbei war, und machte mich mit Nonja auf den Heimweg. Tausend Gedanken geisterten mir durch den Sinn. sicherlich dampfte mein Gehirn bereits. Nicht umsonst reimte sich ›Kopf‹ auf ›Schnellkochtopf‹.

»Hast du dir überlegt, die Höheren zu treffen?«, wollte sie wissen, als wir an einer Ampel standen, die nicht funktionierte. Die Regulierung des Verkehrs hatten die Passanten selbst übernommen. Sie warteten auf einer Straßenseite, bis sich genug von ihnen angesammelt hatten, und stoben waghalsig über die Fahrbahn, womit sie den Autostrom zum Versiegen brachten.

»Hör dir wenigstens an, was sie zu sagen haben«, drängte sie, als wir auf der anderen Seite wohlbehalten angekommen waren.

»Seit wann sieht Jelisaweta in den Schatten die Zukunft?«, fragte ich, statt auf ihre Frage zu antworten. Bei den Gedanken an den Kult wurde mir jedes Mal flau im Bauch. Vielleicht, weil ich Angst hatte, sollten alle Hoffnungen wirklich auf mir liegen. Vielleicht aber auch, weil mein Bauch mich vor einer Sekte warnen wollte. Oder er hatte einfach nur Hunger.

»Tut sie nicht.«

Ich stutzte, während Nonja den Schritt beschleunigte. Ich brauchte ein paar Sekunden, um das Gesagte einzusortieren. Wertvolle Sekunden. Mit ihrem Tempo war Nonja bereits am Ende des Blocks angelangt, da half mir nicht einmal das morgendliche Joggingtraining.

»Warte, warte!« Ich eilte ihr hinterher. »Aber du wolltest doch, dass sie eurem Verein beitritt, oder nicht? Warum, wenn sie ganz normal ist?«

»Normal?« Nonja grunzte verächtlich. »Das ist bei Jelisaweta auch so 'ne Sache.«

»Aber sie sieht. Keine. Schatten!«, stieß ich verwirrt hervor, völlig außer Puste, weil Nonja noch einen Zahn zugelegt hatte.

»Schrei nicht so.« Nervös sah sie sich um. Ich tat es ihr gleich, konnte aber nichts und niemanden entdecken. Keine Wuschelmänner, keine verdächtigen Schatten.

»Hör zu, Liz«, fuhr sie fort, und ich hatte das Gefühl, sie würde zu mir wie zu einem Kind sprechen. »So ein großer Kult braucht doch auch Mittel, um seine Projekte verwirklichen zu können, nicht wahr? Jelisawetas Vater gehört eine Reinigungskette. Die Höheren sind der Meinung, dass nichts dabei ist, wenn wir ab und zu jemandem das Gefühl geben, er wäre etwas Besonderes, um die eine oder andere Spende zu bekommen.«

»Ihr gaukelt ganz gewöhnlichen Menschen vor, sie hätten magische Fähigkeiten, um sie auszunehmen? Ich glaub es einfach nicht!«

»Mensch, Liza, so habe ich es doch gar nicht gesagt.« Sie blieb bemerkenswert ruhig, während in mir alles brodelte. »Weißt du was? Montag haben wir eine Zusammenkunft: Wetsche. Warum kommst du nicht mit und fragst die Höheren darüber aus? Sie haben nichts zu verbergen. Du wirst es sehen.«

»Nein danke.« Energisch wandte ich mich ab.

»Aber du musst mitkommen. Ohne Hilfe bist du verloren. Und ohne dich sind *wir* verloren.«

»Vielleicht habe ich gar keine Fähigkeiten«, giftete ich zurück. »Nur einen Dachschaden. Und die Tatsache, dass die Familie Evers Geld hat.« Ab da war ich diejenige, die sprintete. Und keine Nonja konnte mich einholen, nicht einmal in einem Volvo.

Beim Mittagessen verkündete ich, dass ich in die Bibliothek gehen wollte, um mir *Eugen Onegin* auszuleihen. Klar könnte ich es auch online lesen, aber ich wollte mit meinen Gedanken allein sein. Vor allem ohne Nonja, die mir stets einzureden versuchte, warum ich auf ihrem Wetsche alles verstehen würde, immer darauf bedacht, dass Larissa ihre Worte nicht hörte. Offensichtlich wusste meine Gastmama nichts von der Sekte. Pardon. Von dem uralten Kult.

»Denk einfach über meinen Vorschlag wegen Montag nach, okay?«, verabschiedete mich Nonja, bevor ich mich auf den Weg zur Bibliothek machte. Darauf antwortete ich lieber nichts.

Die Bücherei lag an der Hauptstraße und fand Unterschlupf in einem ähnlichen Gebäude wie das, in dem ich wohnte, nur war dieses hier lang gezogen mit ein paar Läden im Erdgeschoss. Die Ausstattung der Bücherei vermittelte das Flair eines Antiquariats, in das nur selten jemand den Weg fand. Dafür schlug mir so ein intensiver Buchgeruch entgegen, dass ich am liebsten für alle Zeit der Welt hiergeblieben wäre. In einfachen Holzregalen steckten unzählige Bücher, die meisten davon mehrfach, aber sehr liebevoll gebunden; ein abgewetzter Teppichläufer dämpfte meine Schritte. Gleich am Eingang saß eine Mitarbeiterin, die in einer Zeitung blätterte. Ja, wenn ich all meine Assoziationen, die mein Hirn beim Wort ›Bibliothekarin‹ ausspuckte, zusammenkratzen würde, würden sie genau dieses Bild ergeben: eine mittelgroße Frau mittleren Alters mit einer Brille. Eine Frisur zwischen einem Chignon und Vogelnest vollendete ihre Erscheinung.

»Entschuldigung, ich brauche *Eugen Onegin*. Und haben Sie vielleicht etwas über Wolchwy?«, versuchte ich mein Glück. Ohne viele Hoffnungen auf Erfolg, uralter Kult hin oder her.

Sie sah mich über den Rand ihrer Brille hinweg an. Ein Blick, der von seinem Charme her fast mit dem von Marjana Nikolajewna konkurrierte. Abschrecken konnte er mich jedoch nicht. Mir war bereits aufgefallen, dass Russen selten in der Öffentlichkeit lächelten, schon gar nicht, wenn sie offizielle Posten bekleideten.

»Natürlich.« Mit einem knappen Nicken in meine Richtung verschwand sie zwischen den Regalen, und ich war mir nicht sicher, ob ich ihr in die heiligen Hallen folgen oder an meinem Platz bleiben sollte.

Moment mal, über diese haarigen Typen wurden tatsächlich Bücher geschrieben? Oder hatte sie sich nur auf Onegin bezogen?

»Bearbeitest du das Thema Wolchwy für Geschichte oder für den Literaturunterricht?«, kam es aus den Tiefen der Bibliothek.

»Ähm.«

Anscheinend war meine Antwort ausreichend. Der Stapel, mit dem die gute Frau zurückkam, hätte sich mit dem schiefen Turm von Pisa messen können.

»Schau dir an, was du davon gebrauchen kannst.«

Sie wuchtete mir die Bücher in die Arme und platzierte sich wieder hinter ihren Tisch. Ich sah mich nach einem Stuhl um und setzte mich aufgrund dessen Abwesenheit direkt auf den Boden neben einem Regal.

*Eugen Onegin*, der ganz oben auf mich wartete, legte ich erst einmal beiseite. Was hatten wir noch? *Lied vom Heer Igors*, verkündete der erste Titel. Auf gut Glück schlug ich eine Stelle auf.

*Oder du, Seher Bojan, Enkel des Wolos, würdest singen:*
*»Streitrösser schnauben hinter dem Fluss Sula,*
*Ruhm widerhallt in der Stadt Kiew,*
*Fanfaren erschallen in der Stadt Nowgorod,*
*Banner wehen über der Stadt Putiwl …*

Okay, Justin Bieber war das wohl nicht. Das Lied schien eher ein Reiseführer als ein Anwärter auf die Top Ten der Charts zu sein. Wobei die Erwähnung ›Seher‹ schon recht vielversprechend klang. Ich blätterte durch die Kommentare am Ende des Buches. Da! Wseslaw Brjatschislawitsch – das war glatt ein Patent im Bereich Zungenbrecher wert –, der Fürst von Polozk, wird im *Lied vom Heer Igors* als Recke und eine Art Magier, Wolchw, beschrieben, der die Zukunft voraussehen und – na, wer sagt's denn – sich in ein Tier verwandeln konnte. Interessant.

Aber bevor ich mich in das Thema vertiefte, sollte ich mir vielleicht doch erst einmal die Basics aneignen. Wieso war ich nicht früher darauf gekommen? Ich holte mein Handy hervor und rief Tante Wiki auf. Die russische Seite hatte jede Menge Infos für mich parat. Demnach waren Wolchwy Sterndeuter, Hellseher, Schamanen. Sie traten in allen Kulturen auf. Sogar das, was wir als die Heiligen Drei Könige kannten, nannte man hierzulande die drei *Wolchwy*. Ich scrollte weiter. Bei Slawen besaßen Wolchwy viel Macht. Auf einem Wetsche (ha!) – klang nach einem Schmorgericht à la Letscho, war aber tatsächlich eine Art Zusammenkunft der Höheren – konnte sogar die Absetzung eines Fürsten beschlossen werden. Die Christianisierung Russlands sollte unter anderem dazu dienen, die Macht der Wolchwy zu stürzen. Was denen natürlich wenig gefallen hatte. Die *Nestorchronik* beschrieb einen Aufstand in Susdal im Jahr 1024, bei dem die Wolchwy die Tötung der Feudalen angestrebt hatten, bis der Fürst Jaroslaw den Aufstand unterdrückte – ebenfalls nicht ohne Blutvergießen.

Das hatte ich wirklich nicht erwartet. Ich lehnte mich zurück ans Regal und schloss die Augen. Anscheinend waren die früheren Wolchwy nicht vor Mord und Totschlag zurückgeschreckt. Wie gefährlich konnten sie heute werden? Mein Bauch grummelte, und den Hunger konnte ich dieses Mal ausschließen. Larissas Frikadellen waren absolut köstlich gewesen.

Ich studierte die Seite weiter. Laut zwei russischen Linguisten stammte das Wort *Wolchw* vom russischen *Wolos* – das Haar. Was mit dem Tragen langer Haare bei Wolchwy einhergehen sollte. Ich schielte zum aufgeschlagenen Lied. *Oder du, Seher Bojan, Enkel des Wolos* – ein Gott der heiligen Haarigkeit etwa? Immerhin erklärte es die seltsame Vorliebe der Wuschelmänner für ihre Frisuren.

Mit diesem Wissen bewaffnet, riskierte ich einen weiteren Griff in den Bücherstapel, der sich neben mir türmte.

Noch ein Lied. Dieses Mal vom ›wahrsagenden Oleg‹, verfasst von A. S. Puschkin. Puschkin! Der mit dem knutschenden – Verzeihung, kutschenden – Onegin, den zu lernen mir noch bevorstand. Mit seinem Schreibstil kam ich um einiges besser zurecht als mit alten slawischen Chroniken. Schnell blickte ich durch, worum es ging. Der Fürst Oleg macht sich auf, Chasaren zu verkloppen, als:

*Da tritt ihm entgegen aus dunkelem Hain,*
*Ein Wolchw, ein Geister-Vertrauter;*
*Gehorsam Perün seinem Gotte allein,*
*Verborgnes und Künft'ges durchschaut er;*
*All sein Leben in Beten und Forschen zerrann,*
*Und Oleg tritt also den Alten an …*

Lange Rede, kurzer Sinn: Oleg will wissen, was die Zukunft für ihn bereithält. Der Seher prophezeit ihm viel Ruhm und Erfolg, sagt jedoch, dass den Fürsten der Tod durch sein Lieblingsross ereilen wird. Zutiefst betrübt gibt Oleg sein Pferd weg. Nach Jahren des ganzen Ruhms und Erfolgs, die tatsächlich eingetreten sind, fragt er schließlich, wie es seinem Ross denn ergangen ist. Woraufhin ein Knappe berichtet, das Tier sei längst tot. Oleg besucht die Stelle, wo die Gebeine seines treuen Gefährten liegen, um sich zu verabschieden. Dabei tritt er auf den Schädel des Tiers, aus dem eine Schlange hervorkriecht und den Fürsten beißt. Oleg ist tot – Ende Gelände.

Ein Weilchen saß ich mit dem Buch in meinem Schoß da. Zu viel erkannte ich in der Geschichte wieder. Hieß es, dass es nicht in meiner – oder der eines Fürsten – Macht stand, das Schicksal zu ändern? Ganz egal, was man unternahm?

Verflucht, nein! So einfach wollte ich nicht aufgeben. Irgendetwas würde ich finden und der Zukunft zeigen, wer hier das Sagen hatte.

Ich stapelte die Wälzer zusammen und ging zum Tisch der Bibliothekarin. »Etwas Nützliches dabei?«, fragte sie, ohne aufzuschauen.

»Und wie.«

Sie legte ihre Zeitung beiseite. Meine Begeisterung schien mir ins Gesicht geschrieben zu stehen, denn sie lächelte mich sogar wohlwollend an, allerdings musste ich die Frage, ob ich etwas davon ausleihen möchte, verneinen. Es war definitiv besser, wenn Nonja erst einmal nichts von meinen Nachforschungen mitbekam.

Augenblicklich verschwand auch das Lächeln der Bibliothekarin.

»War ja klar«, murmelte sie und fügte gleich etwas von ›diese Jugend heutzutage‹ dazu, die offensichtlich nichts zu schätzen wusste. Weswegen sie die Wälzer jetzt zurück an ihren Platz schleppen musste.

Ich stammelte verlegen eine Entschuldigung, doch die Frau drehte sich nicht einmal nach mir um. Über die Schulter hinweg warf sie mir kühl zu, ob ich mich nicht lieber einer seichteren Lektüre widmen sollte. Sie hätte noch *Die flammende Leidenschaft der Seherin* und *Die Hure des Magiers* im Angebot. Oder so ähnlich.

Draußen dämmerte es bereits, als ich an unserem Haus angelangt war. Aus dem Treppenhaus kam Edik mir entgegen, anscheinend um mit Käpt'n eine Runde zu gehen und Kartoffeln für seinen Vater zu kaufen, worauf eine Einkaufstasche aus Stoff hindeutete. »Hi«, grüßte ich ihn. Er hatte nicht einmal ein Kopfnicken für mich übrig. Dafür hopste Käpt'n schwanzwedelnd auf mich zu.

»Hallo, du!«, rief ich dem süßen Zottel zu, hockte mich hin und streckte der Hündin eine Hand hin, die Käpt'n mit Hingabe abzuschlecken begann, um sich dann meinem Gesicht zu widmen.

Ein schneidender Pfiff fuhr durch mein Inneres. Käpt'n machte auf dem Absatz kehrt und lief hinter seinem Herrchen her. Blödmann. Das Herrchen, nicht die Hündin.

Ich sah den beiden nach, als mich jemand von hinten packte.

»Hör endlich auf, dich so an mich heranzuschleichen«, fauchte ich und riss mich herum – doch es war nicht mein Mr Nachtmahr, der mich festzuhalten versuchte. Ich sah Haare, sehr viele Haare, und erst dann ein Gesicht. Auch wenn ich den Kerl nicht kannte, dämmerte es mir, dass es einer der Wuschelmänner – pardon, Wolchwy – sein musste. Er war jung und hatte eine wirklich beeindruckende Körperbehaarung mit seinen vielleicht gerade mal fünfundzwanzig Jahren. Oder gingen die Typen schon so weit, auf Extensions zu setzen, wenn alle Stricke rissen – nein, sollte ich lieber sagen: Wenn alle Strähnchen splissen?

»Komm mit«, flüsterte der junge Mann mir ins Gesicht. Mit einer so feuchten Aussprache, dass kleine Speichel-Tropfen auf meine Haut fielen. »Hier ist es nicht mehr sicher für dich!«

»Lassen Sie mich in Ruhe«, sagte ich so ruhig und bestimmt wie möglich und fügte natürlich das ultimative Druckmittel hinzu: »Oder ich schreie.«

›Oh, klar, tut mir leid, kommt nicht wieder vor‹ – ja. Genau. Es funktionierte genauso gut wie in einschlägigen Filmen. Dem Typen ging es am – vermutlich ebenso behaarten – Arsch vorbei.

»Du verstehst das einfach nicht. Du bist in großer Gefahr!« Schon packte er mich wieder. Ich strampelte mit allen Kräften und entdeckte etwas abseits einen Volvo, zu dem der Kerl mich offensichtlich zerrte. Mit meiner Gastschwester daneben.

»Nonja! Hilf mir!«, rief ich, doch sie stand bloß da und sah zu. Mit einem Gesichtsausdruck, in dem sich absolut nichts spiegelte.

»Sophia konnte dich nicht überzeugen, zu uns zu kommen. Wir haben keine Zeit. Tut mir leid. Ich hoffe, du verstehst das.«

Nein, tat ich nicht. In Anbetracht der Tatsache, dass ich gerade allem Anschein nach entführt werden sollte, fiel es mir schwer, mich auf seine leidenschaftliche Ansprache zu konzentrieren. Wir waren fast beim Auto. Ich konnte sogar zwei Beulen an der Heckklappe sehen, vermutlich von treffsicheren Kartoffelgeschossen verursacht. »Nonja, bitte!«

Doch sie rührte sich nicht. Als wäre sie eins mit der Dunkelheit, die sich um uns herum ausbreitete.

Also machte ich meine Drohung wahr und brüllte: »Hilfe!« Mit einer Lautstärke, welche glatt sämtliche Einwohner des Erdgeschosses taub machen konnte. Ohne Rücksicht auf meine Stimmbänder.

Dann schrie auch Nonja. Was genau, konnte ich nicht verstehen, weil es vom höllischen Lärm verschluckt wurde. Metall kreischte, die Autoscheiben splitterten – mein verhinderter Entführer riss mich schützend zur Seite und wir stürzten auf den Boden.

Was zum … mir fehlten jegliche Worte. Sowohl die russischen als auch die deutschen. Etwas Gewaltiges und äußerst Lebendiges war vom Himmel auf das Autodach gestürzt und hatte den Wagen platt gedrückt.

»Wir sind zu spät«, wisperte der junge Wolchw neben mir.

Das Ding richtete sich auf.

Keine Ahnung, was es war, aber es besaß Klauen. Und mir fiel nichts Besseres ein, als filmreif aufzukreischen.

# Kapitel 10

Die Kreatur, die über uns hockte, hob den Kopf und stierte mich mit ihren blutrünstig glühenden Augen an. Beziehungsweise kam es mir so vor. Eigentlich blinzelte sie mich bloß an, was sogar beinahe menschlich wirkte, aber im Grunde war es auch das Einzige, was man an diesem Wesen als menschlich bezeichnen könnte. Es war ein Brocken von mindestens zweieinhalb Metern, mit einem gekrümmten Rücken, an dem sich unter der Haut jeder einzelne Wirbel abzeichnete. Die muskelbepackten Pranken endeten in bärenartigen Krallen, der flache Sixpack-Bauch – Sixpack! Echt jetzt? – hob und senkte sich regelmäßig und zeigte einen Ansatz von Schlangenschuppen. Hier und da sprossen Fellbüschel aus seinem Leib, besonders an Kopf und Nacken. Und natürlich auch an der Brust und unter den Achseln, weswegen Tante Inga, die *Magnum* sexy fand, bei diesem Anblick schier ohnmächtig geworden wäre. Der bullige Kopf deutete eine Mischung aus einem Gesicht und einer Tierschnauze an und langsam dämmerte es mir, was passierte, wenn man genveränderten Mais naschte.

Das Wesen knurrte.

Nackte Panik ergriff mich, sie schien in mir zu pulsieren, mit jedem Schlag meines Herzens, mit jedem Keuchen, das ich ausstieß – und es kam mir vor, als halle all das in der Nacht um mich herum wider. Als wäre die Dunkelheit etwas Lebendiges, sie umschlang mich, saugte mich auf. Die Kreatur schnaubte und streckte eine ihrer Pranken nach mir aus, die Krallen wie Finger einer Hand aufgefächert.

»Liza, pass auf!«, rief Nonja mir wie durch einen Schleier zu. Immerhin geht es ihr gut, fuhr der Gedanke durch meinen Kopf – und die Kreatur sprang. Ich sah, wie sie über mich hinwegschnellte, als wollte sie, dass ich noch einmal ihren Sixpack-Bauch bewunderte, und während ich genau dies tat, fielen Schüsse. Der junge Wolchw! Vielleicht hatte er mir gerade das Leben gerettet, denn ich löste mich endgültig aus der Starre, sprang auf, packte Nonja, die etwas abseits neben dem zertrümmerten Auto kauerte, und zerrte sie auf die Beine. »Schnell. Lauf!«

Ihr Gesicht war blutüberströmt, ein paar Scherben mussten sie erwischt haben. Erneut hallten Schüsse, ich hörte das Aufheulen des Biestes, registrierte aus dem Augenwinkel den jungen Wolchw, der uns Feuerschutz gab, aber fürs Sortieren der Ereignisse blieb mir keine Zeit. Ich zog Nonja zum Treppenhaus. Der Schlüssel. Hatte sie den Schlüssel? Blind drückte ich auf die Tasten. Nonja rief etwas und rüttelte an meiner Schulter. Ich fuhr herum. Gerade in dem Moment, als eine Pranke neben mir in die Tür einschlug. Wir sprangen beiseite. Die Krallen gingen durch das Metall wie durch Papier und verhakten sich darin. Ein Ruck, und die Tür wurde aus den Angeln gerissen.

Okay. Kreatur – böse. Liz – verschwinde!

Zusammen mit Nonja tauchte ich in den Eingang ein. Hier würde es eng für das Tier sein, vielleicht hatten wir dann eine Chance, ihm zu entkommen. Nur – wohin?

Wieder fielen Schüsse. Ich zerrte Nonja mit mir, stolperte die Treppe hoch, Stufe um Stufe. Ein guter Plan wäre jetzt echt angebracht gewesen. Sollten wir in unsere Wohnung laufen? Aufs Dach? Und dann? Vielleicht ließ die Kreatur die Verfolgung sein. Oder der Wuschelmann würde sie erwischen. Oder … ich verlangsamte meine Schritte. Zu früh. Unten lärmte es, als würde sich etwas sehr Großes durch etwas sehr Kleines zwängen.

Das Biest war uns auf den Fersen. Die Pranken bogen das Geländer wie Draht, die Krallen schlugen in die Wände und rissen den Putz herunter, während das Wesen höher und höher stieg. Ein Wunder, dass sich bei all dem Lärm noch kein Nachbar gezeigt hatte. Vielleicht hatten sie tatsächlich ein gutes Händchen dafür, den Schwierigkeiten aus dem Weg zu gehen. Oder sie verbarrikadierten sich in ihren Wohnungen.

»Vorsicht!« Nonja schob mich gegen eine Tür, schien mich mit ihrem Körper decken zu wollen, als die Kreatur sich an uns vorbeidrängte. Auf dem Boden und an den Wänden hinterließ das Monstrum eine schwarze, ölige Spur. Das Zeug roch seltsam frisch, nach regennassem Wald, nach … Moos … schon war das Tier fort.

Auf der Treppe erschien der junge Wuschelmann. Breitbeinig und schwer atmend stand er auf dem Absatz, in der rechten Hand eine Pistole. »Kommt«, sagte er. Leise, beruhigend. »Ich bringe euch in Sicherheit.« Die Waffe zielte auf uns.

Kreatur – böse? Der Wuschelmann wirkte auch nicht gerade wie Gandhi.

Womöglich war das alles einfach nur ein Traum. Und mit etwas Glück würde ich meinem Wuschelfreund gleich die *Nike*-Lapti zaubern und ihn in die Stellung ›Aufrecht sitzende Schildkröte‹ biegen. Jawohl!

»Kommt, verflucht noch mal«, rief er und packte mich am Arm.

Jetzt ganz ruhig bleiben. Irgendjemand hatte bestimmt die Polizei alarmiert. Ich musste nur ein bisschen durchhalten. Und den Wuschelmann in ein Gespräch verwickeln. »*Scht-zds-prshdt?*«

Jetzt ein paar Vokale kaufen? So viel dazu, ich würde auf keinen Fall stottern. Und ja, das sollte Russisch sein.

»Die Höheren werden dir alles erklären«, versuchte der Typ mich zu überzeugen. »Kommt jetzt.«

Schritte und das Hecheln eines Hundes rissen mich aus der Trance. »Uch, oi!«, hörte ich Ediks Ausruf, es lärmte, anscheinend stolperte er über das Geröll, das die Kreatur hinterlassen hatte. »Was zum Teufel ist hier passiert?«

Der Wuschelmann machte einen Schritt zum Geländer und spähte nach unten, seine Miene verfinsterte sich.

Ich blickte zu Nonja. Ihr Gesicht wirkte blass, leichenblass. Angestrengt lauschte sie, wie Edik die Treppe höher und höher stieg.

Er war fast bei uns.

»Lauf weg«, schrie ich. »Der Kerl hat eine Waffe!«

Da hörte ich schon Käpt'n bellen. Das Nackenfell gesträubt, die Ohren eng angelegt, schnellte das Tier auf den Wuschelmann zu, mit einem Sprung, dem sogar die Kreatur von vorhin hätte was abgucken können. Blitzschnell gruben sich die Zähne in die Jacke, rissen und zerrten am Stoff. Die Pistole flog über das Geländer und fiel klappernd, einem Flipperball ähnlich, herunter. Der Wolchw fluchte, versuchte die Hündin abzuschütteln, aber genauso gut hätte er mit ihr ein Tänzchen aufführen können.

Edik kam hinterhergestürzt und packte Käpt'n am Halsband. Augenblicklich ließ die Hündin nach. Der Wuschelmann warf einen wutentbrannten Blick auf mich und floh – ohne seine Pistole hätte er gegen die Schäferhündin kaum etwas ausrichten können.

Nach und nach beruhigte sich Käpt'n in Ediks Armen. Völlig entkräftet sank ich zu Boden und hätte nichts dagegen gehabt, wenn sein Herrchen auch mich im Nacken kraulen und mir ›mein Mädchen‹ zuraunen würde. Wobei ich zugeben musste, mit Käpt'n hätte ich kaum konkurrieren können, wenn es darum ging, ihm mit so einer Begeisterung das Gesicht abzuschlecken.

»Alles in Ordnung bei euch?«, fragte Edik. »Ich war nicht weit weg, als ich den Lärm gehört habe. Was ist hier passiert?«

Die Hündin wand sich aus seiner Umarmung und schnüffelte herum, euphorisch mit der Rute wedelnd. Ganz die fröhliche, tapsige Käpt'n, wie ich sie kannte. Hier und da hörte ich, wie sich vorsichtig die Türen öffneten. Ah, die lieben Nachbarn trauten sich langsam heraus. Die Schwierigkeiten schienen vorbei zu sein, die Neugier siegte.

»Liza? Jetzt im Ernst, was war hier los?«

Eine gute Frage. Und ich bekam keinen einzigen Ton heraus. Weil sein Schatten zu beben und sich zu verwandeln begann. Ich streckte meine Hand aus – und der Schatten verharrte. Vielleicht vor dem Grauen meiner Nagelpflege. Oder weil ich es tatsächlich geschafft hatte, sie zu *beherrschen*. Nur ein ganz kleines bisschen.

»Nein!« Mit einem Mal riss Nonja mich auf die Beine, packte mich an den Schultern und schüttelte mich durch. »Du hast keine Ahnung, was du tust. Also lass es, bevor es dich verschlingt.«

Erschrocken blickte ich in ihr blutverkrustetes Gesicht.

»Entweder du lernst es richtig oder du fasst es nicht an«, zischte sie, dann wandte sie sich Edik zu. »Und du gehst jetzt am besten. Dein Alkoholiker-Vater vermisst dich sicherlich schon.«

»Was?« Entrüstet stieß ich sie von mir. Über ihre Art, ›Danke‹ zu sagen, würden wir uns noch unterhalten müssen.

»Verstehe.« Ediks Gesicht glich einer Maske, die kein Gefühl mehr zuließ – abgesehen von einem bitteren Lächeln.

Am liebsten hätte ich losgeheult.

Es war einfach zu viel. Die Kreatur, der Wuschelmann mit der Pistole, Edik, der mich wie ein sperriges Möbelstück beiseiteschob, um an mir vorbeizukommen. Käpt'n winselte ungeduldig, tänzelte bereits auf dem nächsten Treppenabsatz und wartete auf ihr Herrchen.

»Musste das sein?«, presste ich halb erstickt hervor, ballte die Hände und fuhr zu Nonja herum.

Sie schluckte. »Es ist besser für ihn, wenn er sich von uns fernhält, schätze ich.« Sie machte einen Schritt auf mich zu, als wollte sie mich umarmen, doch ich schlug ihre Hände beiseite und wischte mir die Tränen weg.

Käpt'n kläffte ein paar Stockwerke über uns, ungeduldig, fordernd. »Käpt'n, zurück!«, rief Edik. »Wo willst du hin? Nein, nicht aufs Dach! Zurück, Käpt'n, zurück!«

Als hätte sich eine Sprungfeder in mir gelöst, lief ich die Treppe hoch, darauf bedacht, in der öligen schwarzen Spur nicht auszurutschen. Ab und zu merkte ich, wie die Bewohner verstohlen hinter ihren halb geöffneten Türen hervorlugten, die meisten verschwanden allerdings wieder genauso schnell in ihren Wohnungen, sobald sie das Chaos erblickten. Käpt'n bellte irgendwo oben, von Edik keine Spur, wahrscheinlich war er bei seiner Hündin. Die Dachluke war aufgerissen, die Leiter verbogen. Ein abgebrochener Balken, woher auch immer der kommen mochte, bildete eine Rampe zum Dachboden, Schutt türmte sich auf. Kurz überschlug ich all meine Fertigkeiten – Freiklettern war nicht dabei. Jetzt reiß dich zusammen!, versuchte ich mich zu überzeugen. Die Hündin hatte es schließlich auch geschafft.

Bald musste ich zugeben, dass es durchaus stimmen mochte, dass Menschen vom Affen abstammten. Meine Gene hatten das allerdings nicht mitbekommen und reichten höchstens aus, dass ich mir bei der Kletterpartie keine Extremitäten brach. Auf dem Dachboden angekommen, wo ich nur dank des spärlichen Lichts aus der Luke etwas erkennen konnte, tastete ich mich bis zum Ausgang aufs Dach vor. Wenigstens wartete kein weiteres Kletterabenteuer auf mich, und langsam fragte ich mich, wie ich den nächsten Sportunterricht in Ediks Anwesenheit überleben sollte, ohne mich völlig zu blamieren, denn leider stand auch Sport auf unserem Stundenplan.

Das Dach war flach, ringsherum verlief ein Absatz, sodass ich meine Höhenangst zumindest etwas niederringen konnte. Auf der Mittellinie ragten in regelmäßigen Abständen schornsteinähnliche Bauten hervor, vielleicht zur Belüftung oder für irgendwelche Anschlüsse. Um so einen hüpfte Käpt'n herum und kläffte Edik auffordernd an, der wie versteinert dastand. Er versuchte nicht einmal, die Hündin einzufangen, was ich recht seltsam fand. Genauso wenig reagierte er, als Käpt'n ihn mit der Schnauze anstupste oder ihn vorsichtig am Hosenbein zog.

Ich kam näher, sobald ich aufgehört hatte, wie ein Walross zu schnaufen, warf einen vorsichtigen Blick um die Ecke und … ach du Kacke!

Die Kreatur war noch da. Sie lag auf dem Boden, vollgeschmiert mit ihrem öligen Zeug, und atmete schwer. Ihre Muskeln krampften. Ab und zu stieß sie ein unterdrücktes Heulen aus, das verdammt nah an ein menschliches Stöhnen reichte. Käpt'n lief zu ihr, um ihr das schwarze Blut von der Haut zu lecken, und eilte wieder zu uns, winselnd und durchdringend jaulend. Man brauchte keine Übersetzungs-App, um zu verstehen, dass es ›Tut doch etwas!‹ hieß.

Doch wir standen wie angewurzelt da.

»Siehst du es auch?«, flüsterte Edik mir zu. »Was … ist … ES?«

»Dings. Vermutlich unser Bär«, murmelte ich, auch wenn *es* für mich eher nach einem Wolf aussah.

»Es ist verletzt.«

»Sieht so aus.«

»Was auch immer es ist, es braucht Hilfe.«

In mir zog sich alles zusammen, als ich sah, wie er seine Jacke abstreifte, sich das T-Shirt über den Kopf zog und sich der Kreatur näherte. Nein, verdammt, bist du irre?, wollte ich aufschreien. Sie wird dich töten!

Töten, hallte alles in mir nach. Und das Letzte, was du spüren wirst, wird die Angst um mich sein …

Doch er war schon da. Vorsichtig tupfte er dem Wesen das schwarze Blut weg und begutachtete die Verletzungen. Ohne aufgefressen oder von den Bärenpranken zerfetzt zu werden.

Ich war sofort an seiner Seite und kniete mich neben ihn. »Bist du dir sicher, dass wir das tun sollten?«, fragte ich. Die Hündin winselte auf und stupste meine Hand mit ihrer kalten Schnauze an. Verstanden. Wenn ich es mir recht überlegte, dann wollte der Wuschelmann mich doch entführen und die Kreatur hatte es verhindert. Irgendwie. Oder? Auch wenn über all dem immer noch ein riesengroßes ›Aber‹ hing, egal, wie sehr ich auf mich einredete.

»Käpt'n mag es. Was auch immer es ist. Alles andere klären wir später.«

Ich blickte zur jaulenden Hündin, die dem Wesen hingebungsvoll über die Schnauze leckte.

»Aha. Und was sollen wir jetzt tun?«

Edik holte sein Handy heraus und machte die Taschenlampe an. Die Schüsse hatten das Tier an beiden Flanken, einer Schulter und an den Rippen auf der linken Seite verletzt. Die Wunden bluteten kaum noch, sie schienen mit einer durchsichtigen, hauchdünnen Schicht überzogen zu sein, wären vielleicht sogar längst verheilt, wenn die Kontraktionen der Muskeln sie nicht jedes Mal aufreißen würde.

Ich überschlug rasch, welche Werwolf-Filme ich kannte und was da beim Auffinden einer verletzten Kreatur dringend geraten wurde. Außer sich nicht beißen zu lassen.

»Vielleicht müssen wir die Kugeln entfernen«, schlug ich vor. Laut ausgesprochen klang der Gedanke weitaus irrsinniger als die vage Vorstellung in meinem Kopf. Womöglich malte Ediks Verstand sich dasselbe aus. Das Ergebnis stand ihm ins Gesicht geschrieben, noch bevor er völlig geschockt »Was?« hauchen konnte. Und mich dabei ansah, als wäre ich Dr. Frankenstein persönlich, der ihm eine Einstellung als Igor anbot. Ohne Weihnachts- und Urlaubsgeld.

Ich versuchte es mit ein paar wackeligen Argumenten. »Es wurde angeschossen. Vielleicht sind es die Kugeln, die das hier verursachen. Dann müssen wir sie rausholen.«

Die Kreatur schnaufte wie um meine Worte zu bekräftigen und versuchte, mit der Schnauze auf eine der Wunden zu deuten. Oder es war eine unwillkürliche Zuckung à la ›Seid ihr völlig übergeschnappt? Fasst mich an, und ihr seid tot‹.

»Rausholen, ja?« Zu Ediks geschockter Miene gesellte sich eine spöttisch hochgezogene Augenbraue, und ganz ehrlich, er war der einzige Mensch auf der Welt, der mit so einer Gesichtsentgleisung so süß aussehen konnte. »Hast du zu viele Frösche in Biologie seziert? Du hast vielleicht Ideen.«

»Wenn du keine anderen hast und nicht beabsichtigst, es in eine Tierklinik zu fahren, müssen wir was unternehmen. Da. Die steckt nicht tief drin, ich kann sie sehen.« Ich fasste meinen Mut zusammen und drückte mit ganzem Körpereinsatz eine der zuckenden Flanken nach unten.

»Liza, nein«, keuchte Edik, aber da war ich schon auf der Kreatur. Sie hätte mich ohne Mühen weit über die Dachbrüstung hinauswerfen können, schien jedoch all ihre Kraft dafür aufzuwenden, die Krämpfe im Zaum zu halten. Ich konnte die Kugel tatsächlich erkennen. Und das Fleisch drum herum sah angeschwollen aus.

Leise winselnd kroch Käpt'n zur Seite und blickte von mir zu ihrem Herrchen und wieder zurück.

»Das ist Irrsinn. Absoluter Irrsinn.« Ohne die Kreatur aus den Augen zu lassen, zog Edik ein Messer aus der Jacke, darauf bedacht, keine ruckartigen Bewegungen zu machen. Das Wesen rollte die Augen, röchelte, ließ uns jedoch gewähren.

Mit einem Knopfdruck sprang die Klinge hervor.

Okay, in einem hatte Nonja recht. Edik war kein Chorknabe. Vielleicht konnte er nicht einmal tonsicher summen. Dafür aber mit Respekt einflößenden Waffen hantieren. Eigentlich müsste es mir zu denken geben, dass er überhaupt welche dabeihatte. Aber unter den gegebenen Umständen hielt ich es für besser, das logische Denken einzustellen. »Ich leuchte«, verkündete ich und nahm ihm das Handy ab.

Vorsichtig setzte er die Klinge an der dünnen Schicht an, die die Wunde bedeckte. »Ohne Betäubung?« Seine Stimme zitterte.

»Ich kann Larissas Entspannungstee anbieten.«

»Den würde ich mehr brauchen als unser Patient. Hör zu. Wenn er auch nur einmal komisch guckt – lauf. Ganz egal, was passiert, du bringst dich in Sicherheit. Hast du mich verstanden?«

Ich nickte. ›Komisch gucken‹ konnte bei einem Wesen, das sich jeglichem Realitätssinn entzog, zum Glück sehr weit ausgelegt werden. Und ich würde einen Teufel tun und Edik mit ihm allein lassen. Ganz egal, was passierte. So viel war sicher.

Er machte einen Einschnitt. Die Kreatur zuckte zusammen und das ölige Zeug begann sogleich an die Oberfläche zu sickern. Ich versuchte, nicht hinzuschauen, heilfroh darüber, dass unser *Patient* kein Blut hatte, das nach Blut aussah. Und dass dieses Geschöpf so irreal wirkte. Sonst läge ich ohnmächtig daneben. Aber so konnte ich das toughe Mädchen mimen, das geschickt beim Operieren assistierte.

Es dauerte. Verdammt lange. Meine Muskeln taten weh, ich keuchte fast genauso wie das röchelnde Biest, darum bemüht, die Flanke still zu halten.

»Ich hab sie.«

Zwischen zwei Fingern hielt Edik eine deformierte Kugel hoch, während er sein T-Shirt gegen die Wunde presste. Ich ließ los. Mit zittrigen Händen wischte ich mir den Schweiß und Haare aus dem Gesicht. Es ging bereits auf Mitternacht zu, und das bei einer Kugel, von der ich glaubte, sie wäre leicht zu entfernen. Schwer atmend beobachtete ich, wie sich die Wunde schloss und … heilte. Immerhin sah es aus, als hätten wir das Richtige getan.

Trotz Schmerzen schaffte die Kreatur es, sich auf die andere Seite zu drehen und uns die andere Einschusswunde zu präsentieren. Dr. Schauro – bitte zur OP.

Edik schüttelte den Kopf. Obwohl es kalt war, glänzte auf seinem ganzen Körper der Schweiß. »Ich kriege das nicht noch einmal hin.«

Ich auch nicht.

Als hätte Käpt'n gespürt, dass wir aufgeben wollten, sprang sie auf und lief jaulend um uns herum. Okay. Aber wenigstens eine Pause musste sein. Wir brauchten Kraft, viel Kraft für den nächsten Anlauf.

Im Osten schimmerte bereits der Sonnenaufgang, als wir uns der letzten Wunde widmeten. Mich hielt allein der Gedanke aufrecht, dass all das unmöglich wahr sein konnte. Ich drückte das Bein nieder, zumindest versuchte ich es, während Edik mit dem Messer hantierte. Inzwischen waren seine Griffe selbstsicherer geworden, immerhin konnten wir die Lage nicht wesentlich verschlimmern, so viel stand fest. Sogar als er eine Vene verletzt hatte und uns die schwarze Schmiere wie Lava entgegenzuströmen begann, schaffte die Kreatur es, die Blutung zu stillen. Auch wenn ihre Konvulsionen sich um einiges verstärkt hatten, je später – oder in unserem Fall: je früher – es wurde. Dann hörte ich ein trockenes Knacksen. Einer ihrer Knochen brach. Direkt unter mir. Ich schrie erschrocken auf und fuhr zurück.

»Fertig«, stieß Edik gleichzeitig hervor und ließ das Messer fallen.

Erneut hörte ich das Knacken. Es waren tatsächlich die Knochen. Sie brachen in einem völlig willkürlichen Muster, während die Krämpfe den Körper des Wesens noch mehr erschütterten als zuvor.

Wir waren zu langsam. Das Biest würde es nicht überleben. Niemand konnte so etwas überleben, was hatten wir uns bloß dabei gedacht?

»Vorsicht!« Zusammen mit mir warf sich Edik zu Boden, als eine Pranke unkontrolliert über uns fuhr und die Krallen in das Dach einschlugen. Mit seinem nackten Oberkörper schirmte er mich ab. Die zuckende Kreatur stieß uns an, ich schlang meine Arme um Ediks Hals, zog ihn noch enger an mich heran, grub die Finger in seine Haare. Mit den Händen versuchte ich, seinen Kopf wenigstens etwas zu schützen, und flehte stumm, ihm möge nichts passieren.

Ich wusste nicht, wie lange es gedauert hatte und wie wir die Konvulsionen des Ungeheuers überleben konnten. Irgendwann wurde es hell und still um uns herum. Trotzdem klammerte ich mich an Edik und hatte schreckliche Angst, ihn loszulassen und festzustellen, dass er … von einer der Krallen erwischt wurde.

»Es ist vorbei«, japste er mir ins Ohr.

»Bist du verletzt?«, hauchte ich, so froh, seine Stimme zu hören.

»Nein. Aber du erwürgst mich gerade.«

Ich löste meinen Griff. Mit einem Seufzen rollte sich Edik von mir herunter. Vielleicht war es auch ein verzweifeltes Schnappen nach Luft, aber die erste Interpretation gefiel mir besser. Noch immer fühlte ich die Schwere seines Körpers auf mir, mit jeder Zelle meines Wesens.

Das Wesen. Lebte es noch?

Vorsichtig stemmte ich mich auf einen Ellbogen hoch und schaute mich um. Keine Kreatur weit und breit. Stattdessen entdeckte ich nur wenige Meter von uns entfernt … einen alten, nackten Mann. Kein schöner Anblick am frühen Morgen. Damit hatte sich der Gedanke an ein Frühstück wohl auch schon erledigt, genauso wie meine Mitgliedschaft im Team ›Jacob‹. Alles Lügen, aus Werwölfen sprangen keine knackigen Jungs hervor. Das Bild würde ich nie mehr aus dem Kopf kriegen können.

Auch Edik starrte entgeistert den alten Mann an, während der Greis sich zu verändern begann. Direkt vor unseren Augen straffte sich seine Haut, die Falten glätteten sich, die schlaffen Muskeln wurden fester und das stumpfe silbergraue Haar nahm langsam, aber sicher einen satten, dunklen Ton an, bis …

… ich in diesem Fremden Mr Nachtmahr erkannte.

War es der endgültige Beweis dafür, dass alles, absolut alles meinem kranken Verstand entsprang? Allerdings fühlte sich Ediks Anwesenheit durchaus real an. Oder bildete ich mir auch diese ein? Immerhin war der letzte junge Mann, der vor mir mit so viel Schwung sein T-Shirt ausgezogen hatte, wenn auch nur auf dem Bildschirm meines Fernsehers, ein gewisser Taylor Lautner gewesen. Und der hatte sich mit mir nicht anschließend auf einem Dach gewälzt.

Sicherheitshalber tippte ich Edik auf die Schulter. »Hast du das gesehen?«, flüsterte ich.

»Ich wünschte, ich könnte mit Nein antworten«, flüsterte er zurück.

Also doch keine Halluzination.

Der Junge lag still auf der Seite, die Augen halb geschlossen, sodass ich rätselte, ob er überhaupt bei Bewusstsein war. Noch nie zuvor hatte ich ein so wohlproportioniertes, makelloses Gesicht betrachtet. Sein Profil war der Inbegriff aller Schönheitsideale, mit denen mich RTL II, ProSieben und Michelangelo, für den meine Mama schwärmte, je beglückt hatten. Seine blasse Haut war mit dem öligen Zeug verschmiert, das nach Moos duftete, ich entdeckte auch die Wunde am Oberschenkel, die wir zuletzt bearbeitet hatten und die vor unseren Augen vollständig heilte. Käpt'n lag neben ihm, dicht an seinen nackten Körper gedrängt, als wollte die Hündin ihn wärmen.

»Sollten wir ihn nicht in ein Krankenhaus bringen?«, fragte ich, offensichtlich noch voll auf meinem ›Wir müssen was tun‹-Trip. »Er ist ein Mensch.« Fast fügte ich hinzu: Oder solange er ein Mensch ist.

»Er hat schwarzes Blut«, wandte Edik ein.

Ein gutes Argument. »Aber wir können ihn doch nicht hier liegen lassen.«

Mein Nachtjunge hatte uns gehört. Seine Lider flatterten. Sichtlich mühsam öffnete er die Augen. Das sanfte Blau seiner Iriden umfing mich, als würde sich darin der ganze Himmel über mir widerspiegeln. Ich las in seinem Blick von den Nachwehen der Schmerzen, die er ertragen musste, und von der Erleichterung, mich zu sehen. Ich versuchte, ihm zuzulächeln. Aber das Lächeln zitterte auf meinen Lippen, und bevor meine Mimik völlig entgleiste, kam ich zu ihm und beugte mich über ihn. »Wie geht es dir? Können wir dir helfen?«

Schwach bewegte er seine blutleeren Lippen. Doch seine Antwort erklang tief in meinem Kopf: *Sie dürfen dich nicht bekommen. Ich werde es niemals zulassen.*

Ich stöhnte. »Nein, nicht die Nummer.« Mein Magen kribbelte, die Hitze schlug mir ins Gesicht. Wenn ich noch einmal vor Edik kotzen müsste, würde ich mich erschießen.

»Liza?« Natürlich. Edik war schon einmal vorsorglich da, um mir die Haare aus dem Gesicht zu halten. Nur keine Hektik. Noch war es nicht so weit.

*Du bist in Gefahr. Sie werden nicht aufhören, dich zu verfolgen.* Die Worte vibrierten in mir, zerrannen wie Schnee unter der Frühlingssonne, und dann verließ die Kraft meinen Mr Nachtmahr. Seine Lider fielen zu und er verstummte in mir.

Von der Straße hallten aufgeregte Stimmen. Edik näherte sich der Brüstung und warf einen Blick nach unten. »Liza? Du hast recht, wir können ihn hier nicht liegen lassen. Und sollten auch selbst lieber von hier verschwinden.«

Ich kam zum Dachrand. Der flüchtige Blick nach unten kostete mich mehr Überwindung, als der Kreatur gegenüberzutreten. Vor dem demolierten Eingang hatte sich eine Menschentraube versammelt, etwas weiter sah ich ein Auto mit Blaulicht, das über die Schlaglöcher holperte. »Die Polizei? Erst jetzt?«

»Wenn es sein muss, können sie sehr behäbig sein.«

Hatte der Kult da seine Finger im Spiel gehabt? Immerhin konnten die Wolchwy einen slawischen Fürsten absetzen. Irgendjemand musste sich darum gekümmert haben, dass ein aus der Traumwelt entlaufener Dämon nicht in offiziellen Berichten auftauchte, und mir fielen nicht viele Verdächtige ein. Dafür sprach auch die Tatsache, dass die Beamten es offensichtlich erst jetzt für nötig hielten, an einem Tatort aufzutauchen und nach dem Aussteigen aus dem Wagen einen nicht allzu motivierten Eindruck machten, Zeugen zu befragen. Die Sache völlig unter den Teppich zu kehren, konnten sie allem Anschein nach allerdings auch nicht.

Nun war die Polizei aber da, und wir mussten uns beeilen. »Wo sollen wir mit ihm hin? Larissa ist zu Hause, wir werden ihn niemals an ihr vorbeischmuggeln können.«

»Wir bringen ihn zu mir.«

»Und dein Vater?«

»Ich sage, dass es ein Kumpel aus dem Casino ist, den unsere Konkurrenten ausschalten wollten. Mein Vater wird sicherlich nicht froh darüber sein, aber er weiß, dass man sich mit dem Casino nicht anlegt, sondern das tut, was einem gesagt wird. Und meine Mutter – na ja, ich weiß nicht, ob sie überhaupt noch da ist.« Entschlossen hob er die Jacke, die er zuvor abgeworfen hatte, schüttelte sie aus und bedeckte damit den Jungen. »Du gehst am besten voraus und schaust, ob die Luft rein ist.«

»Alles klar.«

Die meisten Nachbarn tummelten sich auf der Straße, sodass uns keiner bemerkte. Zumindest hoffte ich es. Ansonsten wäre ich sehr auf die Verrenkungen meines Gehirns gespannt, wenn wir erklären sollten, was wir mit einem bewusstlosen, mit Erdöl beschmierten nackten Jungen vorhatten.

»Schlüssel«, keuchte Edik mir zu, als wir vor seiner Tür standen. »Rechte Tasche.«

Ich schluckte trocken, während ich seine breiten Schultern und die Muskeln, die sich vor Anstrengung wölbten, betrachtete. Die Hosentasche. Okay. Mein Blick glitt seine Wirbelsäule herab zu seinem … Po. Warum war bei ihm noch nicht der Gruppendruck zur schlabbrigen Jeans angekommen? Der Stoff betonte seine schmalen Hüften und machte das bevorstehende Unterfangen nicht gerade einfach.

»Liz?«

Ja. Noch da.

Das wirst du ganz souverän und cool meistern. Kein Ding. Alles klar?

Ich schob meine Hand seitlich in seine Hosentasche. Es fühlte sich eng an, körperwarm und verdammt unanständig. Dabei wollte ich doch nur die Schlüssel … Und so. Ehrlich!

»Was tust du da?«, keuchte er.

»Ähm. Doch die linke Tasche?«, stammelte ich.

»In der Jacke.«

Die Hitze schlug in meine Wangen. Verdammt. Was musste er nur über mich denken, so wie ich ihn gerade begrabscht hatte? Auf der Skala meiner Peinlichkeiten mussten schleunigst neue Kerben angebracht werden.

Ich befühlte die Taschen der Jacke, in die mein Nachtjunge gewickelt war, und stieß recht schnell auf einen Schlüsselbund.

Es gelang mir nicht sofort, das Schlüsselloch zu treffen und die Tür aufzumachen. Die Stimmen im Erdgeschoss schwollen an, alle redeten durcheinander, und ich war froh, endlich in die Wohnung verschwinden zu können.

Mit einem Ellbogen drückte Edik auf einen Schalter, und über meinem Kopf leuchtete eine Glühbirne auf. Ich stand in einem Flur, der von der Größe in Mamas begehbaren Schrank gepasst hätte. Ein paar in die Wand gehämmerte und krumm gebogene Nägel ersetzten die Garderobe. Durch den teilweise abgerissenen Perlenvorhang mir gegenüber sah ich nackte Wände mit ein paar Fliesen, einen Gasherd und einen winzigen Tisch.

Links fehlte eine Tür, dahinter erstreckte sich das Bad, falls man es als solches bezeichnen mochte. Die Fliesen waren altrosa und buckelig an die Wand geklebt, ein paar davon fehlten komplett. Im fleckigen Spiegel sah ich mein blasses Gesicht, auf dem sich die Sommersprossen noch deutlicher abzeichneten und im Moment wie Schimmel aussahen. Na toll. Ich fuhr mir über die Nase und die Wangen, aber wegwischen konnte ich sie natürlich nicht.

Mit einem Tritt machte Edik eine weitere Tür auf und brachte meinen Nachtjungen hinein, Käpt'n trottete hinter ihm her, während ich mich noch immer im Flur umschaute.

Schließlich kam Edik zurück und lehnte sich an den Türrahmen, die Arme abwehrend vor der Brust verschränkt. Die Markierung *Edja, 5 Jahre und 2 Monate alt,* überragte er um so einiges, und ich fragte mich, warum seine Eltern ausgerechnet da aufgehört hatten, weitere Striche anzubringen. »Bist was anderes gewohnt, hm?«

So viel zu meinen Gesichtszügen, bei denen ich so gehofft hatte, sie unter Kontrolle zu halten. Die Schauspielerei sollte ich wohl von der Berufswunschliste streichen. Verzweifelt suchte ich nach einer geistreichen Antwort, und es war meine Rettung, dass es an der Tür Sturm klingelte.

Edik seufzte. »Mein Vater. Hat wohl seine Schlüssel vergessen.«

Aber es war nicht sein Vater. Während die Klingel weiterhin schrillte, begann es, gegen die Tür zu hämmern. »Aufmachen! Polizei!«

Verflucht. Das Gleiche konnte ich auch von Ediks Lippen ablesen. Er zögerte noch, doch schon bald kam es mir vor, als würde ein Spezialeinsatzkommando die Tür aus den Angeln heben, sollten wir nicht sofort aufmachen. Edik warf mir einen warnenden Blick zu, und ich wusste nicht, ob ich mich verstecken oder dableiben sollte. Wobei die Wohnung ohnehin sehr wenige Schlupfwinkel bot.

Edik machte einen spaltbreit auf, doch die Tür wurde ihm aus der Hand gerissen, die Klinke schlug in die Wand ein und hinterließ eine Kerbe an der auch so schon ramponierten Tapete. Auf der Schwelle erschienen zwei Beamte. Ja, genau so hatte ich mir die russische Polizei vorgestellt: weniger von ›dein Freund und Helfer‹ und viel mehr von ›hau drauf‹.

»Eduard Schauro?« Der erste Mann, ein großer Kerl mit einem rundlichen Gesicht und Bauchansatz unter der Uniform, schob Edik beiseite und trat ein. Sofort nahm der ohnehin kleine Flur klaustrophobische Ausmaße an. Der Polizistenblick schien die Wohnung abzutasten und blieb schließlich an der Zimmertür hängen. Doch wie groß Edja mit fünf Jahren und zwei Monaten war, interessierte den Mann wenig, sondern viel eher die verschmierte schwarz-ölige Spur knapp darüber. Mir wurde flau im Magen.

»Ich glaube nicht, dass Sie so reinkommen dürfen«, meinte Edik stoisch. »Ohne Durchsuchungsbefehl und so.«

Aber das hielt die Beamten nicht auf, denn auch der zweite Mann stand bereits im Flur und musterte Ediks freien Oberkörper, der ebenfalls mit dem schwarzen Zeug verschmiert war.

»Wir haben gehört, hier wurde randaliert.« Der Beamte schien sich stumm mit seinem Kollegen verständigt zu haben, bevor er sich erneut an Edik wandte. »Na? Meinungsverschiedenheiten mit deinen *Kumpels?* Oder mit anderen Gangs? Los, was ist passiert?«

»Dürfen Sie mich ohne meinen Anwalt befragen?« Wie ruhig er bleiben konnte. In mir flatterte alles vor Panik.

»Gleich zeigen wir dir, was wir alles dürfen, Schauro.« Der Beamte schubste Edik gegen eine Wand, so hart, dass sein Kopf dagegenstieß. »Raus mit der Sprache. Um was geht es dieses Mal? Ich weiß alles über dich.«

»Dann wissen Sie auch, dass ich es nicht war.«

Der Fülligere inspizierte bereits die Küche. »Vor allem weiß ich, wie du diese zwei Typen direkt vor deiner Haustür zusammengeschlagen hast, weil ihr euch über eure Drogen nicht einig wart. Und diese dreiste Diebstahlserie von schicken Karossen geht auch auf dein Konto, Schauro. Ein kleiner Nebenverdienst, was? Bezahlen dich deine Mafiabosse so schlecht?« Der Vorhang klimperte, als der Mann zurück in den Flur trat und nun das Zimmer, in dem mein Nachtjunge lag, anvisierte.

»Dann wundert es mich, dass Sie es mir nicht einmal mit *Ihren Methoden* nachweisen konnten.«

Edik ließ den Mann nicht aus den Augen, obwohl sein kleinerer Kollege noch näher an ihn herangerückt war und ihn mit einer Hand an die Wand gepresst hielt.

»Kommt noch, kommt noch. Aber vielleicht können wir dir helfen, wenn du uns verrätst, wem du dieses Mal auf die Füße gestiegen bist.«

»Ich habe keine Ahnung, was Sie meinen. Als ich gekommen bin, war das Treppenhaus bereits verwüstet. Ich habe nichts gesehen. Und mich um … *Liza* gekümmert.« Er deutete auf mich, während er die Aussprache meines Namens ganz besonders betont hatte.

Der andere Polizist stand bereits vor der Tür, allein ich versperrte ihm den Eintritt. Tschakka. Oder so. Sein Blick tastete mich spöttisch ab, aber ich hielt ihm stand.

»Und wer ist diese Liza?«

»Eine Austauschschülerin aus Deutschland«, erklärte Edik und wechselte die Sprache: »Du kannst sagen ihm, doitsche Mädkchen.«

Alles klar, mein Auftritt. Ich gab mir große Mühe, ein verängstigtes ›doitsches Mädkchen‹ zu mimen: »Liza Evers ist mein Name«, prasselte ich auf den Beamten in meiner Sprache ein. »Ich komme aus Hamburg im Rahmen eines Austauschprogramms. Ich wohne bei Sophia eine Etage höher und hatte so eine furchtbare Angst, als der Lärm losging! Ein Glück, dass Eduard da war.«

Oscarverdächtig war das nicht gerade. Das sah ich den Beamten an.

»Was geht hier vor?« Durch die geöffnete Wohnungstür trat eine Frau ein, hinter ihr druckste Ediks Vater herum, und langsam fühlte ich mich in diesem Flur wie in einem überfü

llten Aufzug. Müsste nicht irgendwo ein Hinweis kleben ›max. für 5 Personen zulässig‹?

»Was wollen Sie von meinem Sohn?« Die Frau trug einen aufgeknöpften himbeerroten Mantel, dessen rechter Ärmel schlaff herabhing. Ihr Arm ruhte in einer provisorischen Tuchschlinge. Dennoch machte ihre Statur einen beinahe majestätischen Eindruck, besonders mit der beeindruckenden Flechtfrisur, die sie hochgesteckt hatte. »Wenn Sie keine weiteren Fragen haben, würde ich Sie bitten zu gehen.«

Ihr Auftritt schien die beiden Polizisten beeindruckt zu haben. Tatsächlich zogen sich die beiden Männer zurück, allerdings nicht ohne das letzte Wort zu haben: »Heute ist wohl dein Glückstag, Schauro. Übertreib's nicht. Wir sprechen uns noch.«

Die beiden verschwanden aus der Wohnung. Langsam ließ Edik die angehaltene Luft entweichen. Sein Vater trottete an ihm vorbei in die Küche, holte von irgendwoher eine Flasche samt einem Glas und setzte sich an den Tisch. Großzügig schenkte er sich von der klaren Flüssigkeit ein und etwas sagte mir, dass er sich nicht gerade mit einem Schluck Mineralwasser erfrischen wollte.

»Du warst nicht beim Abendbrot, Edja. Dabei hat deine Mutter gekocht«, tönte es vorwurfsvoll aus der Küche. »Rimma, was hast du noch einmal gemacht, mein Täubchen? Ah. Geplatzte Kohlrouladen. Jawohl.« Er prostete sich selbst zu und nahm schlürfend einen Schluck aus dem Glas.

»Mutter?« Ediks Stimme klang deutlich verunsicherter als in der Gegenwart der Polizisten. »Was machst du hier? Wolltest du nicht gehen?«

»Ich bin zurückgekommen, als ich gehört habe, dass du in Schwierigkeiten steckst.« Sie kam auf mich zu, schob mich herrisch aus dem Weg und stieß die Tür zum Zimmer auf. Einen Augenblick lag herrschte Stille, während sie Mr Nachtmahr betrachtete. Etwas zuckte in ihren Zügen, ein Anflug von Gefühl in diesem stählernen Gesicht, und es kam mir vor, als wäre es Kummer um jemanden, den sie verloren zu haben glaubte.

»Kennen Sie diesen jungen Mann?«, wollte ich wissen, doch sie beachtete mich nicht.

»Aber in welchen Schwierigkeiten du tatsächlich steckst, hätte ich mir nicht ausmalen können.« Der Blick ihrer beeindruckend grünen Augen traf mich so unvermittelt, dass ich fast zurücktaumelte. »Du gehst jetzt.«

»Mama! Sie geht nirgendwohin. Woher …«

Mit einer raschen Geste brachte sie ihn zum Schweigen. »Diese junge Frau wird jetzt unsere Wohnung verlassen. Und ich will dich nicht noch einmal zusammen mit ihr sehen.«

»Das Recht, mir vorzuschreiben, mit wem ich mich treffe oder nicht, hast du doch längst verloren.«

Hart stellte sein Vater das Glas ab. »Dann sage ich dir dasselbe«, donnerte er und schmetterte seine Faust auf den Tisch. »Solange du in diesem Haus wohnst, Jungchen, machst du gefälligst das, was dir gesagt wird.«

Na wunderbar. Vor den Fans in dieser Familie konnte ich mich kaum noch retten. Allein Käpt'n leckte mir hingebungsvoll über die Finger und wedelte verstört mit dem Schwanz.

»Ach so?«, schnaubte Edik. »Wer bezahlt denn dieses *Haus* hier? Wer sorgt dafür, dass wir etwas zu essen haben?«

Sein Vater stand so ruckartig auf, dass der Hocker, auf dem er gesessen hatte, umkippte und auf den Boden schlug. »So redest du nicht mit mir, das sag ich dir.« Schwankend trat er in den Flur und holte aus.

»Pass auf, was du tust«, zischte Edik. »Ich bin keine zehn mehr, ich kann mich wehren.«

»Stopp«, rief ich und trat den Rückzug aus der Wohnung an. »Schon gut, schon gut. Ich gehe.« In Bezug auf mich schienen seine Eltern einer Meinung zu sein, und ich wollte kein Zankapfel sein, der die angespannte Situation zum Eskalieren brachte.

»Liza, warte. Liz!«

Sein Vater stellte sich ihm in den Weg, während seine Mutter mich nach draußen drängte.

Ich wechselte auf Deutsch und suchte schnell seinen Blick. »Wir sehen uns im College«, versprach ich.

»Oderr auf Balkone, ja?«, flüsterte er mir hinterher. »Um Mitterrnakcht.« Und dieses Mal war die deutsche Sprache kein Graben mehr zwischen uns, sondern unser Geheimnis.

Sobald ich draußen stand, fiel die Tür hinter mir ins Schloss. Erst jetzt merkte ich, wie fertig ich war. Aus der Wohnung drangen aufgeregte Stimmen, Käpt'ns Bellen gesellte sich dazu, doch vor meinem inneren Auge sah ich nur Ediks zärtlichen Blick und fühlte mit jeder Zelle meines Körpers seine warme Stimme, die tief in mir raunte: Oderr auf Balkone, ja?

Ja. Ja, ja, ja!, rief alles in mir ihm zu.

Denn spätestens jetzt war ich offiziell verknallt. Vielleicht sogar hoffnungslos verliebt.

# Kapitel 11

Am besten sollte ich sofort in mein Bett fallen, immerhin blieb mir nur noch eine Stunde, um die heutige Nacht zu verarbeiten, bevor der Wecker mit seinen Versuchen beginnen würde, mich wach zu klingeln. Aber ich hatte Hunger. Also entscheid ich mich fürs Essen und Schwänzen.

Als ich die Wohnung betrat, hörte ich als Erstes die Dusche prasseln. »Liza, bist du es?«, tönte Larissas besorgte Stimme aus dem Bad.

»Ja. Alles gut«, versicherte ich und ging in die Küche, um mir schnell etwas Essbares zu holen.

»Bin gleich bei dir. Ich habe mir solche Sorgen gemacht!«

»Es ist wirklich alles okay. Es geht mir prima. Nichts passiert.«

Von der Sitzecke schnaubte es. Nonja. Auf dem Tisch vor ihr stand eine Tasse dampfenden Tees, sie umklammerte den Becher mit beiden Händen und starrte regungslos hinein, als müsste sie aus dem Teesatz etwas Entscheidendes herauslesen. Hatte sie damit die ganze Nacht verbracht?

Ich brach ein Stück vom Weißbrot ab, nahm mir Wurst in die andere Hand und trat näher heran. »Na?«

Es duftete nach heißer Melisse mit einer ›Du kannst mich mal‹-Note, was mich nicht davon abhielt, mir ebenfalls eine Tasse zu holen und reichlich heißen Tee einzugießen. Wie im besten Polizeikrimi setzte ich mich auf den Hocker ihr gegenüber, allerdings noch etwas unschlüssig darüber, mit welchem Teil von ›Böser Bulle, guter Bulle‹ ich beginnen sollte, um ihr ein paar Antworten zu entlocken.

»Okay.« Ich schluckte den Bissen rasch hinunter. »Sagst du mir, was los ist?«

»Es ist kompliziert«, murmelte sie.

»Ach, echt jetzt? Ist mir gar nicht aufgefallen. Schluss jetzt mit diesen Spielchen. Warum wollte dein Wolchw mich entführen?«

»Eigentlich ist er dein Wolchw. Dein Wächter«, meinte Nonja, ohne von ihrem Tee aufzuschauen. Nur der Smiley auf ihrer Tasse grinste mich an. »Ilja wurde von den Höheren ausgewählt, um dich zu beschützen.«

»Indem er mich mit einer Pistole bedroht? Und in ein Auto zu zerren versucht?«

»So war das nicht geplant, glaube mir. Es war seine Aufgabe, dich in Sicherheit zu bringen. Er hatte keine Wahl.«

Ich schnaubte. »Natürlich.«

»Wie bescheuert bist du eigentlich?« Erst jetzt schaute sie auf. Ihr Blick sprühte Zornfunken, die mich zu versengen drohten. »Ist dir noch nicht aufgefallen, dass der Dämon, den übrigens du aus der Traumwelt entlassen hast, hinter dir her ist? Außergewöhnliche Zeiten erfordern außergewöhnliche Maßnahmen.«

»Ach, wirklich?«, rief ich ihr entgegen. »Welche Pläne heckt dein Club bezüglich mich noch aus? Meinst du nicht, ich sollte langsam eingeweiht werden?«

»Wie denn, wenn du dich weigerst, zu unserem Wetsche zu kommen?«

»Mädchen? Alles gut bei euch?«, kam es aus dem Bad. Die Dusche wurde abgestellt.

Nonja presste die Zähne aufeinander. »Jetzt pass auf. Du bleibst bei der offiziellen Version. Sie hat schon genug Sorgen«, flüsterte sie und leerte ihre Tasse auf ex.

»Und wie lautet die offizielle Version?« Ich tat es ihr gleich, das mit dem Tee und dem ex, was bei mir nur halb so cool klappte: Ich verschluckte mich und hustete, bis mir Tränen in die Augen schossen. Meine Zunge hatte ich mir auch verbrannt. Klasse. Die Liste meiner Peinlichkeiten konnte bald unter dem Titel *Die unendliche Geschichte* herausgebracht werden.

»Schauros Kumpanen, was sonst?«

Ich schnappte nach Luft, doch bevor mein Protest eine Form annehmen konnte, fiel sie mir ins Wort: »Er wird's überleben, keine Bange. Wäre nicht das erste Mal, dass er in solche Geschichten verwickelt ist.«

»Und die Beamten werden das einfach so glauben? Nach all der Zerstörung, die sie gesehen haben?«

»Ja. Das Oberhaupt hat dafür gesorgt.«

Ich hatte also mit all meinen Vermutungen recht. Unfassbar. Anscheinend war es in diesem Land nur eine Frage des Geldes und der Beziehungen, gewisse Probleme aus dem Weg zu räumen.

Nonja interpretierte meinen Gesichtsausdruck richtig. »Ja, sie sind geschmiert, zufrieden?«, zischte sie mit einer verkniffenen Miene. »Aber glaub nicht, dass alle Polizisten in Russland korrupt sind. Mein Vater war ein Beamter. Ein guter Mann, der sich nie etwas zuschulden kommen ließ. Der bereit war, sich für das Richtige mit jedem anzulegen. Mit absolut jedem. Er … er …« Ihre Stimme brach. Sie kniff die Augen zusammen und sah mich verächtlich an. »Du hast echt keine Ahnung. Kommst aus deinem feinen Deutschland und nimmst dir das Recht heraus, über das Leben hier zu urteilen, ohne auch nur das Geringste über uns zu wissen.« Ihre Stimme brach. Rasch wandte sie ihr Gesicht von mir ab, holte einen Lappen und begann, meinen ausgeprusteten Tee aufzuwischen, gerade als Larissa in die Küche gestürzt kam: »Meine Mädchen. Was bin ich froh, dass euch nichts passiert ist. Dass so etwas …« Sie bekam kaum Luft, ich noch weniger, weil sie mich ständig drückte und quetschte, während Nonja schweigend den Tee wegtupfte. Bevor ich endgültig zu einem Knetteig verarbeitet wurde, ließ meine Gastmama mich frei und schickte uns kurzerhand zu Bett: »Ihr müsst euch ausruhen. Ich werde im College anrufen und euch entschuldigen.«

Ja, eine wunderbare Idee.

Ich wusch mich, kroch unter die Decke und zog mein Handy hervor. Keine Nachrichten von Tante Inga. »Mama, was soll ich bloß tun?«, flüsterte ich und spürte Tränen auf meinen Wangen. Doch noch meine Sachen packen und zurück nach Deutschland flüchten? Wie sollte ich das alles hier nur aushalten?

Müde schloss ich die Augen. Mein stöhnender Körper fühlte sich schwer an, ich mochte mich kaum bewegen.

»Mama. Sprich mit mir. Bitte.«

Ich hoffte, hoffte so sehr, ich würde sie in meinen Träumen treffen. Doch als ich eingeschlafen war, war ich einfach weg, als hätte mich jemand ausgeschaltet.

Stunden später wachte ich auf, mit einem Muskelkater, als hätte ich versucht, einen fahrenden Laster zu knutschen. Je länger ich dalag und meine Gedanken sortierte, desto weniger konnte ich sagen, was meinen Hirngespinsten entsprang und was zur Realität gehörte. Die Erinnerungen an eine Kreatur, die sich zuerst in einen alten Mann und schließlich in meinen Nachtjungen verwandelt hatte, der Wuschelmann mit einer Pistole … Mal ehrlich.

Das. Konnte. Unmöglich. Wahr. Sein.

Und ich war mehr als reif für einen absolut normalen, ruhigen Tag mit einem Kilo Eis zur Nervenberuhigung und einem so schnulzigen Film, dass im Vergleich zu ihm jeder Rosamunde-Pilcher-Abend verblassen würde. Beides klappte nur bedingt, nicht einmal Larissas Entspannungstee konnte mich retten. Meine Gedanken fuhren Karussell. Die Kreatur. Die Fast-Entführung. Die Kreatur …

Etwas frische Luft würde mit guttun, bestimmt.

Also holte ich meine Jacke und ging nach draußen, obwohl Larissa mich mit aller Kraft von der Idee abbringen wollte – in der Wohnung war es sicher, sagte sie immer wieder.

Die allgemeine Aufregung hatte sich noch nicht gelegt, sie schien unser Haus in einen unsichtbaren Schleier zu hüllen. Auf einer Bank tuschelte aufgeregt eine Traube aus älteren Damen, sogar die Trunkenbolde, Ediks Kumpanen, hatten nur ein einziges Thema zu besprechen: Was letzte Nacht passiert war.

»Liza«, quietschte es hinter mir und plötzlich stürmte Rotbäckchen auf mich zu. Samt Jelisaweta. Als hätten die beiden nur auf mich gewartet. »Erzähl. Stimmt es, dass die Mafia Edik auf den Fersen ist?«, flötete das Rotbäckchen mit einer Begeisterung, als würden wir von einer Jimmy Choo-Schuhaktion bei H&M sprechen. Die Gerüchteküche brodelte also und den Gesichtern der Mädels nach zu urteilen, erwarteten sie von mir mindestens ein Fünf-Gänge-Menü.

»Ach Anja, das weiß doch schon jeder.« Jelisaweta verdrehte die Augen, die einzige Rührung, die bei ihr nicht modelverdächtig aussah. Offensichtlich war sie über den nächtlichen Vorfall bestens informiert: »Sein Vater schuldet dem Casino viel Geld. Sie wollten Edik einen Denkzettel verpassen. Das ist alles.«

Edik. Wie ging es ihm eigentlich? Unwillkürlich wanderte mein Blick zu seinem Balkon. Da stand er. Eine Silhouette, die zu mir herabzublicken schien. Die Gedanken an ihn hatten etwas von Schokolade, bittersüß und mit Sicherheit gesundheitsgefährdend in den Mengen, die ich in der letzten Zeit konsumierte.

Da stieg er über die Brüstung.

Und sprang.

Ich schrie auf. Das Rotbäckchen und Jelisaweta fuhren herum, doch er war bereits hinter den Büschen gelandet, katzenhaft und beinahe geräuschlos. Als er hinter den Sträuchern zu mir hervortrat, erkannte ich Mr Nachtmahr. ›Bist du denn völlig bescheuert?‹ mauserte sich langsam zu unserer alltäglichen Begrüßung. Was hatte er sich nur dabei gedacht?

*Dass es der schnellste Weg zu dir nach unten war*, strich es durch mein Inneres. Fest presste ich die Lippen aufeinander. In seiner Gegenwart verhieß das aufsteigende Bauchkribbeln nichts außer eine Magen-Darm-Verstimmung, das wusste ich inzwischen zu gut.

»Kennst du ihn?« Zaghaft zupfte das Rotbäckchen an meinem Ärmel.

So wie er schnurstracks auf mich zukam, konnte ich nur mit Ja antworten. Auch wenn mir bei seinem Anblick eher ein Nein auf der Zunge lag. Zusammen mit ›Vade, Satan‹, das ich mal von einem Geistlichen in einem Horrorfilm aufgeschnappt hatte, auch wenn ich nie gänzlich verstanden hatte, warum irgendwelche Waden den Satan in die Flucht schlagen sollten.

»Sieht der süüüüß aus«, quietschte Jelisaweta. Am liebsten hätte ich ausgerufen: Mädels! Er ist gerade von einem Balkon gesprungen, kam euch das nicht ein wenig seltsam vor? Aber sein Süßsein hatte diese Tatsache offensichtlich gewaltig in den Hintergrund gerückt. Oder sie hatten es tatsächlich nicht mitbekommen.

Er sah mich an, mit diesem tiefen Blick seiner wundervoll blauen Augen, bei dem ich mich fragte, ob ich mich bereit machen sollte, meine beiden Begleiterinnen im Fall einer um sich greifenden Ohnmacht zu stützen.

»Na, verrätst du uns auch seinen Namen?«, stimmte das Rotbäckchen an, während Jelisaweta sich in eine perfekte Modelpose warf und in mir fiese Neidstiche auslöste: Sich so künstlerisch wertvoll zu verrenken würde nicht einmal meine Mama mit all ihrer Yoga-Begeisterung hervorbringen.

*Wladislaw.*

»Hä?«, entfuhr es mir.

Das Rotbäckchen kicherte kokett. »Wie er heißt, wollte ich wissen.«

»Wla-dislaw«, stammelte ich.

»Hi, Slawa«, tönte es um mich herum unisono, während durch mein Inneres *Ich habe auf dich gewartet* strich.

Er hatte auf mich gewartet. Super. Und ich auf die Übelkeit. Die sich leider immer eindringlicher meldete. Verstohlen schielte ich zu meinen Begleiterinnen. Mit etwas Glück würden sie meine Blässe für eine natürliche Reaktion auf einen schwindelerregend heißen Typen halten.

*Liza?*

Ja, was?, dachte ich. Erwartete er von mir, dass ich eine einseitige Unterhaltung mit ihm in der Gesellschaft meiner Kommilitoninnen führte?

*Entschuldige. Das habe ich nicht beachtet.*

Bei der Vorstellung, er läse meine Gedanken, wurde mir endgültig anders. Ich wollte ihn raus aus mir haben. Und ihm nicht auch noch eine Einladung geben, es sich in mir gemütlich zu machen.

*Aber wir müssen miteinander reden.* Entschlossen griff er nach meiner Hand. Seine Finger fühlten sich rau an und kühl. Als würde ich Holz anfassen: merkwürdig, aber nicht unangenehm.

*Bitte.*

Okay, okay. Ich ließ mich wegführen. Die Blicke der Mädchen traktierten beständig meinen Nacken, aber ich blieb stoisch und schaute nicht zurück. Sie würden mich bestimmt für geistesgestört halten, wenn sie wüssten, dass dieser Typ der letzte war, von dem ich mich wegführen lassen wollte.

»Ein netter Auftritt«, murmelte ich, als wir weit genug waren, um nicht beobachtet zu werden. »Meinst du nicht, Menschen könnten es merkwürdig finden, wenn du so von Balkonen springst?«

*Was interessieren mich Menschen?*

Na guck, ein Philanthrop.

*Menschen vergessen mich schnell,* fügte er hinzu, *oder legen sich rationale Erklärungen zurecht. Außerdem wusste ich, dass es in diesem Augenblick keiner bemerken würde. Außer dir.*

Oh. Er wollte mich beeindrucken. Wie nett.

Vorsichtig zog ich meine Hand aus seinem Griff und spürte, wie er die Augen schloss und tief die Luft einsog. Schnupperte er schon wieder an mir?

»Ich bin nicht dein Vanille-Mädchen.«

*Aber du duftest unglaublich verführerisch.*

Ich machte vorsichtshalber ein paar Schritte weg von ihm. »Ähm. Ein Anti-Spliss-Shampoo. Mit Himbeer- und Seidenextrakt für mehr Geschmeidigkeit und zwei Mal bessere Kämmbarkeit.« Die bei mir allerdings noch keinen durchschlagenden Erfolg erzielt hatten. »Wie geht es dir? Nach der heutigen Nacht und unseren Versuchen, dich auf dem Dach zu operieren?«

Na ja, er stand aufrecht vor mir. So schlecht hatten wir uns offensichtlich nicht geschlagen. Aber sicher war sicher.

*Gut. Danke, dass ihr die Kugeln entfernt habt.* Seine Nasenflügel flatterten leicht, als wolle er noch einmal die zwei Mal bessere Kämmbarkeit erschnuppern. Oder war er ein Fan von Seidenextrakt?

*Nicht das Shampoo. Du riechst nach Minze. Frisch und stark.*

Katzenminze anscheinend. Ich beschloss, ihn lieber auf andere Gedanken zu bringen. »Kugeln. Können sie dich töten?«

Er trug Ediks Sachen; ich roch die Kernseife und den verblassten Zigarettenrauch, und etwas in mir zog sich verräterisch zusammen. Ich wandte den Blick gen Boden. Immer noch keine Schuhe, während um seine nackten Füße Frühlingsgras spross. War ihm nicht kalt?

*Die Kugeln waren von den Höheren beschworen worden. Sie töten mich nicht, können mich jedoch erheblich schwächen. Aber jetzt ist alles in Ordnung. Mir geht es gut. Und meinen Füßen ist auch nicht zu kalt.* Mein Blick schnellte hoch. Etwas zuckte in seinen Mundwinkeln. Probierte er an mir gerade sein erstes unwiderstehliches Lächeln? Es machte mich schwindelig, und ich wusste nicht genau, was die Ursache dafür war: seine Präsenz in meinem Verstand, die stetige Übelkeit oder dieses Lächeln, das seinen so perfekten Zügen Menschlichkeit verlieh. Mit einem Mal wollte ich ihm helfen. Ich wollte, dass dieser junge Mann wieder ein Mensch sein durfte. Ich wünschte mir, er würde wie ich fühlen können, lachen und weinen, lieben und leiden. Mit anderen Worten: leben.

»Heißt du wirklich Wladislaw?« Unwillkürlich trat ich näher und zupfte ihm ein paar Blätter aus dem Haar, die sich bei der Landung in den Büschen wohl darin verfangen hatten. »Oder hast du es dir ausgedacht?«

*Ich muss dir unglaublich viel erzählen.*

Um uns herum tobte eine Spatzenschar. Ich hatte nicht einmal bemerkt, wie sich die Vögel angesammelt hatten.

»Okay. Fang an.« Ich nahm seine Hand. Wenn ich die Lider schloss, hätte ich schwören können, dass ich gerade über den Stamm einer Birke strich, der mit Morgentau bedeckt war.

*Lauf mir bloß nicht weg. Bitte versprich mir, dass du nicht davonlaufen wirst, wenn ich es dir sage.*

Der war gut. Als könnte ich so schnell laufen, dass jemand wie er mich nicht einholen würde. Ich, die ich … ach, lassen wir das.

Ein Spatz landete auf seinem Kopf und machte es sich dort gemütlich, ganz so, als wäre es ein ganz passables Plätzchen zum Nisten. Mr Nachtmahr beachtete den Vogel nicht.

Ich bin ein Dämon der Traumwelt, erklang es zaghaft in mir.

»Das weiß ich schon.« Sagte ich. So einfach. Als hätte er mir erzählt, er würde in einem Baumarkt jobben. Wobei – wenn er mir wirklich offenbart hätte, er würde in einem Baumarkt jobben, hätte ich bestimmt überraschter geguckt.

*Die Wolchwy haben eine Seherin entsandt, um mich zurück in meine Sphäre zu bringen. Ich musste mich wehren.*

»Das … dachte ich mir schon.«

*Hast du die Gabe vor deiner Tür gesehen? Wusstest du, dass sie von mir kam?* Ich spürte, wie er zögerte. *Ich mag dich wirklich.*

Gütiger, der Knochen. Wie konnte ich nur den Knochen vergessen? Mein Verstand drohte mir zu entgleisen. Bist du völlig übergeschnappt, Liz? Stehst da und plauderst mit einem Dämon, der Menschen tötet und dir Knochen auf den Fußabtreter schleppt?

*Nein, nein, tut mir leid, ich wollte dich nicht erschrecken. Verzeih mir. Es war ein Instinkt, ein Drang, ich konnte nichts dagegen tun.*

Na danke, wie würde es erst aussehen, wenn er mich tatsächlich erschrecken wollte? Ich machte ein paar Schritte zurück. Ein lächerlicher Versuch, einen Sicherheitsabstand zu gewinnen. Dabei konnten ihn nicht einmal die von den Höheren beschworenen Kugeln langfristig aufhalten.

Vorsichtig holte er den Spatz von seinem Kopf herunter. Der Vogel blieb aufgeplustert in seinen Handflächen sitzen und zwitscherte zufrieden vor sich hin. *Ich würde dir nie etwas tun. Nie. Bitte glaube es mir!*

Mit dem Spatz in den Händen sah er wirklich nicht so furchteinflößend aus. Vielmehr unbeholfen und zaghaft. Außerdem … spürte ich es. Immerhin war er gerade in meinem Verstand.

»Lass das mit den Geschenken in Zukunft lieber sein«, beschloss ich. »Ich brauche keine Gaben von dir.«

*Ich weiß. Du willst einen anderen. Ich verstehe das schon.* Mein Nachtjunge schwang den Spatz in die Höhe. Der Vogel flatterte und landete mit einem empörten Piepsen auf dem Boden zu seinen Füßen. *Er hat mir geholfen. Er ist ein guter Mensch. So sagt ihr das doch, oder?*

»Ja.«

*Weißt du, dass seine Mutter eine Seherin ist?*

Dass seine Mutter eine Seherin war, hatte ich irgendwie geahnt. Vielleicht sogar gewusst, als sie mit ihrer Flechtfrisur im Flur erschienen war und mich mit ihrem wissenden Blick traktiert hatte.

*Die nach Vanille duftet.*

Halleluja! Nein, das hatte ich nicht gewusst. Und nicht einmal geahnt. Das wollte mir einfach nicht in den Kopf. Zugegeben, es war auch schwer, geistige Hochleistungen zu vollbringen, wenn einem die Übelkeit schon bis zum Hals stand, auch wenn ich mich noch recht wacker hielt.

*Als die Wolchwy mich angegriffen haben, konnte ich einen von ihnen dazu bringen, mir meinen Namen zu verraten. Wladislaw. Ich gehörte dem Kult an, als ich noch ein Mensch gewesen war.*

»Wladislaw«, wiederholte ich. Etwas flackerte in mir auf. »Wladislaw«, sagte ich noch einmal. Wen würde ich mir mit einem solchen Namen vorstellen? Einen kühnen Recken? Einen melancholischen Denker? Auf jeden Fall keinen Dämon.

*Als ich heute in der Wohnung dieses Jungen aufgewacht bin, war sie bei mir. Ich hörte, wie sie mir meinen Namen ins Ohr flüsterte und beteuerte, dass sie nie aufgehört hatte, nach mir zu suchen. Ich glaube, sie wollte nicht, dass ich merke, wie sie weinte.*

»Sie hat dich geliebt? Als du noch ein Mensch warst?« Das Flackern in mir war wieder da. Vermutlich machte sich damit bloß meine übereifrig romantische Seele mit einem ›Hach, ist das nicht schön?‹ auf sich aufmerksam. Ja, ist gut, es war schön. Und so unendlich traurig, weil seine menschliche Seele für immer verloren war.

*Sie hat mir erzählt, dass wir zusammen waren. Bis ich eines Tages spurlos verschwunden bin. Niemand konnte ahnen, dass mein Halbbruder mich für sein schwarzes Ritual auserkoren hat.*

Sie waren in mir, seine Erinnerungen, seine Gefühle. Ich sah es. Den Altar und den schwarzen Himmel darüber. Ich fühlte die Stricke, die in seine Gelenke schnitten. Und hörte die Stimme: *Ich weiß wirklich nicht, was erfreulicher ist. Dass der dunkle Gott durch dich die Welt verändern wird. Oder dass ich dich endlich loswerde, du kleine Ratte.*

»Nein! Bitte nicht. Hör auf!«, rief ich und presste mir eine Hand auf den Mund. Mein Magen drehte sich um, als würde ich in einer Achterbahn hinunterrasen. Ich stürzte in die Büsche und Larissas Entspannungstee fand unbeirrbar den Weg nach draußen. Schwer atmend richtete ich mich auf und lehnte mich an die Hauswand.

Ich fröstelte.

Mein Nachtjunge folgte mir, zusammen mit seinen Spatzenfans und einer inzwischen dazugestoßenen Katze, die sich an seinen Beinen rieb.

*Tut mir leid.*

»Schon okay.« Entkräftet wischte ich mir mit dem Handrücken über den Mund.

*Immerhin habe ich jetzt einen Namen.*

Ich blickte zu ihm auf. Wie viel Menschlichkeit wohl noch in ihm steckte? Nach all den Qualen in der Traumwelt, nach all der Zeit, in der er nicht mehr er selbst gewesen war.

»Wladislaw.« Ich lächelte schwach. »Ein wirklich hübscher Name.«

Das Flackern in mir kam zurück, stärker als je zuvor. »Wladislaw«, sagte ich noch einmal und wusste gar nicht, warum ich das tat. Jede Silbe fühlte sich wie ein zarter Flügelschlag in mir an. Schwerelos, als würde ich gleich abheben, sollte jemand mir nur ganz leicht Schwung geben. Wie ein Spatz mit einem Spatzenherzchen und hektischem Flattern: Wla-di-slaw-wla-di-slaw.

*Liza, der Schatten!*

Ich riss die Augen auf.

Eine schwache, beinahe unwirkliche Silhouette lag meinem Dämon zu Füßen, flackerte, genauso wie diese seltsame Spatzen-Empfindung in mir. Die Vogelschar tobte um uns herum und schien aufgeregt zu zwitschern: Er hat seinen Schatten zurück!

Ich kniete mich hin.

Mr Nachtmahr tat es mir gleich.

Der Schatten folgte seinen Bewegungen, bis er zu verblassen begann.

*Bitte, Liza, lass ihn nicht verschwinden! Er gehört zu mir. Er ist wie mein Name! Alles, was ich war – und vielleicht wieder sein werde.*

Intuitiv tauchte ich meine Finger hinein, als wollte ich ihn tatsächlich zurückhalten. Wla-di-slaw. Das modrige Gefühl kroch meine Hand entlang, meine Finger fühlten sich klamm an, als würde ich tiefer und tiefer in einen schier bodenlosen Sumpf greifen. Ja, es soll dein Schatten sein, beschwor ich, er wird nicht wieder verschwinden. Rauchfäden krochen meine Arme empor, doch ich blieb stoisch. Wla-di-slaw, beschwor ich. Dein Name ist Wladislaw.

Mir war kalt. Ich spürte kaum noch meine Glieder. Da war etwas. Etwas schwer Greifbares. Dunkles. Ich konnte mich nicht bewegen. Als würde mein Körper einfrieren, nur das Flackern spürte ich noch, und mein Spatzenherz, das immer verzweifelter schlug.

»Lllaisa?«

Mühsam blickte ich auf. Er war nicht mehr in meinem Kopf. Er redete mit mir!

»D-ddanke.«

Kurz sah ich das verschwommene Gesicht meines Nachtjungen vor mir.

Dann drehte er sich um und war fort.

Seinen flatternden und zwitschernden Fanclub hatte er mitgenommen. Nur dort, wo er gestanden hatte, hinterließ er mir ein blühendes Schneeglöckchen-Büschel.

Nach und nach kam ich zu mir.

Mich über die Frühlingsblumen im Herbst zu wundern, blieb mir keine Zeit, ich hörte das Rotbäckchen und Jelisaweta, denen mein Fortbleiben mit dem geheimnisvollen Sexiest Man Alive wohl zu lange gedauert hatte.

»Ey, alles in Ordnung bei dir?«, flötete das Rotbäckchen. »Du siehst gar nicht gut aus.«

»So blass«, stimmte Jelisaweta mit ein. »Und deine Sommersprossen! Da musst du echt was tun, das ist ja grauenhaft!«

Ein fleckenbefallenes Gespenst auf Wanderschaft. Zu Halloween hätte ich sicherlich die meisten Süßigkeiten abgestaubt. Wenigstens ließ das klamme Gefühl etwas nach. Mit Rotbäckchens Hilfe kam ich auf die Beine, lehnte mich mit meinem ganzen Gewicht gegen sie und rieb mir über das Gesicht. Ich konnte meinem Dämon einen Schatten geben, ihn noch ein Stück menschlicher werden lassen. Außerdem hatte ich darin etwas gesehen, nein, eher gespürt. Verdammt, was war das bloß? Etwas Dunkles, Modriges, ich war so nah, ich hätte es greifen können.

Es traf mich wie ein Schlag und mir wurde schon wieder schlecht. Es war nicht sein Schatten, den ich da herbeigerufen und an ihn gebunden hatte. Er gehörte ihm nicht. Er gehörte einem jungen Mann namens Wladislaw, aber …

Nicht. Meinem. Dämon.

# Kapitel 12

Das Rotbäckchen und Jelisaweta brachten mich nach Hause, wo ich mich gleich in meinem Zimmer verschanzte. Fragen über Fragen tummelten sich in meinem Kopf und ließen mir keine Ruhe. Hatte Nonja recht gehabt? Wollte der Dämon mich für seine Pläne – welche es auch immer waren – ausnutzen? Immerhin hatte er jemanden getötet! Bestimmt nicht zum ersten Mal. Die Zweifel wollten mich nicht loslassen, und irgendwann hatte ich einen dicken Knoten im Gehirn, der sich auch bis spät in die Nacht nicht wirklich auflöste.

Ich blickte auf mein Handy. Kurz vor null Uhr. Kurz vor meinem Treffen mit Edik auf dem Balkon. Er würde doch kommen, oder?

Ich beschloss, die plagenden Gedanken beiseitezuschieben und mich wichtigeren Fragen zu widmen: Sollte ich meine Skinny Jeans anziehen, die zwar super meinen Hintern betonten, allerdings an den Waden wie eine Ziehharmonika aussahen? Oder ob ich lieber meine pinkfarbene Hose mit einem türkisfarbenen Langarmshirt kombinieren und durch den Color-Blocking-Trend für frische Farbtupfer an der grauen Fassade sorgen könnte? Selbstverständlich wusste ich, dass es draußen stockdunkel war und Edik eine Etage unter mir kaum in der Lage sein würde, meinen Sinn für Mode zu bewundern, doch ich weigerte mich, die Kleidungsfrage als unwichtig abzutun. Immerhin hatte ich ein Date mit Edik. Das war doch ein Date, oder? Auch wenn das wilde Knutschen nicht gerade in Aussicht stand.

Mein Handy klingelte.

Um die Uhrzeit?

Auf dem Display leuchtete eine unbekannte Nummer.

Ich zögerte, bevor ich abnahm, sagte nichts und lauschte erst einmal. Auch am anderen Ende war eine Weile nur Stille zu hören.

»Liza?«, drang schließlich irgendwie schüchtern zu mir durch. »Können wir reden?«

»Meta?«, stieß ich hervor und biss mir sogleich auf die Lippe. Hatte ich mit meinem Geschrei Nonja und Larissa im Nebenzimmer aufgeweckt? Die beiden waren schlafen gegangen, was mir bei der Aussicht auf ein Balkon-Date mit Edik nur recht war.

»Ich weiß, ich weiß, du bist bestimmt nicht gut auf mich zu sprechen. Ich war so fies! Weil ich es einfach nicht begreifen konnte. Die Sache mit den Visionen. Mein Gott, wie schrecklich du dich fühlen musstest! Ich war so eine Idiotin. Jetzt weiß ich es. Jetzt sehe ich es auch.«

»Was?« Ich keuchte und mein Herz rutschte mir in die – gerade nicht vorhandene – Hose. »Warte, wie meinst du das? Du hast Visionen?«

»Ja.« Pause. »Ich glaube schon.«

Geräuschvoll atmete ich durch. »Was hast du gesehen? Bei wem? Wie?«

»Bei Inga. Da war etwas in ihrem Schatten …« Sie brach ab. »Ich kann das schwer erklären.«

In meiner Brust zog sich alles zusammen. »Ich weiß. Ich kann dich verstehen. Rede mit mir«, bat ich sie leise.

Sie schwieg. Mehrere Minuten lang, wie es mir vorkam. Endlich hörte ich ihre Stimme wieder: »Ich habe so eine schreckliche Angst. Jetzt verstehe ich. Jetzt verstehe ich alles! Was soll ich nur tun?« Sie weinte. Sie weinte stumm, man hörte es nicht, aber ich konnte es spüren. Am liebsten hätte ich sie umarmt, sie ganz fest an mich gedrückt! »Verflucht, Liza, vermutlich willst du das alles nicht hören. Nicht von mir. Ich war so eine schlechte Cousine. So eine schreckliche *Freundin!*«

»Schon gut, du kannst mir alles erzählen. Ich bin für dich da.« In meinen Augen sammelten sich die Tränen, und ich wusste nicht einmal, wem sie galten. Der verängstigten Meta, mir, die ich in diesem Moment nicht bei ihr sein konnte, oder Tante Inga, die … »Was genau hast du gesehen? Geht es Tante Inga gut?«

»Ich weiß nicht, was ich gesehen habe. Es war wie ein Bergrutsch, es hat mich vollkommen überwältigt. Mir war so schlecht.« Sie schluckte. »Und heute Nachmittag ist sie die Treppe heruntergefallen. Ich habe Angst. Vor dem nächsten Tag, vor der nächsten Stunde. Vor jedem Schatten, den ich sehe. Was soll ich nur tun?«

Keine Ahnung. Was wusste ich schon? »Ich glaube, du darfst die Schatten nicht an dich heranlassen, solange du nicht bereit dafür bist«, murmelte ich. »Träumst du auch … so ein merkwürdiges Zeug?«

»So wie du von diesem Kerl, von dem du mir am Flughafen erzählt hast?« Ich hörte, wie sie schmunzelte. »Schön wär's. Nein. Da sind nur merkwürdige Gestalten. Keine Ahnung, wie ich das beschreiben soll. Aber mit jeder Nacht habe ich das Gefühl, dass diese Träume ein Stück realer werden.«

»War bei mir auch so.« Mein Blick wanderte zum Wecker. Langsam, aber beständig entfernte sich der große Zeiger von der zwölf. Würde Edik auf mich warten? Ich konnte jetzt nicht auflegen. Meta brauchte mich jetzt mehr als er. »Pass auf dich auf, wenn du in der Traumwelt bist. Da ist jemand, der unheimlich gerne Dämonen auf Seherinnen hetzt, um ihre Magie zu erlangen und ihre Seelen zu vernichten.«

»Was weißt du noch darüber? Bitte sag mir, was ich tun soll!«

»Meine Mama sagte immer, dass man die Fäden nicht aus der Hand geben darf. Dass man immer der Herr der Lage bleiben sollte, sonst holen dich die Dämonen. Oder du baust Mist, so wie ich. Der Kerl, von dem ich dir erzählt habe, ist nämlich ein Dämon, den ich in unsere Welt gelassen habe.«

»Scheiße.«

»Du sagst es. Irgendwie hat er mich hier aufgespürt. Ab und zu taucht er unvermittelt auf und will … reden. Wenn man das so bezeichnen kann.«

»Reden? Und was sagt er? Hat er dir von dem Ursprung deiner Magie erzählt? Von dem Quell der Macht?«

»Von was?« Jetzt zupfte ich nicht nur an meinen Strähnen, jetzt kaute ich schon an den Spitzen. Na toll. Ich rief mich zur Ordnung. »Wovon sprichst du?«

»Ach, nichts. Vergiss es.«

»Warte, Meta!« Ich sprang auf. »Es ist wichtig. Wir sitzen in einem Boot, wir müssen uns austauschen!«

Sie stöhnte. »Ich weiß doch selbst nichts. Nur das, was ich früher von deiner Mutter aufgeschnappt habe, als ihr uns ab und zu besucht habt. Ihre Märchen. Zumindest dachte ich damals, es wären bloß Märchen. Wie blöd war ich nur!«

Ja, die Märchen. Die Gutenachtgeschichten. Unruhig ging ich hin und her. Im Gegensatz zu Meta konnte ich mich an nichts Konkretes mehr erinnern, egal, wie sehr ich mich anstrengte. Hatte sie je von irgendeinem Quell der Macht gesprochen? Keine Ahnung. »Was genau weißt du noch von diesen Märchen?«

»Puh. Dass Magie überall ist, aber am stärksten in unseren Träumen. Dass irgendwo dort ein unbeschreiblicher Quell der Macht verborgen liegt, der von einem dunklen Gott bewacht wird.« Sie zögerte. »Und dass er nach einem Weg sucht, um in unsere Welt zu gelangen und sie auseinanderzureißen.«

Eher, um sie mit seiner Demonenschar zu bezwingen. Oder was auch immer dieser dunkle Gott mit der Welt so anstellen mag.

»Aber das waren wirklich nur gruselige Kindergeschichten«, schob Meta schnell hinterher. »Wer weiß, was davon wirklich stimmt.«

»Wer weiß«, wiederholte ich zerstreut.

»Es ist schon spät, sorry, dass ich dich so aufgelöst angerufen habe. Das Gespräch hat mir gutgetan.«

»Warte!«

»Ich muss jetzt Schluss machen. Lass uns in Kontakt bleiben, ja? Ich melde mich, wenn ich etwas Neues erfahre. Und du hältst mich auch auf dem Laufenden, meine Nummer hast du ja jetzt. Okay?«

»Okay.«

»Pass auf dich auf.«

Ich nickte. Selbstverständlich konnte sie es nicht sehen, aber ich glaubte, sie fühlte es. So wie ich ihr warmes Lächeln fühlte.

»Zusammen schaffen wir das. Wie in den alten Zeiten. Liza und Meta – unaufhaltsam.«

»Ja. Unaufhaltsam.«

»Mach's gut.«

»Du auch.«

Als ich auflegte, ging es mir besser. Alles wird gut, unbedingt, sie hatte es gesagt, und anders wollte ich es einfach nicht wahrhaben.

Alles wird gut – nur mein Herz war gerade ganz schwer und meine Brust fühlte sich an, als würde etwas sie zusammendrücken.

Ich ließ mich auf das Bett fallen. Eine ganze Weile grübelte ich vor mich hin, dachte über Metas Anruf nach, über ihren abrupten Abschied, über ihre Worte. Ein unbeschreiblicher Quell der Macht. Nein, nie gehört. Ich speicherte Metas Nummer und sprang erschrocken auf, als ich die Uhrzeit erblickte. Fast ein Uhr nachts!

Keine Zeit, über die Klamotten nachzudenken. Halb nackt wie ich war, stürmte ich auf den Balkon. Natürlich stolperte ich über die Schwelle und gleich darauf über irgendeine Schüssel, die meine Ankunft mit einem lauten Scheppern durch die Nachbarschaft ankündigte.

»Edik«, rief ich. »Edik!«

Der Wind rauschte in den Bäumen. Meine Zähne begannen zu klappern. Ich würde mir hier den Arsch abfrieren, und das im wahrsten Sinne des Wortes, denn der besagte Arsch steckte in einem – ach, du grüne Neune! – Herzchenschlüpfer. Dennoch bahnte ich mir den Weg zum anderen Ende des Balkons, ohne Rücksicht auf das Gerümpel. Bitte, sei noch da!, beschwor ich alle guten Geister. Aber Ediks Balkon war leer.

Vielleicht war er überhaupt nicht gekommen? Vielleicht … Ja, es gab jede Menge dieser ›Vielleichts‹. Nur eins war sicher: Sein Balkon blieb leer, auch nachdem ich versucht hatte, einen unter einem Eimer gefundenen Sektkorken gegen sein Fenster zu werfen, leise seinen Namen zu rufen und einfach nur zu warten. Sehr lange zu warten.

Völlig durchgefroren musste ich einsehen, dass es vorbei war und ich lieber in mein Bett gehen sollte, um meine Eiszapfen, früher bekannt als Füße, unter der Decke zu wärmen. Wirre Gedanken streiften durch meinen Kopf, schon bald war ich zu müde, um sie wirklich zu registrieren. Es war etwas mit Mama, die sich in einen dunklen Schleier des Schweigens hüllte, Meta, die sich durch die Schatten zu mir kämpfte, Edik, liegend in einer Lache aus Blut, Runen und lebendigen Schatten …

Ich tanze. Tanze in der Dunkelheit. Tanze bis zur völligen Erschöpfung. Es ist eine merkwürdige Kombination aus Ballett und Twerken, so eine Art ›Balletttwerken‹ – *Der sterbende Schwan* mit heftigem Popowackeln. Ich gebe mir Mühe, wie immer. Ich kann ja sonst nichts, außer mir Mühe zu geben, während jede Bewegung mir immer schwererfällt. Irgendwann sinke ich in mich zusammen.

Es ist sinnlos.

In der Dunkelheit, die mich zu ersticken droht, entdecke ich eine schwach schimmernde Gestalt, ich rufe: Mama!, springe auf, versuche, zu ihr durchzudringen – vergebens. Sie bleibt nichts weiter als ein verschwommener Fleck, und egal, wie sehr ich zu ihr will – ich komme einfach nicht voran. Hinter ihr baut sich eine Silhouette in langen Gewändern auf, es ist der Dämonenherrscher, der dunkle Gott, und ich kann sie nicht vor ihm retten.

*Es ist dein Traum*, höre ich ihren verzweifelten Ruf. *Kontrolliere ihn! Gib die Fäden nicht aus der Hand.*

Ja, es ist mein Traum.

Ich will die Sonne, meine Tanzwiese, den Sommerwind und das Vogelgezwitscher, doch nichts davon ist da. Ich kann mich nicht rühren, ich kann überhaupt nichts, als die Silhouette hinter meiner Mutter anzustarren, die immer größer wird.

*Du suchst die Wahrheit?*, verhöhnt die Gestalt mich.

Ich will weg. Aufwachen. Davonlaufen. Nie mehr die Augen zumachen.

*Wer die Wahrheit erfahren will, der soll sie an sich heranlassen.*

Die Gestalt ist inzwischen so gewaltig, dass ich sehen kann, wie brodelnde Rauchschwaden auf ihrer Brust das seltsame Rad-Symbol formen.

*Wer das Geheimnis begreifen will, der soll sich ihm öffnen.*

Die Gestalt hat meine Mutter verschlungen und schwebt auf mich zu. Fließende Gewänder, rauschende Stoffbahnen, eine dunkle Kapuze – ist ein Gesicht darunter? Hat dieses Wesen überhaupt ein Gesicht?

*Willst du es sehen?*

Ich schreie. Schreie um Hilfe. Mama! Meta! Nonja! Tante Inga! Irgendjemand!

*Willst du das Geheimnis kennen?*

Die wabernde Schwärze unter der Kapuze formt sich zu menschlichen Zügen.

Zeigt mir ihr Antlitz.

# Kapitel 13

»Nein, nein! Das ist nicht echt! Du bist nicht echt!« Ich brüllte, schlug um mich; Larissa und Nonja hielten mich fest und versuchten, mich irgendwie zu beruhigen. Das krampfhafte Weinen ließ meinen ganzen Körper zucken, ich konnte kaum schlucken, ohne dass mir die Kehle wehtat, so sehr hatte ich geschrien – und jetzt wimmerte ich nur noch, mein tränennasses Gesicht an Larissas Brust gedrückt.

Wir hockten alle drei auf meinem Bett, zusammengekauert und aneinandergekuschelt. Ich fühlte mich mir selbst fremd, als wäre ein Teil von mir in der Traumwelt verloren gegangen, als wäre ich nicht vollständig da.

Nur langsam kam ich zu mir, suchte nach Worten, die mein nächtliches Ausrasten erklären würden, aber mein Verstand war wie leer gefegt.

»Es ist sechs Uhr«, meinte Larissa bloß; sie brauchte keine Erklärungen, sie fragte nicht, was passiert sei und ob ich ihr vielleicht noch einmal das Attest über meine geistige Gesundheit zeigen könnte. »Ich glaube, es macht wenig Sinn, sich wieder hinzulegen.«

So zogen wir von meinem Bett in die Küche um. Die Lampe spendete ihr gelbliches, warmes Licht. Schon bald standen Tassen mit dampfendem Beruhigungstee auf dem Tisch, wir umklammerten unsere Becher und schlürften langsam die wohltuende Flüssigkeit. In einer Schale türmten sich Pralinen auf, die Larissa aus einem Schrank hervorgeholt hatte. Die Dinger schmeckten übersüß und waren das Beste, was ich um sechs Uhr morgens je probiert hatte.

Etwas später, zum Frühstück, wärmte Larissa uns Frikadellen mit Nudeln auf, die vom Mittag übrig geblieben waren. Dann wurde es wieder hektisch, Nonja hatte mindestens fünf Outfits ausprobiert, bis sie sich für einen hübschen Minirock und ein Top entschieden hatte, und auf dem Weg zum College mussten wir natürlich wieder einmal joggen.

»Wer ist Adam?«, fragte Nonja mich so unvermittelt, dass ich mir fast den Knöchel in einem Schlagloch verstaucht hätte. »Du hast diesen Namen immer wieder gerufen, als wir versucht haben, dich aufzuwecken.«

Keuchend und prustend blieb ich stehen. Höchste Zeit für ein paar Dehnübungen. Und eine Reflektion der Ereignisse. »Adam heißt mein Vater.«

Sie runzelte die Stirn. »Was hat er denn mit alldem zu tun?«

»Schwer zu sagen.« Hatte ich im Traum nach ihm gerufen? Oder hatte ich sein Gesicht unter der Kapuze gesehen? Verdammt, ich war mir einfach nicht mehr sicher, als würde ich nicht einmal zwischen den Träumen und der Realität unterscheiden können.

Nonja seufzte. »Du vertraust mir nicht. Schon klar. Und auch wenn ich dir sage, dass ich dir niemals schaden würde, dass ich dir wirklich helfen will, wird das nichts daran ändern, hab ich recht?«

Ich schwieg.

»Was auch immer du über mich denkst – ich bin für dich da. Ich, deine Gastschwester. Scheiß auf den Kult.«

Sie hakte sich bei mir unter und so stiegen wir die Treppe zum Haupteingang hinauf.

Nachdem der Unterricht begonnen hatte, zückte ich unter dem Tisch mein Smartphone und gab ›Traumfigur Vater‹ ein. Und auch wenn mich Onkel Google und Tante Wiki sonst nie im Stich ließen, brachte meine Internet-Affinität dieses Mal wenig Erfolg. Ich erfuhr von möglichen Bedeutungen als Kontrolle, Autorität und Führung, von einem Zeichen dafür, dass er mich liebte, sogar dass sein Erscheinen in Träumen einer unverheirateten Maid baldige Heirat verkünden würde. Unwillkürlich schielte ich zu Ediks Platz, aber sein Stuhl blieb leer. Ja, schon gut, ich fantasierte gern, wenn der Unterricht lang und vor allem langweilig war, denn die Darbietung der Geschichtsstunde konnte sich nur noch mit einer Beerdigung messen. Die Lehrerin, Violetta Iwanowna Pyrjuchina, nudelte von ihrem Platz aus hinter dem Tisch etwas über die Kiewer Rus herunter, was mein Hirn auch mit der größten Anstrengung kaum erreichte.

Edik tauchte erst zur Mitte der Stunde auf, ohne Rucksack und sonstige Sachen. Bestens gelaunt und unerschütterlich wie immer hatte er den Raum betreten. Er lieh sich einen Stift von einem Typen am anderen Ende des Raums, holte von der Lehrerin ein Blatt Papier für Notizen, die er nie machen würde, und die Christianisierung der Kiewer Rus unter Wladimir des Großen durfte im Hintergrund weitergehen. Wüsste ich es nicht besser, würde ich glatt mit dem Rotbäckchen und Anhang tuscheln, was für ein tolles Lächeln er hatte, wenn er im Vorbeigehen einen mit diesem coolen Halbgrinsen anfeixte. Ich fragte mich, ob er mein Herzbeben der Stärke neun bei seinem Auftauchen bemerkt, ob er auf dem Balkon auf mich gewartet hatte, ob er sauer war, dass ich ihn versetzen musste. Oder ob ich ihm am Allerwertesten vorbeiging wie die Massentaufe der Kiewer im Dnepr.

Nachdem es zur Pause geklingelt hatte, war er weg, noch bevor die Lehrerin zum letzten Mal ›Amen‹ sagen konnte und uns zur nächsten Stunde ein Referat über heidnische Feste, die trotz Christianisierung geblieben waren, aufgebrummt hatte.

Der Raum leerte sich langsam. Ich wünschte mir insgeheim, unsichtbar zu sein, dann wäre Ediks Gleichgültigkeit mir gegenüber immerhin verständlich. Dass ich nicht unsichtbar war, bewies wieder einmal das Rotbäckchen, das auf mich zugestürmt kam.

»Liza! Na, wie geht es dir?« Sie gab mir Bussis, die offensichtlich nur als Tarnung dafür dienten, um mir zuzuflüstern: »Ich habe keinem gesagt, wie schlecht es dir gestern ging.«

»Hm?« Ach ja! Durch den Albtraum hatte ich das Treffen mit meinem Nachtjungen und meine akute Magen-Darm-Verstimmung erfolgreich verdrängt. Als das Rotbäckchen mich entdeckt hatte, nachdem mein Dämon verschwunden war, hatte ich mich glatt noch einmal übergeben müssen. Ich sollte ihr zugutehalten, dass sie mit keiner Wimper gezuckt und mir hoch zur Wohnung geholfen hatte, ohne die Angelegenheit an die große Glocke zu hängen.

»Bist ein wenig blass um die Nase«, verkündete Jelisaweta und deutete mit ihrem perfekt manikürten French-Zeigefinger-Nagel auf die eigene perfekt gepuderte Nasenspitze.

»Hab schlecht geschlafen«, antwortete ich.

»Was sagst du«, quietschte das Rotbäckchen wie einstudiert weiter, ohne meine Worte zu beachten, »machen wir das Referat zusammen? Lis und ich wollen über Masleniza schreiben.«

»Aha. Was ist das?«

»Na, die Verabschiedung des Winters! Ist ganz lustig, wirst schon sehen. Man verbrennt eine Strohpuppe und lässt Feuerräder einen Hügel hinabrollen. Räder stehen für den Kreislauf der Natur, für den Sieg der Sonne über die Nacht und die Kälte und ...«

»Und so weiter«, kürzte Jelisaweta ab, anscheinend wenig begeistert über meine mögliche Mitarbeit.

Ich kaute auf meiner Lippe. Nonja war bereits verschwunden. Die perfekte Gelegenheit, mehr zu erfahren. Denn bei ›Kreislauf der Natur‹ klingelte etwas bei mir! Einer spontanen Eingebung folgend, grub ich in meinem Rucksack nach einem Stift und malte auf ein Blatt Papier das Rad-Zeichen, das ich auf Nonjas Anhänger, aber auch bei der dunklen Gestalt aus meinem Traum gesehen hatte.

»Was ist das?«, wollte Jelisaweta wissen.

»Ein Kornkreis ist das nicht, so viel steht fest«, antwortete ich knapp und ging schnurstracks auf Pyrjuchina zu, die melancholisch in ihren Notizen blätterte. »Entschuldigen Sie bitte. Was heidnische Feste und Symbole angeht, hätte ich da noch eine Frage. Wissen Sie zufällig, was das hier sein könnte? Das habe ich in einem Geschichtsbuch gesehen.«

Die Lehrerin blickte auf meine Kunstdarbietung und zuckte die Schultern. »Könnte das Rad von Veles sein.«

»Veles?«

»Ein slawischer Gott«, nuschelte sie in ihrem monotonen Stil weiter, »er war die Gegenseite zu Perun, der mit dem Himmel und Donner in Verbindung gebracht wurde. Nach der Christianisierung Russlands wurde Veles dem Teufel gleichgesetzt. Diese Ranken könnten Weizen sein, unter anderem war er ein Patron für die Landwirtschaft. Aber ich würde nicht meine Hand dafür ins Feuer legen – ein Rad ist ein sehr verbreitetes Symbol in allen Kulturen.« Schon wandte sie sich wieder ihren Zetteln zu, als würde ich nicht mehr existieren.

»Trägt Sophia nicht auch so eins?«, mischte sich das Rotbäckchen ein, das mir gefolgt war und sich jetzt hinter mich drängte.

Jelisaweta verdrehte die Augen. »Warte, du willst doch nicht ihrer Sekte beitreten, oder? Komm, Anja, wir gehen lieber. Freak-Alarm.« Sie vollführte eine Drehung wie am Ende eines Laufstegs und stolzierte davon, mit einem Hüftschwung, der bestimmt Weltenmeere in Wallung brachte.

Doch mir war das egal. Ich packte meine Sachen, zückte mein Handy und gab ›Rad Veles‹ in die Suche ein. Über das Display gebeugt, ging ich Richtung Tür. Schnell wurde ich fündig. Genau so ein Ding, wie Nonja es um den Hals trug, konnte in einem kleinen Internetshop für 21.49 US-Dollar erworben werden. Samt Lederbändchen. Das Einsetzen der Steinchen kostete extra und erfolgte nach Vereinbarung.

Fast wäre ich über die Schwelle gestolpert, als jemand mich am Arm packte und schwungvoll zu sich zog. Mein Rucksack rutschte mir von der Schulter und plumpste auf den Boden, aber da schmiegte ich mich schon an Ediks Brust und wusste nicht, wie ich da hingelangt war.

»Challo, doitsche Mädkchen«, raunte er mir ins Ohr, und meine Fantasien nahmen schier unbeschreibliche Ausmaße an. Bevor ich etwas erwidern konnte – im Moment war ich eh sprachlos, und das gleich in Russisch, Deutsch und Englisch –, hob er meinen Rucksack auf, nahm meine Hand und führte mich den Korridor entlang, vorbei an Rotbäckchen und Anhang, denen bei unserem Anblick glatt die Kinnladen heruntergeklappt waren. Aber über die beiden konnte ich sowieso nicht nachdenken, ich konnte über gar nichts mehr nachdenken, denn in meinem Kopf wurde eine Orkanwarnung ausgerufen, mein Herz nahm mit Begeisterung seine Trampolin-Übungen auf und die Population von Schmetterlingen in meinem Bauch vermehrte sich explosionsartig.

»Würde deine Mutter nicht vollkommen ausflippen, wenn sie erfährt, dass du mit mir redest?« Und Händchen hältst!, fügte ein Stimmchen in mir albern kichernd hinzu. Seine Nähe machte mich so schüchtern, dass ich froh sein konnte, nur halb so schlimm zu stottern, wie ich es mir ausgemalt hatte. Wie rot ich gerade war und wie sehr meine Sommersprossen dabei leuchteten, darüber wollte ich erst gar nicht nachdenken. »Ein Wunder, dass sie dich überhaupt zum College gelassen hat«, fügte ich atemlos hinzu.

»Bin abgehauen. Sie kann mich mal, ehrlich.«

»Hast du noch sehr heftigen Ärger gehabt, nachdem sie mich aus der Wohnung geworfen hat?«

»Ärger ist nichts, was ich nicht wegstecken würde.« Er schnalzte mit der Zunge und schenkte mir wieder dieses coole Halbgrinsen, das ich nicht sehen wollte. Ich wollte sein Lächeln. Sein ehrliches, manchmal so trauriges Lächeln, das nur mir galt.

»Das tut mir leid.«

»Kein Ding. Schlimmer ist es, wenn dein Vater sich innerhalb von einer halben Stunde k. o. säuft und deine Mutter auf all deine Fragen nur eisiges Schweigen übrighat.« Er stupste mich spielerisch an. »Und dann versetzt dich auch noch das Mädchen, das du magst.«

Hatte er gerade zugegeben, dass er mich mochte?

Ich blieb stehen. Er ebenfalls.

Sein Gesicht war so nah. Seine intensiv grauen Augen, seine Lippen. Als würde ich träumen. Nicht von unheimlichen Gestalten und Dämonen, nein, sondern von Cinderellas Verwandlung. Oder von Belles Tanz mit dem Biest. Hatte ich schon Arielle im Boot mit ihrem Prinzen erwähnt? Küss mich doch! Denn tief in mir war ich schon immer ein kleines Mädchen, das von einem Disney-Happy-End träumte.

»Liza? Ist alles in Ordnung? Geht's dir nicht gut?«, hörte ich seine besorgte Stimme.

Ich seufzte. Da war ich gerade dabei, in romantische Stimmung zu kommen, und schon dachte er, mir ginge es nicht gut.

»Alles prima«, hauchte ich.

»Und?«

»Was und?« Irgendwie hatte ich das Gefühl, dass er damit nicht die Frage meinte, ob wir uns küssen sollten.

»Die Sache auf dem Dach. Möchtest du mir nicht langsam erzählen, was das alles zu bedeuten hat? Ich habe das Gefühl, du weißt mehr darüber.«

Bye-bye, Arielle.

»Ach das. Ja. Was soll ich sagen?« Zumal mir nichts Gescheites dazu einfiel. Ich schob mich ein Stück von ihm weg und blickte zu Boden, als würde sich dort etwas Hilfreiches finden lassen.

»Ich tippe auf ›Es ist kompliziert‹.«

»Vielleicht ist es sogar noch ein bisschen komplizierter.« Ich suchte nach passenden Worten. Deutschen, russischen – egal. Hauptsache, es käme etwas halb Nachvollziehbares heraus. »Die Kreatur, also der Kerl, den wir verarztet haben, heißt Wladislaw.«

»Ah. Okay. Auch wenn er nicht gerade wie ein Wladislaw auf mich gewirkt hat.«

»Sondern?«

»Wie das Ergebnis eines One-Night-Stands zwischen Hulk und Lassie.«

Oh, er kannte Lassie. Half mir aber nicht weiter. Ich holte tief Luft. »Ich habe einen Dämon aus der Traumwelt in unsere Welt gebracht, ich wollte es nicht, ehrlich, aber es ist irgendwie passiert, und jetzt ist ihm der slawische Kult der Wolchwy auf den Fersen, um ihn zurückzubefördern und mich nebenbei für ihre Reihen zu rekrutieren, da ich in den Schatten der Menschen ihre Zukunft lesen kann.« Spätestens jetzt ging mir die Luft aus. Hielt er mich jetzt für endgültig verrückt? Ich hätte es getan, ehrlich.

»Okay«, sagte er langsam und ein bisschen gedehnt. Zögerte. »Und wie lautet dein Plan?«

»Keine Ahnung. Als Erstes muss ich meine Mutter aus der Traumwelt befreien, bevor der dunkle Gott ihre Magie ausgesaugt und ihre Seele sich in einen Dämon verwandelt hat.« Ich versuchte, mir selbst nicht allzu genau zuzuhören. Sonst würde ich mich eigenhändig in eine Klapsmühle einweisen. »Danach muss ich diesen dunklen Gott, den Herrscher der Dämonen, davon abhalten, über unsere Welt herzufallen. Also irgendwie die Welt retten, schätze ich. Außerdem muss ich mir darüber im Klaren werden, was dieser merkwürdige Kult wirklich will. Und wie es mit Wladislaw weitergehen soll.«

Er ertrug meinen Redeschall mit Fassung. »Das ist so einiges. Was ist das für ein Kult?«

»Das versuche ich noch herauszufinden. Nonja gehört zu denen. Und deine Mutter auch. Sie sollte den Dämon zurück in die Traumwelt befördern, was ihr wohl nicht gelungen ist.« Verlegen zupfte ich an meinen Locken. »Verrückt, was?«

Er sah nicht wirklich erstaunt aus, sondern nachdenklich. »Meine Mutter hat ihre Geheimnisse, ja. Ich denke, es liegt an mir, herauszufinden, was.«

»Nein!«, entfuhr es mir. »Du musst dich da raushalten. Es ist zu gefährlich für dich.«

Er runzelte die Stirn. »Für dich aber nicht, oder was?«

Meinetwegen wirst du sterben!, wollte ich ausrufen, biss mir aber auf die Lippe. Sollte ich es ihm sagen?

Ich sagte nichts. Inzwischen standen wir Händchen haltend vor dem Raum, in dem der Wirtschaftsunterricht stattfinden sollte, und gaben die perfekte Attraktion für Gaffer und solche, die es werden wollten, ab.

»Lass uns reingehen«, meinte er schließlich. Konnte ich ihn davon abhalten, in der Sache herumzustochern? Sein kühnes Grinsen verriet nichts.

Dass Edik und ich ab sofort das Thema Nummer eins des gesamten Studiengangs waren, hatte ich bereits nach fünf Minuten des Unterrichts gespürt. Von überall trafen mich neugierige Blicke, ich hörte das Geflüster und Getuschel, und sobald ich aufblickte, wurde mir ertappt zugelächelt. Von dem Unterricht bekam jedenfalls kaum einer etwas mit. Still wurde es erst, als jemand an die Tür des Klassenraums klopfte. Schon wurde die Klinke heruntergedrückt und im Spalt erschien der Kopf von Marjana Nikolajewna. »Entschuldigen Sie bitte die Unterbrechung, könnte ich Lisa Evers für ein paar Minuten haben?«

Verflucht, was hatte ich denn jetzt verbrochen? Die Wirtschaftslehrerin nickte und ich begab mich nach draußen. Sobald ich in den Flur trat, schloss Marjana Nikolajewna die Tür, als wolle sie meine Flucht verhindern, und gleich hinter der Eiskönigin entdeckte ich Ediks Mutter.

Bäm!

Meine Füße spürten den Fußboden nicht mehr.

Das konnte einfach nicht wahr sein! Wie um alles in der Welt hatte sie erfahren, dass Edik und ich Händchen …

Rimmas Gesicht nach zu urteilen, war die Angelegenheit äußerst ernst. Als wäre jemand gestorben. Oder als würde bald jemand sterben. Ich zum Beispiel.

# Kapitel 14

»Eduards Mutter möchte mit Ihnen reden, Lisa. Wäre das in Ordnung für Sie?« Marjana Nikolajewnas beide Augen fesselten mich an Ort und Stelle. Etwas sagte mir, dass nach Hilfe zu rufen und sich ihr an den Hals zu werfen, keine wirkliche Option darstellte.

»Hm«, quiekte ich und überließ die Interpretation ihr.

»Wunderbar«, meinte sie trocken und stolzierte davon. Nur die Spitze ihres langen Zopfes winkte mir zum Abschied zu.

Ich bemühte mich, meine Angst vor Rimma zu verbergen und gleichzeitig unauffällig nach Fluchtmöglichkeiten Ausschau zu halten. Blöderweise wurden in diesem College keine Notausgänge ausgeschildert.

»Ich glaube, wir sollten uns unterhalten.«

»Hm?«, quiekte ich wieder. Mit etwas Glück würde sie mich für ein Meerschweinchen halten und in Ruhe lassen.

»Komm. Suchen wir uns ein ruhiges Plätzchen.«

Sie stolzierte voraus, als würde sie keine Zweifel daran hegen, dass ich ihr folgte. Natürlich folgte ich ihr. Mit dem Selbstbewusstsein eines Welpen, der auf ihren Teppich gepinkelt hatte.

Zielsicher schlug sie den Weg zum stillen Örtchen ein. Sie blieb nicht im Waschraum stehen, sondern marschierte weiter zu den Kabinen. Für ihr Vorhaben, mir den Kopf zu waschen, hatte sie offensichtlich sehr genaue Vorstellungen.

Sie prüfte, ob wir wirklich allein waren, wandte sich mir schließlich zu und betrachtete mich von Kopf bis Fuß, als suche sie nach etwas, was mich für den Platz an Ediks Seite vielleicht doch noch irgendwie qualifizieren könnte.

»Nun gut.« Ihr Ton deutete nicht darauf hin, dass ihre Suche erfolgreich verlaufen war. »Hier sollten wir sicher sein.«

Stirnrunzelnd schaute ich mich um. Sicher? Vor wem denn?

Anscheinend hatte sie meine Gedanken gelesen. »Ich weiß, dass Sophia dir vom Kult erzählt hat. Was sie dir jedoch nicht erzählt hat, ist, dass jedes Mitglied strengstens überwacht wird. Es dient der Sicherheit unserer Gemeinschaft, versteht sich, und es würde mich nicht wundern, wenn die Wohnung meines Mannes abgehört wird. Aber hier können wir ungestört reden. Vermutlich.«

Nur vermutlich? Dass die Wolchwy eine Mädchentoilette verwanzten, wäre sogar für diesen seltsamen Verein zu abgefahren. Doch Rimmas Gesicht sagte mir, es war ernst.

»Dank Sophia bist du auf dem aktuellen Stand der Dinge, oder besser gesagt auf dem Stand, der dir gewährt wurde. Sicherlich hast du viele Fragen …«

»Ist Marjana Nikolajewna eine von euch?«, schoss es aus mir heraus.

»Die Lehrerin von vorhin?«

»Hm.« Mein Repertoire an vorgequiekten und vorgegrunzten Interjektionen war heute mehr als mickrig.

»Nein, ich habe sie zufällig im Flur gesehen und gefragt, ob sie dich holen könnte. Mit dem Kult hat sie nichts zu tun. Beziehungsweise nicht dass ich wüsste. Nur das Oberhaupt kennt alle Mitglieder seiner Gemeinschaft, die anderen wissen nur von einigen wenigen, mit denen zu verkehren ihnen erlaubt ist.«

»Aha.« Ich räusperte mich, um meiner Stimme etwas mehr Festigkeit zu geben. »Wenn Sie vorhaben, für Ihren Club zu werben, dann fahren Sie eine äußerste seltsame Strategie.«

»Ich bin nicht hier, um dich als Seherin zu gewinnen. Ich bin hier, um dich zu warnen.«

Prima. Es ging also doch nur um meine Beziehung zu ihrem Sohn.

»Ich hege keine Zweifel daran«, fuhr sie unbeirrt fort, »dass du eine Seherin bist, die ihre Kräfte nicht kontrollieren kann. Nur ein Wolchw ist in der Lage, dich behutsam an deine Macht heranzuführen und dir zu helfen, deine Fähigkeiten zu entfalten. Genauso wenig Zweifel bestehen daran, dass durch deine Hand ein Dämon den Zugang zu unserer Welt gefunden hat, und es ist kaum vorstellbar, was das für die Zukunft der Menschheit bedeuten wird. Die Gebilde, welche die Schatten uns dazu zeigen, vermag im Augenblick keiner zu deuten.«

»Warum denn nicht?«

»Weil es keine exakte Wissenschaft ist. Eins plus eins ergibt hier nicht immer zwei. Es geht um das Gefühl, und das Gefühl kann trügen, besonders, wenn jemand mit viel Macht verhindern will, dass die Zukunft offenbart wird. Man könnte meinen, besonders jetzt gelte es, alle Kräfte zu mobilisieren, um die Lage wieder in Ordnung zu bringen. Doch der Wolchw-Kult heute ist nicht der Kult, den es früher gab. Vieles hat sich verändert, und das bedauerlicherweise nicht unbedingt zum Guten.«

»Sie raten mir vom Beitritt ab?« Ich versuchte tatsächlich zu lachen. Was eher irre als selbstbewusst klang.

Meine Geistesentgleisungen irritierten sie wenig. »Ich rate dir, vorsichtig zu sein, bevor du nicht die ganze Wahrheit kennst. Die zu verschleiern den Höheren, oder besser gesagt dem Oberhaupt unserer konkreten Gemeinschaft ein großes Anliegen ist.«

»Gibt es denn mehrere Gemeinschaften?«

»Wir sprechen hier über einen uralten slawischen Kult«, belehrte sie mich und spätestens jetzt wusste ich, von wem Edik die Sache mit der hochgezogenen Augenbraue geerbt hatte. »Natürlich ist er überall in Russland und weit über seine Grenzen hinweg mit regionalen Gemeinschaften vertreten. Der Oberste Rat, der aus den Oberhäuptern aller Gemeinschaften besteht, greift allerdings nur in seltenen Fällen ein. Ich habe gehofft, dass unser Dämonenproblem ihn zum Handeln zwingt, doch offensichtlich werden auch hier die Entscheidungen unserem Oberhaupt überlassen.«

Wie das Handeln aussehen sollte, konnte ich mir allzu gut ausmalen. »Sie wollen Wladislaw also zurück zu seinem Dämonenherrscher schicken?«

Etwas zuckte in ihrem Gesicht. Schnell wandte sie sich von mir ab, doch ich bemerkte, wie ihre Augen feucht wurden und wie sie die Tränen schnell wegblinzeln musste. Also mochte sie ihn, meinen Dämon, tatsächlich?

»Ich verstehe das nicht«, hauchte ich. Verwirrt, bestürzt, vollkommen überrumpelt von der Schwäche, die sie mir gezeigt hatte. »Was war da zwischen Ihnen und Wladislaw?«

Vermutlich etwas, das mich nichts anging. Rimma schwieg. Mit erhobenem Kopf und gestrafften Schultern stand sie da, ohne sich zu rühren.

»Es ist eine lange Geschichte.«

Und wir hatten nur zwanzig Minuten Zeit, bis der Unterricht endete und unzählige Mädels diesen Ort stürmen würden, um den neuesten Tratsch auszutauschen.

Rimma sah zum Fenster, das mit seinem milchigen Glas keinen Blick hinaus gewährte. »Ich wurde in diesen Kult hineingeboren, Liza. Meine Mutter ist eine Seherin, mein Vater war ein Wolchw, bis der Krebs ihn vor zehn Jahren in die Knie gezwungen hat. Ich bin mit den Schatten aufgewachsen, und als die Macht sich mir offenbart hatte, war ich vorbereitet gewesen. Ab da stand Wladislaw mir zur Seite. Er wurde vom inneren Kreis zu meinem Wächter auserwählt und als wir einander vorgestellt wurden, war es um mich geschehen. Der hübscheste Junge, den ich je gesehen habe, und dazu auch noch einer der mächtigsten Wolchwy unserer Gemeinschaft würde mich mein Leben lang begleiten. Was soll ich sagen? Ich war sechzehn, prompt verliebt und mit Begeisterung meinem Schicksal und meiner Pflicht ergeben.«

Hach!, jauchzte mein romantisches Ich in mir. Zu gut konnte ich es mir vorstellen. Würde mich so ein Junge im Kult begrüßen, wäre auch ich mit Freude meinem Schicksal ergeben. Stattdessen wurde ich in meinen Träumen verfolgt, ein Dunkler-Gott-oder-was-auch-immer hatte es auf mich abgesehen und mein Wächter glaubte, eine vorgehaltene Pistole würde mich zur Erfüllung meiner Pflichten am besten motivieren. Na toll.

»Habe ich schon erwähnt, dass Wladislaw einer der mächtigsten Wolchwy war? Schon bald wurden er und sein Halbbruder als Anwärter auf das Amt des Oberhaupts gehandelt. Es war offensichtlich, dass einer von ihnen den Posten bekleiden würde. Die Entscheidung musste von den stärksten Seherinnen und Wolchwy gefällt werden, bei einem Wetsche sollte die Antwort aus den Schatten herausgelesen werden.« Rimma tigerte vor dem Fenster umher, und allein die unruhige Geste, mit der sie ihre langen, feingliedrigen Finger knetete, verriet mir, wie schwer es ihr fiel, darüber zu sprechen. »Doch diese Entscheidung wurde ihnen abgenommen, als Wladislaw verschwand.

Keiner wusste, was ihm zugestoßen war, die Suche nach ihm blieb erfolglos. Ich hörte, dass man munkelte, er hätte sich an schwarzen Ritualen versucht und sei dabei umgekommen. Die Traumwelt hätte eine gewaltige Wandlung erlebt, hieß es. Aber das ist Quatsch, wenn du mich fragst, das hätte er nie getan.« Abrupt blieb sie vor mir stehen und ich merkte, dass sie sich sammeln musste. »Einige Zeit darauf wurde sein Halbbruder zum neuen Oberhaupt ernannt.«

Schon setzte sie ihr unruhiges Hin- und Hergehen fort, es machte auch mich fahrig und ich trat von einem Bein aufs andere, als wollte ich weglaufen. Vor all den Fragen, die sich in mir auftürmten. »Und keiner dachte daran, dass dieser Typ, sein Halbbruder, mit seinem Verschwinden etwas zu tun haben könnte? Um Waldislaw aus dem Weg zu räumen und ganz sicher zum Oberhaupt zu werden?« Ich hatte es gesehen. Mein Mr Nachtmahr hatte mir gezeigt, was passiert war, bevor Wladislaw zu einem Dämon werden musste. Er hatte mir die Wahrheit gezeigt.

Rimma rieb sich über das Gesicht. Vielleicht, weil sie müde war. Vielleicht, um ein paar weitere Tränen wegzuwischen. »Man redete so einiges. Doch bald darauf hat er den Kult verlassen. In tiefster Trauer um seinen Bruder, hieß es, müsse er zu sich selbst finden.«

»Was?«, hauchte ich. »Er wollte den Posten nicht? Was wollte er dann?« Jetzt verstand ich noch weniger als zuvor, dabei begann die Geschichte gerade erst einen Sinn zu ergeben! »Und Sie?«, bohrte ich unbarmherzig weiter. »Als Wladislaw verschwunden war, was haben Sie gemacht? Haben Sie nach ihm gesucht? Haben Sie gespürt, dass er Hilfe brauchte? Haben Sie versucht, ihn zu retten?«

Sie sah mich kurz an, um sich gleich darauf wieder dem Fenster zu widmen. »Ich habe den Kult verlassen.«

»Sie haben ihn im Stich gelassen!« Schon tat mir mein Ausruf leid. Wer war ich, um über sie zu urteilen? »Tut mir leid«, murmelte ich.

»Ohne Wladislaw hielt ich es dort keine Sekunde länger aus.«

»Wo sind Sie hingegangen?«

»Zu Stjopa. Ediks Vater. Wir kannten uns seit der Grundschule. Und ja, ich habe seine Gefühle zu mir, seine Gutmütigkeit ausgenutzt, um ein Dach über dem Kopf zu bekommen. Ich mochte ihn. Ich mag ihn noch immer. Eine Zeit lang glaubte ich sogar, ich könnte eine ganz normale Frau mit einer ganz normalen Familie sein.« Sie griff in die Tasche ihres himbeerroten Mantels und holte ein Portemonnaie hervor. Als sie es öffnete, sah ich das Bild eines lächelnden Mannes mit kantigen, aber durchaus attraktiven Zügen. Sein kastanienbraunes Haar deutete zwar Geheimratsecken an, hatte aber keine Ähnlichkeit mit den fettigen, dünnen Strähnen, die ihm heute ins aufgedunsene Gesicht hingen. In seinen Armen lag ein Baby. Es konnte nur Edik sein – und das Foto hätte auf Instagram sicherlich alle Rekorde geschlagen, so süüüüüüß war es, um es mit Rotbäckchens Worten auszurücken. Vielleicht sogar mit ein paar zusätzlichen Ü.

»Und wie ging es weiter?« Dass es kein Happy End gab, wusste ich bereits.

Sie steckte das Portemonnaie weg. Mit einer flüchtigen Geste korrigierte sie den Sitz ihrer Flechtfrisur. »Wie es weiterging? Nun, wir zogen in die Zweizimmerwohnung seiner Mutter ein, die sich dort zwar Stjopa, ihren Kater Foma und ihren kleinen Enkel vorstellen konnte, aber sicherlich nicht mich. Damit konnte ich leben. Musste ich leben. Doch ein paar Jahre nach Edjas Geburt stellte ich fest, dass ich mich selbst belogen hatte, was die Normalität anging. Man kann nicht aufhören, eine Seherin zu sein.« Ihr Blick glitt über mich hinweg, um sich irgendwo hinter dem mattierten Fenster zu verlieren. »Die Schatten vergessen dich nicht, und wenn du allein und unvorsichtig bist, ziehen sie dich in ihre Tiefen.«

»Sie sind zurückgekehrt. Zu Ihrem Kult.«

»Ich war zu schwach, um es allein zu schaffen. Einige Jahre lang wusste Stjopa gar nicht, dass ich wieder beim Kult war. Eine Weile konnte ich meine Familie und meine Pflichten als Seherin unter einen Hut bringen. Doch irgendwann kehrte Wladislaws Halbbruder zurück, mächtiger als je zuvor, als hätte er einen Zugang zu Geheimnissen gewonnen, die all den anderen für immer verwehrt bleiben würden. Im Handumdrehen wurde er zum Oberhaupt. Unter ihm fingen die Höheren an, die untergeordneten Mitglieder zu überwachen, die einzelnen Kreise, zu denen man aufstieg, wurden strengstens voneinander abgeschottet, bei jeglichem Verkehren mit Uneingeweihten musste man eine Rechtfertigung abgeben. Sogar die hier«, sie zog ihr Amulett hervor, »sollen nur dazu dienen, uns daran zu erinnern, dass unser Leben nur dem Kult und unserem Oberhaupt gewidmet ist.« Sie ließ den Anhänger aus den Fingern gleiten. Das Symbol der Veränderung, der Bewegung, des Kreislaufs der Natur für 21.49 US-Dollar.

»Also haben Sie Ihre Familie verlassen.«

»Irgendwann hat Stjopa herausgefunden, wo ich mich herumtrieb, und wir hatten einen Streit. Er hatte Angst, dass ich seinen Sohn da hineinziehe. Bis heute glaubt er, dass Edja vor dem Kult in Sicherheit ist, solange er dem Jungen die Haare schneidet.«

»Ist er das? In Sicherheit?«

Sie zuckte die Schultern. »Wenn er keine Magie in sich trägt oder diese sich nicht entfaltet, ist er für den Kult uninteressant.«

Ich atmete auf. »Was hat es mit dem Haar auf sich?«

»Das ist schwer zu erklären. Die magische Kraft kann sich nicht entfalten, wenn das Haar zu kurz ist. Je länger dein Haar ist, desto leichter bekommst du Zugang zu deiner Magie.«

Ganz bewusst fuhr ich mit den Fingern meine Strähnen entlang bis zu den Spitzen. Wenn ich mir die Haare abschnitt – würde alles vorbei sein? Die Visionen? Die Schatten? Die Dämonen?

Rimma wiegte den Kopf, als hätte sie meine Gedanken gehört. Offensichtlich war ich ein offenes Buch für sie.

»Vielleicht. Oder du verlierst den Verstand.«

»Na toll.«

Sie schwieg.

Es war so still, dass ich für einen Augenblick glaubte, sie wäre gegangen und hatte mich allein auf dem Klo gelassen, mitsamt all meinen Sorgen. Als ich aufblickte, stand sie direkt vor mir, bedrohlich wie ein Mahnmal.

»Ich bin hier, damit du die Wahrheit erfährst und dich richtig entscheidest. Oder meinst du, es war nur ein Zufall, dass du ausgerechnet bei Sophia gelandet bist, die zur Gemeinschaft gehört? Das Oberhaupt hat alles, absolut alles für deinen Aufenthalt hier vorbereitet, um dich dorthin zu bringen, wo er dich haben wollte.«

Ich drückte mir die Finger an die Schläfen. Die Kälte meiner Hände schien auch meinen überhitzten Verstand etwas zu kühlen. Rimma trat auf mich zu und packte mich energisch an der Schulter. »Ich weiß, dass unser Oberhaupt etwas im Schilde führt. Jemand muss ihn aufhalten.«

»Ich etwa?«

»Wenn du der Schlüssel zu seinen Plänen bist, dann können wir das gegen ihn verwenden.«

»Wir zwei? Ernsthaft?«

»Wir zwei und andere, denen die Machenschaften des Oberhauptes genauso suspekt sind wie mir. Ich versuche schon seit einiger Zeit, fähige Leute um mich zu sammeln. Nur hatten wir bis jetzt keine Chance, etwas zu unternehmen. Mit dir können wir alles verändern!«

Da waren wir also. Ich musste meine Mutter befreien, dabei den Herrscher der Dämonen besiegen und dem Oberhaupt der hiesigen Kultniederlassung das Handwerk legen. Das alles neben dem Erreichen des Mindestlohns für Seherinnen und Wolchwy. Ach ja: und die Welt retten. Liebe Welt, hoffentlich hast du auch einen Plan B und ausgeschilderte Notausgänge.

»Du bist nicht allein, Liza«, hörte ich Rimma sagen, gerade als mein Verstand mit dem fünften Worst-Case-Szenario fertig war. »Wir werden hinter dir stehen. Stell es dir nur vor: Du würdest einer Gemeinschaft angehören, die tatsächlich ihre Mitglieder beschützt, in der man keine Angst vor den Höheren oder gar vor dem Nächsten haben muss, in der niemand bedroht oder zu etwas gezwungen wird. Du würdest deine Macht entfalten und dennoch deine Freiheit behalten. Wir können es erreichen! Zusammen!«

Die Vorstellung klang tatsächlich unglaublich tröstlich. Doch statt ›yeah, bin dabei!‹ zu rufen, schüttelte ich den Kopf. »Ich kann das nicht.«

Zumindest nicht, solange ich nicht mit Sicherheit wusste, wer die Wahrheit sagte und was tatsächlich hinter alldem steckte.

Rimma ließ ihre Hand von meiner Schulter gleiten und trat zurück. Ihr Gesicht verfinsterte sich, die Züge wirkten hart. »Gut. Dann sollte ich jetzt lieber gehen.«

»Warten Sie. Im Moment gibt es einfach zu viel, was ich noch verstehen muss.«

»Ich wünsche dir viel Glück dabei. Ach ja: Was auch immer du vorhast, halte dich von meinem Sohn fern. Das zu verstehen sollte sogar dir leichtfallen, nehme ich an.« Sie machte auf dem Absatz kehrt.

Abgang.
Vorhang.
Der Knall der zugeschlagenen Tür fuhr mir bis ins Mark.

# Kapitel 15

Einige Zeit später saß ich im Unterrichtsraum und hatte keine Ahnung, was als Nächstes auf dem Stundenplan stand. Irgendwann kam Nonja an ihren Platz und warf mir meinen Rucksack vor die Nase. Dass ich ihn im Biologieraum vergessen hatte, war mir gar nicht aufgefallen.

»Also echt. Zu deinem persönlichen Diener wollte ich nicht unbedingt werden.« Sie zwinkerte mir zu und ließ sich auf den Stuhl neben mir fallen.

Ich zog meinen Rucksack an mich heran, umarmte ihn wie einen alten Freund und drückte mein Kinn dagegen. Die Lehrerin erzählte etwas vom Verhältnis zwischen der Gegenkathete zur Hypotenuse und davon, wie wichtig das für unser zukünftiges Leben war. Aber abgesehen von Rotbäckchen, das der Lehrerin jedes Wort von den Lippen ablas, schien der Stoff die anderen genauso wenig zu interessieren wie mich. Ich beschloss, kein schlechtes Gewissen zu haben, als ich mein Handy unter dem Tisch hervorholte. Dass ein geheimnisvolles Kultoberhaupt keine Facebookseite betrieb, war mir schon klar, also googelte ich nach Veles. Tante Wiki zeigte sich sehr mitteilungsbedürftig. Veles, erfuhr ich, oder Volos – das russische Wort für ›Haar‹! – war einer der Hauptgötter der slawischen Mythologie. Gott der Fruchtbarkeit und Magie, Mäzen der Poesie und Geschichtenerzähler, Beschützer der Ernte, Patron der Tiere … Fast wäre ich zu seinem Fan geworden und hätte gleich einen Einkauf von 21.49 US-Dollar für das Rad von Veles getätigt, wenn da nicht ›Herrscher über das Totenreich‹ durchgeblitzt wäre und, ja, als dunklen Gott hatte man ihn anscheinend auch bezeichnet. Ein weiterer Artikel bestätigte Pyrjuchinas Worte, dass er nach der Christianisierung

Russlands dem Teufel gleichgesetzt wurde, und ab da war mir klar, dass ich mit meiner Schmuck-Euphorie lieber abwarten sollte.

Ich senkte das Handy und schloss die Augen. *Ich weiß wirklich nicht, was erfreulicher ist. Dass der dunkle Gott durch dich die Welt verändern wird. Oder dass ich dich endlich loswerde, du kleine Ratte.*

Wladislaws Halbbruder, dieses ominöse Kultoberhaupt, wollte den teufelsgleichen Gott Veles herbeirufen, so viel stand fest. Aber warum? Das war mir unklar. Vielleicht wurde ihm ein schöner Posten versprochen, sobald die Dämonenheere die Welt überrannt hatten. Dann wäre er nicht bloß der Kopf einer kleinen Gemeinschaft, sondern könnte ein Gebieter über alle Seherinnen und Wolchwy werden, um ihnen die Macht auszusaugen oder so. Theoretisch müsste ich mich Rimma anschließen, um diesen Mann und Veles aufzuhalten. Leider erwähnte Wikipedia mit keinem Wort, wie der dunkle Gott bekämpft werden konnte. Außer dass im Jahr 988 das Götzenbild von Veles in den Fluss Potschajna geworfen wurde, was allerdings eher als symbolisches Zeichen verstanden werden wollte.

»Was ist Veles?« Nonja hatte sich zu mir gewandt und schielte mir neugierig über die Schulter.

»Sagt dir der Name nichts?« Ich musterte ihr Gesicht. Na, komm schon, verrate mir, was du weißt! Betet ihr zusammen mit eurem Oberhaupt den Teufel an?

»Nein.« Sie zuckte mit keinem Muskel. Trotz meiner ausgeklügelten Verhörtechniken wirkte sie äußerst entspannt. »Warum sollte er?«

Weil du sein Symbol um den Hals trägst? Ich kaute auf der Lippe. War es möglich, dass dieses sogenannte Oberhaupt seinen Mitgliedern gar nicht verraten hatte, was für ein Rad sie da verehrten? Begriffe wie ›Veränderung‹, ›Bewegung‹ und vor allem der Hit ›Der Kreislauf der Natur‹ hörten sich doch absolut prima an.

»Erde an Liz! Erzähl mal, was hat es mit diesem Veles auf sich?«

Rasch schloss ich die Seite. »Nichts. Das ist nur was für das Referat in Geschichte. Ich wollte mich über die slawische Mythologie informieren. Svarog, Perun, Veles. Du weißt schon.«

»Na dann.« Sie nickte und begann, ihre Sachen zusammenzupacken – der Unterricht war fast unbemerkt an mir vorbeigegangen. Anscheinend hatte Nonja den Namen Veles tatsächlich noch nie gehört, sonst wäre sie mit meiner Erklärung nicht so leicht abzuschütteln gewesen. Eins war klar: Was auch immer das Oberhaupt im Schilde führte, der Mann spielte ein unheimliches Spiel, das niemand durchschaute.

Jemand musste ihn aufhalten.

Jemand, genau!

Aber nicht unbedingt ich, oder?

Unmöglich ich.

»Kommst du jetzt?«

Ich zuckte zusammen. »Was?«

Nonja verdrehte die Augen und wippte ungeduldig mit einem Fuß. »Es ist die letzte Stunde. Willst du nach Hause oder hast du vor, hier zu nisten?«

Nein, das hatte ich nicht vor. Würde eh nichts bringen, hier zu sitzen und zu grübeln. Ich stand auf und schulterte entschlossen meinen Rucksack. »Alles gut. Lass uns gehen.«

Als wir das Collegegebäude verließen, entdeckte ich an der Hausecke Edik mit Jelisaweta, die mit ihren Hüften wackelte, kicherte und verführerisch mit den langen blonden Haarsträhnen vor seinem Gesicht spielte. Er sah mich nicht, seine ganze Aufmerksamkeit schien Jelisaweta zu gelten, die ihre Lippen zu einem böswilligen Lächeln verzog und mir zuzwinkerte.

Ich schnaubte. Zu mehr Statement war ich im Augenblick nicht imstande.

»Was hast du erwartet?« Nonja seufzte und tätschelte tröstend meine Schulter. »Mach dir nichts draus. Lis hat Edik schon lange im Auge. Letztes Jahr hat sie ein Kilo Bonbons an die halbe Klasse verfüttert, als ihr jemand gesteckt hatte, dass Edik auf Süßigkeiten steht. Immerhin weiß sie nun, dass er die mit Orangengeschmack am liebsten mag.«

Vermutlich war es jetzt nicht so geschickt zu fragen, wo der nächste Kiosk stand, der Orangenbonbons verkaufte. Ich beschloss, mir nichts anmerken zu lassen, und ging weiter. Nonja lief mir hinterher.

»Sie jobbt als Kellnerin in demselben Casino wie er. Rate mal, warum. Sie hat sogar eine Affäre mit einem Türsteher angefangen, um Edik eifersüchtig zu machen. Oder sagen wir mal so: Um ihn überhaupt auf sich aufmerksam zu machen.«

»Und, hat's geklappt?«, wollte ich wissen, während ich vor meinem inneren Auge immer noch sah, wie Jelisaweta sich zu ihm beugte, etwas in sein Ohr flüsterte und zufrieden grinste, als er dabei lachte.

Nonja zuckte die Schultern. »Auf dem letzten Festabend ist er zusammen mit ihr recht früh verschwunden. Vermutlich, um mit ihr in irgendeiner Ecke zu knutschen.«

»Oh.« Was eher nach Aaaaaaaahhhhhhhhh! klang. Neben jemandem wie Jelisaweta konnte ich mit meinen eigenwilligen Haaren und Sommersprossen bei Jungs auf ungefähr so viel Interesse wie ein Pantoffeltierchen in der Biologiestunde hoffen. Das war mir natürlich klar. Kämpferisch streckte ich mein Kinn vor. Er hatte mit *mir* Händchen gehalten, nicht mit ihr. Er sagte *mir*, dass er mich mochte. Sollte sie doch weiter mit den Wimpern klimpern.

»Wenn du klug bist, schlägst du ihn dir aus dem Kopf«, meinte Nonja. »Edik ist kein Typ, der nur eine Freundin hat. Er knutscht die eine, hält Händchen mit der anderen und nebenbei zwinkert er einer dritten zu. Wenn du das willst – bitte schön.«

Wollte ich nicht.

Aber gleichzeitig wollte ich Edik.

Arme Liza, als würde dein Leben nicht genug Irrungen und Wirrungen beinhalten.

Vor unserem Haus ließ ich mich auf eine Bank fallen, direkt neben eine Oma, die anscheinend vor die Tür gegangen war, um frische Luft zu schnappen. Ich lächelte ihr zu, murmelte ›Guten Tag‹, worauf sie knapp nickte.

Aus dem Treppenhaus lief Käpt'n heraus und begrüßte mich, Nonja und die alte Frau mit all ihrer hechelnden Euphorie. Ich streichelte die Hündin, während die alte Dame die Nase rümpfte und sie mit ihrem Gehstock beiseiteschob. »Schlimmer als eine streunende Katze ist dieser Köter!«

»Hör nicht darauf«, murmelte ich zu Käpt'n und knuddelte sie. »Eine ganz Süße bist du.«

Und nun?

Wie sollte es weitergehen?

Mit mir, mit den Wolchwy, mit Edik, mit der Welt?

»Das wird schon«, versicherte Nonja mir. Als hätte sie das Durcheinander in mir vernommen. Oder es in meinem Schatten gelesen, wohin ihr Blick ab und zu huschte.

»Was ist da?«, murrte ich. »Hat mein Schatten zu all dem auch seine eigene Meinung?« Ich selbst hatte dort noch nie etwas wahrgenommen, womöglich war es einfach so, dass man die eigene Zukunft nicht vorhersehen konnte.

Sie setzte sich neben mich. »Es ist uns untersagt, die Zeichen den Betroffenen zu offenbaren. Außer wir bekommen eine deutliche Erlaubnis dazu von den Höheren.«

»Na toll.«

»Bald wird der Schnee kommen, haben die gesagt«, murmelte die alte Frau und schüttelte den Kopf. »Schon so früh.«

»Mh«, antwortete ich. Ich sollte mit Edik reden. Die Sache zwischen ihm und mir ein für alle Mal klären wie eine vernünftige, erwachsene Frau. Die sich nicht von Schmetterlingen im Bauch verrückt machen ließ.

»Ist doch schön«, sagte Nonja. »Nicht mehr Grau in Grau.«

»Wie wahr, wie wahr«, seufzte die Frau.

Ich sah Edik auf uns zukommen. »Hey, ihr«, rief er schon von Weitem. Käpt'n sprang auf und stürmte auf ihn zu, so heftig mit der Rute wedelnd, dass ich Angst hatte, diese würde gleich abreißen. Edik blieb stehen, beugte sich zu seiner Hündin und tätschelte ihr den Kopf. »Hallo auch du. Na, hat mein Vater schon wieder vergessen, die Tür zuzumachen?«

Entschlossen stand ich auf. Keine Ausflüchte mehr, ich würde mit ihm reden, hier und jetzt, um endlich Gewissheit darüber zu bekommen, wie es um unser Händchenhalten stand.

Irgendwo in der Nähe heulte ein Motor auf, die Reifen drehten durch, als wolle ein Halbstarker mit seinem aufgetunten Mittelklassewagen sein Können zeigen, und aus dem Augenwinkel sah ich, wie ein Auto auf Edik zuschnellte.

»Pass auf!«, rief ich.

Die Schattenlache. Der Wagen!

»Edik!«, brüllte ich, während ich zu ihm rannte, ihn noch in der Bewegung packte und ihn mit aller Wucht beiseiteriss.

Er keuchte.

Hart schlug sein Kopf gegen die Bordsteinkante, als wir zu Boden stürzten, und als ich ihm über das Haar strich, fühlte ich sein Blut auf meinen Fingern.

# Was bleibt, ist die Hoffnung

Es war ein Kinderspiel, vom Dach auf den Balkon zu springen, auch wenn er beim Landen fast in einem kaputten Flechtkörbchen ausgerutscht wäre. Er richtete sich auf und blickte durch das Glas in die Wohnung, die dahinter lag.

Sie stand im Zimmer, den Rücken ihm zugewandt. Der Kragen der Bluse war leicht nach hinten geschoben, er sah den Schwung ihres Nackens, zumindest bis sie die Haarnadeln aus ihrer Hochsteckfrisur gezogen hatte und ihre lange, schwere Mähne den Rücken herabfiel.

Vorsichtig legte er eine Hand an die kalte Scheibe und drückte seine Stirn dagegen. Als hätte sie es gespürt, drehte sie sich um und sah ihn an. Er versuchte zu lächeln. So, wie er es bei Liza gelernt hatte. Vielleicht war es ihm sogar gelungen, er wusste es nicht. Jede Regung seiner Gesichtsmuskeln fühlte sich fremdartig an, als würden seine Züge bei jedem Versuch auseinandergeraten.

Sie kam auf die Balkontür zu. Für einen Moment legte sie ihre Hand an das Glas, dort, wo die seine die Scheibe berührte. Ihre Blicke trafen sich. Er wusste, wie schön ihre grünen Augen waren, doch wenn er tatsächlich hineinschaute, verschlug es ihm den Atem. Er sah darin die Weiten unendlicher Wiesen, die Frische des Frühlings, die Ruhe des Waldes. All das, wonach er sich sehnte.

Sie zog an dem Griff und öffnete die Balkontür. Jetzt standen sie direkt voreinander, mit jeder Faser seines Körpers fühlte er ihre nach Vanille duftende Wärme.

»Wladislaw.« Sein Name aus ihrem Mund klang wie eine Handvoll Perlen, die fallen gelassen wurden. Ihre Stimme war älter geworden als die, an die er sich zu erinnern versuchte. Er wusste nicht, ob es ihm tatsächlich gelang. Die Bilder waren da, nur um im nächsten Augenblick zu entschwinden, als dürfte er sie nicht berühren, nicht bei sich behalten.

Sie legte den Kopf etwas schräg und betrachtete ihn. Ihre grünen Augen füllten sich mit Trauer. »Du hast dich gar nicht verändert, müsste ich zu dir sagen. Aber das stimmt nicht, hab ich recht? Du bist ein Fremder in deinem nicht alternden Körper. Ich kann es spüren.«

Er weitete seinen Geist aus. Sie erwartete ihn bereits. Es war schön, in sie hineinzuschlüpfen, ihr seine Gedanken zu schenken.

*Ich wünschte, ich könnte sagen, ob du dich verändert hast oder nicht. Aber die Wahrheit ist: Ich weiß es nicht wirklich. Ich erinnere mich nicht. Nicht einmal an deinen Namen.*

»Rimma.« Sie lächelte; Menschen lächelten, wenn sie glücklich waren, dachte er, doch in ihren Zügen las er Kummer. »Aber das macht nichts. Ich muss endlich akzeptieren, dass ich Wladislaw verloren habe. Dass dir alles genommen wurde, was ich kannte.«

Sie senkte die Wimpern. Er spürte, wie sie sich von ihm abwenden wollte, und griff nach ihrer Hand. *Nein. Erzähl mir, wer ich bin. Wer ich war.*

Sie zitterte.

Aber nicht, weil ihr übel war wie Liza, wenn er in ihren Verstand eindrang. Er forschte nach der Antwort in ihrem Geist, doch auch dann hatte er keine Ahnung, was ihr fehlte. Vielleicht war es nur die kalte Luft, die durch die geöffnete Balkontür hineindrang. Vielleicht war es mehr.

*Du kannst mir helfen, ich weiß es!* Eilig schob er sie ins Zimmer, tastete nach dem Schalter und machte das Licht an. Sieh hin. *Da!*

Sie runzelte die Stirn. »Was soll ich sehen?«

*Meinen Schatten, ich habe meinen Schatten zurück!*

Ihr verwirrter Blick wanderte zu seinen Füßen. Zuerst schien sie gar nicht zu realisieren, was sie da sah, bis sie sich beide Hände vor den Mund schlug und zurücktaumelte. »Dein Schatten. Er ist wirklich da. Aber wie ist das möglich?«

Zwar nur ein schwacher, zitternder Schemen – und doch mehr, als er sich erhoffen konnte.

*Liza hat ihn mir gegeben. Das bedeutet doch, dass ich alles, was ich vergessen habe, zurückbekommen kann, oder? Du musst mir einfach helfen, mich an mein Leben zu erinnern.* Manchmal hatte er Angst, sich zu rühren, weil der Schatten sich vielleicht von ihm lösen und verschwinden, ihn endgültig verlassen würde. Doch jedes Mal, wenn er ins Licht trat, folgte ihm der Umriss.

Sie zitterte immer noch, mit Tränen in den Augen, ihre Stimme bebte. »Wenn das wahr ist, dann ist sie tatsächlich eine mächtige Seherin. Mächtiger, als ich gedacht habe.«

*Ja, das ist sie.*

Eine wunderbare junge Frau, die ihn gerettet hatte. Bei dem Gedanken an sie spürte er Wärme in seiner Brust, die alles in ihm seltsam weich machte.

»Ich hätte nie aufhören sollen zu glauben.« Sie sank vor ihm zu Boden und tauchte ihre Finger in den Schatten hinein. »Er ist echt, es ist keine Täuschung!«

*Ich täusche nie.*

Plötzlich sah sie auf. In ihren Augen stand Panik. »Etwas stimmt damit nicht.«

*Was?*

»Ich weiß es nicht. Er fühlt sich seltsam … falsch an.«

*Nein.* Er kniete sich neben sie, legte seine Hände um ihre Schultern, suchte verzweifelt ihren Blick. *Nein, nein! Er ist da. Er ist zurück. Er gehört mir. Er ist einfach noch zu schwach.*

Sie nickte. »Vielleicht bin ich auch zu müde.«

Er half ihr hoch. Im Licht der Glühbirne schimmerte ihr Haar kastanienbraun, mit einem rötlichen Ton, als hätte sich darin der aufgehende Morgen versteckt. Er tauchte seine Finger in ihre Strähnen. Etwas sagte ihm, dass der Wladislaw, den es früher gegeben hatte, es gerne getan hatte. Dann öffnete er die Lippen, stöhnte, bis etwas Fremdartiges seine Kehle verließ: »Rrrr-im-ma-ah …«

Ihr Name aus seinem Mund hörte sich schrecklich an. Mit einem Mal begann sie noch mehr zu zittern, dann packte sie ihn, drückte ihn an sich, küsste ihn. Küsste ihn überall. Auf die Lippen, die Nase, die Wangen, sogar auf seine Lider. »Du hast meinen Namen gesagt. Du hast ihn *gesagt.*«

Ja. Und nichts, absolut nichts dabei gefühlt.

Zu spät nahm er den Geruch von Männerschweiß und Alkohol wahr, als ein Mann auf der Türschwelle erschien. Er trug eine Jogginghose, ein weißes Unterhemd und darüber eine abgewetzte Übergangsjacke. In seiner Hand baumelte eine Plastiktüte mit ein paar losen Kartoffeln.

Rimma verharrte. »Stjopa!«

Der Mann stierte ins Zimmer, als würde er kaum etwas darin wahrnehmen, als wäre er in sich zusammengesackt, obwohl er noch aufrecht stand.

»Raus.« Auf seinen rissigen Lippen blieben ein paar Tropfen Speichel kleben. »Raus aus meiner Wohnung.«

»Stjopa, bitte! Hör mir zu.«

»Halt die Klappe und geh!« Er schmiss ihr die Tüte vor die Füße, die Kartoffeln polterten über den Fußboden, während durch die geöffnete Balkontür das Geräusch von durchdrehenden Reifen und ein alles durchdringender Ruf hineinwehten: »Edik!«

*Liza!*, zuckte es durch seinen Verstand.

Man brauchte kein feines Gehör, um wahrzunehmen, wie ein Körper von etwas Metallischem erfasst wurde.

# Kapitel 18

»Edik? Edik?« Ich tastete durch sein Haar. Im selben Augenblick raste der Wagen an uns vorbei, die Reifen zermalmten den Rucksack, den ich fallen gelassen hatte, und nur im entferntesten Winkel meines Verstandes blitzte der Gedanke auf, dass wir um eine Haaresbreite dort gelandet wären, wo jetzt meine Sachen verstreut lagen. Dann hörte ich einen dumpfen Schlag eines Körpers auf Metall und Käpt'ns herzzerreißendes Jaulen. Das Auto fuhr einfach weiter, ein schwarzer Lada mit getönten Scheiben.

»Käpt'n … Was ist mit ihr? Wo ist sie?« Ediks orientierungsloser Blick schweifte umher, das Gesicht – kreidebleich. In mir ratterten die Gedanken über die Anzeichen einer Gehirnerschütterung, aber das Einzige, was mir dazu einfiel, war Tante Inga, die bis heute noch mit Schreck erzählte, wie Meta ihr einmal vom Wickeltisch gefallen war. Woraufhin Meta stets die Augen verdrehte und ihr ins Wort fiel, sodass ich die ganze Geschichte – so oft sie auch angesprochen worden war – darüber hinaus nie gehört hatte.

Edik versuchte sich aufzurichten, ich wollte ihn zurückhalten, doch er kämpfte sich hoch. »Käpt'n!«

Halb aufgerichtet versuchte die Hündin, sich auf den vorderen Pfoten zu uns zu ziehen. Ihr Hinterleib schleifte auf dem Boden und zog eine blutige Spur hinter sich her. Es war viel Blut, verdammt viel. Käpt'n heulte nicht, sie schrie, und ich konnte kaum glauben, dass diese Laute von einem Tier und nicht von einem Menschen stammten.

»Käpt'n!« Schwankend kam Edik hoch und machte ein paar Schritte, um vor seiner Hündin auf die Knie zu fallen. »Mein Mädchen … Alles wird gut … alles wird gut …«

Die Hundebeine knickten ein und der Leib schlug auf dem Asphalt auf, der Atem ging schwer und stoßweise. Das viele Blut machte mich schwindelig. Alles schwirrte um mich herum, Ediks gebrochene Stimme, die wie aus der Ferne zu mir drang, die Erinnerungen an das Auto, das auf uns zuraste, Käpt'ns schwächelndes Winseln. Der Blick, den sie zu uns hochwarf, war so voller Vertrauen, dass er alles in mir wund aufzureißen schien.

Ich kauerte neben Edik. Es wird alles gut … alles gut … Es kam mir vor, als wäre er irgendwo in seiner Litanei verloren gegangen, während vor ihm seine Hündin starb.

»Edja! Was ist passiert, Edja?« Aus dem Treppenhaus kam Rimma gestürzt, doch nach ein paar Schritten blieb sie wie angewurzelt stehen. Ich hörte das beinahe zufrieden brummende Motorgeräusch, das Knirschen der Reifen über den Weg – gemächlich kam der Lada zurück und hielt vor ihr an. Die Insassen konnte ich nicht sehen. Nur entfernt registrierte ich, wie eins der Fenster heruntergelassen wurde.

»Steig ein, Rimma.«

Sie rührte sich nicht.

»Steig ein. Oder wir machen noch eine Runde, und dieses Mal erwischen wir nicht bloß den Hund.«

Über das Autodach hinweg schnellte ihr Blick zu mir. Wie ferngesteuert stieg sie in den Wagen, und der Lada fuhr davon.

Es war so still.

So verdammt still!

Käpt'n lag ausgestreckt da, und nur die Bauchdecke, die sich unregelmäßig, beinahe kaum bemerkbar hob und senkte, deutete darauf hin, dass noch etwas Leben in ihr schlummerte.

*Liza.*

Das unangenehme Kribbeln breitete sich in meinem Magen aus. Mein Inneres verkrampfte sich. Mit scharfen Atemstößen versuchte ich, meine Übelkeit niederzuringen. Keine Ahnung, woher Mr Nachtmahr auf einmal gekommen war, vielleicht war er wieder von einem der Balkone gesprungen – jetzt stand er direkt vor mir und hatte nichts Besseres zu tun, als in meinen Verstand einzudringen. Warum jetzt, warum hier? Ich würde seine Gegenwart unmöglich lange ertragen können.

»Llleisa … h-h-h-uhuh-nt …«

Die Hündin, ja. Atmete sie noch?

»… hhh-uhnt schsch-schl-ehchchtt …«

Ja, verdammt, ich wusste selbst, dass es dem Hund schlecht ging! Was wollte er mir damit sagen?

Mein Nachtjunge schüttelte genervt den Kopf und hockte sich vor dem Tier hin. Ohne es zu berühren, fuhr er mit einer Hand den pelzigen Körper entlang, und der flackernde Schatten, den mein Dämon auf den Boden zurückwarf, verblasste eine Spur mehr.

»Käpt'n wird es schaffen«, flüsterte ich kaum hörbar. »Oder?«

*Nein, wird sie nicht.*

»Woher willst du das wissen?« Ich schluchzte. Nein, unmöglich. Unsere Käpt'n, die mit so viel Begeisterung durch das Leben hüpfte und mir enthusiastisch das Gesicht ableckte. Ich konnte mir vieles vorstellen, aber nicht, dass es sie bald nicht mehr geben würde.

*Sie hat schwere Verletzungen. Sie verblutet.*

Entschlossen richtete ich mich auf. »Wir müssen sie in eine Tierklinik bringen. Irgendjemand wird uns helfen, uns hinfahren …«

Mr Nachtmahr legte eine Hand auf das Hinterteil des Tiers. Käpt'n zuckte nicht einmal.

*Sie stirbt.* Sein Schatten wurde noch eine Spur blasser, und es kam mir vor, als wäre er auf eine groteske Weise zu müde, die Bewegungen meines Dämons nachzumachen, als wartete er nur darauf, sich endgültig von ihm zu lösen.

»Sie stirbt?« Verzweifelt schaute ich zu Edik, doch er registrierte schon lange nichts mehr. Sein Blick wirkte erschreckend starr. »Und wir sehen dabei zu, oder wie?«

Mr Nachtmahr senkte den Kopf. *Mein Schatten löst sich auf, siehst du? Er verschwindet, wenn ich auch nur versuche, mehr zu tun.*

»Wenn du versuchst, mehr zu tun?« Zittrig stieß ich die angehaltene Luft aus. »Das heißt, du kannst mehr tun?«

*Vielleicht. Kannst du meinen Schatten festhalten? Ohne ihn wird es mir unmöglich sein, ein Mensch zu werden!*

»Wie soll ich das denn machen?«

*Halte meinen Schatten hier! Ich kann ihn nicht verlieren, verstehst du?*

»Sie kriegt das hin.« Nonja kniete sich neben ihn und packte meine Hand. »Ich kann dich nicht unterstützen, so wie ein für dich auserwählter Wolchw es tun würde. Ich kann dich auch nicht lehren, es zu beherrschen, ich kann nur sagen, wie es bei mir ist. Vielleicht hilft das.« Sie atmete tief ein und umklammerte meine Hand fester. »In Russland gibt es eine Tradition, in der Nacht vor Weihnachten Weissagungen zu betreiben. Eine beliebte Methode ist es, ein Blatt Papier zusammenzuknüllen und es anzuzünden. Aus den Umrissen, die vom brennenden Papier an eine Wand geworfen werden, versuchen die Menschen, ihre Zukunft zu deuten. Solche Gebilde sehe ich, wenn ich in die Schatten blicke. Ist es bei dir ähnlich?«

Ich sollte Wladislaws Schatten in dieser Welt festhalten? Zum Teufel, wie konnte mir dann das Gerede vom brennenden Papier helfen?

»Liza, ist es bei dir ähnlich?«, drängte Nonja. »Käpt'n stirbt. Wir haben nicht viel Zeit.«

Ich nickte. Ja, ich konnte mir durchaus vorstellen, dass die Silhouetten, die ich in den Schatten sah, einem brennenden Papier ähneln könnten.

»Gut. Es ist so, als würdest du nach diesem Papier greifen. Du musst es einfach festhalten, du musst nichts formen, nichts beeinflussen. Es soll einfach dableiben, in deinen Händen, verstanden? Wenn dir etwas dabei helfen kann – ein Reim, ein Lied, dann sing es, sag es auf, egal, wie peinlich es ist.«

Wieder nickte ich und dachte an Mamas ›Se Theg nie Ib-Ab-Nnameztub‹. Waren rückwärts gesungene Kinderlieder peinlich genug? Vielleicht würden sie auch mir helfen, so, wie sie anscheinend meiner Mama geholfen hatten.

»Okay.« Nonja schluckte. »Wenn ich die Schatten berühre, fühle ich dabei eine unerträgliche Hitze aufsteigen. Ich kann beinahe den Rauch riechen. Manchmal habe ich das Gefühl, Asche auf meiner Zunge zu schmecken. Egal, was passiert, du darfst das Papier nicht loslassen. Ich helfe dir. Aber ich bin bei Weitem nicht so mächtig wie du. Bereit?«

»N-nein.«

»Wird schon gehen.« Sie drückte meine Finger, nur kurz, dann führte sie unsere Hände in den Schatten meines Dämons hinein.

Der Rauch. Die Asche. Und die Hitze, ja da würde noch die Hitze kommen, hatte Nonja gesagt. Ich hoffte bloß, es würde nicht allzu schlimm werden. Doch es gab weder den Rauch noch die Hitze. Ich roch die Fäulnis, und das moderig-klamme Gefühl nistete sich in meinen Fingern ein. Als würde ich nicht in einen Schatten, sondern in Schlick greifen und dort vergebens nach einem Stück Papier wühlen. Das Papier! Ja. Deshalb tat ich es. Ich durfte mich nicht ablenken lassen. Der Schlamm schwappte meine Arme hoch. *Se Theg nie Ib-Ab-Nnameztub*, summte ich, etwas war da, in den Tiefen, ich musste es nur zu fassen bekommen. Doch das Gefühl, im Sumpf zu ertrinken, wurde immer eindringlicher. Ich konnte nicht schreien, nicht einmal summen, ohne dass der Moder meinen Mund ausfüllte und jeden Laut erstickte. Verzweifelt versuchte ich, nach Luft zu schnappen und mich aus dem Schlamm zu befreien. Ich riss mich fort, strampelte, strampelte umso verzweifelter, um endlich an die Oberfläche zu gelangen. Liza …

Mein Name.

Jemand rief meinen Namen.

Ich riss die Augen auf.

Nonja hielt mich fest. Als würde sie versuchen, mich wieder einmal aus einem Albtraum zu holen. »Ist schon gut. Ganz ruhig. Ist schon gut.«

Nur langsam kam ich wieder zu mir. Sah Edik, der genauso regungslos wie zuvor neben Käpt'n kauerte. Mr Nachtmahr, der beinahe schützend seine Hände über dem Hundeleib ausgebreitet hielt. Den blassen Schatten, den mein Dämon noch hatte.

Nonja schüttelte den Kopf. »Liza ist einfach zu unerfahren. Und ich bin kein Wolchw, der sie führen könnte. Ich würde es selbst tun, ehrlich, aber meine Kraft reicht dafür einfach nicht aus. Ich bin nicht besonders mächtig, weißt du?«

Mr Nachtmahr presste die Lippen aufeinander. Seine Züge waren schärfer, kantiger geworden, als hätte er eine Entscheidung getroffen, die ihm nicht gefiel. Dann legte er seine Hände auf den Hund.

Es passierte nichts.

Keine Ahnung, was ich erwartet hatte. Voodoo, einen Ritualtanz, wenigstens einen Trancezustand mit einem stimmungsvollen Gesang.

Aber Mr Nachtmahr saß einfach da, seine Hände ruhten auf dem Hundekörper, und mit viel gutem Willen könnte ich behaupten, er würde meditieren. Das Einzige, was sich regte, war sein Schatten. Er wurde blasser, schmaler – bis er gänzlich verschwunden war. Instinktiv fuhr ich mit einer Hand über die Stelle, wo er gewesen war, und spürte nichts mehr. Er war einfach geschmolzen. Geschmolzen … ja, natürlich!

Ich hatte mich getäuscht, als ich Nonja beteuert hatte, ich würde die Zuckungen der Flammen darin sehen. Die Schattengebilde, die sich mir offenbarten, waren so viel fließender. Als würde jemand Tinte ins Wasser schütteln oder den Sandboden eines Sees aufwirbeln. Ich konnte nicht nach dem Papier greifen, weil es keins für mich gegeben hatte. Was bedeutete: Nonja und auch Rimma hatten recht. Wenn ich es verstehen und kontrollieren wollte, brauchte ich einen Wolchw.

Noch eine Weile saß mein Nachtjunge da, bis er tief Luft holte und seine Hände langsam auseinandergleiten ließ. Die eine strich zum Kopf, über die Schnauze hinweg bis zur Nasenspitze; die andere wanderte über das Hinterteil zum Schwanz.

Er hatte die Hände noch nicht einmal zurückgezogen, da sprang Käpt'n auf und begann, schwanzwedelnd und freudig winselnd um uns herumzuhüpfen. Als hätte jemand das Licht wieder angeknipst. Sogar Nonja schrie auf, als Käpt'n zu ihr hüpfte, und blickte den Hund verstört an.

»Und jetzt?«, murmelte ich, eindeutig um einiges verstörter.

Mr Nachtmahr zuckte mit den Schultern. Eine durch und durch menschliche Geste, trotz des fehlenden Schattens. Dafür verstand Käpt'n meine Frage als eine Aufforderung, uns ein Stöckchen zu bringen, das die Ausmaße eines Prellbocks hatte. Sie warf das Ding vor Edik hin, und als ihr Herrchen sich immer noch nicht regte, bellte die Hündin ihn erwartungsvoll an, um sich sogleich auf Edik zu stürzen und ihm mit voller Begeisterung das Gesicht abzuschlabbern. Edik hielt dem Ansturm nicht stand. Mit sabbernder Leichtigkeit rang die Hündin ihn zu Boden und erstickte jede Gegenwehr im Keim. Ich schüttelte meine Starre endgültig ab, rief: »Aus!« und versuchte, Käpt'n fortzuziehen, doch erst als Mr Nachtmahr mit einer flachen Hand neben sich auf den Boden klopfte, ließ die Hündin von Edik ab und schenkte ihre hechelnde Begeisterung meinem Dämon.

Ich half Edik auf die Beine. Er wirkte noch immer völlig durcheinander, als stehe er gehörig neben sich. »Käpt'n geht es gut«, redete ich auf ihn ein. »Sie hat es überstanden, hörst du?«

»J-ja.«

Die Schockstarre fiel auch von ihm ab, dafür begannen seine Hände zu zittern. Sehr heftig zu zittern. Eigentlich sein ganzer Körper. Er musste sich beruhigen, eindeutig, bevor er mir noch umkippte.

»Okay. Komm mit.« Ich führte ihn zur Bank. Die alte Dame hatte sich inzwischen erstaunlich breitgemacht, völlig unbeeindruckt von den Geschehnissen auf der Straße. Sie zeigte keine Anstalten, uns Platz zu gönnen, daher machte ich deutliche Anstalten, dass ich ihr Edik notfalls auf den Schoß setzen würde, wenn sie nicht ein Stück zur Seite rückte. Also tat sie dies, zeigte aber mit all ihrer Haltung deutlich: Hoffnungen auf unsere gemeinsamen Wetterkonversationen sollte ich gleich mit begraben.

Edik ließ sich am Rand der Bank nieder. Unsicher klopfte er seine Lederjacke ab, bis er eine Zigarettenpackung fand. Es gelang ihm nicht sofort, einen Stängel herauszufischen und ihn sich zwischen die Lippen zu stecken. Auch das Feuerzeug streikte und rutschte ihm letztendlich aus den Fingern. Ich hob es auf und gab ihm Feuer. Nach ein paar Zügen ging es ihm besser, auch wenn seine Hände noch immer schrecklich zitterten. Der Rauch wehte in die Richtung der Frau und zwang sie, die Bank gänzlich uns zu überlassen. Sie schnaubte empört und wackelte davon.

»Was ist da eigentlich passiert?«, wollte Edik wissen, und es klang, als hätte er eine Weile gebraucht, um Worte dafür zu finden.

»Irgendwie hat er Käpt'n gerettet, schätze ich.«

Ich schaute zu Nonja, wie sie die Sachen, die auf dem Boden verstreut lagen, aufsammelte und in meinen zerschundenen Rucksack stopfte. Mr Nachtmahr saß noch an demselben Platz, und sein verlorener Anblick machte mich unendlich traurig. Ich suchte nach seiner Präsenz in meinem Inneren, doch er war fort; dabei wünschte ich mir so sehr, er würde spüren, dass ich alles versucht hatte, um seinen Schatten zu halten.

»Das war kein bloßer Unfall, hab ich recht?«, holte Ediks Stimme mich ein. »Sie haben meine Mutter mitgenommen.«

»Ja.« Die Bilder zuckten vor meinem inneren Auge vorbei. »Es ist dieser Kult, von dem ich dir erzählt habe. Da gehen so einige krumme Dinge vor sich. Deine Mutter wollte dagegen ankämpfen, anscheinend hat sie einige Leute angeworben, gegen das Oberhaupt zu rebellieren.«

»Und jetzt hat dieser Typ sie.« Seine Hand ballte sich. »Was werden sie mit ihr machen?«

»Ich weiß es nicht.«

»Wo bringen sie sie hin?«

»Keine Ahnung. Dieses Oberhaupt scheint so eine Art Teufelsgottheit anzubeten, und was auch immer er im Schilde führt, es wird übel enden. Deine Mutter wollte, dass ich dem Widerstand gegen ihn helfe. Und jetzt ist sie fort, und ich weiß nichts, absolut nichts.«

Er nahm noch einen Zug und schnippte sich die Asche vor die Füße. »Aber wir haben einen Dämon auf unserer Seite, stimmt's?« Er deutete zu Mr Nachtmahr. »Den du in unsere Welt gebracht hast und der gerade meine Hündin geheilt hat.«

In mir läuteten sämtliche Alarmglöckchen. »Ich halte das für keine gute Idee.«

»Warum nicht? Wenn wir herausfinden würden, wo sie meine Mutter festhalten, dann könnten wir mit deinem Dämon in petto durchaus Chancen haben, sie zu befreien. Am besten nachts. Wenn er hulk-mäßig unterwegs ist. Und nicht gerade aussieht wie …«, er machte einen undeutlichen Wink in Richtung Straße und zog abermals an der Zigarette, »… Legolas auf Bewährung.«

Ich musste schmunzeln. Mit seinen langen Haaren und dem überirdisch schönen Antlitz würde er auch mit Pfeil und Bogen eine äußerst ästhetische Erscheinung abgeben.

*Ich kann euch hören. Deutlich besser als in der Zeit, in der mein menschlicher Schatten den Dämon in mir im Zaum gehalten hat.*

»Ich glaube, deine Idee stößt bei dem besagten Dämon nicht unbedingt auf Begeisterung.«

Und in Anbetracht dessen, wie deutlich der heutige Vorfall gezeigt hatte, dass Ediks Leben auf dem Spiel stand, vielleicht nicht der schlechteste Standpunkt.

*Das habe ich nicht gesagt.*

Mr Nachtmahr war zu uns herangetreten. Dabei hatte ich nicht einmal bemerkt, wie er sich bewegt hatte. Um ihn herum hüpfte Käpt'n und scheuchte die Vögel auf, die hartnäckig versuchten, sich in der Nähe meines Dämons einzunisten. Die fremden Gedanken kribbelten in meinem Kopf wie Läuse, ich musste hart schlucken, allerdings weniger wegen seiner Präsenz in mir. »Das heißt, du willst den Sitz der Wolchwy stürmen?«

Es geht um Rimma. Ich fühlte, wie er kurz innehielt. *Als ich Mensch war, hat uns etwas verbunden. Ich kann sie nicht im Stich lassen.*

Edik musterte mich skeptisch. »Redest du gerade mit ihm?«

»Ja. Er kann nicht wie wir sprechen, weißt du?«

*Nicht mehr. Seit ich meinen Schatten wieder verloren habe – gar nicht.*

Ja, doch! Ich hatte versagt. Kein Grund, es mir aufs Brot zu schmieren.

»Und du kannst ihn hören?«

*Frag ihn bitte, wer Legolas ist. Ich kann den Jungen gedanklich nicht erreichen.*

»Sein Name ist Eduard. Und Legolas ist ein Elb.« Ich beobachtete, wie das Ende von Ediks Zigarette zum letzten Mal aufglühte. Sie war erst zur Hälfte aufgeraucht, als er sie fallen ließ und sie mit der Schuhspitze zerdrückte. Seine Bewegungen wirkten ruhiger, gefasster. Und die Entschlossenheit, die seine Gesichtszüge verströmten, bescherte mir Bauchschmerzen.

*Es gibt keine Elben.*

»Du kannst ihn also hören«, stellte Edik fest.

»Bei Tolkien schon. Und ja, er spricht gewissermaßen in meine Gedanken hinein«, erklärte ich. Ihnen beiden.

*Was ist Tolkien?*

»Warum nicht auch in meine?«

Waaaaaaaaaahhhhh! Kopfschmerzalarm.

*Sein Verstand ist ohne Zwang nicht empfänglich für meinen Geist.*

»Das ist ja zum Verrücktwerden.« Ich drückte mir die Handballen gegen die Schläfen.

Edik schmunzelte. »Darf ich wieder? Oder ist er dran?«

Es machte mich glücklich, ein ehrliches Lächeln auf seinen Lippen zu sehen, und jede Wette, ich glotzte ihn schon wieder an mit dem

Schlafzimmerblick einer verliebten Kuh. Wir saßen so nah beieinander, dass unsere Oberschenkel sich leicht berührten. Vielleicht war er sogar ein Stück zu mir gerückt. Und das Flattern in meinem Inneren kam nicht von einer dämonischen Präsenz, die sich … respektvoll zurückgezogen hatte. Wohl ihre Art, ›Nehmt euch doch ein Zimmer‹ zu sagen.

»Du kannst ruhig reden. Zumindest im Moment.«

»Worüber unterhaltet ihr euch denn?« Mein Herz setzte einen Augenblick aus, als ich spürte, wie Edik mir durch die Haare strich und eine meiner Locken langsam durch seine Finger gleiten ließ.

»Im Moment über Klassiker der Fantasy-Literatur.«

Wenn sein Gesicht noch ein Stück näher käme, würde ich ihn küssen. Also, wenn ich mit Bestimmtheit wüsste, dass er es auch wollte … Dann würde ich ihn küssen, sofort. Natürlich nur, wenn …

*Er mag dich.*

»Was? Nein. Er …« Ich biss mir auf die Lippe. Darüber sollte ich mich lieber nicht laut unterhalten. Schon gar nicht in Ediks Anwesenheit.

*Aber sicher mag er dich. Das kann man kilometerweit riechen.*

»Quatsch!«

Edik hob eine Augenbraue. Äh, genau. Wollte ich nicht die Klappe halten?

*Ihr seid ja süß. Könnt ihr das nicht allein regeln? Na gut, ich glaube, ich sollte ihm doch eine Kleinigkeit direkt sagen.*

»Was? Nein! Wage bloß nicht …« Ich sprang auf und stolperte über Käpt'n. Da war Mr Nachtmahr schon bei Edik, packte ihn mit beiden Händen am Kopf und drückte ihn sich Stirn an Stirn.

»Untersteh dich!«, brüllte ich. Nonja prustete – das müsste gerade eine herrliche Theatervorstellung für sie sein, und Edik schrie auf. In der nächsten Sekunde ließ mein Dämon Edik auch schon los, der sich nach vorne beugte und sich eine Hand an seine Stirn presste.

»Was hast du mit ihm gemacht?«, polterte ich los, doch Edik hielt mich mit einer raschen Geste zurück.

»Alles okay, Liza«, keuchte er. »Nur eine Gehirnvereisung.« Er atmete durch. »Beziehungsweise fühlt es sich gerade so an.«

*Oh. Das passiert also, wenn man sich den Zugang trotzdem verschafft.*

»Was hast du ihm gesagt?« Davon hing nämlich ab, ob ich gleich im Boden versinken sollte, oder Zeit hatte, das Loch selbst auszuschaufeln.

Doch Mr Nachtmahr zuckte die Schultern. Ein bisschen zu beiläufig, wie es mir vorkam. Diese menschliche Seite an ihm gefiel mir immer weniger.

*Es war wirklich kein großes Ding. Bald wird es dämmern. Ich sollte lieber von hier verschwinden.*

»Guter Plan.«

Er hob eine Hand, als wollte er uns zum Abschied winken. Seine Haut wirkte dünn und trocken, die Finger –knochig, als würde er direkt vor unseren Augen altern. Ich nickte ihm zu, dann war er verschwunden. Wenn er es wollte, konnte er sich beinahe katzenhaft bewegen. Geräuschlos, ohne dass man seinen Abgang wahrnahm. Daran würde ich mich nie gewöhnen.

Edik stöhnte und presste sich eine Hand auf den Mund.

»Übel?«, fragte ich und musste schmunzeln. »Soll ich dir deine Haare aus dem Gesicht halten?«

»Danke. Geht schon«, murmelte er. »Was wird jetzt aus meiner Mutter? Ich kann nicht tatenlos dasitzen, wenn ich weiß, dass diese Kerle sie irgendwo festhalten.«

Und ich hatte gehofft, sein Tatendrang hätte sich gelegt. Ich schielte zu Nonja, aber sie beachtete uns nicht. »Ich versuche, etwas in Erfahrung zu bringen, okay?«, versicherte ich ihm und hoffe, das würde für den Anfang reichen. Am kommenden Montag war Wetsche. Was auch immer dieses komische Oberhaupt vorhatte, er brauchte mich anscheinend lebendig. Um nicht zu sagen: kooperativ. Darauf konnte ich bauen.

Der kommende Montag also.

Mein Tag X.

Und bloß ein Wochenende bis dahin.

# Kapitel 19

In dieser Nacht versuchte ich, in die Traumwelt einzudringen. Natürlich wusste ich, was für ein Risiko ich damit einging, aber meine Mama war die Einzige, der ich ein paar Fragen stellen konnte, bevor ich am Montag einen auf Lara Croft machen würde – ja, meine Fantasie ging ein bisschen mit mir durch. Doch die Pforte schien fest verschlossen zu sein. Da halfen weder Yogaübungen noch mein gesamtes Kindergarten-Repertoire, egal wie herum oder falsch gesungen. Ich dämmerte weg, wachte wieder auf, und erst in den frühen Morgenstunden verfiel ich in einen unruhigen, traumlosen Schlaf, aus dem ich unsanft gerissen wurde.

»Liza? Liza, aufstehen!« Larissa rüttelte an meiner Schulter. Ich blinzelte verwirrt umher. Hinter dem Fenster war es noch dunkel.

»Es ist Samstag!« Ich knurrte und vergrub den Kopf unter dem Kissen, das mir energisch entrissen wurde. Samt der Decke.

»Ja, es ist Samstag«, rief es fröhlich über mir und es rüttelte heftiger. Stärke fünf auf der Richterskala, Tendenz steigend. »Du kommst zu spät zum Unterricht!«

»Unterricht am Samstag?« Ich schaffte es, mir das Wirrwarr meines Haars aus dem Gesicht zu streichen und aufzublicken. Larissa thronte über mir wie die Nemesis per se.

»Beeil dich! Noch ist das Bad frei.«

Das ließ ich mir nicht zwei Mal sagen. Wenn Nonja es schaffte, vor mir hineinzugelangen, würde ich den einzig vernünftigen Spiegel, den es in dieser Wohnung gab, an diesem Morgen nicht mehr zu Gesicht bekommen. Für das Überschminken der Sommersprossen und die Haare bedeutete es in meinem Fall: Totalschaden!

Als ich im Bad fertig war, schleppte sich Nonja aus dem Schlafzimmer, und ich war froh, dass sich nicht nur mein Geist und Körper mit der Tatsache ›Unterricht am Samstag‹ nicht im Einklang befanden.

Larissa machte uns Frühstück. Heute waren es Syrniki.

Handflächengroße, gebratene Küchlein aus Quarkteig mit einem Klecks saure Sahne drauf – saure Sahne aß man hierzulande zu absolut allem, fiel mir auf – und das Ganze mit Zucker bestreut. Einige Zeit später schlurfte Nonja aus dem Bad mit der gleichen Begeisterung wie vorher aus dem Schlafzimmer. Die morgendliche Toilette schien sie nicht besonders aufgemuntert zu haben. Sie ließ sich auf die Bank fallen und begann sofort, methodisch und konzentriert die Frühstücksleckerei in sich hineinzustopfen.

»Und? Schon bereit für deinen großen Auftritt?«, erkundigte sie sich mit vollem Mund, während ich beschloss, den Samstag mit einem Tee zu beginnen. Nach den gestrigen Ereignissen hielt sich mein Appetit eh in Grenzen.

»Welcher Auftritt?«

Während Nonja ihre erste Portion bereits fast verschlungen hatte, schaffte ich es gerade so, meinen Syrnik mit einer Gabel zu zerlegen.

»Literatur. Schon vergessen? In der letzten Stunde. Kann es kaum erwarten.«

Spätestens jetzt war es mit meinem Appetit endgültig vorbei. »Scheiße!«

»Eugen Onegin«, korrigierte mich Nonja.

Ich zog mein Handy hervor und googelte fieberhaft nach dem Text. Das Einzige, was mein Gedächtnis noch hergab, waren die beiden Freunde Lenski und Onegin, die knutschten. Vor meinem inneren Auge sah ich bereits, wie ich genau das vor der versammelten Klasse verkündete, zuzutrauen wäre es mir allemal. Während Nonja ihre Sachen zusammenpackte, versuchte ich, den Text in meinen Kopf einzuprügeln. Die ersten beiden Zeilen hatte ich immerhin: ›Schon fort? Ein Kreuz mit euch Poeten!‹ – ›Leb wohl, Onegin, höchste Zeit!‹. Blöderweise konnte ich mich nicht erinnern, ob Edik Lenski oder Onegin mimen wollte. Und wer übernahm den Part des Erzählers? Doch nicht etwa das überaus hilfsbereite Rotbäckchen?

»Möchtest du ein Stück?«, fragte Larissa und schwenkte einen weiteren Syrnik auf einem Pfannenwender vor meiner Nase.

»Mitnichten!«, verkündete ich, ohne den Blick vom Display abzuwenden. Man könnte behaupten, ich wäre bereits in meiner Rolle versunken.

»Schluss jetzt.« Beleidigt zog Larissa das Handy aus meinen Händen. »Das Ding dulde ich nicht am Tisch. Du solltest anständig essen.«

Ich verabschiedete mein Smartphone mit einem wehleidigen Blick, der Larissa allerdings nicht erweichen konnte. Onegins Gesellschaft durfte ich damit erst auf dem Weg zur Schule wieder genießen, während Nonja darauf achtete, dass ich die Schlaglöcher und andere Stolperfallen sicher umschiffte. Vom Verlauf des restlichen Schultages bekam ich ebenso wenig mit, und das Schlimmste war: Der Text wollte ums Verrecken nicht in meinem Kopf bleiben. Zumindest nicht vernünftig. Wie schlimm es um mich und meinen inneren Onegin stand, zeigte die Tatsache, dass ich auf Nonjas Ankündigung, sie müsse noch schnell zu unserer Direktorin, ›Schön, schön, ich will dich nicht verspäten‹ verkündet und in einer Antwort an Rotbäckchen sogar ein beherztes ›Wohlan!‹ untergebracht hatte, ein Wort, von dem ich nicht einmal wusste, dass es existierte. Sogar Edik wahrte Abstand, da ich nur mein Handy im Sinn hatte. Bis zur gefürchteten Literaturstunde konzentrierte ich mich auf nichts anderes.

Gleich am Anfang ging es auch schon los. Das Rotbäckchen trug ihren Tschatzkij-Monolog selbstsicher und sogar durchaus leidenschaftlich vor, was ihr ein zufriedenes Nicken Marjana Nikolajewnas einbrachte. Jelisaweta versuchte mit ihr mitzuhalten, stolperte aber mehr durch den Text. Danach waren Edik und ich an der Reihe. Lässig stolzierte er nach vorne, und erst da registrierte ich, dass er einen Anzug trug. Einen Anzug. Edik! Meine Güte, die Rolle eines Adeligen schien er verdammt ernst zu nehmen. Auch wenn mir schier das Herz schmolz, je länger ich ihn bewunderte: Er sah einfach zum Niederknien aus! Was so ziemlich alle Mädels unserer Klasse bestätigen konnten, allen voran Jelisaweta, die ihn verträumt anschaute und mit ihren langen Wimpern anklimperte.

Als ich mich vor der Tafel platziert hatte, fühlte ich mich unzähligen Blicken hoffnungslos ausgeliefert. Mir war heiß und kalt zugleich, und ich grübelte, ob es zur Authentizität des 19. Jahrhunderts beitragen würde, damenhaft in Ohnmacht zu fallen.

»Wird schon schiefgehen«, flüsterte Edik mir zu.

Genau. Reiß dich zusammen, Liz!

Irgendwo hatte ich gelesen, man sollte sich das Publikum nackt vorstellen, also tat ich dies, und in meinem Kopf war nichts außer einer nackten Menge, die mich anstierte.

»Ihr dürft beginnen«, verkündete Marjana Nikolajewna trocken, worauf mein Hirn ›BLACKOUT!‹ rief und dann ›Hahaha!‹ meinte, und mir fiel nichts, aber wirklich nichts mehr ein.

»Schon fort? Ein Kreuz mit euch Poeten!«, holte Ediks tiefe, besonnene Stimme mich ein, ich zuckte zusammen und schaute ihn an, offensichtlich so bedeppert, dass unter unseren Kommilitonen bereits vereinzelte Lacher ertönten. Und nun? Ein Kreuz mit euch Poeten – ja, daran erinnerte ich mich vage, aber was um alles in der Welt musste ich antworten?

»Tschüss, Kumpel, keine Zeit!«, piepste ich und die Lacher wurden nachdrücklicher. Edik versuchte krampfartig ernst zu bleiben. Währenddessen nahm das Gesicht von Marjana Nikolajewna langsam, aber sicher den Ausdruck an, als verschaffe der Beerensaft, um den es im Onegin-Text später gehen sollte, ihr schon jetzt Beschwerden aufs Heftigste.

Time out. Ich war erledigt.

Doch als würde es zu unserer Darbietung gehören, strich Edik mir aufmunternd über den Rücken, dass ich beinahe Gänsehaut auf dem ganzen Körper bekam, und gab kund: »Schön, schön, ich will dich nicht verspäten; doch wohin eilst du? Gib Bescheid.« Er legte so viel Gefühl und so eine große Gestik in diese Worte, dass die Lacher nun auch ihm galten. Ein kurzer Check bestätigte mir: Unsere Kommilitonen lehnten sich entspannt zurück und erwarteten von uns ganz großes Kino. Samt Popcorn.

Zeile um Zeile hangelten wir uns durch den Text, unser Publikum ließ sich aufs Köstlichste unterhalten, während die Beerensaft-Beschwerden von Marjana Nikolajewna langsam besorgniserregende Ausmaße annahmen. Aber für mich gab es nur Edik, seine sanften, wie zufälligen Berührungen, seine Stimme, die mir Halt und Zuversicht schenkte. In seiner Gegenwart begann die ganze Vorstellung sogar Spaß zu machen, auch wenn ich schon bald gänzlich den Faden verlor und kaum noch wusste, worum es eigentlich ging. Außer dass ich als Lenski wegmusste und Edik Onegin mich mit fadenscheinigen Gründen davon abhalten wollte. Also stritten wir uns, weil wir doch so verschieden waren und unsere Zuneigung zueinander irgendwie im Zaum halten mussten. Er hielt meine Hand und deklamierte unerschütterlich seinen Part, während sein Daumen über meine Haut strich. Ich stotterte etwas Sinnloses, nur ganz entfernt an Puschkin erinnerndes Zeug, und fühlte seinen Körper mit meinem ganzen gänsehautanfälligen Wesen. Er hatte After Shave aufgetragen, nur einen Hauch, das nach einer frischen Meeresbrise roch und mir unendliche Freiheit versprach. Mit ihm – bis ans Ende der Welt. Ich fühlte mich umgeben von seinem zärtlichen Blick und konnte kaum noch ein vernünftiges Wort herausbringen. Außer vielleicht, ihm »Mein Onegin« zuzuflüstern. Plötzlich war sein Gesicht ganz nah. Ich legte meine Hände auf seine Wangen und wir beide verharrten in der gegenseitigen Umarmung.

»Stopp, Stopp, Schluss! Auf der Stelle!«, rief Marjana Nikolajewna, wir zuckten zusammen und stoben auseinander.

Unsere Kommilitonen schienen uns anzustarren, ohne zu atmen. In die sich ausbreitende Grabesstille verkündete Edik selbstbewusst, das wäre eine moderne Interpretation wie DiCaprios Romeo, doch Marjana Nikolajewna gab uns beiden eine dicke Eins – wir hatten es echt gebracht! Denn die schlechteste Note hierzulande war eigentlich eine zwei, ›durchgefallen‹. In eisigem Ton meinte sie, sie würde den Vorfall – welchen Vorfall? – der Direktorin melden und wir könnten nur hoffen, dass die Angelegenheit nicht bis ›ganz nach oben‹ käme.

»Unverschämtheit, das!«, polterte sie noch lange, während wir vor der Tafel wie angeprangert ausharren mussten. »Und das, wo unsere Gesetze die homosexuelle Propaganda so scharf verurteilen! Wie kann man es wagen, die Figuren von Onegin und Lenski auf so eine obszöne Weise in den Dreck zu ziehen!«

Bitte was?, wollte ich protestieren, doch Edik bedeutete mir zu schweigen. Als wir endlich zu unseren Plätzen zurückkehren durften, waren unsere Kommilitonen immer noch mucksmäuschenstill, und langsam dämmerte es mir: Wir hatten unsere Zuneigung füreinander auf unsere Figuren übertragen. Auf zwei Männer, sodass es schien, als würde die beiden etwas mehr verbinden als bloß die Freundschaft.

Das Unterrichtsende holte mich so unvermittelt ein, als hätte es mich erst daran erinnern müssen, dass das Leben außerhalb dieses Raums weiterging. Lautlos packten die anderen ihre Sachen und zogen davon, ohne die üblichen Blödeleien oder die allgemeine Erleichterung, das Ende des Unterrichts, gar das Ende der Unterrichtswoche erreicht zu haben. Ich fragte mich, warum ich immer mehr das Gefühl hatte, etwas Unrechtes getan zu haben, was doch völlig abstrus war. Während die anderen einen Bogen um mich machten, als hätte ich Windpocken, steuerte Jelisaweta mich an wie eine Naturgewalt, gar wie die aufwallende Strafe Gottes, und das Groteske dabei war, dass sie auch dann versuchte, auf ihren modelmäßigen Gang zu achten.

»Was glaubst du, wer du bist?«, zischte sie so leise, dass sogar ich sie kaum noch hörte, als wäre es schon ein Verbrechen, überhaupt mit mir zu sprechen. »Kommst aus deinem Ach-so-tollen-Deutschland und denkst, du kannst hier so eine Scheiße abziehen? Das ist ja krank, sich so etwas auszudenken und auch noch andere mit reinzuziehen!«

»Ähm. Meinst du Lenski und Onegin? Keine Sorge, sie sind nicht schwul. Das haben die beiden mir höchstpersönlich versichert«, scherzte ich und hatte den Drang, mich rechtfertigen zu müssen. Instinktiv suchte ich Nonjas Beistand. Doch sie schüttelte nur verständnislos den Kopf, murmelte etwas wie: »Da hast du echt den Vogel abgeschossen«, klemmte ihr Literaturbuch, das sie noch nicht in ihre Tasche hatte werfen können, unter den Arm und suchte das Weite.

»Und deine ›Ähm‹s sind schon lange alles andere als ›süüüüüüß‹«, säuselte Jelisaweta, und die Abscheu in jeder Silbe traf mich wie eine Ohrfeige.

»Was ist hier los?«, hörte ich Edik hinter mir. Ein paar Kommilitonen, die den Klassenraum noch nicht verlassen hatten, beobachten das Ganze wie eine Fernsehübertragung einer Havarie in einem Chemiewerk, die noch sehr hässlich werden konnte. Doch Edik strahlte so viel Ruhe aus, dass sogar Jelisaweta beschloss, den Rückzug anzutreten und unschuldig mit den Wimpern zu klimpern.

»Nichts. Hast du heute Nachmittag Zeit? Ich würde gern mit dir Kaffee trinken oder so.«

»Habe ich nicht«, fertigte er sie ab, warf meine Siebensachen in meinen Rucksack, den er schließlich neben seiner Tasche schulterte und mich näher an sich heranzog. »Ich will Liza heute ein paar Sehenswürdigkeiten zeigen. Höchste Zeit für so was, würde ich sagen.«

Mir entgingen ein paar befremdliche Blicke nicht, die auf ihn von hier und da geworfen wurden, aber: Es war Edik. Edik hatte keine Windpocken. Und damit war für die Allgemeinheit schon alles gesagt. Spätestens nachdem das Rotbäckchen uns »Dann viel Spaß, ihr beiden!« wünschte und mir verschwörerisch zuflüsterte: »Du musst mir nachher alles, absolut alles erzählen!«

Genau. Mache ich. Falls ich Jelisawetas Rachepläne überleben sollte. Wenn ich ihre Stimmung richtig interpretierte, hätte sie mir am liebsten ihren Stilettoabsatz in den Rücken gerammt und den anderen gleich hinterher, ungeachtet dessen, dass es Prada-Schuhe oder eine sehr aufwendige Nachahmung davon waren. Aber da führte Edik mich aus dem Klassenraum, als gehörte ich fest an seine Seite.

Im Flur wartete Mr Nachtmahr auf uns. Echt jetzt? Abrupt blieb ich stehen.

»Was machst du hier?«

Doch er antwortete nicht. Er ließ sich nicht einmal in der Nähe meines Geistes blicken, sondern reichte Edik eine Plastiktüte und empfing von ihm meinen Rucksack und seine Tasche. Schon gingen die beiden in verschiedene Richtungen. Mooooooment, hatte der Dämon dabei gerade gegrinst? Und in meinem Kopf ratterte nur eine Frage:

»Wo willst du hin?«, keuchte ich, als wir draußen standen und Edik keine Anstalten machte, mich loszulassen.

»Habe ich doch gesagt. Ich zeige dir die Stadt.«

»Jetzt gleich?«

»Warum nicht?«

»Was ist in der Tüte?«

»Nichts.«

Nichts sah anders aus.

Hoffentlich hatte Edik nicht vor, irgendeine Dummheit anzustellen. Was, wenn Mr Nachtmahr herausgefunden hatte, wo die

Wolchwy ihre Gefangene einkerkerten? Andererseits: Würde Edik mich dann einfach so mitschleppen? Außer er hatte vor, mich ›in Sicherheit zu bringen‹ und dem Oberhaupt im Alleingang den Kampf anzusagen.

»Also echt jetzt?« Ich schluckte. »Bei dir stehen heute Touristen-Gassi und Matrjoschka-Shopping auf dem Programm?«

»So ähnlich.«

›So ähnlich‹ klang nicht gut. Ganz und gar nicht gut.

Wir rannten, um eine Straßenbahn zu erreichen. Kaum waren wir hineingeschlüpft und konnten durchatmen, rief es von hinten: »Neueingestiegene bitte bezahlen!« Und eine ältere Dame in einer orangenen Weste kontrollierte, ob alle eine Fahrkarte hatten. Auch Straßenbahnen strotzten in dieser Stadt vor Gegensätzen. Unsere war modern, als wäre sie direkt aus Deutschland bis hierhergefahren, direkt hinter uns tuckerte ein klappriges Ding wie aus dem letzten Jahrhundert. Nach dreißig Minuten stiegen wir neben einer Metrostation aus, und als ich auch dort durch die Kontrolle durch war, musste ich erst einmal haltmachen. Die Rolltreppe schien ins Unendliche zu führen und sie rollte sehr, sehr flott. Außerdem hatte ich vor einiger Zeit gelesen, dass die russische Metro auch als Atombunker fungieren konnte, und wenn ich bedachte, was Edik eventuell vorhaben könnte, wäre die Anlage ohne Zweifel dafür geeignet, eine nichts ahnende Liza in Sicherheit zu bringen. Andererseits stammten meine Informationen aus einem Endzeit-Bestseller und die Frage war, wie gut der Autor recherchiert hatte.

»Na komm, was ist?« Edik hielt mir seine Hand hin, ich griff danach und hüpfte vorwärts, um eine der von mir wegrasenden Stufen zu erwischen. Zum Glück fing Edik mich auf, bevor ich der Treppe nach ins Unendliche kullern konnte, und wir rollten sicher nach unten, während er mich an der Taille festhielt. An uns vorbei liefen Menschen, denen das alles nicht schnell genug ging, und ich fragte mich, ob ich mich an die Geschwindigkeit dieser Stadt je gewöhnen würde. Ich fühlte mich sicher an Ediks Seite, vielleicht zu sicher. Sogar der Onegin-Schreck verblasste in mir – viel zu schnell, wie ich fand. Als würde ich wie die anderen auf dieser Rolltreppe an allem vorbeilaufen.

»Ist es wirklich so schlimm hier? Mit Homosexuellen, meine ich?«

Sein Lächeln wirkte schief. Sein Gesicht nahm einen seltsam verzagten Ausdruck an, der mich zutiefst verwirrte und gleichzeitig bestürzte. Edik und verzagt? Unvorstellbar.

»Noch vor zwei Jahren hätte ich gesagt, dass so etwas anormal ist.« Er sah die Menschen um uns herum an, sein Blick schweifte von einem Gesicht zum anderen, nur mich schaute er nicht an. »Wenn ich mich das selbst schon sagen höre: ›so etwas‹ …« Er schüttelte den Kopf und verstummte.

»Es klingt, als hätte etwas deine Meinung geändert.«

»Andrej. In meiner ersten Zeit im Casino hat er mir sehr unter die Arme gegriffen«, fuhr Edik fort. »Ohne ihn hätte ich dort nicht überlebt. Nur durch einen Zufall habe ich erfahren, dass er schwul ist. Ich weiß noch zu gut, wie sehr mich die Wahrheit über ihn verstört hat, aber er war mein Freund. Ohne dass er mich in irgendeiner Weise … nun ja, du weißt schon. Er war einfach nur mein Freund.«

»Und dann?« Ich schluckte. Die Schatten der Menschen um uns herum wurden länger, wenn wir an die Lampen heranfuhren, die in regelmäßigen Abständen zwischen den Rolltreppen angebracht worden waren, und verschwanden wieder, sobald wir die Lichtquellen passiert hatten. Doch jedes Mal sah ich in jedem von ihnen ein seltsames Wabern, als würde sich darin etwas wölben, Silhouetten merkwürdiger Kreaturen, die durch die Schattengrenze zu mir durchzudringen versuchten. »Hast du noch Kontakt zu Andrej?«, schob ich schnell hinterher, um die Schatten von mir zu weisen und nicht mehr an sie zu denken. »Oder wurde es dir irgendwie verboten oder so?«

»Nicht nur ich bin dahintergekommen, dass er schwul ist. Eines Tages war er verschwunden. Ich dachte, ich würde nie erfahren, was ihm passiert ist. Leute verschwinden manchmal. In den Kreisen, in den ich verkehre – öfter als woanders. Bis ein Video im Internet zu kursieren begann, in dem er von vier Typen nackt in den Schnee gezogen und halb tot zusammengeschlagen wurde.«

Als ich zu ihm aufblickte, merkte ich, dass in seinen Augen Tränen standen. Und die Rolltreppe würde gleich zu Ende sein. »Das tut mir leid«, flüsterte ich. »Das tut mir wirklich so leid.«

Er senkte den Kopf, als wollte er seinen Blick vor mir verbergen. »Erzähl es keinem.«

Ich konnte nur noch nicken.

Die U-Bahn jagte durch die schwarzen Tunnel. Es war so voll, dass ich an den Haltestellen kaum etwas sehen konnte, außer dass Menschenmassen rausgingen und sogleich Menschenmassen hineinströmten, um uns an die hinteren Türen zu quetschen. Als ich die Gelegenheit bekam, im allgemeinen Drücken und Schieben nach Luft zu schnappen, versuchte ich erneut mein Glück, dem Geheimnis der Tüte auf den Grund zu gehen: »Was ist denn da drin?«

Edik beugte sich zu mir, ich dachte sogar, er würde es mir tatsächlich verraten, doch stattdessen hörte ich bloß ein neckisches: »Das wüsstest du zu gerne, was?« Beziehungsweise glaubte es zu hören. Denn es verlangte so einiges von den Stimmbändern ab, gegen den Lärm der Fahrt anzukommen. Ich hätte nie gedacht, dass ein Zug so laut sein konnte.

»Und was ist unser Ziel?«, brüllte ich ganz vertraulich Edik ins Gesicht. »Wo fahren wir hin?«

Jetzt war ich mir sicher, dass er wieder ›Das wüsstest du zu gerne‹ antworten würde, stattdessen brüllte er zurück: »Linie Eins!«

»Linie Eins?«

»Die Metro!«

Aber wir waren schon in der Metro. Langsam verstand ich gar nichts mehr.

Einige Zeit später kämpften wir uns zu den gegenüberliegenden Türen durch, und bei der nächsten Haltestelle gelangten wir endlich aus dem Waggon oder besser gesagt: wurden herausgeschoben. Ich wusste, dass in Sankt Petersburg circa fünf Millionen Menschen lebten. Aber mussten sie alle ausgerechnet an diesem Samstag U-Bahn fahren? Vor allem: ihre Schatten! In jedem von ihnen glaubte ich etwas zu sehen. Warum jetzt? Warum so oft? Was braute sich da nur zusammen? Mir wurde ganz mulmig zumute.

Doch trotz Schatten und meiner inneren Unruhe musste ich innehalten, als ich mich umsah. Mit einem Mal schien ich in eine Parallelwelt gelangt zu sein. Mich umgaben Marmorpylonen und prunkvolle

Kronleuchter, aufwendige Reliefs und Mosaiken. In Berlin soll eine Autobahn mitten durch ein Hochhaus gehen. Aber eine Metro durch einen Palast?

»Die Linie Eins ist die älteste Linie unseres Metronetzes«, erzählte mir Edik, den Kopf in den Nacken gelegt und mit einem Gesicht, als würde er all das zusammen mit mir zum ersten Mal betrachten. Ich tat es ihm gleich, und so standen wir mitten im Menschenstrom unter einem üppigen Kronleuchter, und ich dachte daran, dass mir an dieser Stelle auch ein einfacher Mistelzweig gereicht hätte, um mich von den näher rückenden Schatten abzulenken. »Die Strecke von Ploschtschad' Wosstanija bis Avtowo wurde …« Edik stockte und zog den Ärmel seiner Lederjacke etwas höher. Ich bemerkte Kugelschreiber-Kritzeleien an seinem Handgelenk und musste schmunzeln, tat aber so, als hätte ich nichts gemerkt, als er wieder zu mir sah. »… am 15. November 1955 eröffnet. Auf diesem Abschnitt lagen ursprünglich nur sieben Bahnhöfe, wobei …«, schon wieder musste er linsen, »Puschkinskaja erst am 30. April 1956 fertig gebaut wurde.«

Anscheinend war Tante Wiki auch sein Freund und Helfer. Als er erneut den Ärmel höherziehen wollte, legte ich meine Hand darauf. Mit Zahlen konnte ich noch nie etwas anfangen. »Die Station ist einfach überwältigend. Ich hätte nie gedacht, dass man so etwas in einer U-Bahn finden kann.«

Sein Lächeln wirkte glücklich und ehrlich. »Die Menschen haben das alles in der Nachkriegszeit gebaut; es sollte Hoffnung schaffen und jedem zeigen, dass sich diese Stadt aus den Trümmern erheben wird. Und ja, ein bisschen angeben auch. Willst du mehr sehen?«

»Ja!«

Wir fuhren weiter und stiegen bei jeder Haltestelle aus, die uns neue Architekturkunst offenbarte. Ich sah den fürstlichen Glanz der Vergangenheit und die elegante Kühle der Moderne, ich bewunderte die Haltestellen ›vom geschlossenen Typ‹, wie Edik sie nannte und wo eine Wand mit zusätzlichen Metalltüren die Wartenden vom Tunnel mit den ankommenden Zügen, die teilweise im Minutentakt fuhren, abschirmte.

»Schau, da«, sagte Edik, als wir an einem relativ leeren Bahnsteig warteten. »Siehst du die dunklen und die hellen Flecken am Boden? So brauchst du keine Station vom geschlossenen Typ, um zu wissen, wo die Türen des Zuges sein werden, um beim Einsteigen die Erste zu sein.«

Wir verbrachten mindestens zwei Stunden im Petersburgischen U-Bahn-Netz, bis Edik die Führung durch die Metro für beendet erklärte. Ich dachte, wir würden nach Hause fahren, doch stattdessen brachte er mich zur Haltestelle ›Nevskij Prospekt‹ und erst da gelangten wir endlich an die Erdoberfläche. Also wollte er mir tatsächlich das Stadtzentrum zeigen. ›Nevskij Prospekt‹ war mir durchaus ein Begriff als für Touristen eine der bedeutendsten Straßen der Stadt, wo russische Adelige vergangener Zeit ihre Paläste erbaut hatten. Es war bereits dunkel, und dennoch pulsierte hier das pure Leben. Beschwingt von den Lichtern, die mich umgaben, lief ich an Ediks Seite. Ich bewunderte die kleinen Läden und westlichen Boutiquen, las die Plakate, die Vorstellungen auf den berühmtesten Bühnen der Stadt anpriesen, ohne imstande zu sein, wirklich alle Eindrücke aufzunehmen. War das nicht die Kasaner Kathedrale da vorne mit ihrer beeindruckenden Kolonnade? An einem Fluss, der unseren Weg kreuzte, bogen wir rechts ab und spazierten am Kai entlang, wo es zwar ruhiger war, aber sehenswürdigkeitstechnisch eher mau aussah. Gleich an der Ecke zur berühmtesten Straße der Stadt mit ihren glänzenden Geschäften und dem nie versiegenden Menschen- und Autostrom hockte ein Obdachloser auf den ausgebreiteten Pappen, umgeben von drei schmuddeligen Hunden. Ja, Russland war das Land der vielen Gesichter, das Land der Extreme: herzzerreißende Armut neben überteuerten Sandwiches von ›Subway‹.

Unser Weg endete an einem eher stillen Platz, umgeben von historischen Bauten und herbstkahlen Bäumen.

»Wir sind da. Das ist der Platz der Künste. Da vorne ist das Russische Museum mit einer der größten Kunstsammlungen des Landes, es ist im ehemaligen Michailowski-Palast untergebracht, der von Carlo Rossi im Empirestil erbaut wurde«, berichtete mir Edik in einem Zug. Ich war beeindruckt. Immerhin musste er dafür nicht einmal von seinem Handgelenk ablesen. »Gleich daneben findest du das ethnografische Museum.«

Aha. Es blieb also nur eine Frage: In welches von beiden wollte er mich schleppen?

»Und übrigens, erkennst du den da?« Edik deutete auf das Denkmal: Ein Mann blickte entschlossen nach vorne und streckte großzügig seinen Arm aus, als würde er in die ›Unendlichkeit und noch viel, viel weiter‹ greifen wollen. Darauf hockten einige Tauben, über uns kreisten Möwen am nachtschwarzen Himmel, sodass ich unwillkürlich umherspähte, ob ich nicht irgendwo Mr Nachtmahr finden würde.

»Na, eine Idee vielleicht?«

»Michailowski!«, preschte meine Logik vor, auch wenn ich keine Ahnung hatte, wer Michailowski war, außer dass er sich einen Palast leisten konnte.

»Ein zweiter Versuch?«

Puh. Ich sah genauer hin. »Puschkin?«, hauchte ich. War er es? Tatsächlich. Dass ich ihm so von Angesicht zu Angesicht begegnen sollte nach dem Onegin-Desaster.

»Tja, wie er wohl unsere Interpretation der Beziehung zwischen Onegin und Lenski aufgenommen hätte?«, murmelte ich.

»Womöglich besser als Marjana Nikolajewna. Immerhin galt er als Querdenker und scherte sich keinen Deut um die Meinung der Regierung oder der Gesellschaft. Dafür wurde er aus dem staatlichen Dienst entlassen und fast nach Sibirien verbannt. Aber wir beide müssen ihn jetzt stehen lassen und dorthin gehen«, sagte Edik und zeigte auf ein längliches Gebäude, das dem Stil des Palastes zwar einen gewissen Tribut zollte, allerdings eher unscheinbar wirkte.

»Was ist dort? Noch ein Museum?«

»Wart mal ab.«

Wir waren nicht die Einzigen, die das gleiche Ziel anvisierten, und spätestens im Foyer dämmerte es mir, wohin diese Tour mich geführt hatte: ins Theater. Ich glaubte, meinen Mund zuzumachen schaffte ich erst, als Edik mir galant aus meiner Jacke half. Wie gut, dass ich heute meine beste Jeans trug! Doch ein Rundum-Check bestätigte mir, dass ich extrem ›underdressed‹ war. Mit einem Mal fühlte ich mich in meiner besten Jeans und dem kuscheligen Pulli, dessen Farbe meinen Teint so gut auffrischte, alles andere als wohl. Die meisten Männer um mich herum trugen Anzüge, wobei kaum einer darin so umwerfend aussah wie Edik, die Damen präsentierten Abendkleider – mal Designermodelle, mal eher einfache Roben, aber: Kleider!

Und das Erschreckendste war: Die Gebilde in ihren Schatten wechselten sich immer schneller ab; wohin auch immer ich blickte, sah ich das Schicksal. Die Zukunft. Die ich zwar nicht deuten konnte, von der ich aber von allen Seiten mit merkwürdigen Silhouetten belagert wurde. Was war hier los? Was war mit *mir* los? Ich will das nicht!, wollte ich aufschreien.

Zärtlich legte Edik mir eine Hand auf den Rücken und am liebsten hätte ich all die Menschen und Schatten um mich herum vergessen und mich an ihn angekuschelt.

»Jetzt kann das hier zum Einsatz kommen.« Er reichte mir eine Tüte, flüsterte der Garderobiere etwas zu und reichte ihr einen Geldschein. Die Frau winkte mich herbei, ließ mich hinter den Tresen schlüpfen und zeigte in eine entfernte Ecke, in der ich vor den Blicken anderer verborgen war. Erst hier spähte ich in die Tüte. Ein Paar elegante Schuhe mit Pfennigabsätzen und ein kleines Schwarzes kamen zum Vorschein. Völlig überrumpelt hielt ich die Sachen hoch.

*Das* also hatte mein Dämon Edik gegeben?

Mein Dämon.

In der Rolle einer guten Fee war er herbeigeeilt, um dem Prinzen ein Kleid für sein Aschenputtel zu geben.

»An deiner Stelle würde ich mich beeilen«, fuhr die Garderobenfrau mich an, während sie mit Jacken und Mänteln hin und her huschte. Aber die Forschheit der Russen nahm ich schon lange nicht mehr krumm.

Ich schlüpfte in die Sachen, machte ein paar unsichere Schritte auf den Absätzen und zog den Saum des Kleides zurecht. Die Schuhe waren etwas zu groß und das Kleid saß nicht perfekt, aber der wohlwollende Blick der abermals vorbeiziehenden Garderobenfrau bestätigte mir, dass mein Erscheinungsbild diesem Ort endlich genügte.

Als ich auf den Schuhen aus der Garderobe hervorgewackelt kam, konnte ich endlich einen Blick auf mich in einem der Spiegel erhaschen. Abgesehen vom Haardurcheinander gab es erstaunlich wenig zu meckern. Gut, eine echte Cinderella hätte die Hände über dem Kopf zusammengeschlagen. Aber wem eine lärmende U-Bahn statt einer Kürbiskutsche genügte, der gab sich auch mit diesem Erscheinungsbild zufrieden. Und ich war zufrieden. Sehr sogar. Solange Edik die Rolle des Prinzen übernahm, war mir absolut alles recht.

»Und?«, fragte ich ihn schüchtern.

Er schien mich schon länger zu beobachten, jetzt kam er auf mich zu und hob langsam, ganz langsam die Hände zu meinem Gesicht. Ich dachte, er wollte mir mein Haar nach hinten streichen, doch dann bemerkte ich in seinen Fingern ein silbern glänzendes Kettchen mit einem Anhänger in der Form eines … Flügels. Wollte sein Schatten mir vielleicht das zeigen? Ging es womöglich gar nicht um seinen Tod? Ich hatte noch nie etwas Schöneres gesehen. Sogar der feinste Schmuck von Tiffany & Co. hätte mit diesem Kleinod in seinen Händen nicht konkurrieren können.

Er legte das Schmuckstück um meinen Hals und machte den Verschluss zu. Das Metall fühlte sich kühl auf meiner Haut an. Oder mir war einfach zu heiß.

Ich musste mich daran erinnern, wieder zu atmen, während mein Gehirn mit einem Streik drohte und mein Herz mit all seinem Klopfen langsam am Rande eines Burn-outs stand. Ein perfekter Moment also. Um uns zu küssen.

»Ich hoffe, es gefällt dir«, flüsterte er.

Ja! Natürlich!

Mach's endlich.

Behutsam nahm er mein Gesicht in seine Handflächen, seine Daumen strichen mir federleicht über die Wangen.

Küss mich doch. Worauf wartest du nur?

Er neigte seinen Kopf noch ein bisschen tiefer. »Ich hatte befürchtet, du würdest es völlig bescheuert finden.«

Hör auf zu reden. Hör einfach auf zu reden und …

»Ich hatte dich nie Schmuck tragen sehen.«

Unsere Lippen waren einander so nahe. Ich spürte seinen Atem auf meiner Haut. War vollkommen beschwingt von der Wärme seines Körpers. Von seinem Duft, der allgegenwärtig schien.

Irgendwo über uns tönte ein Klingeln. Und es waren nicht die Engel, die dem Moment zu Ehren ein Ständchen hervorbringen wollten. Denn der Moment war vorbei. Endgültig.

»Nach dem dritten Klingeln darf man nicht mehr rein. Wir sollten gehen.«

Hörte ich Bedauern in seiner Stimme? Er ließ sich jedenfalls nichts anmerken und bot mir seinen Arm. Ich hakte mich bei ihm unter und schon führte er mich zur Treppe, als hätte er sein Leben lang nichts anderes getan, als feine Damen ins Theater zu begleiten. Meine freie Hand lag auf dem Kettchen, als müsste ich mich jede Sekunde vergewissern, dass ich es mir nicht einbildete. Ein Flügel-Anhänger. Flügel in seinem Schatten. Ich hatte die Vision einfach überbewertet. Ihm drohte keine Gefahr.

»Wie lange planst du diesen Ausflug eigentlich schon?«, wollte ich wissen, während sich in mir eine endlose Erleichterung ausbreitete.

»Schon lange. Aber den letzten Schub hat mir dein Dämon mit seiner Kopfnuss verpasst.«

»Ah. Die Gehirnvereisung, verstehe. Er sagte dir, dass du mich ausführen sollst?«

»Er sagte mir, dass du in deinen Träumen das Tanzen liebst. Und dass ich diese Information weise nutzen sollte.« Plötzlich blieb er stehen und sah mir in die Augen. »Aber das Kettchen habe ich schon vor einer Weile gekauft. Nur war ich mir sicher, dass ich nie eine Gelegenheit haben werde, es dir zu geben.«

Mit den Fingerkuppen zeichnete ich den Anhänger nach. »Wofür steht er?«

Seine Augen lächelten mich an. »Ich fürchte, wenn ich es dir jetzt erklären würde, würde es unsäglich kitschig und unsäglich peinlich klingen.«

»Ich mag kitschig und peinlich. Und solange du mich nicht mein Täubchen nennst …«

»Siehst du. Schon fängt es an.« Er lachte. »Aber genau das ist es, was mir in deiner Nähe Flügel verleiht.«

Er führte mich weiter die Treppe hoch, während seine Worte in mir nachhallten. Auch wenn ich mich auf den Stufen eher darauf konzentrieren sollte, meine Schuhe nicht zu verlieren. Cinderella hin oder her.

»Und wo hast du das Kleid her?«, fragte ich. »Genau genommen: Wo hatte unser Dämon es her?«

Hoffentlich hatte er keine Frau verspeist, um an ihre Klamotten zu kommen. Ürgs. Manchmal sollte ich meinen Wissensdrang lieber im Zaum halten.

Ich merkte, wie seine Haltung sich etwas verspannte. »Es gehört meiner Mutter. Mein Vater hat einige Sachen von ihr aufbewahrt, nachdem sie uns verlassen hatte. In einer Schrankhälfte hatte er ihr sogar eine Art Schrein daraus errichtet. Zumindest solange wir überhaupt einen Schrank hatten, bevor wir das meiste Mobiliar verkaufen mussten.«

Ich spürte einen dicken Kloß im Hals. Wie viel ihn das Kettchen und die Theatertickets wirklich gekostet hatten, war mir nicht in den Sinn gekommen, weil ich noch nie wirkliche Geldsorgen gehabt hatte. Edik und sein Vater hatten dagegen Nägel in der Wand statt einer Garderobe, weil sie jedes bisschen Geld brauchten. Und dann … lieh er mir das Kleid seiner Mutter, damit ich mich hübsch fühlen konnte. Und alles wirkte so perfekt, dass ich an seiner Seite alle Sorgen vergaß.

Er redete bereits weiter: »Jedenfalls habe ich Wladislaw gebeten, es heimlich zu holen und zum College zu bringen. Daher gilt der meiste Dank ihm. Wobei er nicht glücklich damit war, uns gehen zu lassen, und ich bin mir nicht ganz so sicher, ob wirklich nur unsere Sicherheit der Grund dafür war oder vielleicht … doch etwas andere Gefühle. Egal. Ich weiß nicht, ob ich dir das schon gesagt habe: Du siehst umwerfend aus. Kleid hin oder her.«

Dieses Mal war ich es, die plötzlich stehen blieb. »Wir werden deine Mutter finden.« Ich schluckte und drückte seinen Arm. »Wir werden sie finden.«

Liebevoll strich er über meine Finger. »Das werden wir. Aber heute – heute ist dein Abend. Und wir werden an nichts anderes denken. Versprochen?«

»Ja.«

Unsere Plätze lagen auf dem letzten Balkon. Von ganz oben erschien die Bühne klein und die Menschen im Parkett wie Puppen, denen Leben eingehaucht worden war. Dennoch betrachtete ich völlig überwältigt den imposanten Kronleuchter mit Myriaden Ketten aus Kristallen in der Mitte des Saals, die malerische Decke, den roten Samt und die goldenen Verzierungen. Es hätte mich keineswegs gewundert, wenn in der Königsloge gegenüber der Bühne tatsächlich der Zar mit seiner Familie erschienen wäre, um der Vorstellung beizuwohnen. Im Orchestergraben stimmten die Musiker ihre Instrumente und erfüllten die Luft mit einer kribbeligen Aufregung und dissonanten Tönen. Kaum hatten wir uns gesetzt, klingelte es zum dritten Mal und der Saal verdunkelte sich. Die Instrumente verstummten. Hier und da hörte man noch vereinzeltes Hüsteln aus dem Publikum, Rascheln – und plötzlich tauchte das Theater in eine ganz andere Welt ein. Bereits nach den ersten Lauten der Ouvertüre wusste ich, was mich auf der Bühne erwarten würde. Die Buchfinken und Rotkehlchen in meinem Traum hatten erstaunlich tonsicher gezwitschert. Es war *Schwanensee*.

Ich war wie verzaubert. Als hätte der böse Magier auf der Bühne auch über mich einen Bann verhängt, als wäre ich eines von diesen wunderschönen, schwebenden Mädchen, eine verwunschene Seele im Körper eines graziösen Vogels. Ich hoffte und bangte, mein Inneres flatterte voller freudiger Entzückung, während ich den vier kleinen Schwänen bei ihrem noch kindlich unbeschwerten Hüpfen zusah. Ich liebte, ich litt, ich fieberte dem großen Glück entgegen, das zum Greifen nah schien, doch am Ende wartete der Tod.

Wirklich zu mir war ich erst draußen gekommen, als ich mich umgezogen und wir das Theater verlassen hatten. Jetzt spazierten wir die dunklen Straßen entlang. Tief atmete ich die kalte nächtliche Luft ein, erwachte langsam aus dem Zauber.

»Ich dachte, sie würden es schaffen«, sagte ich leise, als die Musik in mir nach und nach abgeklungen war und das Leben mich endgültig zurückhatte. Mit den Fingern befühlte ich unter meiner Jacke den Flügelanhänger, den ich über meinem Rollkragenpulli trug. »Ich dachte wirklich, ihre Liebe würde siegen.«

In Sachen ›kitschig‹ und ja, vor allem ›peinlich‹ konnte mir keiner das Wasser reichen. Dabei hatte ich doch *Black Swan* gesehen. Daher wusste ich, wie es ausging.

»Es ist die ursprüngliche Aufführung«, sagte Edik. Er hielt meine Hand und wir gingen die Ingenieurstraße entlang, vorbei am Ingenieurschloss, in dem, wie er mir zwischendurch erklärte, der Zar Paul I. ermordet wurde. Angeblich streifte sein Geist noch immer durch die Säle, weswegen man besonders das komische Türmchen meiden sollte. »Während des Kommunismus wurde der *Schwanensee* abgeändert und mit einem Happy End versehen. Ein sowjetischer Prinz konnte schließlich nicht dem Bösen unterliegen. Diese Version wird sehr häufig aufgeführt.« Er legte mir einen Arm um die Schultern und drückte mich an sich, ich spürte sogar, wie er ganz kurz sein Gesicht in meine Haare senkte. »Also glaub mir: Auch in dieser Geschichte gibt es oft genug ein Happy End.«

Ich vergrub meine Wange in seine Jacke und sog mal wieder seinen Duft ein. »Das ist schön zu hören. Ich mag Happy Ends.«

»Schau, da!« Wir waren den Fluss Fontanka entlang spaziert, als Edik über die Kaibrüstung zum Wasser deutete. Ich beugte mich vor, konnte aber nichts erkennen.

»Die kleine Statue. Das ist Tschishik-Pyshik. Der berühmteste Vogel der Stadt.«

Tatsächlich. Erst jetzt sah ich unter mir einen kleinen Vorsprung, auf dem ein Metallvogel hockte.

»Tschishik-Pyshik?«, wiederholte ich und hätte bei dem Namen am liebsten aufgelacht. Wer errichtete einem Spatzen eine Statue?

»Eines der kleinsten Denkmäler der Welt«, erzählte Edik und man sah ihm an, wie sehr er sich – offen und herzlich – über mein Staunen freute. »Ich habe seine genauen Maße aufgeschrieben, leider nahe dem Ellbogen, weswegen ich mich jetzt halb nackt ausziehen müsste, wenn du darauf bestehst, sie zu erfahren.«

Spielerisch stupste ich ihn an. »Ich hätte nichts dagegen.«

»Mich halb nackt zu sehen? Bei der Kälte? Du bist grausam! Weißt du was?« Wie bei einem Zauberkünstler erschien in seinen Fingern eine Zweirubelmünze. »Man sagt, Tschishik-Pyshik erfüllt Wünsche. Aber nur, wenn man es schafft, eine Münze so zu werfen, dass sie auf dem Podest liegen bleibt. Versuch dein Glück!«

Na toll. Ich sollte im Dunkeln diesen winzigen Vorsprung treffen? Ich? Die sogar den Trevi-Brunnen während des Urlaubs in Rom mit Mama verfehlt hatte?

Aber wenn man sich etwas sehr, sehr wünschte, dann sollte das doch klappen, oder? Ich machte die Augen zu. Möge Edik nichts passieren. Egal, was der Montag mir bringt, möge Edik bloß nichts passieren!

Ich beugte mich zu Tschishik-Pyshik und warf. Die Münze klirrte, als sie von der Kaimauer abprallte, und mit einem dumpfen Plonk! fiel sie ins schwarze Wasser des Flusses.

»Tja«, meinte Edik, der wie ich noch der versunkenen Münze nachsah. »Die genauen Maße des Denkmals wirst du wohl ein anderes Mal erfahren.«

Wir gingen weiter. Doch das ungute Gefühl nistete sich in mir ein. So ein Quatsch, versuchte ich mich zu beruhigen. Wollte ich Ediks Sicherheit tatsächlich von einem Tschishik-Pyshik und meiner Treffsicherheit abhängig machen? Dann könnte ich morgen gleich losziehen, um nach einem Topf Gold am Ende eines Regenbogens zu suchen.

Währenddessen zeigte Edik mir, wo der berühmte Sommergarten lag, in dem der Palast Peter des Großen stand: eher ein Häuschen nach royalen Maßstäben, vielleicht eine größere Villa für Normalsterbliche. Danach spazierten wir durch das Marsfeld, auf dem die Zaren früher Militärübungen und Paraden veranstaltet hatten. Dort wärmte ich meine Hände an einem Feuer, um kurz darauf zu erfahren, dass es die Ewige Flamme war, die an die Toten des Massengrabes auf dem Marsfeld erinnern sollte.

Edik führte mich zum Palastkai der Newa und ich konnte die Fassade des Winterpalastes bewundern. Über die imposante Schlossbrücke gelangten wir auf die Wassiljewski-Insel zu den Rostra-Säulen und der ehemaligen Börse. Hier war ich wieder von Kultur umgeben – die Kunstkammer, das zoologische Museum, das zentrale Museum der Kriegsflotte, zum Glück alle geschlossen zu der späten Uhrzeit. Schon wieder verlief unser Weg am Newa-Kai entlang. Das Gebäude der zwölf Kollegien, erzählte mir Edik, wurde quer zum Kai erbaut. Den Bau hatte Menschikow beaufsichtigt, dem wohl aufgefallen war, dass die lange Fassade (der Name sprach schon für sich) kaum noch Platz für seinen eigenen Palast lassen würde. Diesen optischen Bruch in der Gestaltung des Kais hatte der Zar ihm sehr übel genommen, aber der Gram währte – wie so oft zwischen den beiden – nicht lange.

»Sie waren alte Freunde, auch wenn Menschikow aus sehr einfachen Verhältnissen stammte«, erzählte Edik. Die Legende darüber, wie Menschikow Piroggen vor dem Palast verkaufte, hatte auch ich aufgeschnappt.

»Wusstest du, dass den beiden eine Beziehung nachgesagt wurde? Er schleppe Peter wie eine Hure ins Bett, hieß es. Für die Verbreitung dieser Gerüchte wurden damals einige einflussreiche Männer verhaftet.«

»Damals?« Ich wandte den Kopf ab, was der Wind als Aufforderung verstanden hatte, meine Haare kräftig durcheinanderzuwirbeln. »Liegen zwischen heute und damals tatsächlich dreihundert Jahre?«

Edik seufzte. »Bald müssen wir zurück.«

»Schon?«

»›Schon‹ ist gut.« Vorsichtig drückte er mein Gesicht am Kinn hoch und schob mein zerzaustes Haar nach hinten. »Um halb eins macht die Metro zu. Wenn wir ein wenig warten, dann können wir zwar erleben, wie die Zugbrücken aufgehen, aber von der Insel kommen wir nicht mehr runter.«

So ging es also vorbei. Das schönste Date, das ich je hatte.

»Danke«, hauchte ich ihm entgegen und meine Finger berührten den Anhänger. »Für den *Schwanensee* und die Stadtführung.« Für die Flügel, die du mir verleihst, fügte ich stumm hinzu, und für den Zuspruch, dass es auch in einem *Schwanensee* noch oft genug ein Happy End gab.

»Es war ein wundervoller Abend«, flüsterte er zurück.

Dann küsste er mich.

Ich hatte mir so oft ausgemalt, wie es sein würde. Doch es war nichts im Vergleich zu dem, was ich fühlte, mit jeder flatternden Zelle meines Körpers, während seine Lippen die meinen berührten. Alles vergessen: die Nervosität oder die Frage nach dem besten Zeitpunkt dafür. Alles unwichtig: die kalte Nacht oder unsere ungewisse Zukunft.

Er hielt mich in den Armen. Küsste mich. Und ich wusste: Er war der Richtige.

# Kapitel 20

Keine Ahnung, wann die Welt uns zurückhatte. Es war wie das Aufwachen aus einem Traum, aus einem sehr schönen Traum, und mit der Gewissheit, dass Edik noch bei mir war. Ein Motorgeräusch erinnerte mich an die Realität und dass wir an diesem nächtlichen Kai doch nicht allein waren. Über Ediks Schulter hinweg spähte ich zu einem dunklen Transporter. Er stand einige Meter von uns entfernt, mit ausgeschalteten Scheinwerfern und laufendem Motor, beinahe aufgelöst in der Dunkelheit um uns herum. Ich dachte daran, dass wir weitergehen sollten, um wieder allein zu sein, vielleicht würden wir über einen Steg ans Wasser gelangen – und uns dort noch einmal küssen. Wenn es nach mir ginge, könnte ich mit Edik die ganze Nacht auf dieser Insel verbringen.

Hätte mir auffallen müssen, dass etwas nicht stimmte?

Hätte ich etwas machen können?

Die Türen des Transporters öffneten sich. Ich sah kräftige, langhaarige Gestalten, die dem Inneren entstiegen und auf uns zuliefen, und es war, als hätte mir ihr Anblick den Boden unter den Füßen weggezogen. Die Wolchwy!

»Edik, weg hier!« Ich packte ihn an der Hand und zog ihn mit mir. Aber die Männer waren schneller. Edik löste seine Hand aus meinem Griff und fuhr herum.

»Lauf!«, rief er mir zu. Aber ohne ihn konnte ich keinen einzigen Schritt tun. Er meinte doch nicht im Ernst, dass ich ihn allein lassen würde? Nein, auf keinen Fall! Auch wenn mein Verstand mich völlig berechtigt fragte, ob ich gerade tatsächlich vorhatte, hier die Judo-Techniken aus der Probestunde auszuprobieren.

»Lauf!«, rief Edik noch einmal und schmetterte seine Faust gleich dem ersten Kerl, der bei ihm war, ins Gesicht.

Die Nacht um mich schien im Takt meines Herzens zu pochen, wie ein einziger, undurchdringlicher Schatten legte sie sich um mich herum und verschleierte mir die Sicht. Vielleicht waren es auch nur Tränen, die mir in die Augen schossen.

Ein anderer Kerl machte einen Bogen um Edik, schon hatte er mich erreicht. Obwohl ich ihn mit aller Kraft zu treten versuchte, drehte er mir die Arme auf den Rücken und schleifte mich zum Transporter.

Mit einem Mal war Edik wieder bei mir. Ich hatte nicht einmal registriert, was passiert war – der Typ ließ mich los und ging zu Boden. Wo auch immer Edik so zu kämpfen gelernt hatte, Judo-Probestunden waren es nicht. Als er sich zum nächsten Angreifer drehte, schnellte die Messerklinge in seiner Hand hervor, mit der er meinem Dämon einst die Kugeln aus dem Leib geschnitten hatte. Vielleicht hatten wir doch noch eine Chance. Zumal die Männer uns offensichtlich nicht ernsthaft verletzen wollten. Ich hatte Waffen bei ihnen gesehen, von denen sie noch keinen Gebrauch gemacht hatten, und beim Anblick des Messers kamen sie nicht mehr näher.

»Gehen wir«, flüsterte Edik. Schritt um Schritt wichen wir zurück, als unweit von uns ein anderer Wagen abbremste. Die Türen schlugen auf. Drei, vier Gestalten schlüpften heraus, und mir wurde klar, dass Edik auch mit einem Messer nichts mehr ausrichten konnte.

»Lauf. Um alles in der Welt, lauf!«, stieß er hervor und stürzte sich auf die Neuankömmlinge. Ich wusste, was er vorhatte. Mir Zeit verschaffen. Auch wenn es völlig sinnlos war.

Da schnellte vom Gebäude der zwölf Kollegien eine riesige Silhouette auf die Straße zu. Im gleichen Moment explodierten die Autoscheiben des zweiten Wagens und schließlich richtete sich mein Dämon auf dem Autowrack zu seiner vollen Größe auf. Anscheinend war er tatsächlich alles andere als glücklich damit gewesen, uns allein gehen zu lassen. An diesem Abend spielte er unseren Bodyguard.

Schüsse fielen. So viel zu meiner Theorie, die Typen wollten keinen von uns verletzen. Mr Nachtmahr zählte offensichtlich nicht dazu.

Edik realisierte die Situation um einiges schneller als ich, und während die Männer versuchten, sich die Kreatur vom Leib zu halten, packte er meinen Arm und zog mich davon.

»Sie werden ihn verletzen«, keuchte ich und schaute immer wieder zurück.

»Sie werden auch uns verletzen. Nur nicht hier. Und etwas langsamer.«

Jemand schrie. Als ich abermals zurückblickte, sah ich einen Körper, der fast grotesk mit den Armen wedelte, während er über die Kaibrüstung flog und ins Wasser einschlug. Wie ein schwarzer Berg stand die Kreatur zwischen uns und unseren Angreifern. Die Männer versuchten, sie zurückzudrängen oder an ihr vorbeizukommen, doch keiner von ihnen gelangte auch nur in die Nähe unseres Beschützers.

»Weiter!«, rief Edik mir zu. »Bleib nicht stehen! Er schafft das schon.«

Ich zwang mich weiterzulaufen. Wir mussten weg, redete ich auf mich ein, um nicht daran zu denken, was hinter mir passierte. Um die Seitenstiche zu ignorieren und meinen stockenden Atem irgendwie unter Kontrolle zu halten. Wir mussten weg. Deswegen war mein Dämon da. Es wäre alles umsonst, wenn wir blieben, um uns von ihnen schnappen zu lassen.

Weg. Weg. Weg.

Vier Schritte – einatmen, vier Schritte – ausatmen. Verflucht, wie lang war dieser Menschikow-Palast eigentlich? Irgendwo musste doch eine Quergasse sein! Lange würde ich diesen Sprint nicht mehr aushalten.

Uns kam ein Wagen entgegen. Irgendwo in mir war eine leise Hoffnung da, dass jemand uns helfen, uns einsteigen lassen und in Sicherheit bringen würde. Doch das Auto schnitt uns den Weg ab, und als die Tür aufgerissen wurde, wusste ich, dass dort keine warmherzigen Samariter warteten. Wie viele von den Wolchwy waren hinter uns her?

Edik stieß mich zur Seite. »Da lang! Siehst du den Zaun mit dem Tor? Du schaffst das, ich weiß, dass du es rüberschaffst.«

»Aber …«

»Kein aber. Tu, was ich dir sage!«

Er wandte sich den Männern zu.

Nein, nein, nein. Ich wollte zu ihm, bei ihm bleiben, egal, was passierte und wie schlimm es für uns aussah. Abgesehen davon – was glaubte er eigentlich? Dass ich einfach so mal Stabhochsprung beherrschte? Ich machte ein paar Schritte auf Edik zu, als über mich hinweg die Silhouette meines Dämons schnellte. Er landete zwischen mir und Edik, neigte den Kopf und knurrte mich drohend an.

»Was?«, brüllte ich ihn an, plötzlich klemmte er mich unter seinen Arm und sprang mit mir über den besagten Zaun. Mir verschlug es den Atem. Alles drehte sich in meinem Kopf. Der schwarze Himmel, der Boden, die imposanten Gebäude, Edik, die Wolchwy. Für einen kurzen Moment dachte ich, ich würde ohnmächtig. Aber das wurde ich nicht. Auf der anderen Seite ließ Mr Nachtmahr mich los. Einige der Männer eilten uns hinterher und kletterten erstaunlich flink über das Tor. Erneut vielen Schüsse und ich spürte einen Stoß in die Seite. Bloß nicht anhalten. Ich rannte über das Gelände, das von historisch anmutenden Bauten und verzweigten Wegen gesäumt war, völlig orientierungslos, einfach weiter und hoffentlich geradeaus.

Wenn ich bloß eine Minute hätte, dann könnte ich die Polizei rufen, in der Hoffnung, unter ihnen wären noch aufrichtige Männer wie Nonjas Vater im Dienst. Aber diese Minute hatte ich nicht. Hinter mir tönten regelmäßige Schritte, womöglich war es einem der Typen gelungen, um den Dämon herumzukommen. Ich musste ihn abschütteln, irgendwie, doch mir war seltsam schwindelig. Meine Füße fühlten kaum noch den Boden, als liefe ich über Moos.

Hinter mir hörte ich ein tiefes Knurren und blickte zurück, gerade rechtzeitig, um zu sehen, wie mein Dämon mit einer Pranke ausholte und einen der Männer erwischte. Unvorstellbar, dass der Typ noch lebte, als er gegen eine Wand klatschte – danach sicherlich nicht mehr. Mir war einfach nur übel. Gütiger. Nie wieder würde ich eine Mücke platt machen, jetzt, wo ich wusste, was das Gleiche mit einem Menschen anrichtete.

Der andere Kerl, der noch hinter uns her war, schoss erneut. Ich wusste, dass er Mr Nachtmahr erwischt haben musste, doch mein Dämon ließ sich nichts anmerken. Er packte mich wieder in seine King-Kong-Umarmung und sprang mit mir aufs Dach, dann auf das nächste, bis er mich endlich losließ. Die Männer würden sicherlich ein Weilchen brauchen, um uns hierher folgen zu können.

Meine Beine hielten mich kaum noch. Ich sank auf die Knie.

Edik.

Wo war Edik?

Was war mit ihm?

Entfernt hörte ich Rufe, Motorgeräusche, also kämpfte ich mich hoch und taumelte nach vorne, darauf bedacht, auf dem schrägen Dach nicht auszurutschen. Viel konnte ich nicht sehen. Oder vielleicht genug, um kraftlos wieder zusammenzusinken.

Einer der Männer schleifte Edik zum Transporter. Er wehrte sich nicht. Nicht mehr. Vielleicht war er bewusstlos. Daran, dass er tot sein konnte, wollte ich nicht einmal denken. Sie warfen ihn hinein, der Wagen setzte sich in Bewegung, noch bevor die Seitentür zugemacht wurde, und ich beobachtete hilflos, wie die Rücklichter sich in der Nacht auflösten.

Einige Minuten lang spürte ich nichts außer der Leere, die sich in mir und um mich herum ausdehnte. Wie ein schwarzes Loch saugte sie alle Gefühle, alle Gedanken auf.

Mein Dämon robbte an mich heran und stupste mich mit der Schnauze in die Seite. Für seine Verhältnisse nur leicht, aber es reichte, um mich umzuwerfen. Ich spürte einen Stich, tastete unter meiner Jacke und fühlte etwas Warmes und Klebriges. Als die Männer herumballerten, musste eine der Kugel mich erwischt haben. Doch ich blieb seltsam ruhig, obwohl an meinen Fingern mein eigenes Blut klebte.

Die Wolchwy verfolgten uns nicht mehr, die anderen Autos waren abgezogen. Ich legte eine Hand auf den Kopf meines Dämons. Unter meinen Fingerkuppen fühlte ich an seiner Schläfe eine Ader pulsieren. Wie schlimm hatte es ihn erwischt? Im Dunkeln konnte ich nichts sehen, nur das Moos seines Blutes riechen.

»Kannst du laufen?«

Er schnaubte.

Ich deutete es als ein Ja.

»Bring mich nach unten. Bitte.«

Er ließ es sich nicht zweimal sagen, in Sekundenschnelle stand ich auf dem Bürgersteig und musste mich einen Moment sortieren, so unvermittelt kam es.

Unter einer Straßenlaterne schob ich den Saum meiner Jacke hoch, um meine Verletzung zu begutachten. Bloß ein Streifschuss. Halb so wild. Beziehungsweise: Noch vor einer Woche wäre ich bei diesem Anblick zwar nicht in Ohnmacht gefallen, doch ich hätte meine nähere Umgebung zumindest so lange malträtiert, bis ich Angesichts meiner lebensbedrohlichen Lage alle Zugeständnisse der Welt bekommen hätte. Angefangen mit einem Yorkshire-Welpen zu Weihnachten bis zu einem Shopping-Trip nach New York. Jetzt zählte nur eins: Ich lebte noch, und ich musste dies noch lange genug tun, um Edik zu finden und ihn zu retten. Das ›Wie‹ schob ich erst einmal beiseite. Also ging ich los; zum Glück waren die Brücken noch unten.

Mein Dämon schien meine Gedanken zu spüren, als wäre er trotz seines Zustands ein Teil von mir, womöglich tief in meinem animalischen Ich verwurzelt, das bei der kleinsten Erinnerung an den Überfall Blut, viel Blut seiner Feinde sehen wollte. Er hüpfte auf das Dach des Winterpalastes und schlängelte sich katzenhaft zwischen den auf dem Sims aufgestellten Statuen hindurch, dann schnellte er zur Alexandersäule und von dort zu einem imposanten Bogen mit einer Quadriga, von der er etwas abgebrochen haben musste, weil ich deutlich hörte, wie etwas Metallisches herunterpolterte. Ich folgte ihm am Boden, ohne die hiesigen Sehenswürdigkeiten zu beschädigen, und guckte nicht schlecht, als wir bald zum Nevskij Prospekt gelangten. Im Dschungel der Stadt schien sich Mr Nachtmahr bestens auszukennen – sein Orientierungssinn war um Längen besser als meiner.

Mir war immer noch schwindelig, ich wusste nur nicht, ob wegen meiner Streifwunde oder weil meine Empfindungen nach und nach zurückkehrten und ich langsam wirklich realisierte, was passiert war. Empfindungen konnte ich nicht gebrauchen. Vielleicht war ich einfach nur hungrig, dachte ich, als ich an dem Subway-Restaurant vorbeilief, das 24 Stunden offen hatte. Die Subway, zu der ich musste, dagegen nicht. Mein Handy zeigte zehn vor eins Ortszeit und der Eingang zur Metro in der Unterführung war mit einem Metallgitter versperrt. Ein Schild setzte mich in Kenntnis darüber, dass ich vor 5:45 von hier nicht mehr wegkommen würde.

Ich ließ mich auf die Stufen nieder und schloss die Augen. Immer wieder sah ich, wie die Wolchwy Edik zum Transporter schleiften. Warum hatte ich den Wagen nicht früher bemerkt? Warum hatte ich nicht gesehen, dass uns jemand folgte? Oder wollten die Schatten mich von Anfang an warnen, doch ich hatte zu viel Romantik im Kopf, um ihnen zuzuhören?

Die Fragen, die mich quälten, klangen schmerzlich vertraut. Etwas Ähnliches hatte mich auch nach Metas Unfall geplagt, nur dass ich es damals wirklich nicht besser gewusst hatte. Im Gegensatz zu jetzt.

Es war meine Schuld.

Einzig und allein meine Schuld.

Das konnte ich nicht leugnen.

Irgendwann war ich eingenickt und schreckte hoch, als das Handy, das ich nicht weggesteckt hatte, in meinem Schoß brummte. ›Anonym‹ stand auf dem Display. Fast mechanisch drückte ich auf das Hörer-Symbol.

»Liz«, begrüßte mich eine tiefe, männliche Stimme. Sie sprach meinen Namen merkwürdig routiniert aus, als wären wir gute Freunde, alte Bekannte. Ich schwieg. Wer auch immer am anderen Ende war, er gab mir genügend Zeit, meine Gedanken und Gefühle unter Kontrolle zu bekommen, mich zusammenzureißen und zu konzentrieren. Anscheinend kannte er mich gut. »Liz, dieser Abend ist für uns beide nicht so verlaufen, wie wir ihn uns vorgestellt haben. Zu gerne hätte ich dich jetzt bei mir gehabt, um mit dir von Angesicht zu Angesicht zu sprechen, und wir haben so einiges zu besprechen, glaube mir. Doch dann dachte ich mir: nicht schlimm. Vielleicht möchtest du deinen Freund bei uns besuchen? Ich gebe jedenfalls nicht die Hoffnung auf, dich bald hier zu sehen.«

Das Oberhaupt persönlich? Ich fragte mich, ob ich ihn kennen sollte. Ob mir irgendwas an seiner Stimme, seinem Ausdruck bekannt vorkommen müsste. Doch noch während ich grübelte, legte er auf, grußlos, als hege er keine Zweifel daran, dieses Gespräch bald fortsetzen zu können.

Kurz darauf kam eine Nachricht an: eine Straße mit einer Hausnummer in Lissij Nos. Verbissen gab ich den Namen in die Suchmaschine ein und stutzte. Konnte das wirklich so einfach sein? Lissij Nos war ein winziges Örtchen nahe Sankt Petersburg. Es gab dort ein paar Straßen, mitten durch die Siedlung lief eine Chaussee. Man konnte sich sogar einige Street-View-Bilder ansehen, und das, was dort den stolzen Namen ›Bolschoj Prospekt‹ trug, hätte in einem Dörfchen nahe Hamburg nicht einmal die Bezeichnung ›Gässlein‹ verdient. Die Adresse, die ich erhalten hatte, konnte ich virtuell nicht auskundschaften. Ich sah, dass da ein Weg vom ›Seljonyj Prospekt‹ fortführte, doch wohin er führte und wie weit, blieb unklar. Er schien sich irgendwo im Wald zu verlieren, der von rechts an das Dorf angrenzte, und wenn ich die Google-Earth-Sicht betrachtete, konnte ich tatsächlich so etwas wie ein Haus erkennen. Während ich noch versuchte, den Pixel-Haufen genauer zu interpretieren, meldete sich mein Handy erneut. Dieses Mal mit einer Videobotschaft. Ich wusste, dass ich sie mir lieber nicht ansehen sollte. Dass sie mir mehr vorführen würde, als ich im Moment vertragen konnte. Und dennoch drückte ich drauf.

Die verwackelten Aufnahmen erfassten zuerst Füße in Sportschuhen, etwas verwaschen Buntes, dann hörte ich murmelnde Stimmen im Hintergrund, die fast gänzlich von Motor- und Reifengeräuschen überlagert wurden. Schließlich kam der Innenraum eines Autos zum Vorschein – es musste ein Transporter sein. Obwohl ich saß, musste ich mich mit meinem ganzen Körpergewicht gegen die Wand lehnen, um nicht völlig zusammenzuklappen, denn im gleichen Augenblick sah ich Edik. Er lag seitlich auf dem Boden auf einer schmuddeligen Wolldecke, seine Arme hatte man ihm auf dem Rücken gefesselt. Die Kamera zoomte auf sein Gesicht. Seine Lippen waren zerschlagen, an der Wange und im Haar nahe der Schläfe klebte Blut. »Ich weiß, dass du wach bist«, nuschelte jemand neben ihm. »Bring ihn dazu, die Augen aufzumachen«, forderte ein anderer. »Der Höchste will sehen, dass er lebt.«

Der Mann neben Edik beugte sich zu ihm und schlug ihm grob auf die Wangen. »Komm schon, Dornröschen. Zeit für einen kleinen Auftritt.« Edik stöhnte, seine Lider flatterten. Der Typ packte ihn am Haar und riss seinen Kopf hoch, drehte sein Gesicht Richtung Kamera. »Sag Hallo, Junge. Und immer hübsch lächeln.« Was Edik durch die zusammengepressten Zähne hervorstieß, war mit Sicherheit nicht für meine Ohren bestimmt, und ich war froh, nur ein Drittel davon zu verstehen. Der Mann, der ihn hielt, wurde wütend. Ich bekam noch mit, wie er zu einem Schlag ausholte, dann brach die Aufnahme ab.

Ich wollte heulen. Mich irgendwo verkriechen und heulen, meine Tränen liefen bereits unkontrolliert über meine Wangen und ich spürte die nassen, warmen Bahnen, die sie zogen. Dann packte mich die blanke Wut, ich sprang auf und trat gegen das Gitter, das mir den Zugang zur Metro versperrte. Ich trat immer wieder dagegen, rüttelte daran, bis die Kräfte mich gänzlich verließen und ich zurück auf den Boden sank. Die Wolchwy hatten Edik, und sie wollten, dass ich zu dieser Adresse kam. Natürlich kam ich, sofort! Wenn nur die verdammte Metro fahren würde.

Stopp.

Ich zwang mich zu denken.

Sie brachten Edik nach Lissij Nos, das Video wurde aber im Wagen gemacht, was bedeutete: Sie waren noch gar nicht am Ziel! Mit Sicherheit wusste das Oberhaupt, dass ich im Stadtzentrum festsaß und bis in die Morgenstunden nirgendwohin konnte. Womöglich zählte er sogar darauf, brauchte selbst Zeit, um die Falle perfekt vorzubereiten.

Denk, denk nach, spornte ich mich an. Was sollte ich tun? Was konnte ich tun?

Aus dem dunkelsten Winkel der Unterführung tönte ein Knurren. Redete ich etwa laut? Als das fordernde Knurren nicht aufhörte, ging ich zu meinem Dämon, um nachzusehen. Er lag an einer Wand, beinahe mit der Dunkelheit um uns herum verschmolzen.

»Was ist?« Mit einer Hand fuhr ich ihm über die Rippen. Die Fellbüschel fühlten sich weich an, die Haut – schuppig wie die einer Schlange, aber angenehm warm. »Geht es dir gut?« Hätte es mir nicht schon früher einfallen sollen, nach seinen Wunden zu sehen? Eine tolle Freundin war ich! Der Geruch nach frischem Moos umhüllte meinen Geist, fast glaubte ich, in einem Wald zu sein und nicht in einer trostlosen Unterführung. »Zeig mal her. Wo haben sie dich erwischt?« Doch er schob meine Hand mit der Schnauze weg, stattdessen stupste seine Nase das Handy an, das ich noch immer festhielt.

»Du willst telefonieren? Mit einem Tierarzt, oder wie?«

Er schüttelte energisch den Kopf. Klar, wie sollte er auch telefonieren, in seinem Zustand? Anscheinend hatte der leichte Blutverlust meinen Verstand besorgniserregend vernebelt. Beste Voraussetzungen, um waghalsige Rettungsaktionen zu starten.

Wieder stupste er das Telefon an und schnaubte mich ungeduldig an. Okay. Ich versuchte es erneut: »Edik? Du willst das Video sehen? Oder die Adresse?«

Ein Nicken auf die zweite Frage. Ich rief die Nachricht wieder auf, doch er begnügte sich nicht damit, forderte mich weiterhin auf, etwas zu tun. Nur was? Brauchte er die Karte? Um die Lage auszukundschaften?

Anscheinend.

Er nickte, beinahe menschlich, dann richtete er sich auf, schüttelte sich und deutete mit dem Kopf auf seinen Rücken.

»Du willst mich hinbringen?«

Ich glaubte zu sehen, wie er angesichts meiner Begriffsstutzigkeit die Augen rollte und mir noch nachdrücklicher bedeutete aufzusteigen. Shit. Wie sollte das gehen? Er verlor endgültig die Geduld, beförderte mich selbst auf seinen Rücken und mir blieb nichts anderes übrig, als mich in seinen Fellbüscheln festzukrallen. Mein Kopf schrammte dabei fast an die Decke, ich musste mich ducken, hockte völlig verkrampft auf ihm und hoffte, es wäre nicht allzu weit. Geschmeidig brachte er mich hoch zur Straße, von einigen Seiten ertönten ein paar überraschte, leicht panische Ausrufe des einen oder anderen nächtlichen Passanten, aber die morgigen Schlagzeilen der Klatschpresse waren mir egal, weil ich nur noch daran denken konnte, mich festzuhalten. Mein Dämon sprang auf ein Hausdach. Mit meinem ganzen Körper schmiegte ich mich an ihn und am liebsten hätte ich die Augen zusammengekniffen, so viel Schiss hatte ich. Spätestens jetzt ahnte ich, wie die Märchen über den Zarensohn Iwan und seinen Ritt auf einem Grauwolf, die mir Mama einst vorgelesen hatte, entstanden waren. Ein paar praktische Reittipps hatten sie allerdings nicht parat gehabt oder ich hatte damals schlecht zugehört. Denn natürlich stürzte ich, mindestens ein Dutzend Mal, und war froh, dass Mr Nachtmahr eine unglaubliche Reaktionszeit bewies und mich jedes Mal auffing. Ungeachtet dessen, dass ich ihm beim Fallen regelmäßig so einige Fellbüschel herausriss und dabei kreischte, als wäre ich diejenige, die skalpiert wurde. Erst als wir die Stadt verlassen hatten, wurde es besser, die Bewegungen meines Dämons fanden einen gleichmäßigen Rhythmus und ich passte mich ihnen an. Die ganze Zeit über roch ich den warmen Moosduft seines Blutes, aber er beachtete seine Verletzungen nicht. Nach einer Weile ging sein Atem jedoch stockender und sein Gang wurde langsamer, aber auch dann machten wir keine Pause. Das letzte Stück des Weges führte uns durch einen Wald, in dem ich nicht einmal meine Hand vor Augen sah, so dunkel war er, und auch hier bewies Mr Nachtmahr einen beeindruckenden Orientierungssinn. Zielsicher lief er durch das Dickicht. Plötzlich schnellte er auf einen Baum und ich entdeckte unweit das von allen Seiten beleuchtete Grundstück, von einer mindestens zwei Meter hohen Mauer umgeben. Das war also unser Ziel. Das massive Metalltor sicherte die Zufahrt, die Anlage dahinter ähnelte einem englischen Park: sorgfältig gestutzte Bäume, die zwar kein Laub trugen, jedoch äußerst edel aussahen, Beete mit in Jutesäcken gehüllten Pflanzen, ein Teich mit einem schneeweißen, wie aus feinster Spitze gewebten Pavillon. Ich war gerade dabei, die fehlenden Schwäne zu bemängeln, als mir einfiel, dass sie sich vermutlich in wärmeren Gefilden aufhielten. Auf dem runden Platz vor der Eingangstreppe erkannte ich den Transporter. Mist. Die Entführer waren bereits da. Also nichts mit Abfangen und durch einen Blitzangriff überraschen. Plan B war vonnöten, noch bevor Plan A überhaupt eine Form angenommen hatte.

Mr Nachtmahr kletterte zurück auf den Boden und pirschte an die Mauer heran. Mit einem Satz hüpfte er auf das Grundstück, als wäre er ein Rassehund bei einer Zuchtschau, der Kunststücke im Ring vorführte. Wenn er auch eine Rolle machen konnte, würde ich mit ihm glatt beim ›Supertalent‹ auftreten.

Mein Dämon suchte Deckung hinter einer Buschreihe und legte sich hin, sichtlich erschöpft. Der Ritt hierher hatte ihm anscheinend sehr zugesetzt. »Danke.« Ich drückte mich noch einmal an ihn und ließ mich heruntergleiten, froh darüber, festen Boden unter den Füßen zu haben. Mein Hintern tat mir schon jetzt tierisch weh, an morgen wollte ich nicht einmal denken. Immerhin lenkte es mich geschickt von den Schmerzen der Streifschusswunde ab.

Ich lugte hinter den Büschen hervor und inspizierte noch einmal die Umgebung. Von links könnte ich nah genug ans Haus heranschleichen, ohne entdeckt zu werden. Theoretisch. Wie hoch meine Chancen tatsächlich standen, wollte ich mir lieber nicht ausrechnen. Ich visierte die nächste Buschreihe an, kroch auf dem Bauch einige Meter weit, wie ich es aus den besten Karl-May-Büchern kannte, und fand mich Nase an Nase mit einer Hundeschnauze. Einer äußerst unfreundlichen Hundeschnauze, die zu einem Dobermann gehörte. Mit dem tief geneigten Kopf, gehobenen Lefzen und aufgestellten spitzen Ohren knurrte er mich an. Mir blutete das Herz, während ich seine kupierten Lauscher betrachtete, wobei er mir deutlich genug machte, dass bei mir gleich etwas ganz anderes bluten würde. Meine Kehle zum Beispiel. Dann fielen mir drei seiner Kollegen auf, die mich eingekreist hatten. Wie lautete noch einmal die Nummer des Hundeflüsterers? So endete also mein Rettungstrip. Hätte ich mir denken können.

Plötzlich rissen die Hunde ihre Köpfe hoch, mit einem aufgeregten Hecheln und freudigem Zucken ihrer Stummelschwänzchen sahen sie über mich hinweg – zu ihrem Herrchen? Ich schielte über meine Schulter, innerlich darauf gefasst, in den Lauf einer Pistole zu blicken, und entdeckte meinen Dämon. Die Hunde waren nicht mehr zurückzuhalten. Mit enthusiastischem Winseln stürmten sie auf ihn zu. Offensichtlich verstanden sie sich prima. Vielleicht sogar zu prima. Sah ich das richtig? Mr Nachtmahr schnüffelte gerade am Hintern einer der Dobermänner? Okay, dieses Bild sollte ich so schnell wie möglich aus meinem Gedächtnis streichen.

Alle fünf hatten offensichtlich Spaß, wenigstens sorgte die Schnüffelei für eine entspannte Atmosphäre. Höchste Zeit, den Weg fortzusetzen. In der Nähe des Anwesens hielt ich Ausschau nach Überwachungskameras, konnte allerdings keine entdecken. Und nun? Gleich am Haupteingang mit der Tür ins Haus zu fallen, erschien mir als keine gute Option, also machte ich einen Kriech-Rundgang um das Gebäude. Seitlich entdeckte ich ein Kellerfenster, das auf Kipp stand, außerdem verfügte das Haus über einen Hintereingang und eine Kellertreppe, neben der gerade einer der Wolchwy rauchte. Ich drückte mich an den eisigen, matschigen Boden. Anscheinend hatte es vor Kurzem geregnet, und spätestens jetzt brauchte ich keine Tarnbemalung mehr, der Dreck klebte perfekt auf meinem Gesicht.

Der Mann rauchte äußerst ausgiebig und genüsslich, vielleicht war es ihm einfach nur langweilig, da er es wohl zu einem Spiel erklärt hatte, die Asche so lange wie möglich auf der Zigarette zu behalten. Als das Türmchen herunterrieselte und er daraufhin die Kippe ausdrückte, dachte ich, er würde endlich gehen, doch er zündete sich gleich eine neue an und das Spiel ging von vorne los. Nach einer geschlagenen halben Stunde bewegte er seinen Hintern endlich von der Stelle weg und lief die Kellertreppe nach unten. Ich wartete noch ein Weilchen, dann pirschte ich mich an die Treppe heran und schlich die Stufen hinunter. Die Tür war nicht abgesperrt. Durch den Spalt konnte ich wenig sehen, nur eine Art Vorraum mit Regalen wie in einem Baumarkt. Ich machte die Tür noch ein bisschen auf und schlüpfte letztendlichin den Raum hinein. Leer. Könnte eine Werkstatt sein. Von einem Tisch, der seitlich an der Wand stand, stibitzte ich einen massiven Schraubenschlüssel, der erstaunlich gut in der Hand lag. Sollte der rauchende Wolchw zurückkommen, könnte ich damit seinem Lungenkrebs durchaus zuvorkommen. Ein tröstender Gedanke. Liz – bewaffnet und sehr gefährlich.

Genauso vorsichtig wie vorhin öffnete ich die einzige Tür, die es in diesem Raum noch gab, abgesehen von der, durch die ich hineingelangt war. Dahinter erstreckte sich ein trister Korridor mit Nischen, in regelmäßigen Abständen durch Kellerlampen beleuchtet. Die ideale Kerkerstimmung, zumal ich vom Ende des Ganges gedämpfte Stimmen hörte. Ich beschloss, mich bis zur Ecke vorzuwagen. Sollte jemand den Gang betreten, würde ich in einer der Nischen Schutz suchen und hoffen, unbemerkt zu bleiben. Immerhin war ich mit nichts als vager Hoffnung immens weit gekommen. Vielleicht würde es mir sogar gelingen, herauszufinden, wo die Männer Edik festhielten.

Wie lang dieser Korridor wirklich war, wurde mir erst bewusst, während ich mich so geräuschlos wie möglich vorantastete. Die Stimmen wurden deutlicher. Es waren zwei oder drei Männer, wobei hauptsächlich nur einer redete und die anderen sich mit grummelnden Lauten der Zustimmung begnügten. »Was denkst du, wie das weitergeht? Mach es nicht noch schlimmer. Ich weiß, dass du müde und verzweifelt bist, dass du wirklich, wirklich glaubst, das Richtige zu tun. Aber du irrst dich. Dein Verstand betrügt dich, er beginnt, verrücktzuspielen, bis du Richtig und Falsch nicht mehr auseinanderhalten kannst. Alles, was du zu wissen glaubst, wofür du kämpfst, ist nichts als der Trug der Schatten, die dich langsam, aber sicher in ihre Tiefen ziehen. Wir können dir helfen. Wir. Können. Dir. Helfen.«

Die Worte klangen verständnisvoll und beruhigend, so sprach man mit einem Kind, aber ein Kind konnte ich mir in diesen Gemäuern beim besten Willen nicht vorstellen.

»Bitte rede mit uns. Ich weiß, wie sehr dich die Ereignisse neulich verstört haben. Aber du musst dich uns öffnen, dann wird alles besser!«

»Fick dich«, lautete die Antwort.

Rimma!

Alles in mir zog sich zu einem schmerzhaften Knoten zusammen. Ihre schwache, aber so furchtlose Stimme zu hören, war fast mehr, als ich im Moment ertragen konnte. Dabei wollte ich sie doch finden! Sie und Edik. Wenigstens wusste ich jetzt, dass einer von beiden lebte. Ich sammelte meinen Mut und riskierte einen Blick um die Ecke. Ein paar Sekunden reichten aus, um die Situation zu erfassen, schon drückte ich mich wieder an die Wand. Hinter der Biegung erstreckte sich ein beeindruckender Weinkeller. Die Wände waren mit Naturstein dekoriert, in Holzregalen lagen unzählige Flaschen, ich hatte sogar einige Fässer entdeckt und ein paar Nischen, in denen anscheinend besonders edle Weine und Spirituosen aufgestellt worden waren. Das warme, goldene Licht verlieh der Umgebung eine beinahe gemütliche Atmosphäre. Wenn da nicht die Wolchwy gewesen wären und Rimma, kauernd in einer Nische, die mit einem Gitter abgesperrt worden war. Ich überschlug meine Möglichkeiten. Drei Männer, ein bisschen zu viel für meinen Schraubenschlüssel. Also wartete ich. Zwanzig Minuten, vielleicht etwas mehr. Der Mann, der ständig redete, seufzte müde. »Ich sehe, das bringt nichts. Dabei habe ich wirklich gehofft, du würdest einsehen, dass du Hilfe brauchst. Weißt du was? Vielleicht kann dein Sohn dich vernünftiger stimmen. Denk darüber nach.«

Ich hörte Schritte und wie Rimma am Gitter rüttelte und schrie: »Nein! Lasst ihn in Ruhe! Lasst ihn in Ruhe!«

Mit rasendem Herzen drückte ich mich in eine der Nischen, schmiegte mich an den Stein, als könnte ich mit nur etwas mehr Vorstellungskraft platt wie eine Briefmarke werden. Die Männer kamen näher. Kalter Schweiß trat auf meine Stirn, meine Finger umklammerten fest den Schraubenschlüssel, doch den Metallgriff in meiner Hand spürte ich kaum. Dann sah ich die drei Typen. Ausgelassen scherzend zogen sie an mir vorbei. Kurz darauf schlug die Tür zu, während Rimmas panische Rufe mich bis ins Mark erschütterten.

Ich löste mich aus der Starre und lief zu ihr. Sie verstummte augenblicklich, als sie mich bemerkte, und diese Stille war noch fürchterlicher als ihre Schreie von vorhin. Ihr Gesicht war aufgequollen, tränennass und rotfleckig, das lange Haar wirr und verfilzt. Sie hockte auf dem Boden, die Bluse und der Rock zerrissen, riesige Laufmaschen in der nudefarbenen Strumpfhose, keine Schuhe. Ihr Blick, der kaum noch etwas beherbergte als Verbitterung und Verzweiflung, traktierte mich.

»Wie geht es dir? Alles gut?« Eine dumme Frage, in Anbetracht dessen, wie sie aussah. »Bist du verletzt?«

»Mach das Gitter auf«, keuchte sie. »Worauf wartest du noch?«

»Womit?«

»Ich weiß nicht!«, brüllte sie mich an. In der Nische konnte sie sich kaum aufrichten und so, wie sie da kauerte, ähnelte sie mehr einem Tier als einem Menschen. »Lass dir was einfallen, verdammt.«

Ich rüttelte am Gitter. Fest verschlossen. So leicht würde ich es nicht aus den Angeln heben können.

»Beeil dich! Oder willst du, dass sie meinen Sohn vor unseren Augen foltern, nur damit ich verrate, wer zu unserer Rebellion gehört?«

Was stellte sie sich vor, was ich hier ausrichten konnte? Ich zog mein Handy heraus. Kaum Empfang. Aber mit etwas Glück müsste das klappen. Ich steckte es ihr durch die Gitterstäbe zu. »Hier. Ruf deine Leute an. Ich werde sehen, dass ich an den Schlüssel zum Gitter herankomme.«

Ich drehte mich um und lief zurück zum Korridor – zu spät. Die Männer kamen zurück. Ohne nachzudenken schlug ich mit dem Schraubenschlüssel zu und erwischte einen der Männer an der Schulter. Er packte mich und drehte mir den Arm herum, bis ich den Schlüssel fallen ließ. Mit der anderen Hand angelte ich nach einer der Flaschen und schmetterte sie ihm ins Gesicht. Dieses Mal verfehlte ich seinen Kopf nicht. Er schrie, ließ mich los, doch die anderen beiden waren schon da und griffen nach meinen Armen.

»Endlich«, sagte der eine mit so einer unheimlichen Ruhe, dass ich überall auf meinem Körper Gänsehaut spürte. »Das Oberhaupt möchte mit dir reden.«

Meine Strampelaktion brachte nichts. Souverän drehte er mir die Arme hinter den Rücken und schleifte mich den Gang entlang, während sein anderer Handlanger blieb, um den Verletzten zu versorgen.

»Wo ist Edik? Was habt ihr mit ihm gemacht?«, rief ich. Doch meine Fragen blieben ohne Antwort. Er zwang mich, eine Treppe hochzusteigen, stieß mit dem Rücken eine Tür auf und zog mich in eine so pompöse Eingangshalle, dass ich mich glatt fragte, wer hier die Station Avtowo samt ihren Kronleuchtern gemopst hatte. Der Mann manövrierte mich die Marmortreppe hoch zur Galerie der zweiten Etage, wir betraten den rechten Flügel und blieben vor einer schweren, mit Schnitzereien verzierten Eichentür stehen. Während er mich fest am Oberarm hielt, klopfte er mit der anderen Hand an und fast sofort ertönte ein wohlwollendes ›Herein!‹. Der Typ schob mich über die Schwelle, trat eilig zurück in den Flur und schloss hinter sich ab; ich stand da wie bestellt und nicht abgeholt und glaubte fast, im Oval Office gelandet zu sein. Hinter einem massiven Schreibtisch mir gegenüber erhob sich eine Gestalt.

»Liz. Zugegeben, ich habe dich später erwartet. Schön, dass du da bist.«

Das Oberhaupt persönlich. War ja klar.

Den Kopf in der Kapuze seiner Kutte fast demütig zu Boden geneigt, kam er auf mich zu. Ich fragte mich, ob er gleich gregorianische Gesänge anstimmen würde. Tat er nicht. Kaum eine Armlänge von mir entfernt blieb er stehen und hob sein Gesicht zu mir.

»Ich freue mich sehr, dass wir uns endlich aussprechen können.«

Gütiger! *Dieses* Gespräch dürfte etwas länger ausfallen.

Es war mein Vater.

Und mir fiel nichts Besseres ein, als einfach umzukippen. Hoffentlich ist der Teppich weich, dachte ich noch, bevor ich mit dem Kopf gegen die Tür knallte.

# Kapitel 21

Stimmen.

Irgendwo weit weg.

Mir ist wohlig warm, ich fühle mich sicher und geborgen. Alles ist gut. Mir wird nichts passieren. Mein Vater streichelt mir über den Kopf und ruft leise meinen Namen. Er hört sich besorgt an, wie damals, als ich von einer Schaukel gefallen war, aber das muss er nicht sein – mir geht es gut. Wirklich gut. Ich lächele ihm mit geschlossenen Augen zu, völlig aufgelöst in seiner melodischen, sonnigen Stimme, die mir gut zuredet. Liz, Kleines, was machst du nur für Sachen?, sagt er. Ach, wir hätten es anders machen sollen, ganz anders. Wach auf, Kleines. Hab keine Angst.

»… wach auf, Liz, du hast nichts zu befürchten …«

Widerwillig seufzte ich und öffnete die Augen. Über mir – mein Vater.

»Endlich.« Auf seinen Lippen schlich sich ein Lächeln der Erleichterung.

Ich dachte, ich hätte sein Gesicht längst vergessen. Vollkommen aus meinem Gedächtnis gelöscht, als er gegangen war. Aber alles an ihm kam mir vertraut vor. Ich musterte seine fein gemeißelten Züge, die leuchtenden Augen mit braunen Sprenkeln, die beinahe frechen Grübchen, die kleinen Fältchen in den Augenwinkeln.

»Hast du uns einen Schrecken eingejagt«, flüsterte er auf Deutsch, und meine Muttersprache schien wie eine Hand zu sein, die er mir liebevoll reichte. Er redete mit einem leichten Akzent, und jeder Laut war wie eine glückliche Erinnerung an längst vergangene Tage.

»Uns?« Meine Stimme klang schwach und rau. Uns … die Wolchwy! Nein, ich durfte mich nicht einlullen lassen! Ich schreckte hoch, wollte aufspringen, mich wenigstens aufsetzen, doch mein Vater hielt mich zurück.

»Nein, nein, Kleines. Das ist noch zu früh. Du wurdest verletzt. Und hast dir schlimm den Kopf gestoßen. Bleib besser liegen.«

»Finger weg!« Ich schubste ihn von mir und tastete unter meinem Pullover. Die Wunde vom Streifschuss war verbunden. Abgesehen von den Kopfschmerzen ging es mir gut. Na ja. Okay eben.

»Ich weiß, wie durcheinander du bist.« Er stand auf und ging nach hinten, wo ich ihn Flüssigkeit in ein Glas einschenken hörte. Hoffentlich etwas, was mich stärken würde. Mit Hochprozentigem hatte ich noch nie etwas anfangen können, aber der Moment erschien mir als durchaus geeignet, um darüber hinwegzusehen. Aber als er zurückkam, nippte er genüsslich am Drink, ohne Anstalten zu machen, mir auch einen zu spendieren.

»Liz, ich kann dir alles erklären. Glaube mir.«

»Dann sag mir, wo Edik ist.« Ich versuchte mich erneut aufzurichten, aber der Raum begann sich zu drehen und das schmerzhafte Pochen in meinem Schädel schien mein Gehirn zu Brei zermahlen zu wollen.

»Hey, hey«, holte mich eine viel zu vertraute Stimme ein. »Mach mal langsam.«

»Meta?« Alles in meinem Kopf überschlug sich. Gefühle, Gedanken. Ich wusste noch kaum, wo oben und unten war, als sie hinter dem Sofa hervorkam und sich vor mich kniete. Im halbdunklen Raum hatte ich sie gar nicht bemerkt. Was tat sie hier? In Russland? Ich packte sie an einer Schulter. »Hält er dich fest? Hat er dich entführen lassen?«

»Quatsch, was redest du da?« Sie lachte. Vorsichtig, aber bestimmt nahm sie meine Hände von sich weg. »Dein Vater hat mich gefunden, als ich dachte, ich würde meinen Verstand verlieren. Als ich an meinem absoluten Tiefpunkt war und nicht weiterwusste. Als ich kurz davor stand, mir etwas anzutun.« Sie schob die Kapuze ihrer Kutte zurück. Obwohl ich ihre Narben schon so oft gesehen hatte, zuckte ich zusammen. Was mir sofort leidtat.

»Keine Sorge.« Sie schüttelte sanft den Kopf. Das dämmrige Licht zeichnete ihre Züge weich. Sie fuhr mit den Fingern über die wulstige

Haut. »Es macht mir nichts mehr aus. Ich bin mehr als mein entstelltes Gesicht. So viel mehr! Dein Vater hat mich gerettet und hierhergebracht. Ich bin ein Teil dieser Gemeinde, die mich mit offenen Armen empfangen hat. Ich fühle mich sicher bei ihm. Bedeutend. Ich wünschte, du könntest das auch.«

»Nein, nein, Meta! Er ist gefährlich!«

»Ach Liza.« Sie strich mir über das Haar und zog die kuschelige cremefarbene Decke, unter der ich lag, etwas höher. »Bald wirst du alles verstehen, vertraue mir. Du hast viel durchgemacht, einiges an Blut verloren, bist sicherlich dehydriert.« Ich stöhnte. Mein Verstand schien da einfach nicht mehr mitzumachen. Sie holte ein Glas, das auf einem Beistelltisch neben dem Sofa stand, und reichte es mir.

»Du solltest etwas trinken. Das wird dir guttun.«

Vorsichtig nippte ich daran. Wasser. Hauptsächlich. Es schmeckte süß, mit einem leicht bitteren Nachgeschmack. Tonic Water, schätzte ich.

»Traubenzucker«, sagte sie.

»Damit du schneller zu Kräften kommst«, fügte mein Vater hinzu und stellte sich hinter Meta, wie ein zufriedener Regisseur, der die Früchte seiner Arbeit genoss. Am liebsten hätte ich ihm das Wasser ins Gesicht gespuckt. Aber ich war durstig, und während ich trank, nutzte ich die Zeit, meine Gedanken zu sortieren.

Okay. Meta war eine Seherin wie ich. Mein Vater hatte sie in Deutschland aufgespürt, nachdem ihre Kräfte sich entfaltet hatten, und in seine Sekte gebracht. Klar, dass sie ihm vertraute. Sie hatte ja keine Ahnung.

Über den Rand des Glases blickte ich in das zufriedene Gesicht meines Vaters. »Du willst mir alles erzählen? Fang an.«

»Immer so voreilig!« Mein Vater lächelte. Gütig und liebevoll. Wie in den Kindertagen, wenn er mit seinem kleinen Sturkopf redete. »Ich habe doch gesagt: Alles zu seiner Zeit. Erst einmal musst du …«

Ich packte das Glas am Rand und schmetterte es gegen die Ecke des Beistelltisches. Die Scherbe, die in meiner Hand blieb, richtete ich gegen ihn. »Und ich habe gesagt: Diese Zeit ist gekommen. Wo ist Edik? Was ist mit Rimma? Spuck's aus!«

Erschrocken fuhr Meta zurück, während mein Vater die Ruhe selbst blieb. Er tätschelte ihre Schulter und setzte sich zu mir auf die

Couch. Ich drückte mich noch weiter gegen die Rückenlehne, während er es sich neben mir gemütlich machte.

»Ja, das ist meine Tochter. Wild und übereifrig. Gut. Ich erzähle dir meine Geschichte, und danach stellst du mir deine Fragen, die ich alle beantworten werde. Aber zuerst hörst du mir zu. Abgemacht?«

Blieb mir etwas anderes übrig? »Schieß los.«

»›Schieß los!‹« Er lachte auf. Ja, ein Schenkelklopfer schlechthin. Meta dagegen verlor keinen Ton. Stocksteif stand sie vor dem Sofa, das verunstaltete Gesicht wie aus Stein gemeißelt.

»Nun gut.« Lässig drückte er seinen Ellbogen in die Sofalehne und stützte den Kopf mit einer Hand ab. Sicherheitshalber führte ich die Scherbe näher an sein Gesicht heran, doch es störte ihn keineswegs. »Womit fängt man so eine Geschichte an? Dass ich das Oberhaupt dieser Gemeinschaft bin, weißt du ja schon. Meinen Vater habe ich nie kennengelernt, ich weiß nur, dass er selbstverständlich auch ein Wolchw war, meine Mutter gehörte zu den Seherinnen des Inneren Kreises und hatte wenig Zeit für mich. Wir wurden praktisch von dem gesamten Kult aufgezogen, mein Bruder und ich …«

»Halbbruder«, zischte ich. Den du getötet hast, du mieser Heuchler – aber das konnte ich gerade noch zurückhalten.

Er schwieg eine Weile. Ein bisschen enttäuscht, wie es mir vorkam, als wolle er mich für meinen unbedachten Einwurf bestrafen, bis er beschloss, Gnade walten zu lassen: »Hatten wir nicht ausgemacht, dass du erst einmal nur zuhörst? Ich finde, du solltest alle Seiten kennen, bevor du ein Urteil fällst. Da hat dein Freund um einiges mehr Geduld und Verständnis bewiesen.«

Edik! Mit einer Hand umklammerte ich meinen Flügelanhänger. Ging es ihm gut? Die Frage brannte mir auf den Lippen, doch mein Vater bedeutete mir zu schweigen. »Natürlich hast du recht: Wladislaw war mein Halbbruder. Aber wir hatten es nie so gesehen. Ich meine, was heißt das schon: Halbbruder. Als gehöre man nur halb zueinander, als dürfe man sich nur zur Hälfte umeinander kümmern. Nein, nein, Wladislaw und ich waren unzertrennlich, und solange wir einander hatten, konnte uns nichts aus der Bahn werfen. Ich war mir sicher, dass er das nächste Oberhaupt wird, mein kleiner Bruder. Er hätte Geschichte geschrieben. Stell dir das nur vor: der mächtigste

Mann unserer Gemeinschaft, und das bereits mit achtzehn Jahren! Aber seinen achtzehnten Geburtstag hat Slawa nicht mehr erlebt.« Er senkte den Kopf. Einige Strähnen seines langen Haars fielen ihm ins Gesicht, kitzelten an seiner Nasenspitze, doch er bemerkte es nicht. »Slawa wurde entführt und grausam getötet, um einen uralten Gott, Veles, aus dem ewigen Schlaf zu erwecken. Die Kraft, die meinem Bruder innewohnte, war bestens geeignet, um das schwarze Ritual zu vollziehen. Doch es ging schief, Glück im Unglück, sagt man dazu wohl, der Gott erwachte nicht. Nach ein paar Tagen hatten wir Wladislaws Überreste unweit von hier gefunden, wobei ihn keiner mehr hätte identifizieren können. Nur ich wusste es irgendwie.«

Bloß ›irgendwie‹? Ich biss mir auf die Zunge. Warum sagst du nicht gleich, dass du ihn entführt hast, Vater? Dass du es warst, der ihn getötet hat?

Ich brauchte nichts zu sagen. Es schien mir deutlich genug ins Gesicht geschrieben zu stehen. »Was hat man dir erzählt? Dass ich es war?«

»So ungefähr.«

»Um den Posten des Oberhaupts für mich zu beanspruchen?«

»Ich habe schon ›Tatort‹ mit Mama geguckt. Da wird für weniger gemordet.«

»Dann sag mir, warum ich den Kult verlassen habe, wenn ich so scharf auf diesen Posten war.«

»Um den Verdacht von dir zu weisen? Keine Ahnung! Wladislaw hat mir selbst erzählt, wie …«

»Das ist nicht Wladislaw!«, schnauzte er mich an, stand ruckartig auf und machte ein paar wütende Schritte durchs Zimmer. »Es ist ein Dämon der Traumwelt. Ein listiges, grausames Wesen, das nur ein Ziel hat: deinen Verstand mit seinen Lügen zu vernebeln.«

»Für einen Nicht-Wladislaw hat er ziemlich deutliche Erinnerungen daran gehabt, was deine Beteiligung an der Sache betrifft«, giftete ich zurück. Kindisch, den eigenen Gefühlen so sehr freien Lauf zu lassen. Aber das Gespräch ließ mich nicht kalt, egal, wie sehr ich mich darum bemühte, nichts von dem zu zeigen, was in mir brodelte.

»Was genau hat er dir denn erzählt? Vielleicht etwas von den Angelausflügen, die wir beide oft heimlich unternommen hatten?

Oder von Tante Maria, die der Meinung war, uns aus den Fängen einer Sekte befreien zu müssen – und wie wir uns tagelang versteckt hatten, bis sie endlich abgezogen war? Nein, glaube ich nicht. Denn dein Dämon weiß nichts von alldem. Das Einzige, was er hat, sind nur ein paar Erinnerungsbruchstücke, die er aufgeschnappt hat, als er bei dem Ritual an die Gestalt meines Bruders gebunden wurde. Vielleicht galten Slawas letzte Gedanken mir. Der Dämon schnappte sie auf und fügte dieses Wirrwarr zu einer Szene zusammen, die er nutzen konnte.« Er beugte sich zu mir. »Ich weiß, dass du versucht hast, Wladislaws Schatten an ihn zu binden. Du konntest das nicht, zumindest nicht wirklich, oder? Weil das nicht mein Bruder ist!«

Ich schluckte. Am liebsten hätte ich mir die kuschelige Decke über den Kopf gezogen. Ich fühlte mich schuldig und wusste nicht warum. Der Schatten, ja. Wladislaws Schatten, der nicht meinem Dämon gehörte, das hatte ich doch deutlich gespürt, ich wusste nur nicht warum. Jetzt wurde mir einiges klar. Sagte mein Vater also doch die Wahrheit?

Zufrieden nickte er mir zu. »Mal ehrlich, warum hätte ich dem Kult so lange fernbleiben sollen? Abgesehen davon verliert man dadurch den Zugang zum Inneren Kreis, man muss ganz von vorne anfangen und mühsam beweisen, dass die Kräfte, die man besitzt, eines Oberhauptes würdig sind.«

»Du hast's aber trotzdem gut hingekriegt, wie es scheint.«

»Liza!«, fuhr Meta mich an, doch mein Vater besänftigte sie mit einer kaum bemerkbaren Geste.

»Ich sage dir gern, warum ich den Kult verlassen habe. Ohne Slawa hielt ich es einfach nicht aus. Alles, absolut alles erinnerte mich an ihn. Sein Tod hat mir den Boden unter den Füßen weggerissen. Die Suche nach dem Täter oder den Tätern blieb erfolglos. Ich wusste, dass es jemand aus unseren Reihen war, und dieser Gedanke ließ mir einfach keine Ruhe. Es war unerträglich, in die Gesichter um mich herum zu blicken und sich Tag für Tag zu fragen: Warst du es? Oder du? Du vielleicht? Ich ging daran zugrunde, ich vernachlässigte meine Pflichten und brachte andere in Gefahr. Irgendwann war mir klar: Ich musste weg. Also bin ich gegangen. Dann lernte ich deine Mutter kennen. Sie war eine verlorene Seherin und brauchte dringend Hilfe, ich hatte es vom ersten Augenblick an gespürt. Ich wollte ihr Halt geben, ihr beibringen, mit ihrem Erbe richtig umzugehen und nicht daran zu zerbrechen. Doch wie viel ich ihr auch gab, sie gab mir viel mehr. Als du unterwegs warst …«

… warst du der glücklichste Mensch auf Erden. Jaja, schon klar, dachte ich. Erst jetzt merkte ich, wie müde ich war. Meine Hand mit der Scherbe war schon längst auf die Kuscheldecke herabgesunken, ich machte mir keine Mühe, sie hochzuhalten. Wenn er es gewollt hätte, hätte er mich schon längst entwaffnet. Verrückt. Was wollte ich mit dieser Scherbe überhaupt?

»Du warst unser Herzenskind, unser größter Schatz«, redete er beinahe hypnotisch auf mich ein. »Doch die Familie deiner Mutter war gegen uns.« Seine Stimme brach kurz, er musste sich sammeln. »Also sind wir nach Russland gereist, um in unserem Kult deine Kräfte zu entfalten und dich an die Mysterien dieser Welt heranzuführen.«

»Aber meine Mama hat gesehen, dass du ein doppeltes Spiel spielst, oder? Deshalb hat sie dich verlassen und ist mit mir zurück nach Deutschland gegangen, damit du und deine Sekte uns nicht in die Finger bekommen!«

Er zog die Augenbrauen zusammen. Gleichzeitig verärgert und unendlich traurig. »Wer hat dir das erzählt? Wieder dein Dämon?«

»Tante Inga.«

»Verstehe. *Die* Tante Inga, die so sehr gegen uns intrigiert hat? Die alles getan hat, um uns auseinanderzubringen? In Wirklichkeit war ich es, der deiner Mutter gesagt hatte, sie solle euch beide in Sicherheit bringen. Weil Wladislaws Mörder noch immer auf freiem Fuß war und langsam auch mich ins Visier genommen hatte. Ich wollte nicht, dass er dir oder deiner Mutter das antut, was er meinem Bruder angetan hat. Ich musste loslassen, was ich am meisten liebte. Was mir alles, absolut alles bedeutete.« Er drehte sein Gesicht weg. Als wollte er nicht, dass ich seine Tränen sehe.

Mama. Kurz schloss ich die Lider. Sagt er die Wahrheit, Mama? Darf ich ihm trauen?

*Se Theg nie Ib-Ab-Nnameztub …*

Keine Ahnung, warum ihr Singsang ausgerechnet jetzt in meinem Kopf ertönte, warum ich ihn partout nicht mehr loswerden konnte.

Als wäre meine Mama irgendwo da, hinter dem Schleier meines immer träger werdenden Verstandes, sie wartete auf mich, sie musste mir unbedingt etwas sagen …

*Se Theg nie Ib-Ab-Nnameztub …*

*Ni meresnu Sierk mureh.*

Ihr Summen ließ mich erschauern. Sag du es mir, Mama, wem soll ich glauben?

Bidebum.

Ich zwang mich, mich zu konzentrieren. Der einlullenden Stimme meines Vaters standzuhalten. Bis ich nicht die ganze Wahrheit wusste, durfte ich nicht unachtsam werden.

»… habe euch vermisst. So sehr vermisst! Aber ich durfte euch keiner Gefahr aussetzen. Ich konnte keinen Kontakt zu euch aufnehmen, um Wladislaws Mörder nicht doch noch auf eure Spur zu bringen.« Ich hörte Sehnsucht in seiner Stimme. So eine tiefe Sehnsucht. In all den Jahren hatte ich mir wie ein kleines Kind gewünscht, meine Familie zusammen zu sehen. Jetzt könnte mein Wunsch in Erfüllung gehen. Ich musste es nur zulassen.

»Und hast du den Mörder gefunden? Ist die Gefahr vorbei?«

Er schüttelte den Kopf. »Je mehr ich seinen Spuren folgte, desto mehr beunruhigte mich das Ganze. Das Ritual war nicht völlig fehlgeschlagen, wie ich es angenommen hatte. Der Täter wollte Veles in unsere Welt bringen, ihm eine Gestalt geben und Macht über ihn ausüben. Die Opfergabe hatte Veles erweckt, doch er blieb in der Traumwelt eingeschlossen. Also setzte ich alles, absolut alles daran, dass es auch so blieb, während er seine Dämonen auf uns hetzte, um endlich die Kraft zu bekommen, die er benötigte, um in unsere Welt zu gelangen. Viele Seherinnen und Wolchwy waren ihm zum Opfer gefallen, doch wir hielten ihm stand. Bis er sein Auge auf eine mächtige Seherin gerichtet hat, mit der ich nie und nimmer gerechnet hätte – dich.« Seine Stimme versagte wieder. Er räusperte sich, ich konnte beinahe körperlich spüren, wie schwer es ihm fiel, darüber zu sprechen. »Aber jetzt bist du hier. Mit deiner Macht können wir den Dämon verbannen, Veles für alle Ewigkeiten in der Traumwelt einsperren und denjenigen entlarven, der hinter alldem steckt. Du hast so viel Macht!« Er drückte meine Hand. Und ich ließ es zu. Dankbar lächelte er mich an. »Natürlich ist das alles noch sehr verwirrend für dich. Ich kann mir nicht im Ansatz vorstellen, was du durchgemacht hast. Du warst allein, und Veles nutzte deine Unwissenheit, um mit deiner Kraft einen Dämon in unsere Welt zu schicken. Du bist die Einzige, die Veles aufhalten kann. Ihn und seine Dämonenschar. Verstehst du jetzt, warum es so wichtig war, dass du hierherkommst? Dass wir miteinander reden und du die Wahrheit erfährst? Ohne dich schaffen wir es nicht, Liz!«

Erwartungsvoll sah er mich an.

Offensichtlich war seine Geschichte zu Ende. Was sollte ich sagen? Ich war zu erschöpft, um noch etwas Ordentliches denken zu können. Mama … Veles … mein Vater und Mr Nachtmahr … Ich fühlte mich matt. Schläfrig. Der Morgen ist klüger als der Abend, sagte man hierzulande nicht so? Vielleicht sollte ich lieber ins Bett gehen. Aber ich hatte noch so viele Fragen!

»Du wolltest mich in deinem Kult, damit ich dir helfe, den Mörder zu finden und Veles aufzuhalten.« Vor Müdigkeit klangen meine Worte verwaschen. »Und dir fiel nichts Besseres ein, als mir Wolchwy auf den Hals zu hetzen, die mich mit Pistolen bedrohen?« Ich kniff die Augen zusammen. »Dann einen Hund zu überfahren, um Rimma hervorzulocken? Und schließlich Edik zu entführen – wobei, ich weiß: Der Abend lief nicht so, wie du es dir vorgestellt hast. Du hast dir doch vorgestellt, dass deine Männer uns beide erwischen, nicht wahr?« Mehr Kraft hatte ich nicht. Die Couch war so verdammt bequem, und die Decke wie gemacht dafür, sich einzukuscheln und alles zu vergessen. Ich war mir nicht einmal sicher, ob meine Fragen überhaupt irgendeinen Sinn ergaben.

»Ich gestehe, es waren sehr heftige Maßnahmen. Aber welche Wahl blieb mir schon? Sophia konnte dich nicht dazu bewegen, zu uns zu kommen. Ich hatte Angst, wir würden dich verlieren. Deshalb schickte ich meine Leute, damit sie dich zu mir bringen, auch wenn sie dich gegen deinen Willen ins Auto stecken müssten. Sie hatten klare Anweisungen, dir kein Haar zu krümmen. Du warst sicher.«

»Und was ist mit Edik? Ich habe das Video gesehen! Soll ich dir noch immer glauben, dass du der Gute bist?« Die Bilder der Videobotschaft flackerten vor meinem inneren Auge auf. Mein Handy, wo zum

Teufel war mein Handy? Ich tastete fahrig über meine Kleidung, fühlte mich ganz komisch, irgendwie linkisch, denn meine Finger wollten nicht in die Taschen passen. Dann fiel es mir ein: Es war bei Rimma.

»Erst einmal: Deinem Freund geht es gut.« Mein Vater legte seine Hände auf die meinen. »Meine Männer haben ihn gefesselt, weil wir nicht wussten, wie er reagieren würde, sobald er aufwacht. Ja, die Wolchwy haben ihn etwas grob angefasst, aber im Moment liegen die Nerven bei uns allen blank. Die beiden, die du im Video gesehen hast, habe ich nach ihrem Eintreffen hier sofort suspendiert. So etwas wird unter meiner Obrigkeit nicht geduldet, das kannst du mir glauben. Eduard erholt sich von den Strapazen, die er ertragen musste. Wir haben ihm alles erklärt und er ist bereit, uns zu helfen.«

Ohne mich zu rühren, starrte ich ihn an. Edik ging es gut? Es war nie der Plan gewesen, ihm etwas anzutun?

»Ich will ihn sehen.«

Ja, genau. Wenn er hier war, wenn es ihm gut ging und er dem Kult helfen wollte, dann sollte er es mir selbst sagen.

»Es ist vier Uhr morgens. Was meinst du, was die meisten Menschen zu dieser Uhrzeit machen? Er schläft«, erwiderte mein Vater besonnen. Er hatte immer leiser gesprochen, und jetzt flüsterte er fast, als hätte sich Edik gleich im Oval Office hingelegt und wir würden ihn aufwecken, wenn wir etwas lauter reden würden. »Es war eine lange Nacht für uns alle. Wie wäre es damit: Ich bringe dich auf dein Zimmer, und wenn du dich ausgeruht hast, kannst du zu ihm.«

Nein. Mühsam schüttelte ich den Kopf. Nein, nein, nein. Aber ich wusste nicht einmal, warum ich mich so gegen diesen Gedanken wehrte. Ich war hundemüde. Und wenn ich nicht zum Zimmer ginge, würde ich bestimmt bald hier auf dem Sofa einschlafen.

»Da wäre noch Rimma«, fiel mir ein. »Du hast sie in deinem Weinkeller eingesperrt. Ihr wolltet Edik vor ihren Augen foltern, damit sie verrät, wer zur Rebellion gegen dich gehört. Oder?« Sicher war ich mir nicht mehr.

»Das hat sie gesagt? Liz, Rimma ist verwirrt. Sie hat sich schon einmal vom Kult losgesagt und stand vor dem Abgrund. Die Gemeinschaft konnte sie damals gerade so vor den Schatten retten, aber das blieb nicht ohne Folgen. Sie ist eine mächtige Seherin, aber psychisch sehr labil. Ich hätte sie nie bitten sollen, diesen Versuch zu unternehmen, deinen Dämon in die Traumwelt zurückzubefördern. Der Vorfall auf dem Dach hat ihr sehr zugesetzt, Liz, sie hat ihre Freunde sterben sehen! Jetzt denkt sie, ich würde hinter einer Verschwörung stecken, unentwegt spricht sie von einer Rebellion, die es nicht einmal gibt.«

Bidebum.

Ich drückte mir meine Fingerkuppen auf die Lider, doch das machte es nur schlimmer. Eigentlich wollte ich gar nicht mehr die Augen aufmachen.

»Wir haben sie hierhergeholt, um ihr zu helfen. Sie stellt eine große Gefahr dar, sowohl für sich selbst als auch für andere. Wir alle hoffen, dass es ihr bald besser geht. Ich bin mir dessen sogar sicher.«

»Und Käpt'n?«, murmelte ich. »Die Hündin, die ihr kaltblütig überfahren habt?«

»Liz, das mit dem Hund tut mir furchtbar leid. Aber du hast doch selbst gesehen, was passiert ist. Er ist vor den Wagen gesprungen, niemand hätte so schnell reagieren können. Und ja, die Jungs haben diese schreckliche Situation ausgenutzt, um Rimma dazu zu bewegen, schnell und ohne Widerstand einzusteigen.«

War die Hündin wirklich vor den Wagen gesprungen? Ich wusste es nicht mehr.

»Und Edik geht es gut?«, nuschelte ich schlaftrunken. »Ich kann ihn wirklich sehen?«

»Natürlich! Sobald du dich erholt hast.«

»Bitte gleich. Ich will nur wissen, ob er okay ist.« Endlich schaffte ich es, die Augen aufzumachen. »Ich werde ihn nicht wecken. Nur nach ihm sehen. Versprochen. Dann gebe ich Ruhe. Putze mir die Zähne und gehe ins Bett. Indianer-Dingsbums-Wort.«

»Liza!«, schnaubte Meta. Offensichtlich ging ihr das alles langsam auf den Keks. Vor allem, wie mein Vater sich um mich kümmerte. Wie geduldig er mir alles erklärte. Und wie begriffsstutzig ich war.

Mein Vater hob eine Hand. »Wenn Liz ihn sehen will, dann kann sie ihn sehen. Ich habe nichts zu verbergen.«

»Danke«, flüsterte ich.

Er wartete, während ich mehrere hilflose Versuche unternahm, mich vom Sofa zu hieven. Die Koordination meiner Arme und Beine ließ mich endgültig im Stich. Ich fühlte mich wie ein Käfer auf dem Rücken, bis ich seitlich vom Polster kullerte, auf alle viere kam und mich erst dann aufrichten konnte. Sogleich taumelte ich und schlug schmerzhaft mit dem Schienbein gegen den Beistelltisch – keine Ahnung, womit das geendet hätte, wenn Meta mich nicht gestützt hätte. Dankbar lehnte ich mich an sie, beteuerte, ich bräuchte nur einen Moment, um mit der plötzlich aufgetretenen Schwerkraft klarzukommen, aber langsam musste ich zumindest mir selbst eingestehen, dass ich völlig fertig war.

»Geht's wieder?«, wollte mein Vater wissen. Er klang besorgt.

»Ich glaube, ich sollte mir wirklich eine kurze Sendepause gönnen.«

»Natürlich. Meta bringt dich auf dein Zimmer. Du wirst sehen, nach ein paar Stunden Schlaf bist du wie neu.«

Ich nickte. Meta führte mich auf den Flur; vom weiteren Weg hatte ich nicht viel mitbekommen, nur dass sie irgendwann eine Tür geöffnet und mich behutsam über die Schwelle dirigiert hatte. Ich machte ein paar wackelige Schritte in den Raum und registrierte weiße Möbel, fliederfarbene Wände, schwere Gardinen in dunklem Lila, ein Himmelbett mit Seidenbehang, prächtige weiße Rosen in Vasen auf säulenähnlichen Podesten.

»Ich hoffe, es gefällt dir«, sagte Meta und ich hörte ganz deutlich eine kleine Spitze in ihren Worten. »Dein Vater hat sich viel Mühe gegeben.«

Anscheinend dachte er noch immer, ich wäre fünf und spielte gern Prinzessin.

»Kein Barbie-Haus und Plüschteddys?« Ich drehte mich zu ihr und musste mich wieder mit der Schwerkraft auseinandersetzen – da kamen mir die Himmelbettpfosten ganz gelegen. Irgendwo vom Rand meines Verstandes kam ein Gedanke auf; ich wollte ihn beiseiteschieben, bis ich erholt genug war, um Kopfarbeit zu leisten, aber er ging nicht.

»Dieser Gott da. In der Traumwelt. Velours … Venus … nein … wie heißt er?« Nicht einmal das wollte mir noch einfallen.

Meta seufzte genervt. »Veles.«

»Veles. Genau. Wenn ihr ihn bekämpfen wollt. Warum. Ähm. Warum tragt ihr sein Zeichen?« Ich deutete auf ihren Hals.

»Es ist kein Symbol der Verehrung. Es ist ein Schutzmittel gegen ihn, um seine bösen Kräfte von uns fernzuhalten. Das Amulett verleiht …«

Ich hörte einen dumpfen Schlag.

Meta verstummte, einen Sekundenbruchteil hielt sie sich noch auf den Beinen, dann sackte sie in sich zusammen. Das Blut aus der Wunde an ihrer Schläfe sickerte auf den flauschigen weißen Teppich.

Im Türrahmen stand Nonja.

Offensichtlich hatte sie meinen Schraubenschlüssel gefunden.

# Kapitel 22

Ich musste mich erst einmal sammeln. Auch Nonja schien nur langsam zu begreifen, was gerade passiert war – von ihrem spontanen Schwingen des Schraubenschlüssels hatte sie sich offensichtlich erheblich weniger versprochen.

»Liesah«, leierte ihre Stimme irgendwo in meinem Kopf, in dem es wohl ziemlich leer aussah, weil jeder Laut darin hübsche Echoeffekte erzeugte. »Liesah!«

Da ich nicht antwortete, stieg Nonja über Meta hinweg und eilte zu mir.

»Komm.« Sie zog an meinem Arm. »Wir müssen hier weg. Ich konnte Rimma befreien. Sobald wir Edik finden, werden wir von hier verschwinden.«

»Was hast du getan?« Stumpf sah ich Meta an und beobachtete, wie ihr Blut den Teppich besudelte.

»Liesah!«, holte Nonjas Stimme mich abermals ein. Sie klatschte mir auf die Wangen, ihre Finger fühlten sich kalt an, oder mein Gesicht war seltsam erhitzt. »Liesah, hörst du mich? Wir müssen weg!«

Warum? Was wollte sie von mir?

Ich kippte einfach zur Seite und kuschelte mich mit einer Wange an den Boden, betrachtete Metas blasses Gesicht. Ihre entstellte Seite war dem Teppich zugewandt. Die andere Hälfte sah wunderschön aus. Und so friedlich! Diese Ruhe in ihren Zügen hatte ich nach dem Unfall nie wieder bei ihr gesehen. Und ich wollte auch nur noch schlafen.

»Oh nein, schlag dir das aus dem Kopf. Hoch mit dir!« Es gelang Nonja, mich aufzurichten, mit neuer Wucht schlug sie mir auf die Wangen.

Autsch, ey. War sie völlig übergeschnappt? Ich wehrte mich, aber meine Hände schwenkten nur sinnlos herum und trafen bloß die Luft. »Lass mich. Edik … gut …«

Ja, es ging ihm gut. Und das war das Wichtigste. Wenn dieses Mädel nur endlich verschwinden und mich in Ruhe lassen würde!

»Okay.« Sie drückte meine Schultern. »Ich habe mitbekommen, was im Kabinett vor sich ging. Er ist dein Vater, du willst ihm glauben. Und du hast nicht viele Gründe, mir mehr zu vertrauen als ihm.«

»Geeeeh-nau.« Ich hob einen Zeigefinger und hätte ihr damit fast ein Auge ausgestochen. Sie nahm meine Hand und zwang mich, den Arm zu senken, ohne mich loszulassen oder meinen Blick zu verlieren.

»Rimma ist nicht geistig verwirrt.« Sie sprach langsam, aber bestimmt. »Die Rebellion gibt es wirklich, und seit den letzten Ereignissen gehöre ich dazu.«

»Du gehörst dazu«, wiederholte ich stumpfsinnig.

»Das Oberhaupt tut alles, absolut alles, um seine Ziele zu erreichen. Er will dich benutzen, um den Dämon unter seine Kontrolle zu bringen. Dein Dämon ist verletzt und bald wird es hell! Du weißt, wie geschwächt er ist, wenn seine Verwandlung einsetzt.«

»Mh. Ich bin müde.«

Warum war ich nur so müde? Alles schien unwichtig. Nicht einmal die bewusstlose Meta auf dem so gemütlich flauschigen Teppich setzte mir in irgendeiner Weise zu. War das normal? War ich noch normal?

»Ja, du bist müde, ich weiß. Sie haben dir etwas ins Wasser gemischt, damit du einschläfst. Um dich zu zwingen, die Traumwelt zu betreten. Verstehst du? Sie brauchen deine Kraft dort!«

»Bullshit.« Mein Kopf, mein armer Kopf, gleich würde er platzen.

Sie schnaubte. »Gut. Letzter Versuch.«

Völlig entkräftet beobachtete ich, wie sie zu einem Blumenständer ging und die Rosen auf den Boden warf. Die hübschen Blumen!, wollte ich protestieren. Doch sie griff bereits nach der Vase, kam zurück und kippte das Wasser über meinen Kopf.

Prustend schnellte ich hoch. »Spinnst du?«

»Da bist du wieder. Leider wird die kleine Erfrischung keine anhaltende Wirkung zeigen. Hör zu. Wenn ich tatsächlich nur spinne und dein Vater nichts zu verbergen hat, dann können wir ja

Edik suchen. Und wenn es ihm gut geht, dann kannst du beruhigt ins Bett.«

»Okay«, stieß ich hervor und wischte mir mit beiden Ärmeln über das Gesicht. Ein paar Minuten würde ich noch durchhalten, wenn sie dann endlich Ruhe geben würde. »Machen wir es schnell.«

»Prima.« Energisch zog Nonja mich aus dem Raum. »Ich weiß nicht, wo sie ihn festhalten. Aber im linken Flügel habe ich einen Wachposten gesehen. Wir sollten es zuerst dort probieren.«

Meinetwegen auch das. Ich ließ mich von ihr durch die Flure navigieren, doch weit kamen wir nicht.

An einem Treppenansatz stand mein Vater.

Beleuchtet durch den sanften Schein der hennafarbenen Lampen wirkte er in seinen langen Gewändern wie ein elfenartiges Wesen. Anmutig. Stark. Unbeugsam. Und vor ihm sah ich Edik.

Mit einem Mal war ich hellwach.

Edik trug kein Hemd, die Hände waren hinter seinem Rücken gefesselt und sein nackter Oberkörper offenbarte zu deutlich die Spuren dessen, was er ertragen haben musste.

Seine Peiniger hatten ihn nicht nur geschlagen.

Sie hatten ihn gefoltert.

Mit Schnitten und Brandwunden – und der Rest lag jenseits meiner Vorstellungskraft.

»Nikcht so schlimm, wie aussieht das«, flüsterte er auf Deutsch. Er gab sich unerschütterlich wie immer, er brachte sogar sein aufsässiges Grinsen zustande, dennoch merkte ich, wie der Widerstand in seinen Augen brach, als er mich sah. »Was du tust nur chier, doitsche Mädkchen?«

»Gütiger«, keuchte ich, befreite mich aus Nonjas Umklammerung und stolperte auf ihn zu, doch mein Vater hielt mich mit einer raschen Geste zurück, und als er den Lauf einer Pistole gegen Ediks Schläfe drückte, erstarrte alles in mir zu Eis.

»Ich dachte mir schon, dass wir nicht umhinkommen, etwas nachdrücklichere Methoden anzuwenden, um deine Mitarbeit zu sichern. Also, entweder machst du das, was ich dir sage, oder …«

Hausarrest? Das alles bildete ich mir doch nur ein! Das konnte unmöglich sein!

»Ich sehe, wir verstehen uns. Deine Freundin bleibt hier«, fuhr mein Vater fort und nickte jemandem hinter meinem Rücken zu. »Sperrt sie ein. Meta?«

Ich fuhr herum. Schwankend kam meine Cousine mit einem der Wolchwy auf mich zu, einem kleinen, aber stämmigen Mann, der Nonja von mir wegriss.

»Nur einsperren?«, zischte Meta und befühlte ihre Wunde unter der Kapuze. Sie wirkte blass und nicht ganz fest auf den Beinen, schien dennoch voller Tatendrang zu sein, Nonja den Hals umzudrehen. »Das Miststück hat mich bewusstlos geschlagen! Ich habe tierische Kopfschmerzen.«

»Nimm ein Aspirin und komm mit. Wie es aussiehst, wird Liz etwas Unterstützung auf dem Weg brauchen. Keine Sorge, du wirst reichlich belohnt, sollte unser Ausflug klappen.«

»Hoffentlich«, murmelte Meta und packte mich. Schmerzhaft bohrten sich ihre Finger in meinen Oberarm.

»Warum tust du das?« Flehend schaute ich zu ihr hoch. War da noch etwas Menschlichkeit in ihrem Blick geblieben? Nein. Ihre Augen wirkten kalt und leer. Das Blut aus ihrer Kopfwunde war in jede Unebenheit ihrer Narben eingedrungen, und ihr entstelltes Gesicht kam mir vor wie die Filmmaske aus einer aufwendigen Horrorproduktion.

»Los, beweg dich!« Sie schubste mich zur Treppe, hinter mir hörte ich Vaters feste Schritte und Edik, der mehr vorwärtsstolperte als ging. Es war, als hätte Vater *mir* eine Pistole an die Schläfe gedrückt, nicht ihm. Nur eine falsche Bewegung, und etwas in meinem Inneren würde zerbrechen.

Ich zählte die Stufen. Vierunddreißig, bis ich den Marmorboden der Eingangshalle unter mir hatte.

»Was habt ihr vor?«, flüsterte ich. »Das ist doch verrückt. Lasst Edik gehen, und ich mache alles, was ihr wollt!«

»Nein, doitsche Mädkchen …«

»Halt den Mund«, schnauzte Vater ihn an, mich vielleicht gleich mit. Bei jedem seiner Worte zuckte ich zusammen wie unter einem Schlag. »Mach keine Dummheiten, wenn dein Freund dir lieb ist.« Ich hörte Edik schmerzhaft aufstöhnen.

»Okay, okay!«, stammelte ich. »Tu ihm nicht weh!«, flehte ich inbrünstig und spürte, wie Tränen meine Augen füllten.

Wir verließen das Haus. An der frischen, kalten Luft fühlte ich mich etwas klarer, auch wenn mir jede Bewegung schwerfiel. Keiner der Wolchwy folgte unserer kleinen Prozession. Wie viele wussten überhaupt von dem, was hier geschah?

Die Dobermänner liefen uns freudig entgegen, die Ohren neugierig aufgestellt. Mein Nachtjunge!, strich es durch meinen Kopf. Wo war er? Vielleicht hatte er sich ein ruhiges Plätzchen für die Verwandlung gesucht, weit weg von all dem Irrsinn hier. Was auch immer noch geschehen mochte – mein Vater durfte ihn nicht bekommen! Auf keinen Fall! Andererseits … was würde dann aus Edik? Ich schluckte. Mein Hals fühlte sich wund an. Wie alles andere in meinem Inneren.

Die Hunde knurrten. Mit ihren kupierten Schwänzchen wedelten sie schon lange nicht mehr. Ich hatte nicht einmal bemerkt, wie ihre Stimmung umgeschlagen war. Mit tief geneigten Köpfen und gefletschten Zähnen nahmen sie uns in die Zange.

»Platz!«, befahl Vater. »Pius, Nero, Cäsar!«

Waren wir jetzt durch mit der Liste der römischen Kaiser? Die Tiere wirkten unsicher. Als hätten sie mit Freuden meinen Vater zerfleischt, trauten sich aber nicht, ihr Herrchen anzugreifen. Bist du es, mein Dämon?, pochte es in meinen Schläfen. Versuchst du, uns zu helfen? Bitte, lauf weg. Versteck dich! Bring wenigstens dich in Sicherheit!

Von links bemerkte ich den vierten Hund an meinen Vater heranpirschen. Du auch, Brutus? Los!

»Pescennius Niger! Zurück!«

Brutus – aka Pescennius – machte deutlich, dass die Befehle meines Vaters ihn nicht aufhalten würden. Leider merkte der es auch – und schoss.

Ich schrie auf, als die Kugel den Hund von den Beinen riss; er winselte und verstummte. Die anderen drei schnellten auf meinen Vater und Meta zu. Den nächsten Dobermann holte er noch im Sprung mit einer weiteren Kugel herunter, und es kam mir vor, als wollte das Tier mit Absicht das Feuer auf sich lenken, während der dritte Edik anvisierte. Eine Schrecksekunde lang glaubte ich, das Tier würde ihm die

Kehle zerfetzen, stattdessen schlug es ihn mit ganzer Wucht zu Boden und der vierte schnappte nach Meta, die vor Schmerz aufschrie. Die Waffe fiel meinem Vater aus der Hand. Die Waffe! Ich musste sie haben. Ich schnellte zur Pistole, doch Meta schaffte es dennoch, mir gegen die Knie zu treten und ich stolperte. Mein Vater griff mit der linken Hand nach der Pistole und knallte den Hund ab, der ihn angefallen hatte. Einfach so. Mit einem Kopfschuss. Eine weitere Kugel traf den letzten Dobermann, der Edik aus der Schusslinie geholt hatte und Meta in Schach hielt.

Dann richtete er sich auf und atmete tief durch. Sein rechter Arm blutete, der Ärmel der Kutte war zerfetzt. Er wickelte sich die Lumpen um die Wunde, wischte sich über die Stirn und sah zu mir herüber. »Jetzt pass gut auf, *Kleines*«, zischte er mir zu. Dann zeigte die Pistole auf Edik, der noch auf dem Boden kauerte, und er drückte ab. Ich schrie, zusammen mit Edik, als die Kugel seine Schulter durchschlug. »Noch so ein Versuch, und das nächste Loch, das dein Freund abbekommt, wird in seinem Kopf sein. Wie bei dem Köter da.« Er nickte zu Nero. Oder Cäsar? »Haben wir uns verstanden?«

Ich schluchzte. »Ich war das nicht! Ich habe nichts getan, ehrlich!«

»Nein, natürlich nicht.« Er packte Edik an den Haaren und zerrte ihn hoch. Edik taumelte, sein Blick wirkte benebelt vor Schmerz. Schon lange kein Grinsen mehr auf den blassen Lippen. »Du hast es nur deinem Schoßdämon befohlen, nicht wahr? Ein väterlicher Ratschlag: Lass das sein.«

»Was? Nein! Nichts habe ich befohlen!«

»Du solltest mich lieber nicht herausfordern, Liebes.« Er drückte die Pistole gegen Ediks Schläfe. »Ich schwöre, ich werde ihn …«

»Dann machen Sie es halt«, flüsterte Edik kraftlos und schloss die Augen.

»Nicht!«, rief ich. »Okay, okay. Keine Vorfälle mehr. Versprochen!« Ich konnte nur hoffen, dass mein Dämon es hörte. Keine Vorfälle mehr, bitte keine Vorfälle!

»Wunderbar. Meta – hilf ihr, weiterzugehen.«

»Danke. Schaffe ich selbst.« Ich stieß ihre Hände beiseite. »Warum machst du das nur? Warum?«

»Das fragst du noch?«, zischte sie mir ins Gesicht. »Du hast mir alles genommen und mich zu einem Krüppel gemacht. Jetzt werde ich dir alles nehmen.«

»Du hast doch auch Visionen! Du weißt, wie schwer es ist, etwas daraus zu deuten! Besonders beim ersten Mal!«

»Ich habe gar nichts. Aber bald wird sich das ändern.«

»Was?«

»Dein Vater ist auf mich zugekommen, als ich am Boden war. Als ich nicht mehr weiterwusste. Er hat gesagt, dass ich unvorstellbare Fähigkeiten erlangen werde, sobald er den Quell der Macht gefunden hat. Wenn ich ihm helfe, werde ich zwar mein Gesicht und meine toten Geschwister nicht zurückbekommen, dafür aber die Kraft erlangen, die Zukunft so zu formen, wie ich sie mir wünsche.«

»Das kannst du doch auch jetzt!«

»Schluss mit dem Gerede. Vorwärts.« Sie stieß mir in den Rücken, damit ich weiterging.

Mein Vater dirigierte uns zum Eingangstor. Er diktierte den Code, meine Finger verfehlten die richtigen Knöpfe, bis Meta selbst den Code eingab. Erstaunlich leise glitt die schwere Metallplatte zur Seite.

»Hier, nimm das.« Mein Vater warf Meta eine Taschenlampe zu, den Schmerzen in seinem Arm hielt er tapfer stand. Was für Schmerzen Edik aushalten musste, um aufrecht zu bleiben, wagte ich mir kaum vorzustellen. »Jetzt nach links. Dann immer geradeaus.«

Am Zaun führte kein Weg entlang, wir stolperten querfeldein durch das Dickicht, das sicherlich kein Förster je betreten hatte. Ohne Meta wäre ich bestimmt längst auf dem Boden gelandet, gestrauchelt über irgendeine Wurzel und ohne jegliche Chance, wieder auf die Beine zu kommen. In meinem benebelten Zustand musste ich meine ganze Konzentration darauf verwenden, einen Fuß vor den anderen zu setzen. Die Vorstellung von einer Droge, die meinem Wasser zugefügt worden war, klang schon lange nicht mehr irre. Oder weniger irre als die von meinem Vater mit einer Pistole hinter uns, der ohne zu zögern Edik vor meinen Augen erschießen würde.

Keine Ahnung, wie lange wir uns unter den Anweisungen meines Vaters durch den Wald gekämpft hatten, es kam mir wie Stunden vor – doch so lange hätten Edik oder ich unmöglich durchgehalten.

Die Dunkelheit um mich herum veränderte sich, rückte näher, schien mich zu umarmen – wie etwas Lebendiges, das mich zu sich lockte. Keine Taschenlampe dieser Welt vermochte sie zurückzuweisen. Immer wieder blickte ich umher, wenn die Schatten sich zu erheben drohten, um nach mir zu greifen. Irgendwann knarzten Bretter unter meinen Füßen, das Licht der Taschenlampe erfasste einen Graben und wir kamen auf eine Art Lichtung, die ein Wall vom Wald trennte. Mein Vater bedeutete uns, stehen zu bleiben. Das hätte ich auch so getan, denn abgesehen vom Weg, den wir gekommen waren, ging es hier nirgendwo weiter. Um uns herum lag eine alte Stätte, von der Zeit völlig zerfressen und von der Wildnis bezwungen. In der Mitte der Lichtung erstreckte sich ein Altar. Er hatte eine runde Grundform, an den Himmelsrichtungen endete er in quadratförmigen Ausläufern. Dahinter ragte eine Holzstatue in den schwarzen Himmel, von Weitem hätte ich sie für einen Baumstamm gehalten. Nur kurz streifte das Licht der Taschenlampe darüber und ich erkannte das stilisierte Gesicht eines alten Mannes, das ins Holz eingeschnitzt worden war. Veles?, huschte es mir durch den Kopf, und ich fröstelte, als der Schatten der Statue sich zu wölben begann, als würde er atmen. War Wladislaw auf diesem Altar gestorben?

Ich hielt inne. Jetzt nicht einknicken. Einfach durchhalten. Nonja hatte doch gemeint, es wäre ihr gelungen, Rimma zu befreien. Vielleicht kam schon bald der Widerstand, um uns zu retten! Oder mir würde etwas einfallen. Erst einmal galt nur eins: durchhalten, egal was kommt.

Ich sammelte meinen ganzen Mut, um mich umzudrehen und meinen Vater anzusehen. Unweigerlich streifte mein Blick auch Edik. Noch stand er aufrecht, obwohl sein Kopf kraftlos auf seiner Brust hing. Ich ballte die Hände. Bleib stark!, befahl ich mir. Wenn du aufhörst zu kämpfen, ist er tot.

»Und jetzt? Wir sind da. Was hast du vor, *Vater?*« Ich musste mich auf jedes Wort konzentrieren, um nicht zu lallen. Meine Zunge fühlte sich träge an, unbeweglich. »Meinst du wirklich, es kann dir gelingen, einen Gott dazu zu bringen, dir diesen Quell der Macht auszuhändigen?«

»Mir vermutlich nicht. Dir schon. Er ist dir hörig. Dein Dämon, Schätzchen, ist eigentlich kein Dämon. Er ist der leibhaftige Veles. Oh. Ich habe vergessen, das zu erwähnen.«

Mein Vater stieß Edik mir entgegen und ging zum Altar. Mit einem Kopfnicken befahl er Meta, uns im Auge zu behalten.

Ein paar taumelnde Schritte, dann brach Edik zusammen. Ich lief zu ihm und ließ mich neben ihm auf die Knie fallen. Meine Finger fuhren über sein Gesicht, tasteten seinen Hals entlang, fühlten den schwachen, unregelmäßigen Puls.

»Schon okay«, flüsterte er. Um die Augen zu öffnen, hatte er keine Kraft mehr. »Schon okay. Was auch immer er von dir will … tu's nicht …«

»Niedlich. Als hätte sie eine Wahl.« Meta baute sich über uns auf, als wäre sie selbst eine leblose Götzenstatue. Ihr Schatten flackerte, etwas zerrte an ihm, rüttelte ihn, als würde eine gewaltige Kraft ihn abreißen wollen.

Ich sah weg, beugte mich über Edik und hob seinen Kopf an. »Halte durch«, flüsterte ich ihm zu und drückte meine Wange an die seine. »Halte bloß durch.«

»Ich glaube … ich hatte noch keine Gelegenheit gehabt … dir zu sagen …« Wie schwach seine Stimme klang! Wie zerbrechlich.

»Scht. Was auch immer du mir sagen willst, sag es mir später.« Ich strich ihm die Haarsträhnen aus der Stirn. Mit der anderen Hand versuchte ich, seine Fesseln zu lösen oder wenigstens zu lockern. Aber der Knoten saß zu fest, die Stricke hatten sich tief in seine Haut gegraben und gaben keinen Millimeter nach.

»Ich liebe dich«, hauchte er mir ins Ohr und ein Schauer lief über meinen Rücken, als ich spürte, wie sein Körper in meinen Armen erschlaffte.

»Genug gekuschelt«, knurrte Meta und riss mich von ihm los. »Showtime.«

»Nein. Edik!« Doch sie ließ mich nicht mehr zu ihm.

»Alles mit der Ruhe«, erwiderte mein Vater besonnen. Eins nach dem anderen zündete er etwas in den Schalen an, die auf den quadratförmigen Ausläufern des Altars aufgestellt worden waren. Das Feuer flackerte auf und lockte die Schatten. Ich konnte spüren, wie sie an mich heranrückten und mir mit ihren modrigen Schwaden unter die Haut krochen. »Gleich sind wir so weit. Weißt du, warum ich mir Veles ausgesucht habe, um ihn zu erwecken? Weil er so vielseitig ist.

Der Viehgott, die Schlangenbestie, der Teufel schlechthin, könnte man meinen. Aber so einfach war es bei den Slawen nicht. Veles ist der Gott des Reichtums und des Wohlstands – was man damit bewirken könnte! Wer braucht schon einen Sechser im Lotto? Er befiehlt über Dämonenscharen, sagen die alten Bücher. Jeder Einzelne würde vor mir niederknien! Nicht zu vergessen den Quell der Macht, der mir helfen wird, die Welt nach meinen Visionen zu formen.«

Jaja, schon klar. Nehmt es und verschwindet, lasst mich Edik helfen und ihn ins Krankenhaus bringen, solange er noch atmet!

»Das alles würde auch dir gehören, Liz. Die Kräfte, über die du zurzeit verfügst, sind nichts im Vergleich zu dem, was wir haben könnten! Deine Gabe ist keine Bürde, sondern ein Geschenk. Nimm es an. Nimm noch mehr. Nimm alles!«

»Danke. Kein Bedarf. Du musst wahnsinnig sein, wenn du glaubst, dass mein Dämon Veles ist. Ich habe die Gestalt in der Traumwelt gesehen. Sie hat meinem Dämon befohlen, mich zu verfolgen. Er kann keine Gottheit sein! Er war ein Sklave!«

»Die Gestalt war ich.« Mein Vater kam auf mich zu. In seiner linken Hand lag ein kurzes Messer. Ein sehr altes, vermutlich archäologisch wertvolles, so klobig wie es aussah. »Als ich Wladislaw bei dem Ritual geopfert habe, konnte ich nicht nur einen alten Gott aufwecken. Es gelang mir, ihn an die Überreste der menschlichen Seele meines Halbbruders zu binden, und solange er gebunden war, konnte ich ihn in der Traumwelt bezwingen. Nein, nicht nur bezwingen. Ich konnte ihn ein bisschen quälen. Ihn wie ein Tier auf Abtrünnige Wolchwy und Seherinnen hetzen. Nichts im Vergleich zu dem Einfluss, den du auf ihn hast! Ihm zu befehlen, den Köter zu heilen oder auf seinem Rücken durchs Land zu reiten, nein, dazu reichte meine Kraft nicht. Deine aber schon.«

»Verstehst du es immer noch nicht? Ich habe keinen Einfluss auf ihn! Er gehorcht mir nicht! Das alles hat er aus freiem Willen getan!«

»Aus freiem Willen? Ich bitte dich.« Er seufzte. »Warum hätten ihn deine lächerlichen Belange kümmern sollen, wenn er eine Wahl gehabt hätte?« Mein Vater beugte sich über Edik, hob ihn hoch und legte seinen reglosen Körper auf den Altar. »Einen standhaften Jungen hast du dir da ausgesucht. Ich bin kein Monster, Liz. Je eher wir hier fertig sind, desto schneller kann dein Freund versorgt und in ein Krankenhaus gebracht werden. Er wird es schaffen. Das ist doch das Einzige, was du willst, oder? Jetzt musst du Veles befehlen, zu erscheinen und uns zum Quell der Macht zu führen.«

Ich zitterte am ganzen Leib. »Ich habe keine Ahnung, was du dir da zusammengereimt hast, aber zum letzten Mal: Er ist mir nicht hörig.«

»Ruf den Viehgott, Liz.« Wie in Trance beobachtete ich, wie mein Vater Ediks Wange tätschelte. »Noch lebt dein Freund. Du bist die Seherin, sag mir, wie lange.«

Vom Wall rutschten Erde und Steinchen herab. Wie eine kleine Lawine kam das Geröll herunter. Ich blickte auf und sah die Silhouette der Kreatur, die sich schwerfällig die Schräge hinabließ. Ihr Gang war ungelenk, langsam. Ich wusste, dass es die Kugeln sein mussten, die in ihr steckten – mein Mr Nachtmahr war am Ende seiner Kräfte.

»Na siehst du, war gar nicht so schwer.« Mein Vater reichte Meta das antike Messer. »Deine Cousine passt auf, dass du keine Dummheiten anstellst. Denk daran: Wenn mir etwas passiert, stirbt dein Freund.« Er tauchte die Finger in Ediks Blut und kam zu mir. Ich spürte, wie er etwas auf meine Stirn zeichnete – und die Schatten erhoben sich um mich herum. Ich fröstelte. »Du hast es fast geschafft. Jetzt bringe uns in die Traumwelt.«

»Wie du willst.«

Die Schatten flüsterten mir etwas zu. Immer eindringlicher. Das klamme Gefühl des Moders hatte sich tief in meine Seele eingenistet. Ich schloss die Augen, ließ mich fallen – und die Schatten verschlangen mich.

# Kapitel 23

Regungslos liege ich auf der Sommerwiese, und die warme Brise streift über mein Gesicht. Die Sonne schwebt über mir wie ein Unheil versprechender Ball, der sich immer weiter aufbläht, um den Himmel zu verschlingen. Noch sind die Vögel nicht verstummt, sie trällern den *Schwanensee* mit ihren letzten Kräften, doch die Musik in mir ist tot.

Ich kann nicht tanzen, mich nicht einmal bewegen. Meine Beine sind gebrochen; gleichgültig sehe ich, wie sie seltsam verrenkt daliegen, als würden sie nicht mir gehören. Was soll's. Ich konnte ohnehin nie wirklich gut tanzen.

*Komm schon, Schätzchen. Du hast es fast geschafft.*

Mein Vater hilft mir hoch. Eine dunkle Gestalt, die mich umarmt und in deren Gewändern ich fast versinke. Er drückt mich an sich, wirbelt mich herum, wie damals, wie ein kleines Kind, aber das sorglose Kichern bleibt mir in der Kehle stecken. Ich bin in der Version dieser Geschichte gefangen, die ohne ein Happy End auskommen muss.

*Nur noch eine Sache musst du für mich tun*, flüstert er in mein Ohr und ich kann spüren, wie die Erregung in ihm flattert. *Bringe Veles dazu, mir den Quell der Macht zu offenbaren.*

Warum will er stets Sachen von mir, die einfach nicht in meiner Hand liegen? Andere Väter verlangen gute Noten. Klaviergeklimpere. Oder zumindest ein aufgeräumtes Zimmer.

Er streicht mir über das Haar. *Mach schon, meine Kleine. Ich weiß, dass du das kannst. Ruf Veles herbei.*

Neben uns bildet sich eine Rauchsäule. Vater dreht den Kopf, ich sehe, wie er zufrieden lächelt, dann wendet er mich dem seltsamen Gebilde zu, hält mein Kinn fest, damit ich zusehe, und erlaubt mir nicht, zurück auf den Boden zu gleiten. *Wunderbar, mein Schatz. Einfach wunderbar. Nur weiter so!*

Die Säule erhebt sich gen Himmel. Sie könnte ein Tornado sein, nur dass ich bloß ein laues Lüftchen auf meinem Gesicht spüre und keinen tosenden Sturm. Bald erkenne ich in den wirbelnden Schwaden einen langen Bart und das Gesicht eines alten Mannes. Veles? Seine Züge fließen und wabern im schwarzen Dunst.

*Der Quell!* Mein Vater hält mich fest, schiebt mich weiter und weiter der Säule entgegen. *Befehle ihm, mir den Quell zu zeigen.*

*Aber ich kann ihm nichts befehlen.* Ich verstehe nicht, warum er das nicht begreift. Wenn Veles hier ist, dann sicherlich nicht meinetwegen. Sondern weil Edik ihm genauso am Herzen liegt wie mir. Weil er nicht will, dass uns etwas passiert.

*Unsinn, meine Kleine.* Er schüttelt mich durch. Meine Beine baumeln wie die Pendel einer kaputten Uhr. *Schau, wie weit du es schon gebracht hast!*

Nicht die Fäden aus der Hand lassen, spüre ich die Worte meiner Mutter in mir. Da, etwas abseits erscheint ihre schwach leuchtende Gestalt.

Ich beiße die Zähne zusammen. Nein, ich lasse die Fäden nicht aus der Hand. Aber was kann ich schon tun? Meinem Vater die Position ›Aufrecht sitzende Schildkröte‹ beibringen? Gerne mit Nike-Lapti. Mein Blick wandert nach unten. Da trägt er die komischen Flechtschuhe schon.

Seine Finger krallen sich in meine Schultern. *Ich warne dich. Spiel keine Spielchen mit mir, wenn dir etwas an deinem Freund liegt!*

*Lass sie doch endlich zufrieden, Adam,* schwingen die Worte um uns herum, als würden sie von überall kommen. Die Säule wird dunkler, es brodelt heftiger in ihr, doch nicht sie ist es, die zu uns spricht.

Mein Vater lässt mich los. Auf gebrochenen Beinen kann ich nicht stehen und sacke zu Boden. Meine Mutter kommt näher. Ich kann deutlich ihr feines Kostüm sehen, eine Perlenkette um den Hals, die sorgfältig lackierten Fingernägel und die Schuhe, die sie so liebt.

*Was willst du hier?*, schnaubt mein Vater verächtlich. *Mich aufhalten? Sieh dich nur an. Du hast kaum noch Kraft. Schon bald wird nichts von deiner Seele übrig bleiben.*

*Das denkst du. So wie du denkst, dass du Liza gebrochen hast, dass sie alles tun wird, was du willst. Aber sie und ich – zusammen sind wir stark. Stärker als du!*

*Wirklich? Was wollt ihr beide denn tun?* Mein Vater weicht ein paar Schritte zurück, stolpert über meine Beine, kann jedoch das Gleichgewicht halten. Lapti zu tragen, ist sichtlich ungewohnt für ihn, aber es gelingt ihm nicht, sie loszuwerden. Nützt meiner Situation nichts, aber ich verbuche es trotzdem als einen klitzekleinen Sieg.

Die Gestalt meine Mutter leuchtet eindringlicher, erhaben und schillernd schwebt sie auf ihn zu. *Wenn du Liza willst, musst du zuerst an mir vorbei. So war es schon immer.*

Er lacht und breitet die Arme aus. Im Nu verdunkelt sich alles um uns herum. *Hier herrsche ich. Das scheinst du immer noch nicht begriffen zu haben.*

Ich frage mich, warum es keinen beunruhigt, dass die schwarze Säule immer größer und bedrohlicher wird. Wenn ich genau hinsehe, kann ich darin unzählige Schatten wie Geister hin und her huschen sehen. Sie verändern ihre Gestalten – unzählige Dämonen, die nur darauf warten, losgelassen zu werden.

*Ihr Freund stirbt, wenn ich nicht das kriege, was ich will!* Mein Vater will schreien, aber das gelingt ihm hier nicht. Mit einem Ruck dreht er sich zu mir. *Befehle Veles, mir den Quell zu geben! Jetzt!*

*Das kann sie nicht.* Meine Mutter lächelt. Sie ist so unglaublich schön, wenn sie lächelt, und dabei so eindringlich leuchtet wie jetzt. *Hast du es immer noch nicht kapiert? Was ein bisschen Menschlichkeit mit einem Gott anstellen kann? Die Menschlichkeit, die du ihm geschenkt hast. Auch wenn bestimmt ungewollt.*

Die Säule schrumpft. Das Wirbeln legt sich, die Schwaden formen eine Gestalt, die ich so gut zu kennen glaubte. Mein Nachtjunge steigt aus dem Rauch.

*Das stimmt wohl.* Er hat eine beeindruckende Präsenz. Als wäre er überall und doch nirgends, als würde er in jeden Winkel meines Verstandes kriechen und in jeder Zelle meines Körpers nachhallen. *Mir war jedes Gefühl fremd. Bis Liza mir gezeigt hat, was es heißt, Mensch zu sein.*

*Nein, das ist absolut unmöglich.* Verzweifelt blickt mein Vater von einem zum anderen. *Wir reden hier über einen Gott. Einen GOTT!*

Sein Blick bleibt an Mama hängen. *Bist du es? Legst du ihm die Worte in den Mund? Steht er unter* deiner *Kontrolle? Das ist es, oder? Nicht Liza hat ihn aus der Traumwelt in unsere Realität gebracht, sondern du!*

*Wir waren es zusammen,* erwidert meine Mutter. *Aber das tut nichts zur Sache.*

Mein Vater lacht. *In Ordnung. Er trägt Menschlichkeit in sich. Er fühlt Dankbarkeit, weil Liza und ihr dummer Freund ihm in seiner Not geholfen haben.* Er schaut Veles an. *Was wirst du fühlen, wenn der Junge wegen dir stirbt?*

*Er stirbt nicht.* Veles streckt eine Hand aus. Zuerst ist da nur ein Funke, der über seinen Fingern wie ein winziges Irrlicht tanzt, dann wächst der Funke zu einem Ball heran, der das Strahlen aller Sterne des Universums zu beherbergen scheint und über deren Oberfläche silber-blaue Blitze zucken. *Hier ist dein Quell.*

Mein Vater zögert. *Du gibst ihn mir also?*

*Das ist es doch, was du willst.* In einer durch und durch menschlichen Geste legt Mr Nachtmahr den Kopf leicht schräg und lächelt herausfordernd. *Hier.* Er wirft den Ball hoch. Mein Vater stürmt auf den Quell zu, streckt die Arme aus, meine Mutter leuchtet noch eindringlicher, gibt all ihre Kraft, um ihn aufzuhalten, ruft *Nein! Du kannst es …* Ich sehe, wie aus dem Ball ein Blitz hervorschießt –

und mich mitten in die Brust trifft.

Ich stehe vor dem Altar.

Nein, ich stehe nicht, ich schwebe. Und eigentlich bin ich es nicht. Verwundert drehe ich meine Hände, schaue auf mich herab. Ich bin ein Schatten. Nein, Quatsch, kein Schatten … Ich bin …

Ich habe keine Ahnung, was ich bin.

Ich bestehe aus einer blauschwarzen, rauchigen Gestalt, in der etwas Silbernes pulsiert und Wellen bis in meine Fingerspitzen ausstrahlt. Und was für eine Rolle spielt es überhaupt, wie ich aussehe? Auf dem Altar liegt Edik. Ich will nach ihm greifen, seinen Puls spüren, doch meine Finger gleiten einfach durch ihn und durch den Stein, auf dem er liegt. Neben ihm breitet sich eine Lache aus. Ich weiß nicht, ob sie nur sein Schatten ist oder sein Blut. Sie kriecht auf mich zu wie eine zähe Flüssigkeit. Während sie in die Rillen des

Steins einsickert, erkenne ich Runen darin. Über Edik hockt Meta. Sie streift mit der Messerklinge über seine Wange, schlitzt seine Haut auf und lächelt. »So schweigsam?«, flüstert sie ihm zu. Konzentriert ritzt sie mit dem Messer in sein Gesicht. Ich erkenne das Muster. Sie schlitzt ihm ihre Narben in die Haut ein. »Amüsierst du dich nicht? Verstehe. Ich mich auch nicht. Es macht überhaupt keinen Spaß, dich zu quälen, wenn du bewusstlos bist und mein liebes Cousinchen«, sie deutet beiseite, »nicht zusehen kann.«

Ich sehe meinen Körper im Laub liegen. Auch den Körper meines Vaters. Es sieht so aus, als würden wir schlafen.

»Keine Sorge«, wispert Meta, »bald ist sie zurück und ich kann mich wieder mit dir vergnügen.«

»Das werden wir noch sehen!«, brülle ich, meine Stimme ist wie ein Beben, das durch das Erdreich geht. Ich bin elektrisiert. Im wahrsten Sinne des Wortes. Über meine Gestalt zucken kleine Blitze wie vorhin über die Oberfläche des Balls. »Lass deine Finger von ihm!«, rufe ich wieder, packe sie an der Kehle – nein, will sie packen, aber meine Finger gleiten auch durch sie hindurch.

Dafür greifen sie ihren Schatten, als wäre er etwas Lebendiges.

Meta zuckt zusammen. Keucht. Das Messer fällt ihr aus der Hand. Sie fasst sich an den Hals.

Ich halte ihren Schatten fest, schüttele ihn durch. »Lass Edik zufrieden!«, schreie ich Meta an, und es bebt um mich herum. »Lass ihn in Ruhe!«

Ihr Schatten zuckt und windet sich in meinen Händen. Ich zerre noch verbissener daran. Ich will ihn in Stücke reißen. Die winzigen Blitze schießen in ihn – und Metas Körper krampft, als würde sie tatsächlich Stromstöße abbekommen. Ich schreie nicht mehr, ich knurre, meine Finger krallen sich immer tiefer in ihren Schatten – und mit einem Ruck reiße ich ihn von ihr ab, als hätte ich eine Seite aus einem Buch herausgerissen. Meta sackt in sich zusammen und rührt sich nicht. Einen Moment lang halte ich ihren Schatten in meinen Händen. Dann verschlingt mich die Dunkelheit.

*… nicht geben!,* ruft meine Mutter, sie will meinen Vater beiseitestoßen, doch seine Finger greifen schon nach dem Ball – nein, sie greifen ins Leere. Der Ball ist nicht mehr da.

*Was spielt ihr für Spielchen?* Wütend fährt mein Vater herum.

Ich habe keine Ahnung. Hatte ich jetzt einen Traum in einem Traum gehabt? Meine Hände halten immer noch … nein, Metas Schatten verformt sich, wie ein Geist fließt er aus meinem Griff und verschwindet in der Rauchsäule hinter Mr Nachtmahr.

*Habt ihr es vergessen?,* brüllt mein Vater. *Meta wird diesen jungen Mann töten, wenn ihr …*

Veles hebt die Augenbrauen und schaut zu mir. Ich gucke vermutlich wie eine Kuh, wenn's donnert, aber anscheinend will er nicht mehr von mir wissen. *Ich glaube, wir müssen uns um Meta keine Sorgen mehr machen.* Er macht einen Schritt zurück und verschwindet in der Rauchsäule, die in den Boden einzieht.

*Du!* Mein Vater dreht sich um geht auf mich zu. *Das wird dir noch leidtun!*

*Lass meine Tochter in Ruhe!,* ruft Mum. Sie breitet ihre Arme aus. Ihr Leuchten strahlt heller als jede Sonne. Meine Augen brennen. Ich muss ihr helfen, ich muss meinen Vater aufhalten!

Ich sammele meine ganze Kraft. Stelle mir vor, dass die Lapti, die er noch trägt, Wurzeln schlagen und sich tief in die Erde graben. Dass das Flechtwerk seinen Körper umschlingt und ihn bewegungslos macht.

Irgendwas, verdammt!

Ein Riss geht durch die Wiese und trennt meinen Vater von mir. Ein schwarzer Nebel steigt auf, ich sehe wieder die Gestalt eines alten Mannes, der Nebel klumpt sich und formt einen Bären und einen Stier. Der alte Mann zeigt auf meinen Vater und die beiden Tiere stürmen auf ihn zu, ziehen immer enger werdende Kreise um ihn, bis sie gänzlich zu einem einzigen Wirbel verschmelzen. Ich glaube wahrzunehmen, wie mein Vater dagegen anzukämpfen versucht, wie er schreit, dann saugt der Riss den Wirbel zurück und die Erde schließt sich.

Einen Moment lang versuche ich zu begreifen, was geschehen ist. Überhaupt, was um mich herum passiert, seit ich in dieser Traumwelt wiederaufgetaucht bin. Meine Mutter. Vater. Mein Dämon – pardon, Gott. Ein Gott! Ist das zu fassen?

*Ich glaube, wir sollten uns verabschieden.* Meine Mutter ist kaum noch zu sehen. *Ich habe all meine Kraft gegeben, um deinen Vater aufzuhalten. Jetzt habe ich nichts mehr.*

*Nein!* Ich stehe auf, überrascht, dass meine Beine nicht mehr gebrochen sind. *Du gehst?* Alles in mir bebt, während ich hilflos zusehen muss, wie ihre Gestalt nach und nach verschwindet. *Für immer? Und wir sehen uns nie wieder?*

Sie lächelt. *Du bist ein tapferes Mädchen. Du schaffst es auch ohne mich.*

*Warte! Verlass mich nicht!* Ich strecke einen Arm aus. Ein Blitz schießt aus meinen Fingern und trifft sie.

Dann ist sie fort.

# Kapitel 24

»Liza? Liza, bist du okay?« Etwas rüttelte an mir, ich stöhnte protestierend, konnte jedoch nicht umhin, doch noch die Augen zu öffnen. Mein Kopf fühlte sich an, als hätte man ihn mit einer Axt gespalten. Jede Bewegung tat weh und schürte die Übelkeit.

»Liza? Es ist vorbei. Du bist in Sicherheit.«

Ich schoss hoch. Und knallte Nonja mit dem Kopf voll gegen die Nase. Sie schrie auf und hielt eine Hand auf sie, doch ich beachtete sie wenig. Edik! Noch unsicher auf den Beinen, taumelte ich auf den Altar zu.

Rimma saß auf den Steinen, hielt seinen Oberkörper an sich gepresst, wiegte ihn sanft hin und her und flüsterte immer wieder seinen Namen. Sein blutverkrustetes Gesicht war nicht mehr kreidebleich, sondern grau. Und überall auf den Steinen – sein Blut. Ich kletterte auf den Altar und beugte mich über ihn. Er atmete nicht. Wie von Sinnen tastete ich nach seinem Puls, obwohl etwas in mir bereits wusste, dass ich keinen finden würde.

Mein Vater, schnitt es durch mein Inneres. Mein Vater und Meta haben ihn getötet.

Sie haben ihn getötet.

Getötet.

Jemand trat an mich heran und legte mir eine Hand auf die Schulter. Nonja. Sie drückte mich, redete auf mich ein – Rimma hätte den Inneren Kreis gestürzt, der Widerstand habe gewonnen, ab heute würde sich die Gemeinschaft ändern können … zurück zu den Wurzeln … zu den Beschützern der Menschen …

Wie betäubt ließ ich meinen Blick schweifen. Ein paar Wolchwy untersuchten die Stätte, etwas weiter weg entdeckte ich den Körper meines Vaters im Laub. Die regungslose Meta lag zu Rimmas Füßen und abseits von all dem stand, neben dem Wall, mein Mr Nachtmahr, der immer noch die Gestalt von Wladislaw trug.

»Veles!«, flüsterte ich. Er nickte und kam langsam auf mich zu. Rimma verharrte, als hätte sie ihn erst jetzt wirklich bemerkt, und sah ihn verstört an. Etwas an ihm hatte sich verändert, das spürte nicht nur ich. Er strahlte eine unglaubliche Kraft aus. Was auch immer wir für Mächte entfesselt hatten – sie waren jetzt frei und er allein befahl darüber.

Vorsichtig legte Rimma Ediks Körper auf den Altar und entfernte sich, bedeutete den Wolchwy, Abstand zu halten, die sichtlich angespannt den leibhaftigen Gott der alten Slawen beäugten. Ich griff nach Ediks kalter Hand und drückte die schlaffen Finger.

»Heile ihn!«, bat ich inbrünstig. »Heile ihn, wie du seine Hündin geheilt hast!«

Veles strich mit den Fingern über Ediks Gesicht, fuhr ihm vorsichtig über die Stirn, die Nase, die von Metas Messer zerschnittene Wange. *Ich kann nicht*, schwang es schließlich durch mein Inneres.

»Das heißt … du kannst nichts für ihn tun?«

*Ich habe gesagt, dass ich ihn nicht heilen kann.*

Meine Kehle wurde eng. »Sondern?«

Er antwortete nicht. Ich presste die Zähne aufeinander, um nicht aufzuheulen. »Sondern?«

*Ihn zurückholen.*

»Zurückholen.« Meine Synapsen hatten endgültig einen Kurzschluss. »Das kannst du?«

Er hob kaum merklich die Schultern. So menschlich. Und doch so mächtig und über allem erhaben. *Gott über das Totenreich und so weiter. Aber dir ist hoffentlich klar, dass so etwas die Grundpfeiler dieser Welt erschüttern würde, oder?*

Ich schluckte. »Was bedeutet das? Die Grundpfeiler der Welt erschüttern?«

*Da sie noch nie erschüttert wurden, kann ich dir das nicht mit Sicherheit sagen. Aber Perun wird Blitz und Donner kotzen, wenn er davon erfährt. Ich bin zwar der Herr des Totenreiches, aber in die Belange der Menschen darf eigentlich nur er sich einmischen.*

Die Betonung lag auf eigentlich, oder nicht? Ich drückte Ediks Hand noch fester. »Perun ist nicht hier.« Und wer las schon die AGBs, wenn es auch nur eine klitzekleine Chance gab, Edik zurückzubringen? Abgesehen davon hatte die Welt keine Grundpfeiler, sie war eine Kugel, die durch das All raste. Ich hatte gut in der Schule aufgepasst, jawohl.

Veles nickte, als wären wir eins, als bräuchte er keine ausgesprochenen Worte, um zu verstehen, was in mir vorging.

*An deiner Stelle würde ich zur Seite treten.* Er legte eine Hand auf Ediks Stirn, die andere auf seine Brust. *Ich garantiere nichts.*

Ich zögerte. Dann ließ ich Ediks Hand los, ohne meinen Blick auch nur für eine Sekunde von Veles' Gesicht zu lösen. Seine Pupillen weiteten sich und verschluckten vollständig das Blau der Iriden. Ich sah Schatten darin und den letzten Schmerz der Myriaden von Toten, die für diesen einen Moment aufgeweckt wurden, um nur einen von ihnen wiederzufinden. Tief sog Veles die Luft ein, beugte sich über Edik und presste ihm seine Lippen an den Mund. Erste-Hilfe-Maßnahmen, beruhigte ich mich. Und die Grundpfeiler der Welt fühlten sich auch ganz stabil an. Nichts, worüber ich mir Sorgen machen müsste.

Ein Zucken ging durch Ediks Körper. Er hustete und bäumte sich auf, behutsam von Veles gestützt. Irritiert, beinahe panisch huschte sein Blick hin und her. Die Augen – ganz schwarz, und nur ein schmaler Rand wies darauf hin, dass seine Iriden eigentlich eine andere Farbe trugen.

»Ist das normal?«, hauchte ich. Eine blöde Frage, in Anbetracht dessen, was hier gerade geschehen war.

*Wird schon werden.* Veles hielt ihn fest, während Edik um jeden Atemzug zu kämpfen schien und schließlich völlig entkräftet zusammensank.

»Hey«, flüsterte ich.

Mühsam hob Edik die Lider und blickte mich mit seinen beängstigend schwarzen Augen an. In diesen Blick einzutauchen, war, als würde man in einen Abgrund stürzen und mit dem Fall nie aufhören. Als würde man sterben, während man noch darin versank. Rasch schaute ich beiseite.

»Wie fühlst du dich?«, brachte ich schließlich hervor.

»Wie halb verdaut und ausgespuckt.«

Ich lächelte ihm zu. »Und, hast du das Licht am Ende des Tunnels gesehen?«

»Mein Licht am Ende des Tunnels bist du.« Er stockte kurz. »Habe ich schon erzählt, wie peinlich ich werde, wenn ich versuche, romantisch zu sein?« Neckisch zog er eine Braue hoch und grinste.

Okay. Das war Edik. Keine Zweifel. Ganz egal, was für Augen er im Moment hatte.

Ich wollte ihn umarmen, ihn vor Erleichterung ganz fest an mich drücken, doch Veles hielt mich zurück. *Er braucht Ruhe. Wir sollten ihn nach Hause bringen.*

Ja. Das klang um einiges vernünftiger als mein erster Impuls, ihn durchzuknuddeln und abzuknutschen. Hätte auch mir einfallen können.

Edik hielt die Augen wieder geschlossen, seinen Kopf entspannt an Veles' Brust gelehnt. Ich sah zu, wie er ruhig atmete. Meine Finger lagen an seinem Handgelenk und fühlten seinen regelmäßigen Puls. Seine Wunden heilten nicht in Sekundenschnelle, aber ich merkte bereits, dass eine dünne Gewebeschicht sie bedeckte. Also wird er wieder gesund. Entspann dich, du Weltordnung, alles gut, ihr Grundpfeiler.

Letztendlich war es Rimma, die von unseren Zuschauern als erste zu sich fand. Sie gab sich merkwürdig gefasst, in Anbetracht dessen, dass ihr Sohn gerade von den Toten auferstanden war. Mit einem Mal war sie wieder diejenige, die den Ton angab, und nur ihr aufgequollenes rotes Gesicht deutete auf den Schmerz hin, den sie erlebt hatte. Einem der Wolchwy trug sie auf, die Stätte weiter zu untersuchen, ein anderer kümmerte sich um Metas Körper. Aus dem Augenwinkel bemerkte ich, wie jemand meinen Vater mit einem Mantel zudeckte. Aber die beiden waren mir egal.

Schon gab Rimma weitere Anweisungen, sie ließ uns kaum Zeit, die Situation irgendwie zu verarbeiten oder einen klaren Gedanken zu fassen. »Bringt Edja zur Villa zurück. Dort muss noch der Transporter stehen. Miron? Fahr die Kinder nach Hause.« Einer der Wolchwy nickte, ein Wunder, dass er nicht versucht hatte zu salutieren.

Ich bin kein Kind!, wollte ich protestieren, ließ es aber sein. Veles hob Edik auf die Arme und trug ihn zum Steg, der über den Graben und aus der Stätte führte. Ich folgte ihm.

Tagsüber sah der Wald wie verwandelt aus, hell, unendlich weit – mit anderen Worten, ich verlor die Orientierung. »Weißt du denn, in welche Richtung wir gehen müssen?«, fragte ich meinen Mr Nachtmahr und stolperte prompt auf dem unebenen Boden.

*Ich bin der Herr aller Wege und Patron der Reisenden. Die Chancen stehen ziemlich gut, dass wir uns nicht verlaufen.*

Das hatte Tante Wiki verschwiegen. Aber es erklärte, wie er während unseres nächtlichen Ritts so zielsicher das Anwesen gefunden hatte.

Nach einer Weile standen wir vor dem Tor, mein Herr über alle Wege hatte seinem Namen alle Ehre gemacht. Ich gab den Code ein und das Tor ließ uns passieren. Der Transporter parkte noch vor dem Haupteingang, die Seitentür offen, sodass Veles Edik ohne Umstände auf die Decke betten konnte. Miron war bereits in die Kabine geklettert und startete den Motor.

»Und du?«, fragte ich Veles.

*Habe noch zu tun.* Er schaute zur Seite. Mein Blick folgte dem seinen, wo ich die reglosen Körper der Dobermänner entdeckte.

»Die Tiere haben es echt gut, dich als Beschützer zu haben.«

*Ich gebe mein Bestes. Es wird sicherlich noch dauern, bis ich gänzlich der Alte bin. Wobei ich mir nicht einmal sicher bin, ob ich wirklich der Alte sein möchte. Er zögerte. Du hast mich verändert.* Dann winkte er ab und ging davon.

»Wir sehen uns später!«, rief ich ihm hinterher, doch er blickte nicht mehr zurück. Kurz darauf kamen Nonja und Rimma dazu. Zusammen mit meiner Gastschwester kletterte ich zu Edik in den Transporter und zog die Tür hinter mir zu. Eigentlich wollte ich mit Nonja reden, sie so vieles fragen, doch das regelmäßige Schaukeln des Wagens machte mich unglaublich schläfrig. Ich dämmerte schnell weg – traumlos, wie betäubt.

# Kapitel 25

Nur am Rande bekam ich mit, wie das Auto stehen blieb, jemand trug mich eine Treppe hoch und legte mich auf eine Matratze. Der traumlose Schleier hüllte mich erneut ein, der eine oder andere Gedanke, beunruhigend, störend, huschte noch durch meinen Kopf, dann hisste auch mein Verstand die weiße Fahne.

Ich wachte erst auf, als mir jemand zärtlich über die Wange strich. Mein ganzer Körper schmerzte, ich rekelte mich, bis meine eingerosteten Gelenke knackten, und öffnete stöhnend die Lider. Halb gegen die Wand gelehnt, saß Edik neben mir, was meinem ganzen Wesen ein süßes Kribbeln bescherte. Erst als mein Blick auf seine Pupillen fiel, verwandelte sich das Kribbeln in eine Gänsehaut. Hatte Veles nicht etwas von ›Wird schon werden‹ gesagt? Wenn man diese Augen so nah vor sich sah, war tiefe, nagende Furcht das Einzige, was man spürte.

»Wie fühlst du dich?« Ediks Stimme, ein bisschen schwermütig und besorgt, wie es mir vorkam, wiegte mich wieder in Sicherheit. Vergiss seine Augen, rügte ich mich. Er ist da, bei dir. Was willst du noch?

Ich richtete mich auf.

»Müsste nicht eher *ich dich* das fragen?« Mit meinen Fingern fuhr ich seine Gesichtszüge nach. Er hatte das Blut abgewaschen, die Wunden an seinem Körper wirkten inzwischen wie harmlose Kratzer. Wir befanden uns in seiner Wohnung, die Zimmertür war zugezogen, und obwohl ich aus der Küche leise Stimmen hörte, gab es in diesem Moment nur noch ihn und mich.

Er schmunzelte, doch die Schwermut von vorhin legte sich erneut auf seinen Ausdruck, seine Stimme, sein Lächeln, sein ganzes Wesen. »Ich bin nicht derjenige, der in einer Nacht seinen Vater gefunden und wieder verloren hat.«

Ich schluckte, horchte in mich hinein. Nichts rührte sich in mir bei dem Gedanken an ihn. »Er ist also tot. Was ist mit Meta, meiner Cousine?«

»Meine Mutter sagt, sie liegt im Koma. Sie wurde in ein Krankenhaus gebracht, aber höchstwahrscheinlich wird sie nie wieder aufwachen.«

Ihr Geist war also irgendwo in der Traumwelt geblieben. Es würde kein Zurück geben. Nicht für sie.

»Habe ich das richtig verstanden«, fuhr er fort, »unser Dämon ist ein Gott?«

»Der Herrscher über das Totenreich, der Patron der Tiere, der Hüter der Reisenden, der Bewacher des Quells der Macht … und den Rest habe ich schon wieder vergessen.«

»Cool. Wir haben einen Gott in unserer Freundesliste.« Er drückte mich an sich, der unerschütterliche Edik, dem nicht einmal der Tod etwas anhaben konnte.

»Tut mir leid, was passiert ist«, flüsterte ich. »Dass mein Vater seinen Halbbruder opferte, um einen Gott aufzuwecken und ihn zu binden, dass er …« Vorsichtig legte Edik mir einen Finger auf die Lippen. Was hätte er auch sagen können? ›Mach dir nichts draus, dass dein Vater mich gefangen gehalten und deine Cousine mich gefoltert hat‹?

Vielleicht würden wir einander Halt geben, um darüber hinwegzukommen. Nicht heute, nicht morgen, aber irgendwann würden wir nicht mehr daran denken müssen.

Ich vergrub mein Gesicht an seiner Schulter. »Danke. Danke, dass du da bist. Ich weiß einfach nicht, was ich tun soll. Es ist so schrecklich.«

»Ich weiß es auch noch nicht.« Er seufzte tief. »Aber wir schaffen das schon. Möchtest du vielleicht einen Tee für den Anfang? Eigentlich müsstest du halb verhungert sein.«

Ich nickte heftig. »Ja. Tee wäre gut.«

Vorsichtig, als wäre ich etwas sehr Zerbrechliches, ließ er mich los. »Bin gleich wieder da.«

Er ging aus dem Zimmer, ich hörte seine Stimme in der Küche, Rimma antwortete. Nach einer Weile kam er zurück mit einer Tasse, von der feine Dampffäden aufstiegen und den herben Duft von Ceylontee verbreiteten. In der anderen Hand trug er einen Teller mit

Keksen. »Ich konnte leider nicht viel Essbares finden. Mein Vater ist kein guter Proviantthüter.«

»Wo ist dein Vater eigentlich?«

»Er und meine Mutter haben sich gestritten. Er ist gegangen.«

»Kommt er klar?« Ich probierte den Keks. Keine gute Entscheidung. Das Ding fühlte sich an, als hätten Ediks Vorfahren damit bereits Napoleon in die Flucht geschlagen. Vom Geschmack wollte ich gar nicht erst anfangen. Vielleicht ging es besser, wenn ich ihn in den Tee tunkte.

»Ich werde ihn nachher suchen gehen und mit ihm reden.« Er nahm sich auch einen Keks und knabberte gedankenverloren daran.

»Wenn du reden möchtest, bin ich für dich da.«

»Ich weiß.« Er nickte, in Gedanken noch immer unendlich weit weg.

»Ist Nonja okay?«, wechselte ich das Thema.

»Sie wartet in der Küche auf dich. Ihr solltet zusammen nach Hause gehen und euch eine plausible Geschichte für Larissa ausdenken. Sie macht sich bestimmt schreckliche Sorgen, wo ihr die Nacht verbracht habt.« Er strich mir den Wirrwarr meiner Strähnen aus dem Gesicht und lächelte mir zu. »Aber erst einmal: Trink deinen Tee.«

Ich war versucht, mich mit einer Wange in seine Handfläche zu kuscheln. Was ist das eigentlich, das mit uns?, wollte ich fragen. Hatten wir eine Zukunft? Wenn ja – welche? Ich schielte zu seinem Schatten und wandte den Blick sofort ab.

Nein!

Alles ganz normal. Da war bloß Ediks Schatten. Und keine gewaltigen Flügel eines Vogels, die in einem Sekundenbruchteil aufgeflackert waren. Die Zukunft konnte mich mal.

»Was ist?« Edik drehte mein Gesicht zu sich hoch.

»Nichts«, hauchte ich. Dann spürte ich seine Lippen auf meinem Mund.

»Ich hoffe so sehr«, flüsterte er, »dass wir bald endlich nur für uns allein sein können, für einen wirklich perfekten Kuss.«

Ich fuhr ihm mit den Fingern durch das Haar. »Ich glaube, den habe ich jedes Mal.«

Er schmunzelte. Seine Schattenflügel breiteten sich aus und schienen uns einzuhüllen, während ich ihn immer wieder küsste und der Tee neben mir langsam kalt wurde.

Später hatten wir Larissa erzählt, dass wir nach der Schule ins Stadtzentrum gefahren waren, wo Nonja und ich überfallen worden waren. Nichts Schlimmes, es ging uns gut. Wir sagten, dass wir in der Nacht nicht mehr von der Insel gekommen waren und glücklicherweise stellte Larissa keine Fragen. Offensichtlich war sie einfach froh, uns heil wiederzusehen.

Als Erstes rief ich Tante Inga an, ohne wirklich zu wissen, was ich ihr sagen sollte. Nach dem Autounfall war ihr nur Meta geblieben. Nun hatte ich ihr auch ihre letzte Tochter genommen.

»Lizzie!!!!«, schallte mir ihre fröhliche Stimmgewalt aus dem Telefonhörer entgegen. »Lizzie, meine Süße, wo warst du? Ich habe die ganze Zeit versucht, dich zu erreichen!«

»Tut mir leid. Mein Handy …« Musste bei Rimma sein. Falls sie es noch besaß und nicht während ihres kleinen Putsches verloren hatte. Jetzt musste ich Tante Inga sagen, dass ihre Tochter …

»Lizzie, Schatz, deine Mutter ist aufgewacht!«

»Was?«, hauchte ich und umklammerte das Telefon fester.

»Heute am frühen Morgen. Es geht ihr gut. Die Ärzte wollen sie noch ein paar Tage unter Beobachtung halten, aber dann kann sie nach Hause. Anscheinend fehlt ihr nichts.«

»Wirklich?«

»Ein Wunder. Es ist ein Wunder, Liebes! Sie wollte dich gleich selbst anrufen, aber du bist ja nicht rangegangen.«

Sie redete und redete und redete. Ich saß wie erstarrt da, mit klopfendem Herzen, zitternden Händen, und versuchte, das Gesagte zu verarbeiten. Meiner Mutter ging es gut. Sie würde bald zu Hause sein! Irgendwie konnte ich ihr im letzten Moment wohl Kraft schenken, sie der Traumwelt entreißen und zurück in ihren Körper bringen! Ein Wunder. Ein Wunder, das ich nicht begriff, wie so vieles an meiner Gabe.

Schließlich verabschiedete sich Tante Inga – jedes Wort ein Ausrufezeichen – und legte auf. Ich senkte die Hände in meinen Schoß. Was mit Meta passiert war, hatte ich ihr nicht gesagt. Nicht sagen können.

Und meine Mutter lebte! Die Euphorie und meine Schuldgefühle tobten in mir wie ein Orkan.

Die nächsten Tage gingen wir nicht ins College – wir brauchten Ruhe, betonte meine Gastmama, und dafür war ich ihr unendlich dankbar. Die Gerüchteküche im Treppenhaus brodelte natürlich, irgendjemand musste unsere Ankunft im Transporter beobachtet haben, doch ich schwieg mich über alle Spekulationen aus. Edik ging es immer besser, zumindest äußerlich waren seine Wunden verschwunden, als wäre nichts gewesen. Wie wund alles in ihm drin noch war, spürte ich nur zu eindringlich, wenn er mich küsste oder mich plötzlich an sich zog und fest umarmte, als bräuchte er meine Nähe, damit wir einander halten konnten.

Veles zeigte sich nicht. Ich fragte mich, ob ich ihn je wiedersehen würde. Aber vielleicht hatte ein Gott nach einem ausgedehnten Zwangsurlaub einfach viel zu viel zu tun. Immerhin war er in sehr vielen Bereichen tätig. Allein die Reisenden heutzutage … Und die Streuner der Stadt mussten auch versorgt werden.

Erst als ich eines Tages vom Einkaufen kam und über mir mit einem Mal ein Krähenschwarm zu kreisen begann, der mich zum Dach des Hauses zu locken schien, wusste ich, dass er nach mir rief.

Er trug noch immer Wladislaws Gestalt, saß auf der Dachbrüstung und ließ die Beine baumeln, was ihm einen spitzbübischen Ausdruck verlieh, den ich bei einer uralten slawischen Gottheit niemals vermutet hätte. Neben ihm hockten die vier Dobermänner, putzmunter und kerngesund, die Ohren wachsam aufgestellt.

Ich zögerte. Wie sprach man eigentlich mit einer Gottheit? Boshe le Vlase le, shiwa ma Juda utschila – das war altrussisch, ich hatte es im Internet aufgeschnappt, ohne jegliche Ahnung davon zu haben, was das bedeutete. »Ich hoffe, ich störe dich nicht bei irgendwelchen göttlichen Angelegenheiten«, sagte ich schließlich und kam näher.

*Ich bin gern hier.*

Vielleicht bevorzugte er diesen Platz für seine Wandlung. Dann sollte ich ihn besser allein lassen.

*Nein, bleib ruhig. Ich möchte dir etwas zeigen.*

Der Tag neigte sich dem Ende zu. Ich hatte mich bestimmt schon daran gewöhnt, sagte ich mir, während ich auf die Veränderungen seines Körpers wartete. So wie ich mich an seine Präsenz in meinem Inneren gewöhnt hatte.

Trotzdem spürte ich eine aufsteigende Unruhe, je weiter die Dämmerung voranschritt.

*Warte. Du wirst es gleich sehen*, versprach er in meinen Gedanken.

»Nun mach es nicht so spannend. Was denn?«

Er antwortete nicht. Eine Weile beobachten wir zusammen den Sonnenuntergang, bis das letzte Licht verglüht und es um uns herum völlig dunkel geworden war.

Erst jetzt wandte er sich mir zu. *Das. Genau das solltest du sehen.*

Endlich begriff ich es. »Du hast dich nicht verwandelt!«

*Ich werde immer stärker, ich bin nicht mehr dem Lauf der Sonne unterworfen. Ich kann jede Gestalt annehmen, wann immer ich will.*

Ich fragte mich, wie er wohl als Zwerghamster aussehen würde. So richtig in ›flauschig‹ und mit dicken Bäckchen.

*Also, das müssen wir jetzt nicht unbedingt ausprobieren.*

Den Humor schien er auch behalten zu haben. Aufgeregt flatterten die Krähen um uns herum und schickten ihre klagenden Rufe zu uns. Zu ihnen hatten sich auch Möwen, Tauben und Spatzen gesellt. Eine merkwürdige Schar, die da zueinandergefunden hatte. Wie Edik, Veles und ich? Edik …

»Was genau ist mit ihm passiert?«, fragte ich ohne Umschweife. Er hatte keinen Schatten mehr, sondern diese merkwürdigen Vogelflügel, die wie aus einem dunklen Nebel zu bestehen schienen. Sie gehörten zu ihm, das wusste ich inzwischen. Wie seine unheimliche Augenfarbe.

*Ein Teil von ihm wird immer dem Totenreich gehören, fürchte ich.*

»Aber es geht ihm gut, oder?«

*Vermutlich.*

»Ein *Vermutlich* reicht mir nicht aus, tut mir leid.«

*Er hat jetzt gewisse Fähigkeiten, Liza. Zum Beispiel kann er ins Totenreich hinabsteigen. Die Seelen der Sterbenden über die Grenze führen. Er ist das, was ihr Menschen als Sensenmann bezeichnet. Aber an deiner Stelle würde ich ihm nicht alles auf einmal sagen. Wie fühlt sich deine Mutter?*

»So weit wirklich sehr gut. Warte. Ein Sensenmann? Was heißt das konkret?«

*Das weiß ich nicht, Liza. Da ich noch nie jemanden aus dem Totenreich geholt habe, hatte die Welt auch noch nie eine Verkörperung eines Sensenmannes gesehen.*

»Aha. Du hast gesagt: ›Wird schon werden‹. Sieht das für dich nach einem ›Wird schon werden‹ aus?«

»Ich habe auch gesagt, dass ich für nichts garantieren kann.«

Stimmt. Außerdem war ich es, die ihn angefleht hatte, Edik zu helfen. Unfair, ihm das jetzt zum Vorwurf zu machen.

»Und was ist mit dem Quell der Macht? Meine Mutter hat all ihre Kraft gegeben, um meinen Vater daran zu hindern, ihn zu bekommen. Was ist, wenn es noch mehr Menschen gibt, die nach diesem Quell suchen und alles dafür tun würden, ihn in die Finger zu kriegen?«

Er drehte sich zu mir und legte mir eine Hand auf die Brust. *Darüber brauchst du dir keine Sorgen zu machen. Er wird sicher verwahrt.*

»In der Traumwelt?«

Veles schaute mich neckisch an und hob die Augenbrauen. Er konnte das nicht so cool tun wie Edik, aber die Antwort war deutlich.

»Schon klar, schon klar. Du kannst mir nicht sagen, wo er ist, sonst müsstest du mich töten.«

*Töten? So ein Quatsch.*

Ich winkte ab. »Sagt man nur so.«

»Ihr Menschen sagt aber äußerst komische Dinge.«

»Keine Sorge, du gewöhnst dich noch dran.« Ich lächelte ihm zu, als ein mächtiger Donner über uns hinwegrollte.

Veles' Gesicht verfinsterte sich.

Verstört blickte ich hoch, doch der sternenklare nächtliche Himmel trug nicht das geringste Anzeichen eines aufziehenden Gewitters. Alles war so verdammt ruhig. So friedlich.

Bis die Krähen vom Himmel fielen.

Wie mitten in einem heftigen Schauer regneten die toten Körper auf uns herab. Einer erwischte mich an der Schulter, doch ich stand wie paralysiert da und beobachtete den übrig gebliebenen Schwarm, der noch hektischer über uns zu flattern begann.

Was auch immer es war – es hatte nur die Krähen erwischt, die Boten des Totenreichs.

»Was war das?«, hauchte ich.

Vorsichtig hob Veles einen der Vögel auf und strich mit den Fingerkuppen über das zerzauste Gefieder.

*Eine unmissverständliche Botschaft, denke ich.*

Mit einem Mal sprang die Krähe auf, schüttelte sich und krächzte mich an, als wolle sie sagen: *Was guckst du?!*

»Was für eine Botschaft? Warum?« Für wen, konnte ich mir schon denken.

*Dass Perun mir den Arsch aufreißen wird für das, was ich getan habe.* Er schwang die Arme in die Höhe und die Krähe stieg in den dunklen Himmel, bis sie nicht mehr zu sehen war. Wie ich blickte er dem Vogel nach, dann hob er den nächsten auf.

Ich brauchte zwei weitere Krähen, die in seinen Händen lebendig wurden, um das Gesagte endlich zu verinnerlichen.

Wir hatten die Grundpfeiler der Welt erschüttert.

Und die alten Götter waren erwacht.

# Danksagung und Quellennachweis

Ich danke meiner Familie, die mich bei der Arbeit an diesem Roman so sehr unterstützt hat, vor allem meinem Mann, der immer für mich da ist.

Ich danke Astrid, die diesem Buch ein wundervolles Zuhause gegeben hat. Ich bin so glücklich, ein ›Drache‹ zu sein.

Ich danke Diana Itterheim, die mir in einer sehr schweren Zeit geholfen hat, wieder den Weg zu finden.

Ich danke meinen lieben »Schattenbloggern« auf Instagram, die sich so sehr für dieses Buch eingesetzt haben: mein_kleiner_planet, _leseliebe, bookswithsouls, buchwinter_, buecherakte, buecherschicksal, chelly.theglubsch, crazycookiebooks, flowers.booksandmore, justine_thereadingmermaid

Und ich danke meinen treuen Lesern für ihre Unterstützung durch ihr Feedback und Rezensionen, für ihre wundervollen Bilder auf Instagram und Weiterempfehlungen meiner Bücher. Ihr seid einfach großartig und ich freue mich schon riesig auf unseren Austausch zu diesem Roman.

Zum Schluss möchte ich ein paar Quellen aufführen, falls sich jemand noch mehr über Veles informieren oder womöglich in ›Eugen Onegin‹ schmökern möchte. So wie Liza im Buch kann man die ersten Informationen bereits auf Wikipedia bekommen:

https://de.wikipedia.org/wiki/Veles_(Gott)

In einigen Quellen wird Veles auch ›der schwarze Gott‹ genannt, allerdings sollte man ihn dabei nicht mit ›Tschernobog‹ verwechseln – da werden beide richtig sauer.

Das Zitat aus *Eugen Onegin* stammt aus dem gleichnamigen Roman in Versen von Alexander Puschkin. Die deutsche Ausgabe ist hier zu finden: https://books.google.de/books?id=8UdJDQAAQBAJ

*Das Lied von dem wahrsagenden Oleg* ist unter diesem Link nachzulesen: https://gedichte.xbib.de/Puschkin_gedicht_022.+Lied+von+-dem+wahrsagenden+Oleg.htm

Über *Das Lied vom Heer Igors* kann man hier die ersten Informationen bekommen: https://de.wikipedia.org/wiki/Igorlied

Das Gebet, das Liza am Ende kurz anspricht, stammt von der Seite mifologiya.net

Und wer ein paar Eindrücke eines deutschen Mädchens in Sankt Petersburg aufschnappen möchte, sollte unbedingt Tami besuchen: alleinunterwegs.blogspot.com



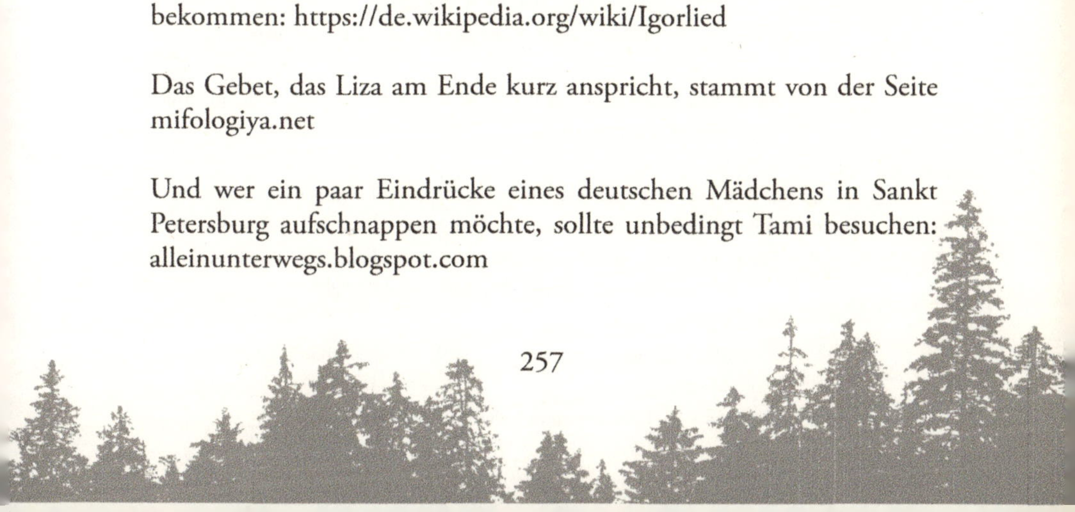

DRACHENMOND VERLAG